Qual

Stephen King

schreibt als Richard Bachmann

Qual

Roman

Aus dem Amerikanischen
von Jürgen Bürger

Weltbild

Die amerikanische Originalausgabe erschien 2007 unter dem Titel
Blaze bei Scribner, New York.

Besuchen Sie uns im Internet:
www.weltbild.de

Genehmigte Lizenzausgabe
für Verlagsgruppe Weltbild GmbH,
Steinerne Furt, 86167 Augsburg

Übersetzung: Jürgen Bürger
Umschlaggestaltung: Coverdesign Uhlig, Augsburg
Umschlagmotiv: Getty Images, Düsseldorf (© Keith Goldstein)
Gesamtherstellung: Bagel Roto-Offset GmbH & Co.KG, Schleinitz
Printed in the EU
ISBN 978-3-8289-9337-2

2011 2010 2009 2008
Die letzte Jahreszahl gibt die aktuelle Lizenzausgabe an.

Für Tommy und Lori Spruce

Und in Gedanken bei James T. Farrell

Dies sind die Slums des Herzens.

John D. MacDonald

1

George war irgendwo im Dunkeln. Blaze konnte ihn nicht sehen, aber seine Stimme war laut und deutlich zu hören, rau und ein wenig heiser. George hörte sich immer irgendwie erkältet an. Als Kind hatte er mal einen Unfall gehabt. Er sprach nie darüber, was passiert war. Jedenfalls hatte er eine ziemlich große Narbe auf dem Adamsapfel.

»Der doch nicht, Dummkopf, der ist doch total mit Aufklebern zugepflastert. Nimm einen Chevy oder einen Ford. Dunkelblau oder grün. Zwei Jahre alt. Nicht älter, nicht jünger. An die erinnert sich kein Mensch. Und keine Sticker.«

Blaze ging an dem kleinen Auto mit den Aufklebern vorbei. Das schwache Dröhnen des Basses erreichte ihn sogar hier am anderen Ende des Parkplatzes, der zu der Kneipe gehörte. Es war Samstagabend, und der Laden war voll. Die Luft war bitterkalt. Er war in die Stadt getrampt, aber jetzt stand er schon seit vierzig Minuten im Freien, und seine Ohren waren wie abgestorben. Er hatte seine Mütze vergessen. Irgendwas vergaß er immer. Er hatte schon die Hände aus den Jackentaschen nehmen und auf seine Ohren legen wollen, aber George hielt ihn davon ab. George sagte, die Ohren könnten ruhig kalt werden, nur nicht die Hände. Zum Kurzschließen eines Autos brauche man die Ohren nicht. Es war sechzehn Grad unter null.

»Da«, sagte George. »Rechts von dir.«

Blaze drehte den Kopf und sah einen Saab. Mit einem Aufkleber. Sah überhaupt nicht wie das richtige Auto aus.

»Das ist links, du Dummkopf«, sagte George. »*Rechts* von dir, hab ich gesagt. Die Hand, mit der du in der Nase bohrst.«

»'tschuldigung, George.«

Ja, er stellte sich schon wieder wie ein Idiot an. Er konnte beidhändig in der Nase bohren, aber seine rechte Hand kannte er, die Hand, mit der man auch schreibt. Er dachte an diese Hand und schaute auf die entsprechende Seite. Dort stand ein dunkelgrüner Ford.

Blaze schlenderte betont lässig zu dem Ford hinüber. Er warf einen Blick über die Schulter. Die Kaschemme war eine College-Kneipe namens The Bag. Das war ein blöder Name, weil, wenn man Sack sagte, meinte man doch eigentlich seine Eier. Zum Eingang musste man ein paar Stufen runtergehen. Freitags und samstags abends spielte eine Band. Drinnen würde es voll und warm sein, eine Menge wie verrückt tanzender kleiner Mädchen in kurzen Röcken. Wäre nett, reinzugehen, sich nur mal umzuschauen …

»Was sollst du jetzt machen?«, fragte George. »Etwa auf der Commonwealth Avenue rumlatschen? Du könntest nicht mal meiner alten blinden Oma was vormachen. Tu's einfach, kapiert?«

»Okay, ich hab ja nur …«

»Jaja, ich weiß schon, was du nur hast. Konzentrier dich auf den Job.«

»Okay.«

»Was bist du, Blaze?«

Er senkte den Kopf und zog Rotz hoch. »Ich bin ein Dummkopf.«

George sagte immer, das wäre überhaupt keine Schande, aber es wäre eben eine Tatsache, der man ins Auge sehen müsse. Man könnte keinem vormachen, man wäre clever. Die schauten einen an und sahen die Wahrheit: Das Licht brannte, aber es war niemand zu Hause. Wenn man ein Dummkopf war, dann musste man einfach losziehen und seinen Kram machen. Und wenn man erwischt wurde, dann gestand man eben alles, außer mit wem man zusammen gewesen war, denn am Ende würden sie ja sowieso alles andere aus einem herausbekommen. George sagte, Dummköpfe könnten nicht für fünf Cent lügen.

Blaze nahm die Hände aus den Taschen und ballte sie zweimal kurz zu Fäusten. Die Knöchel knackten laut in der kalten, stillen Luft.

»Bist du so weit, Großer?«, fragte George.

»Ja.«

»Dann geh ich mir jetzt ein Bier besorgen. Und du kümmerst dich um die Sache.«

Blaze spürte Panik in sich aufsteigen. Sie schnürte ihm den Hals zu. »He, nein, ich hab so was noch nie gemacht. Ich hab dir doch immer nur zugesehen.«

»Tja, diesmal wirst du mehr tun als nur zusehen.«

»Aber …«

Er sprach nicht weiter. Es hatte keinen Sinn, weiterzureden, es sei denn, er wollte laut brüllen. Er konnte das harte Knirschen des Schnees hören, als George zu der Kneipe hinüberging. Schon bald wurden seine Schritte vom pulsierenden Wummern des Basses übertönt.

»Himmel«, sagte Blaze. »O Herr im Himmel.«

Und seine Finger wurden kalt. Bei dieser Temperatur würden sie nur ungefähr fünf Minuten zu irgendwas zu gebrauchen sein. Vielleicht noch nicht mal so lange. Er ging zur Fahrerseite hinüber und dachte, wahrscheinlich ist abgeschlossen. Falls die Tür abgeschlossen war, taugte dieser Wagen nichts, er hatte den Slim Jim nämlich nicht dabei, den hatte George. Aber die Tür war nicht abgeschlossen. Er öffnete sie, griff hinein, fand den Hebel für die Motorhaube und zog daran. Dann ging er nach vorn, tastete nach der zweiten Verriegelung, fand auch die und hob die Haube hoch.

In seiner Tasche steckte eine kleine Stifttaschenlampe. Er nahm sie heraus, knipste sie an und richtete den Strahl auf den Motorblock.

Finde das Zündkabel.

Aber es war der reinste Spaghettihaufen. Batteriekabel, Schläuche, Zündkerzenkabel, die Benzinleitung …

Der Schweiß lief ihm über Stirn und Schläfen und gefror auf seinen Wangen. Das hier würde nicht hinhauen. Niemals. Auf einmal hatte er jedoch eine Idee. Es war vielleicht keine besonders gute Idee, aber er hatte nicht viele, und wenn er mal eine hatte, dann musste er dranbleiben. Er kehrte zur Fahrerseite zurück und öffnete wieder die Tür. Die Innenbeleuchtung ging an, aber dagegen konnte er nichts machen. Wenn irgendwer ihn hier herumfummeln sah, würde der bestimmt denken, er hätte Startschwierigkeiten. Klar, in so einer kalten Nacht konnte das doch sein, oder? Nicht mal George könnte ihm deshalb Ärger machen. Zumindest nicht viel.

Er klappte die Sonnenblende über dem Lenkrad runter, hoffte wider alle Vernunft, dass vielleicht ein Reserveschlüssel runterfiel, weil die Leute da manchmal ihren Ersatzschlüssel aufbewahrten, aber außer einem alten Eiskratzer war da nichts. *Der* fiel dann runter. Als Nächstes versuchte er es mit dem Handschuhfach. Vollgestopft mit Papieren. Er räumte alles raus, auf den Boden, kniete sich dazu auf den Sitz, sein Atem stieg in Wölkchen auf. Jede Menge Papiere, eine Schachtel Pfefferminzbonbons, aber keine Schlüssel.

Na siehste, du gottverdammter Idiot, hörte er George sagen, *bist du jetzt zufrieden? Bist du jetzt vielleicht so weit, wenigstens mal zu versuchen, die Karre kurzzuschließen?*

Ja, er war wohl so weit. Er könnte zumindest mal ein paar von den Drähten losreißen und sie aneinanderhalten, so wie George es immer tat, und mal sehen, was dann passierte. Er schloss die Tür und kehrte mit gesenktem Kopf zurück nach vorn zum Kühler des Fords. Dann blieb er stehen. Ihm war eine neue Idee gekommen. Er ging zurück, öffnete die Tür, bückte sich, hob die Fußmatte an – und da war er. Auf dem Schlüssel stand nicht FORD, da stand überhaupt nichts, denn es war ein Dupli, aber er hatte auf jeden Fall den rechteckigen Kopf und alles.

Blaze hob ihn auf und küsste das kalte Metall.

Unverschlossenes Auto, dachte er. Dann dachte er: *Unverschlossenes Auto und Schlüssel unter der Fußmatte.* Dann dachte er: *Ich bin hier heute Abend nicht der größte Idiot, George.*

Er schob sich hinter das Lenkrad, zog die Tür zu, steckte den Schlüssel ins Zündschloss – ging wie geschmiert rein – und bemerkte dann, dass er den Parkplatz nicht sehen konnte, weil die Haube immer noch oben war. Er schaute sich schnell um, zuerst in die eine Richtung, dann in die andere, vergewisserte sich, dass George in der Zwischenzeit nicht etwa beschlossen hatte, zurückzukommen und ihm zu helfen. Darauf würde George noch eine Ewigkeit herumreiten, wenn er sah, dass die Motorhaube noch offen war. Aber George war nicht da. Kein Mensch weit und breit. Der Parkplatz war eine Tundra voller Autos.

Blaze stieg aus und knallte die Motorhaube zu. Dann stieg er wieder ein, verharrte aber mitten in der Bewegung, als er die Hand nach dem Türgriff ausstreckte. Was war mit George? Sollte er zu der Kneipe rübergehen und ihn abholen? Die Stirn in tiefen Falten, saß Blaze mit gesenktem Kopf da. Die Innenbeleuchtung warf gelbes Licht auf seine großen Hände.

Weißte was?, dachte er und hob schließlich wieder den Kopf. *Leck mich.*

»Leck mich, George«, sagte er. George hatte ihn per Anhalter herkommen lassen, hatte sich ganz kurz mit ihm hier getroffen, nur um dann wieder abzuschwirren. Ließ ihn die Drecksarbeit machen, und es war wirklich nur ein saublödes Glück, dass Blaze einen Schlüssel gefunden hatte, also, leck mich doch, George. Soll *er* ruhig mal bei minus sechzehn Grad den Daumen rausstrecken.

Blaze zog die Tür zu, schob den Schalthebel auf D und fuhr vorwärts aus der Parklücke hinaus. Als er auf der richtigen Straße war, gab er ordentlich Gummi, und der Ford machte einen Satz nach vorn, brach auf dem festgefahrenen Schnee hinten aus und schlingerte hin und her. Er trat auf die Bremse, war plötzlich starr vor Angst. Was machte er da?

Was dachte er sich dabei? Ohne George losfahren? Er würde keine fünf Meilen weit kommen, bis sie ihn schnappten. Wahrscheinlich schnappten sie ihn gleich bei der ersten Ampel. Er konnte nicht ohne George fahren.

Aber George ist tot.

Das war doch Affenscheiße. George war gerade noch da gewesen. Er war nur ein Bier trinken gegangen.

Er ist tot.

»Ach, George«, stöhnte Blaze. Er saß über das Lenkrad gebeugt da. »Ach, George, bitte sei nicht tot.«

So saß er eine ganze Weile da. Der Motor des Fords klang okay. Er klopfte nicht oder irgendwas, obwohl es so kalt war. Die Tankanzeige stand auf drei Viertel. Der Rauch aus dem Auspuff stieg im Rückspiegel auf, weiß und eisig.

George kam nicht aus der Kneipe. Konnte er auch gar nicht, weil er nämlich nie reingegangen war. George war tot. Schon seit drei Monaten. Blaze fing an zu zittern.

Nach einer Weile fing er sich wieder. Er fuhr los. Niemand stoppte ihn an der ersten Ampel, auch nicht an der zweiten. Den ganzen Weg aus der Stadt hielt ihn niemand an. Als er die Stadtgrenze von Apex erreichte, fuhr er etwa fünfzig Meilen pro Stunde. Manchmal geriet der Wagen auf vereisten Stellen leicht ins Schleudern, aber das beunruhigte ihn nicht weiter. Er steuerte einfach mit. Seit seinen Teenagertagen fuhr er schon auf vereisten Straßen.

Außerhalb der Stadt beschleunigte er den Ford weiter auf sechzig und ließ ihn dann einfach rollen. Die Scheinwerfer umklammerten die Straße mit hell leuchtenden Fingern und prallten von den Schneeverwehungen auf beiden Seiten strahlend zurück. Mann, da würde ein College-Junge aber

Bauklötze staunen, wenn er mit seinem College-Mädchen zu dem leeren Parkplatz zurückkehrte. Sie würde ihn ansehen und sagen: *Du bist ein Dummkopf, mit dir gehe ich garantiert nicht mehr, hier nicht her und nicht sonst wohin.*

»Weder – noch«, sagte Blaze. »Wenn sie ein College-Mädchen ist, wird sie sagen: weder hierher noch sonst wohin.«

Dabei musste er lächeln. Das Lächeln veränderte sein ganzes Gesicht. Er schaltete das Radio ein. Rockmusik. Blaze drehte am Suchknopf, bis er einen Sender mit Countrymusic fand. Als er dann den Schuppen erreichte, sang er aus vollem Halse mit und hatte George völlig vergessen.

2

ABER AM NÄCHSTEN MORGEN erinnerte er sich wieder.

Das war der Fluch, wenn man ein Dummkopf war. Man wurde von Trauer immer überrascht, weil man sich die wirklich wichtigen Sachen nämlich einfach nie merken konnte. Das Einzige, was hängen blieb, war dummes Zeug. Wie zum Beispiel dieses Gedicht, das sie in der fünften Klasse bei Mrs. Selig auswendig lernen mussten: *Unter dem weiten Kastanienbaum, steht des Dorfes Schmiede.* Wozu sollte das gut sein? Wozu sollte es gut sein, wenn du dich dabei ertappst, wie du Kartoffeln für zwei schälst, und dir das Wissen sofort wieder eine satte Ohrfeige verpasst, dass du überhaupt keine zwei Portionen Kartoffeln schälen musst, weil nämlich der andere Typ nie wieder eine Knolle verputzen wird?

Tja, vielleicht war's ja gar nicht Trauer. Vielleicht war dieses Wort nicht das richtige. Nicht wenn es weinen bedeutete und seinen Kopf gegen die Wand schlagen. So was machte man nicht für solche Typen wie George. Aber da war die Einsamkeit. Da war Schmerz. Und da war Angst.

George würde sagen: »Mein Gott, kannst du nicht endlich mal deine beschissene Unterwäsche wechseln? Die Dinger stehen ja schon von allein. Das ist ekelhaft.«

George würde sagen: »Du hast nur einen zugebunden, du Schwachkopf.«

George würde sagen: »Aaach, Scheiße, dreh dich um und *ich* stopf's dir rein. Wie bei einem Kleinkind.«

Als er an dem Morgen, nachdem er den Ford gestohlen hatte, aufstand, saß George im anderen Zimmer. Blaze konnte ihn nicht sehen, wusste aber, dass er wie immer in dem kaputten Sessel saß, den Kopf so weit gesenkt, dass sein Kinn fast seine Brust berührte. Das Erste, was er sagte, war: »Du hast schon wieder Scheiße gebaut, Kong. Meinen herzlichsten Scheißglückwunsch.«

Als seine Füße den kalten Boden berührten, sog Blaze scharf die Luft ein. Dann schlüpfte er unbeholfen in seine Schuhe. Nackt bis auf die Schuhe rannte er zum Fenster und schaute hinaus. Kein Auto. Er seufzte erleichtert. Vor seinem Mund stieg eine kleine Wolke auf.

»Nein, hab ich nicht. Ich hab ihn in den Schuppen gefahren, wie du gesagt hast.«

»Du hast aber die Scheißspuren nicht verwischt, oder? Wieso stellst du eigentlich nicht gleich ein Schild auf, Blaze? HIER LANG ZUM GEKLAUTEN AUTO. Du könntest Eintritt nehmen. Wie wär's damit, hä?«

»Ach, George ...«

»›Ach, George, ach, George.‹ Jetzt geh raus und mach die Spuren weg.«

»Okay.« Er setzte sich in Bewegung Richtung Tür.

»Blaze?«

»Was?«

»Zieh dir zuerst deine beschissene Hose an, ja?«

Blaze spürte, wie sein Gesicht brannte.

»Wie ein kleines Kind«, sagte George. Es klang resigniert. »Eines, das sich rasieren kann.«

George wusste, wie er einem so richtig auf den Sack gehen konnte. Nur, am Ende war er dem falschen Kerl auf den Sack gegangen, zu oft und zu lange. Und so endete man dann eben als Leiche und hatte keinen schlauen Spruch mehr auf den Lippen. Jetzt war George einfach nur tot, und Blaze stellte sich seine Stimme nur vor, überließ ihm immer die guten Sprüche. George war tot, seit er in diesem Lagerhaus gewürfelt hatte.

Ich bin verrückt, dass ich auch nur versuche, das durchzuziehen, dachte Blaze. *Ein Doofkopp wie ich.*

Aber er zog seine Unterhose an (nachdem er sie vorher sorgfältig auf Flecken hin untersucht hatte), dann ein Thermo-Unterhemd, darüber ein Flanellhemd und zuletzt eine dicke Cordhose. Seine Arbeitsstiefel von Sears standen unter dem Bett. Der Army-Parka hing am Türknauf. Er machte sich auf die Suche nach seinen Fäustlingen und fand sie schließlich auf dem Regal über dem klapprigen Holzofen in seiner Wohnküche. Er holte seine karierte Mütze mit den Ohrenklappen und setzte sie auf, achtete darauf, den Schirm eine Idee nach links zu drehen – das sollte Glück bringen. Dann ging er hinaus und schnappte sich den Besen, der an der Tür lehnte.

Der Morgen war klar und bitterkalt. Die Feuchtigkeit in seiner Nase fing sofort an zu knistern. Ein Windstoß trieb ihm Schnee so fein wie Puderzucker ins Gesicht, sodass er zurückfuhr. War schon in Ordnung für George, Befehle zu geben. George saß drinnen am Ofen und trank Kaffee. So wie letzte Nacht, verschwand einfach, um sich ein Bier zu besorgen, ließ Blaze allein mit dem Auto zurück, sollte der sich doch was einfallen lassen. Und da wäre er jetzt noch, hätte er nicht das Glück der Dummen gehabt, die Schlüssel irgendwo zu finden, entweder unter der Fußmatte oder im Handschuhfach, er hatte vergessen, wo. Manchmal glaubte er, dass George kein so besonders guter Freund war.

Mit dem Besen verwischte er die Reifenspuren, verharrte vorher einige Minuten, um sie zu bewundern, bevor er richtig anfing. Wie das Profil sich an einigen Stellen reliefartig abhob und Schatten warf, perfekte kleine Dinger. War schon witzig, wie so kleine Dinge so perfekt sein konnten, und doch wurden sie von niemandem wahrgenommen. Er betrachtete alles so lange, bis er des Schauens müde war (kein George, der ihm sagte, er solle sich beeilen), und dann arbeitete er sich die kurze Zufahrt bis zur Straße hinunter, um die Reifenspuren zu verwischen. Während der Nacht war der Schneepflug vorbeigekommen. Er hatte die Schneedünen weggeschoben, die der Wind auf diesen Landstraßen machte, wo auf der einen Seite und der anderen nichts als offene Felder waren, und alle übrigen Spuren waren verschwunden.

Blaze trottete zurück zur Hütte. Ging hinein. Jetzt fühlte es sich drinnen warm an. Als er aus dem Bett gestiegen war, hatte es sich kalt angefühlt, aber jetzt fühlte es sich warm an. Auch das war komisch – wie sich das Gefühl für Sachen verändern konnte. Er zog Jacke, Stiefel und Flanellhemd aus und setzte sich in Unterhemd und Cordhose an den Tisch. Er schaltete das Radio ein und war überrascht, als nicht die Rockmusik herauskam, die George immer hörte, sondern gleich schwungvolle Country ertönte. Loretta Lynn sang, dass dein braves Mädchen unartig sein würde. George hätte gelacht und so was gesagt wie: »Klar, Schätzchen – bei mir darfst du unartig werden – direkt über meinem Gesicht.«

Und Blaze hätte dann auch gelacht, aber tief in ihm drin machte ihn dieser Song immer ganz traurig. War bei vielen Countrysongs so.

Als der Kaffee heiß war, sprang er auf und schenkte zwei Tassen ein. In die eine kippte er Sahne und brüllte: »George? Hier ist dein Kaffee! Lass ihn nicht kalt werden!«

Keine Antwort.

Er starrte hinunter auf den »weißen« Kaffee. Er trank keinen Kaffee-mit, was sollte das also? Tja, was sollte das? Dann stieg irgendwas in seinem Hals auf, und fast hätte er Georges beschissenen weißen Kaffee quer durchs Zimmer gepfeffert, aber dann machte er das doch nicht. Er ging damit zur Spüle und kippte ihn stattdessen weg. So was nannte man Beherrschung. Wenn man ein großer Junge war, dann musste man das draufhaben, andernfalls geriet man in Schwierigkeiten.

Bis kurz nach dem Mittagessen lungerte Blaze in der Hütte herum. Dann fuhr er den gestohlenen Wagen aus dem Schuppen und hielt noch kurz vor der Treppe zur Küche an, um auszusteigen und Schneebälle auf die Nummernschilder zu schmeißen. Das war ganz schön clever. So würden sie kaum zu lesen sein.

»Was in aller Welt machst du da?«, fragte George aus dem Schuppen.

»Geht dich nichts an«, antwortete Blaze. »Du bist ja sowieso nur in meinem Kopf.« Er stieg in den Ford und fuhr raus auf die Straße.

»Das ist nicht besonders klug«, meinte George. Jetzt hockte er auf dem Rücksitz. »Du fährst in einem gestohlenen

Auto durch die Gegend. Die Kiste ist nicht umlackiert, keine neuen Nummernschilder, nichts. Wo willst du hin?«

Blaze sagte nichts.

»Du fährst doch nicht nach Ocoma, oder?«

Blaze sagte nichts.

»O Scheiße, du fährst hin«, sagte George. »Leck mich am Arsch. Einmal *musst* du doch genug haben, oder?«

Blaze sagte nichts. Seine Lippen waren versiegelt.

»Jetzt hör mir mal zu, Blaze. Du drehst jetzt um. Wenn du geschnappt wirst, ist das Ding gelaufen. Komplett. Das ganze Geschäft.«

Blaze wusste, dass er recht hatte, dachte aber nicht daran, zu wenden. Wieso sollte George ihn dauernd rumkommandieren können? Noch im Tod hörte er nicht damit auf, Befehle zu erteilen. Klar, es war Georges Plan, das eine große Ding, von dem jeder Schmalspurganove träumte. »Mit dem einen Unterschied, dass wir es wirklich durchziehen können«, hatte er gesagt, allerdings normalerweise immer dann, wenn er besoffen war oder high, und nie so, als würde er wirklich daran glauben.

Die meiste Zeit hatten sie nur kleine Betrügereien durchgezogen, und meistens schien George auch ganz zufrieden damit zu sein, egal, was er sagte, wenn er einen sitzen hatte oder sich einen Joint reinzog. Vielleicht war das Ocoma-Heights-Ding für George nur ein Spiel oder das, was er manchmal einen »Hirnfick« nannte, wenn er Anzugtypen im Fernsehen über Politik reden hörte. Blaze wusste, dass George schlau war. Ob er auch Mumm hatte, da war er sich nie wirklich sicher gewesen.

Aber wo er jetzt tot war, welche Wahl blieb ihm denn da? Allein brachte Blaze es nicht. Als er einmal nach Georges

Tod versucht hatte, den Herrenbekleidungsschwindel durchzuziehen, hatte er verdammt schnell die Fliege machen müssen, um nicht geschnappt zu werden. Den Namen der Lady hatte er sich aus den Todesanzeigen besorgt, genau wie George es auch immer machte, hatte mit Georges Sprüchen losgelegt, ihr die Kaufbelege gezeigt (im Schuppen gab's einen ganzen Sack davon, und zwar von den besten Geschäften). Er sagte ihr, wie sehr er es bedauere, zu einem solch traurigen Zeitpunkt kommen zu müssen, aber Geschäft sei Geschäft, und er sei sicher, das werde sie doch verstehen. Sie sagte, ja, sie verstehe schon. Sie bat ihn in den Hausflur, wo er warten sollte, bis sie ihre Handtasche geholt hatte. Er kam überhaupt nicht auf die Idee, dass sie die Polizei rufen könnte. Wenn sie nicht zurückgekommen wäre und eine Kanone auf ihn gerichtet hätte, hätte er wahrscheinlich immer noch dagestanden und gewartet, bis die Bullen auftauchten. Sein Zeitgefühl war noch nie so besonders gewesen.

Aber sie kehrte mit einer Kanone zurück und richtete sie auf ihn. Es war so ein silbernes Ding für Frauen, mit kleinen Verzierungen an der Seite und einem Perlmuttgriff. »Die Polizei ist schon unterwegs«, sagte sie, »aber bevor die hier sind, möchte ich, dass Sie mir das mal erklären. Ich will wissen, welcher miese Kerl sich eine Frau als Opfer aussucht, deren Mann in seinem Grab noch nicht mal kalt ist.«

Blaze war es egal, was sie wissen wollte. Er drehte sich um, rannte aus der Tür, weiter über die Veranda und die Stufen zum Bürgersteig hinunter. Er konnte ziemlich gut rennen, wenn er erst mal in Fahrt war, aber das konnte dauern. Und die Panik machte ihn an diesem Tag noch langsamer. Wenn sie den Abzug gedrückt hätte, hätte sie ihm vielleicht eine

Kugel in den Hinterkopf jagen oder ihm ein Ohr abschießen oder ihn auch einfach verfehlen können. Bei einem Ballermann mit so einem kurzen Lauf war das unmöglich zu sagen. Aber sie schoss nicht.

Als er wieder zu Hause war, stöhnte er auf vor Angst, und sein Magen war völlig verkrampft. Er hatte keine Angst vor dem Gefängnis, nicht mal vor der Polizei – auch wenn er wusste, dass sie ihn mit ihren Fragen verwirren würden, wie sie es immer taten –, aber es machte ihm Angst, wie leicht die Frau ihn durchschaut hatte. Als wär's ein Klacks für sie. George hatten sie praktisch nie durchschaut, und wenn doch, dann wusste er das schon immer vorher und brachte sie beide rechtzeitig in Sicherheit.

Und jetzt das. Er wusste, dass es niemals gut gehen würde – und machte trotzdem weiter. Vielleicht wollte er ja wieder einfahren. Vielleicht wär das gar nicht mal so übel, jetzt wo George im Arsch war. Sollte doch ein anderer das Denken übernehmen und fürs Essen sorgen.

Vielleicht legte er es im Moment wirklich darauf an, geschnappt zu werden, wie er mit dieser heißen Karre mitten durch Ocoma Heights fuhr. Direkt am Gerard-Haus vorbei.

Im Kühlschrank des Neuenglandwinters sah der Besitz aus wie ein Eispalast. Ocoma Heights bedeutete altes Geld (das sagte George zumindest), und die Häuser waren eigentlich eher Anwesen. Im Sommer waren sie von riesigen Rasenflächen umgeben, die jetzt zu glasierten Schneefeldern geworden waren. Es war ein harter Winter.

Das Gerard-Haus war das beste von allen. George nannte es *Early American Hot Shit*, aber Blaze fand es schön. George sagte, die Gerards hätten ihr Geld mit Schiffen verdient, der Erste Weltkrieg machte sie reich, und der Zweite Weltkrieg machte sie zu Heiligen. Schnee und Sonne warfen ein kaltes Feuer von den vielen Fenstern. George sagte, es gebe über dreißig Zimmer. Als Stromableser der Central Valley Power hatte er die Vorarbeit geleistet. Das war im September gewesen. Blaze hatte den Transporter gefahren, der nicht richtig gestohlen, sondern eher ausgeliehen war – obwohl er vermutete, dass die Polizei das anders gesehen hätte, wären sie erwischt worden. Auf dem Rasen neben dem Haus spielten Leute Krocket. Ein paar davon waren Mädchen, Highschool-Mädchen oder vielleicht auch College-Mädchen. Sie sahen hübsch aus. Blaze schaute ihnen zu und spürte, wie er geil wurde. Als George wieder einstieg und sagte, er solle Gummi geben, erzählte Blaze ihm von den hübschen Mädchen, die inzwischen hinter dem Haus verschwunden waren.

»Hab sie gesehen«, sagte George. »Die halten sich für was Besseres. Die glauben, ihre Scheiße stinkt nicht.«

»Aber hübsch sind sie.«

»Das interessiert mich einen Scheißdreck«, sagte George übellaunig und verschränkte die Arme vor der Brust.

»Wirst du eigentlich nie scharf, George?«

»Scharf auf Babys wie die? Du machst wohl Witze. Und jetzt halt die Klappe und fahr zu.«

Als Blaze sich jetzt daran erinnerte, musste er grinsen. George war wie der Fuchs, der nicht an die Weintrauben rankam und jedem erzählte, sie wären sauer. Miss Jolison hatte ihnen diese Geschichte in der zweiten Klasse vorgelesen.

Es war eine große Familie. Da waren die alten Mr. und Mrs. Gerard – er war achtzig und konnte noch immer jeden Tag einen halben Liter Jack Daniel's schlucken, sagte zumindest George. Es gab die mittleren Mr. und Mrs. Gerard. Und dann waren da noch die jungen Mr. und Mrs. Gerard. Der junge Mr. Gerard war Joseph Gerard III., und er war wirklich jung, gerade mal zwanzig. Seine Frau war eine Latina. George sagte, damit wäre sie dann wohl ein Spic. Blaze hatte gedacht, nur Italiener könnten Spics sein.

Etwas weiter die Straße hoch wendete er und fuhr noch einmal am Haus vorbei, fragte sich, was für ein Gefühl es wohl war, mit zwanzig schon verheiratet zu sein. Er fuhr weiter, nach Hause. Genug war genug.

Die mittleren Gerards hatten abgesehen von Joseph Gerard III. noch weitere Kinder, aber die spielten keine Rolle. Was jedoch zählte, war das Baby. Joseph Gerard IV. Großer Name für so ein kleines Baby. Er war erst zwei Monate alt, als Blaze und George im September ihre Stromablese-Nummer durchzogen. Damit wäre er dann jetzt – hm, es lagen eins-zwei-drei-vier Monate zwischen September und Januar – sechs Monate alt. Er war der einzige Urenkel des ersten Joe.

»Wenn du eine Entführung durchziehen willst, dann musst du ein Baby entführen«, sagte George. »Ein Baby kann dich nicht identifizieren, also kannst du es lebend zurückgeben. Es kann dir auch nicht an die Karre pissen, indem es versucht, abzuhauen oder Nachrichten zu schicken oder sonst irgendeine Scheiße. Ein Baby kann nur eines: rumliegen. Es weiß nicht mal, dass es entführt worden ist.«

Sie hatten in der Hütte vor dem Fernseher gesessen und Bier getrunken.

»Was meinst du, wie viel kann man aus denen so rausholen?«, fragte Blaze.

»Genug, dass du nie wieder einen Winter damit verbringen musst, dir beim Verkaufen von getürkten Zeitungsabos oder Geldsammlungen fürs Rote Kreuz den Arsch abzufrieren«, sagte George. »Na, wie klingt das?«

»Aber wie viel würdest du verlangen?«

»Zwei Millionen«, sagte George. »Eine für dich und eine für mich. Warum gierig sein?«

»Wer gierig ist, wird geschnappt«, sagte Blaze.

»Wer gierig ist, wird geschnappt«, stimmte George zu. »Das hab ich dir beigebracht. Aber was ist ein Handwerker wert, Blaze-a-rino? Was hab ich dir darüber beigebracht?«

»Seinen Lohn«, sagte Blaze.

»Ge-nau«, sagte George und leerte sein Bier. »Der Handwerker ist seinen Scheißlohn wert.«

Und hier war er jetzt also, fuhr zu der erbärmlichen Hütte zurück, in der er und George gehaust hatten, seit sie aus Boston in den Norden gekommen waren, und plante tatsächlich, die Sache durchzuziehen. Wahrscheinlich würden sie ihn erwischen, aber … zwei Millionen Dollar! Damit konnte man irgendwo hingehen, und es würde einem nie wieder kalt sein. Und wenn sie ihn erwischten? Schlimmstenfalls konnten sie ihn lebenslänglich in den Knast stecken.

Und in dem Fall würde ihm auch nie wieder kalt sein.

Als der gestohlene Ford wieder im Schuppen stand, erinnerte er sich tatsächlich daran, dass er die Spuren verwischen musste. Das würde George glücklich machen.

Er machte sich ein paar Hamburger zum Mittagessen.

»Willst du das wirklich durchziehen?«, fragte George aus dem anderen Zimmer.

»Hast du dich hingelegt, George?«

»Nein. Ich mach ’nen Kopfstand und hol mir einen runter. Ich hab dir eine Frage gestellt.«

»Ich werd’s versuchen. Hilfst du mir?«

George seufzte. »Schätze, das muss ich wohl. Ich hab dich ja jetzt am Hals. Aber, Blaze?«

»Was denn, George?«

»Verlang nur eine Million. Wer gierig ist, wird geschnappt.«

»Okay, nur eine Million. Willst du einen Hamburger?«

Keine Antwort. George war wieder tot.

3

Er bereitete sich darauf vor, die Entführung an diesem Abend durchzuziehen, je früher, desto besser. George hielt ihn zurück.

»Was hast du vor, Schwanzkopp?«

Blaze wollte sich gerade auf den Weg zum Auto machen. Jetzt hielt er inne. »Ich will's durchziehen, George.«

»Was durchziehen?«

»Das Kind entführen.«

George lachte.

»Worüber lachst du, George?« *Als ob ich's nicht wüsste,* dachte er.

»Über dich.«

»Warum?«

»Wie willst du ihn denn entführen? Verrat mir das mal.«

Blaze runzelte die Stirn. Was sein ohnehin schon hässliches Gesicht in das eines Trolls verwandelte. »So wie wir's geplant haben, schätze ich. Aus seinem Zimmer raus.«

»Welches Zimmer?«

»Also ...«

»Wie willst du reinkommen?«

Daran erinnerte er sich. »Eins von den Fenstern oben. Die haben so ganz einfache Riegel. Du hast das doch selbst gesehen, George. Als wir so getan haben, als wären wir von der Stromfirma. Weißt du nicht mehr?«

»Haste ’ne Leiter?«

»Also …«

»Wenn du den Jungen hast, wo tust du ihn dann hin?«

»Ins Auto, George.«

»Meine Fresse.« Das sagte George nur, wenn er mit seinem Latein am Ende war und ihm rein gar nichts anderes mehr einfiel.

»George …«

»Ich *weiß*, dass du ihn in das Scheißauto bringst. Ich hätte nie gedacht, dass du ihn huckepack nach Hause trägst. Ich meinte, nachdem du ihn hergebracht hast. Was machst du dann? Wo bringst du ihn unter?«

Blaze dachte über die Hütte nach. Er schaute sich um. »Also …«

»Was ist mit Windeln? Was ist mit Fläschchen? Und Breichen! Oder dachtest du, er ist zum Scheißabendessen mit ’nem Hamburger und ’ner Flasche Bier zufrieden?«

»Also …«

»Halt den Rand! Wenn du noch ein Mal ›also‹ sagst, muss ich kotzen!«

Blaze setzte sich mit gesenktem Kopf auf einen Küchenstuhl. Sein Gesicht fühlte sich ganz heiß an.

»Und mach endlich diese beschissene Musik aus! Diese Frau hört sich an, als würde sie mit ihrer eigenen Möse jodeln!«

»Okay, George.«

Blaze schaltete das Radio aus. Der Fernseher, eine alte japanische Kiste, die George auf einem Flohmarkt gekauft hatte, war kaputt.

»George?«

Keine Antwort.

»George, komm schon, geh nicht weg. Tut mir leid.« Er konnte die Angst in seiner Stimme deutlich hören. Er flennte ja fast.

»Okay«, sagte George, gerade als Blaze schon aufgeben wollte. »Ich sag dir, was du tun musst. Du musst ein kleines Ding durchziehen. Nicht so ein großes. Nur ein kleines. Der Tante-Emma-Laden an der Route 1, wo wir uns immer unseren Sprit geholt haben, der wäre wahrscheinlich okay.«

»Ja?«

»Hast du noch diesen Colt?«

»Unterm Bett, in einem Schuhkarton.«

»Den nimmst du mit. Und zieh dir einen Strumpf übers Gesicht. Sonst erkennt dich der Typ, der nachts da arbeitet.«

»Okay.«

»Du gehst Samstagnacht rein, kurz bevor sie zumachen. Sagen wir, so um zehn vor eins. Die nehmen keine Schecks, also müsstest du so zwei-, dreihundert Mäuse einsacken können.«

»Klar! Das ist super!«

»Blaze, eine Sache noch.«

»Was denn, George?«

»Nimm vorher die Kugeln aus der Kanone, okay?«

»Klar, George, das weiß ich doch, so machen wir's doch immer.«

»So machen wir's immer, genau. Zieh dem Typen eins über, wenn's denn sein muss, aber sorg dafür, dass es bestenfalls auf Seite drei im Regionalteil landet, wenn die's in der Zeitung bringen.«

»Genau.«

»Du bist ein Arschloch, Blaze. Und das weißt du auch, richtig? Du wirst das niemals schaukeln. Vielleicht wär's besser, wenn sie dich bei dem kleinen Ding erwischen.«

»Wird nicht passieren, George.«

Keine Antwort.

»George?«

Keine Antwort. Blaze stand auf und schaltete das Radio ein. Beim Abendbrot hatte er schon wieder alles vergessen und deckte für zwei.

4

CLAYTON BLAISDELL JUNIOR kam in Freeport, Maine, auf die Welt. Drei Jahre später wurde seine Mutter von einem Lastwagen überfahren, als sie mit einer Einkaufstüte die Hauptstraße überquerte. Sie war sofort tot. Der Fahrer war betrunken und hatte keinen Führerschein. Vor Gericht sagte er, es tue ihm leid. Er heulte. Er sagte, er werde wieder zu den Anonymen Alkoholikern gehen. Der Richter verurteilte ihn zu einer Geldstrafe und sechzig Tagen Knast. Klein Clay bekam lebenslänglich bei Papa, der jede Menge vom Trinken verstand und nichts von den AA. Clayton senior arbeitete bei Superior Mills in Topsham, wo er die Sortiermaschine bediente. Kollegen behaupteten, ihn gelegentlich auch schon mal nüchtern bei der Arbeit gesehen zu haben.

Clay konnte bereits bei seiner Einschulung lesen und kapierte problemlos die zugrunde liegende Idee hinter zwei Äpfel plus drei Äpfel. Schon damals war er für sein Alter recht kräftig, und obwohl Freeport eine harte Stadt war, hatte er keinerlei Schwierigkeiten auf dem Schulhof, auch wenn er dort nur selten ohne ein Buch in der Hand oder unter den Arm geklemmt gesehen wurde. Sein Vater jedoch war noch kräftiger, und die anderen Kids fanden es immer höchst interessant, zu sehen, welche Körperteile bandagiert und an welchen Stellen wieder blaue Flecken waren, wenn Clay Blaisdell montags in die Schule kam.

»Es würde an ein Wunder grenzen, wenn er tatsächlich erwachsen wird, ohne vorher zumindest schwer verletzt zu werden. Wenn er ihn nicht sogar vorher umbringt«, meinte eines Tages Sarah Jolison im Lehrerzimmer.

Das Wunder geschah nicht. Eines verkaterten Samstagmorgens kam Clayton senior aus dem Schlafzimmer in der Wohnung im ersten Stock geschwankt, wo er mit seinem Sohn lebte. Clay hockte im Schneidersitz auf dem Wohnzimmerboden, sah sich Zeichentrickfilme im Fernsehen an und futterte Cornflakes. »Wie oft hab ich dir eigentlich schon gesagt, du sollst diese Scheiße nicht hier drin essen?«, wollte Senior von Junior wissen, hob ihn hoch und warf ihn die Treppe hinunter. Clay landete auf dem Kopf.

Sein Vater ging runter, hob ihn auf, schleppte ihn nach oben und warf ihn gleich noch mal hinunter. Beim ersten Mal blieb Clay bei Bewusstsein. Beim zweiten Mal ging das Licht aus. Sein Vater ging runter, hob ihn auf, schleppte ihn hoch und sah ihn an. »Kleiner Dreckskerl von einem Schauspieler«, sagte er und knallte ihn wieder die Treppe hinunter.

»So!«, sagte er zu dem schlaffen Bündel am Fußende der Treppe, das sein inzwischen im Koma liegender Sohn war. »Vielleicht überlegst du's dir jetzt zweimal, bevor du noch mal diese Scheiße ins Wohnzimmer schleppst.«

Leider dachte Clay nie wieder zweimal über irgendwas nach. Drei Wochen lang lag er bewusstlos im Portland General Hospital. Der für seinen Fall zuständige Arzt äußerte die Befürchtung, dass er bis zu seinem Tod in genau dieser Verfassung bleiben würde – ein Stück menschliches Gemüse. Aber der Junge wachte wieder auf. Leider war er nicht mehr ganz richtig im Kopf. Die Tage, an denen er mit Büchern unter dem Arm herumrannte, waren definitiv vorbei.

Die Behörden glaubten Clays Vater nicht, als er ihnen gegenüber beteuerte, der Junge hätte sich all diese Verletzungen bei einem einzigen Sturz die Treppe hinunter zugezogen. Auch glaubten sie ihm nicht, als er sagte, die vier noch nicht vollständig verheilten Zigarettenbrandwunden auf der Brust des Jungen wären Zeichen »irgend so einer komischen Hautkrankheit«.

Der Junge sah die Wohnung im ersten Stock nie wieder. Er wurde unter Amtsvormundschaft gestellt und wanderte aus dem Krankenhaus ohne Umwege direkt in ein Heim, wo sein elternloses Leben damit begann, dass ihm auf dem Spielplatz die Krücken von zwei Jungs weggetreten wurden, die anschließend gackernd davonrannten. Clay rappelte sich allein wieder auf und stützte sich auf seinen Krücken ab. Er weinte nicht.

Sein Vater protestierte halbherzig auf dem Polizeirevier von Freeport und weiter in verschiedenen Kneipen der Stadt. Er drohte damit, vor Gericht zu gehen, um seinen Sohn zurückzubekommen, was jedoch nie geschah. Er behauptete, Clay zu lieben, und vielleicht tat er das ja auch, wenigstens ein bisschen, aber wenn dem so war, dann gehörte seine Liebe zu der Sorte, die beißt und brennt. Der Junge war besser dran, wenn er außerhalb seiner Reichweite blieb.

Aber nicht viel besser. Das Hetton House in South Freeport war wenig mehr als eine erbärmliche Farm für Kinder, und Clays Kindheit dort verlief elend und unglücklich, selbst wenn es sich ein wenig besserte, als seine körperlichen Wunden verheilt waren. Da war er zumindest in der Lage, sich auf dem Spielplatz die übelsten Rabauken vom Leib zu halten; sich und den wenigen jüngeren Kindern, die zu ihm kamen und auf seinen Schutz bauten. Die Rabauken nannten ihn Schwachkopf und Troll und Kong, aber keiner dieser Namen machte ihm etwas aus, und er ließ sie in Ruhe, solange sie ihn in Ruhe ließen. Was sie meistens auch taten, nachdem er die schlimmsten von ihnen vermöbelt hatte. Er war nicht bösartig, aber wenn er provoziert wurde, konnte er gefährlich werden.

Die Kids, die keine Angst vor ihm hatten, nannten ihn wegen dieser plötzlich auflodernden Ausbrüche »Blaze«, und so kam er zu dem Namen, mit dem er sich fortan identifizierte.

Einmal bekam er einen Brief von seinem Vater. *Lieber Sohn,* stand da. *Also, wie geht's Dir. Mir geht's gut. Arbeite jetzt oben in Lincoln als Holzfäller. Wäre gar nicht so übel, wenn die Sch**** mich nicht um die Überstunden behumpsen würden, HA! Ich besorg mir eine kleine Wohnung, und wenn's so weit ist, hole ich Dich her. Also, schreib mir einen kleinen Brief und erzähl Deinem alten Pa, wie es Dir so geht. Kannst du ein Foto schicken.* Unterzeichnet war der Brief mit *In Liebe, Clayton Blaisdell.*

Blaze hatte kein Foto, das er seinem Vater schicken könnte, hätte aber geschrieben – der Musiklehrer, der immer dienstags kam, hätte ihm dabei geholfen, da war er ziemlich sicher –, aber es stand kein Absender auf dem schmutzigen Umschlag, der mit der Adresse *Clayton Blaisdell junior »Das Waisenhaus« in FREEPORT MAINE* versehen war.

Blaze hörte nie wieder etwas von ihm.

Während seines Aufenthalts im Hetton brachte man ihn in mehreren Familien unter, jedes Mal im Herbst. Sie behielten ihn immer gerade lange genug, dass er bei der Ernte helfen und ihre Dächer und Vorgärten vom Schnee frei halten konnte. Wenn dann der Frühling kam, beschlossen sie, dass er doch nicht richtig zu ihnen passte, und schickten ihn zurück. Manchmal war's gar nicht so übel, aber manchmal – wie bei den Bowies auf ihrer schrecklichen Hundefarm – war es ein Albtraum.

Als er und das Hetton House miteinander quitt waren, zog Blaze allein durch die Neuenglandstaaten. Manchmal war er glücklich, aber nicht so, wie er glücklich sein wollte, nicht so, wie andere Leute glücklich waren. Als er sich schließlich in Boston niederließ (mehr oder weniger, er schlug nämlich nie wirklich Wurzeln), geschah dies vor allem, weil er sich auf dem Land so einsam fühlte. Wenn er auf dem Land war, schlief er manchmal in einer Scheune und wachte mitten in der Nacht auf und ging hinaus und schaute zu den Sternen auf, und da waren so viele, und er wusste, sie waren schon vor ihm da gewesen und würden nach ihm immer noch da sein, und das war irgendwie schrecklich und gleichzeitig irgendwie wunderbar. Manchmal, wenn er trampte und wenn es auf November zuging, fegte der Wind um ihn herum und ließ seine Hosenbeine flattern, und dann trauerte er um etwas, das verloren war, wie zum Beispiel jenen Brief, der ohne Absender angekommen war. Manchmal schaute er im Frühling zum Himmel auf und sah einen Vogel, und das machte ihn glücklich, aber mindestens genauso oft fühlte es sich an, als würde irgendwas in ihm drin ganz klein werden und könnte jeden Moment zerbrechen.

Ist nicht gut, wenn ich mich so fühle, dachte er dann, *und wenn doch, dann sollte ich mir lieber keine Vögel ansehen.* Aber manchmal schaute er trotzdem zum Himmel auf.

Boston war schon in Ordnung, aber manchmal bekam er doch noch Angst. Es gab eine Million Menschen in der Stadt, vielleicht sogar mehr, und kein einziger interessierte sich auch nur einen Furz für Clay Blaisdell. Falls ihn überhaupt jemand anschaute, dann nur, weil er groß und kräftig war und eine Delle in der Stirn hatte. Manchmal hatte er ein bisschen Spaß, andere Male verspürte er einfach nur Angst. Er versuchte gerade mal wieder, sich in Boston zu amüsieren, als er George Rackley begegnete. Nachdem er George kennengelernt hatte, war es besser.

5

Der kleine Tante-Emma-Laden hieß Tim & Janet's Quik-Pik. Die meisten von den hinteren Regalen waren zum Bersten gefüllt mit in Pappkartons gestapelten Wein- und Bierflaschen. Eine riesige Kühltheke erstreckte sich über die gesamte Länge der rückwärtigen Wand. Zwei der vier Gänge waren für Knabberzeug reserviert. Neben der Kasse stand ein großes Glas mit eingelegten Eiern, es war beinahe so groß wie ein Kleinkind. Tim & Janet's führte außerdem solche grundlegenden Artikel des täglichen Bedarfs wie Zigaretten, Binden, Hotdogs und Pornohefte.

Der Abendverkäufer war ein pickliger Kerl, der tagsüber die Außenstelle der University of Maine in Portland besuchte. Sein Name war Harry Nason, und er studierte im Hauptfach Viehzucht. Als der kräftige Mann mit der eingebeulten Stirn um zehn vor eins hereinkam, las Nason gerade ein Buch aus dem Paperback-Ständer. Es hieß *Groß und hart*. Der spätabendliche Andrang war vorbei, und es kamen nur noch vereinzelt Kunden. Nason beschloss, den Laden zu schließen und nach Hause zu gehen, sobald der kräftige Bursche seine Flasche oder sein Sechserpack gekauft hatte. Vielleicht würde er das Buch mitnehmen und sich bei der Lektüre einen von der Palme wedeln. Er überlegte gerade, dass die Stelle über den Wanderprediger und die zwei geilen Witwen dafür genau das Richtige wäre, als der kräftige Bursche ihm eine Pistole unter die Nase hielt und sagte: »Mach die Kasse leer.«

Nason ließ das Buch fallen. Jeder Gedanke ans Wichsen verschwand aus seinem Kopf. Er glotzte die Kanone an. Er machte den Mund auf, um irgendwas Intelligentes zu sagen. So was, wie's im Fernsehen ein Typ sagen würde, der gerade überfallen wurde, sofern der Überfallene zufälligerweise der Held des Films war. Was dann aber rauskam, war nicht mehr als ein »Aaaa«.

»Mach die Kasse leer«, wiederholte der kräftige Bursche. Die Delle in seiner Stirn war furchterregend. Schien tief genug für einen Froschteich.

Harry Nason erinnerte sich – irgendwie erstarrt –, welche Verhaltensregeln sein Boss ihm eingetrichtert hatte, falls er überfallen werden sollte: keine großen Diskussionen mit dem Räuber. Gib ihm alles, was er haben will. Sein Boss war gut versichert. Nasons Körper fühlte sich mit einem Mal zart und verletzlich an, voller Öffnungen und Flüssigkeiten. Seine Blase entleerte sich, und er spürte, dass er sich jeden Moment in die Hosen scheißen würde.

»Mann, hast du mich nicht verstanden?«

»Aaaa«, bestätigte Harry Nason und drückte die KEIN-VERKAUF-Taste der Kasse.

»Steck das Geld in eine Tüte.«

»Okay. Ja. Klar.« Er fummelte an den Tüten unter der Theke herum und warf dabei die Hälfte auf den Boden. Schließlich bekam er eine zu fassen. Er klappte die Scheinklammer in der Geldschublade hoch und begann, das Geld in die Tüte zu stopfen.

Die Tür ging auf, und ein Typ und ein Mädchen, wahrscheinlich College-Kids, kamen hereinspaziert. Sie sahen die Kanone und blieben stehen. »Was soll das hier sein?«, fragte der Typ. Er rauchte ein Zigarillo und trug einen Button mit der Aufschrift POT ROCKT.

»Es ist ein Überfall«, sagte Nason. »Bitte, äh, verärgern Sie den Gentleman hier nicht.«

»Abgefahren«, sagte der Typ mit dem POT ROCKT-Button. Ein Grinsen machte sich auf seinem Gesicht breit. Er deutete auf Nason. Sein Fingernagel war schmutzig. »Der Typ nimmt dich aus, Mann.«

Der Bewaffnete drehte sich zu POT ROCKT um. »Brieftasche«, sagte er.

»Ey Mann«, sagte POT ROCKT, ohne sein Grinsen zu verlieren. »Ich bin auf deiner Seite. Die Preise, die sie hier verlangen ... und außerdem weiß doch jeder, dass Tim und Janet Quarles, also, die sind die übelsten Rechtsradikalen seit Adolf ...«

»Gib die Brieftasche her, sonst blas ich dir die Rübe weg.«

POT ROCKT begriff mit einem Mal, dass er hier möglicherweise in der Scheiße steckte; todsicher befand er sich nicht in einem Film. Das Grinsen machte bye-bye, und er hörte auf zu reden. Mehrere Pickel loderten auf seinen plötzlich bleichen Wangen. Er zog eine schwarze Lord Buxton aus seiner Jeanstasche.

»Wenn man mal einen Bullen braucht, ist nie einer da«, sagte seine Freundin kühl. Sie trug eine lange braune Jacke und schwarze Lederstiefel. Ihre Haarfarbe passte zu den Stiefeln, zumindest in dieser Woche.

»Schmeiß die Brieftasche hier rein«, sagte der Gangster. Er hielt die Tüte hin. Harry Nason dachte später immer, an dieser Stelle hätte er ein Held werden können, wenn er dem Ganoven einfach das Riesenglas mit den eingelegten Eiern über den Scheitel gezogen hätte. Nur, der Kerl sah aus, als könnte er möglicherweise einen harten Schädel haben. Ziemlich hart sogar.

Die Brieftasche plumpste in die Tüte.

Der Ganove ging um die kleine Gruppe herum und hielt auf die Tür zu. Er bewegte sich für einen Mann seiner Größe ziemlich geschmeidig.

»Du Schwein«, sagte das Mädchen.

Der Mann blieb wie angewurzelt stehen. Einen Moment lang war das Mädchen überzeugt (das erzählte sie später der Polizei), dass er sich umdrehen, das Feuer eröffnen und sie alle umlegen würde. Später, bei der Vernehmung, würden sie bei der Beschreibung des Ganoven unterschiedlicher Meinung sein bezüglich der Haarfarbe (braun, rötlich oder blond), des Teints (hell, gesund oder blass) und der Kleidung (Matrosenjacke, Windjacke, wollenes Holzfällerhemd), aber einer Meinung waren sie, was seinen Körperbau – groß und kräftig – und seine letzten Worte betraf, bevor er ging. Gerichtet waren sie offensichtlich zur leeren dunklen Türöffnung hin, kamen beinahe in einem Stöhnen heraus:

»Mein Gott, George, ich hab den Strumpf vergessen!«

Dann war er verschwunden. Im kalten weißen Licht der großen Neonreklame für Schlitz-Bier, die über dem Ladeneingang hing, war er noch einmal kurz im Laufen zu sehen, gleich danach heulte ein Motor auf der anderen Straßenseite auf. Einen Augenblick später raste er weg. Das Auto war eine Limousine, aber keiner von ihnen konnte Fabrikat oder Modell identifizieren. Es fing an zu schneien.

»So viel zum Bier«, sagte POT ROCKT.

»Geh zum Kühlregal und nimm dir eins. Geht aufs Haus«, sagte Harry Nason.

»Echt? Sind Sie sich da sicher?«

»Klar bin ich mir da sicher. Dein Mädchen auch. Scheiß drauf, wir sind versichert.« Er begann zu lachen.

Als die Polizei ihn befragte, sagte er, er habe den Ganoven noch nie zuvor gesehen. Später bekam er noch einmal die Gelegenheit, sich zu fragen, ob er den Ganoven nicht doch im vorangegangenen Herbst gesehen hatte, und zwar in Gesellschaft eines dünnen, kleinen, rattengesichtigen Mannes, der Wein kaufte und unangenehm laut herummeckerte.

6

Als Blaze am nächsten Morgen aufstand, reichten die Schneeverwehungen bis zu den Dachtraufen der Hütte, und das Feuer war aus. Seine Blase zog sich im selben Augenblick zusammen, in dem seine Füße den Boden berührten. Auf seinen Fußballen lief er schnell ins Bad, zuckte zusammen und stieß den Atem in kleinen, kondensierten weißen Wölkchen aus. Sein Urin schoss in hohem Bogen vielleicht dreißig Sekunden lang heraus, dann nahm der Druck langsam ab. Er seufzte, schlug die letzten Tropfen ab, ließ einen Wind streichen.

Ein erheblich stärkerer Wind fegte kreischend und keuchend ums Haus. Die Kiefern vor dem Küchenfenster bogen sich und schwankten. Blaze kamen sie vor wie dünne alte Frauen bei einer Beerdigung.

Er zog sich an, öffnete die Hintertür und kämpfte sich zu dem Holzstoß unter der Traufe auf der Südseite vor. Die Zufahrt war völlig unter dem Schnee begraben. Die Sichtweite betrug gerade mal anderthalb Meter, vielleicht auch weniger. Es versetzte ihn in Hochstimmung. Der körnige, in sein Gesicht peitschende Schnee belebte ihn.

Die Holzscheite waren solide Eiche. Er packte sich einen großen Armvoll, blieb nur kurz stehen und stampfte auf, um den Schnee von den Schuhen zu klopfen, bevor er ins Haus zurückkehrte. Ohne die Jacke auszuziehen, machte er ein

Feuer. Dann füllte er die Kaffeekanne. Er brachte zwei Tassen zum Tisch.

Stirnrunzelnd verharrte er. Irgendwas hatte er vergessen.

Das Geld! Er hatte das Geld noch gar nicht gezählt.

Er machte sich auf den Weg ins andere Zimmer. Georges Stimme ließ ihn erstarren. George war im Bad.

»Arschloch.«

»George, ich ...«

»George, ich bin ein Arschloch. Kannst du das mal sagen?«

»Ich ...«

»Nein. Sag jetzt: George, ich bin das Arschloch, das vergessen hat, die Strumpfmaske überzuziehen.«

»Ich hab das G...«

»*Sag* es.«

»George, ich bin ein Arschloch. Ich hab's vergessen.«

»Was hast du vergessen?«

»Vergessen, die Strumpfmaske überzuziehen.«

»Und jetzt noch mal in einem Satz.«

»George, ich bin das Arschloch, das vergessen hat, die Strumpfmaske überzuziehen.«

»Und jetzt sag dies. Sag: George, ich bin das Arschloch, das geschnappt werden will.«

»Nein! Das ist nicht wahr! Das ist eine Lüge, George!«

»Es ist die Wahrheit und nichts als die reine Wahrheit. Du willst erwischt werden und nach Shawshank gehen und in der Wäscherei arbeiten. Das ist die Wahrheit, die ganze Wahrheit und nichts als die Wahrheit. Das ist die nüchterne Wahrheit. Du bist dämlich. *Das ist* die Wahrheit.«

»Nein, George. So ist es nicht. Ich schwör's.«

»Ich hau ab.«

»Nein!« Panik schien ihm den Atem zu rauben. Es war wie der Ärmel des Flanellhemdes, das sein alter Herr ihm mal in den Hals gestopft hatte, damit er aufhörte zu plärren. »Mach das nicht, ja, ich hab's vergessen, ich bin ein Dummkopf, ohne dich werde ich mir nie merken, was ich einkaufen muss …«

»Es wird dir gefallen, Blazer«, sagte George, und obwohl seine Stimme immer noch aus dem Bad kam, schien sie jetzt schwächer zu werden. »Es wird dir gefallen, geschnappt zu werden. Wird dir gefallen, im Knast zu sitzen und die Laken zu bügeln.«

»Ich mach alles, was du mir sagst. Ich werd's nicht wieder vergeigen.«

Es folgte ein langes Schweigen. Blaze dachte schon, George wäre fort. »Vielleicht komme ich wieder. Aber ich glaub's eigentlich nicht.«

»George! George?«

Der Kaffee kochte. Er schenkte sich eine Tasse ein und ging ins Schlafzimmer. Die braune Tüte mit dem Geld lag unter Georges Seite der Matratze. Er leerte sie auf dem Laken aus, das er immer wieder zu wechseln vergaß. Es war jetzt schon die ganzen drei Monate dasselbe, seit George gestorben war.

Es waren zweihundertsechzig Dollar aus dem kleinen Tante Emma Laden. Weitere achtzig aus der Brieftasche des College-Jungen. Mehr als genug, um …

Was? Was sollte er davon kaufen?

Windeln. Das war's. Wenn man ein kleines Kind entführen will, muss man Windeln haben. Und auch anderes Zeugs.

Aber an das andere Zeugs konnte er sich nicht mehr erinnern.

»Was noch außer Windeln, George?« Er sagte es mit einer lässigen Beiläufigkeit. Wollte George damit überraschen und zum Reden bewegen. Aber George schluckte den Köder nicht.

Vielleicht komme ich wieder. Aber ich glaub's eigentlich nicht.

Er verstaute das Geld wieder in der braunen Tüte und tauschte seine eigene Brieftasche, die ziemlich ramponiert und abgewetzt und voller Risse war, gegen die Brieftasche des College-Jungen. In seiner Brieftasche steckten zwei schmierige Eindollarscheine, ein verblasstes Foto seines alten Herrn und seiner alten Dame, die sich gerade umarmten, und ein Automatenfoto von ihm selbst und John Cheltzman, seinem alten Kumpel aus dem Hetton House. Da waren außerdem seine Kennedy-Glücksmünze, eine alte Rechnung über einen Auspufftopf (das war damals gewesen, als er und George diesen großen Wahnsinns-Pontiac-Bonneville gehabt hatten) und ein in der Mitte gefaltetes Polaroid.

Von dem Polaroid blickte ihn ein lächelnder George an. Er blinzelte leicht, weil ihm die Sonne in die Augen schien. Er trug Jeans und Arbeitsstiefel. Die Mütze hatte er ein wenig nach links gedreht, so wie er's immer machte. George sagte, das wäre die Glücksseite.

Sie zogen eine Menge krumme Dinger ab, und die meisten – die besten – waren wirklich total einfach. Bei manchen ging es in erster Linie um Irreführung, andere basierten auf Habgier und wieder andere auf Angst. George nannte diese

Nummern »flotte Beschisse«. Und die auf Angst basierenden Verladen nannte er »Schiss-Beschisse«.

»Ich steh auf die einfache Scheiße«, sagte George. »Warum stehe ich auf die einfache Scheiße, Blaze?«

»Nicht so viele bewegliche Teile«, antwortete Blaze.

»Rich-tich! Nicht so viele bewegliche Teile.«

Bei dem besten der Schiss-Beschisse kleidete George sich »einen Tick schärfer als scharf«, wie er es nannte, und zog dann durch einige Bostoner Bars, die er kannte. Es waren keine Schwulenkneipen, und es waren keine Heterokneipen. George nannte sie »Grauzone-Kneipen«, weil sie irgendwo dazwischen lagen. Und ihr zukünftiges Opfer, der Goldesel, schleppte immer George ab. George selbst musste nie auch nur einen Finger rühren. Blaze hatte das eine oder andere Mal darüber nachgegrübelt (auf seine grüblerische Art), war aber nie zu einem Ergebnis gekommen.

George hatte einen Riecher für verkappte Tunten und Bi-Swinger, die ein- oder zweimal im Monat loszogen und ihren Ehering in die Brieftasche steckten. Großhändler auf der Karriereleiter, Versicherungsfritzen, Schulverwaltungsbeamte, aufgeweckte junge leitende Bankangestellte. George sagte, sie hätten so einen Geruch. Und er war nett zu ihnen. Er half ihnen weiter, wenn sie schüchtern waren und nicht die richtigen Worte fanden. Dann sagte er, er sei in einem guten Hotel abgestiegen. Kein Superhotel, aber ein gutes. Ein sicheres.

Es war das Imperial, nicht weit von Chinatown entfernt. George und Blaze hatten einen Deal mit dem Empfangschef und dem Chef der Pagen in der zweiten Schicht. Das Zimmer wechselte täglich, wenn sie die Nummer abzogen. Es lag immer am Ende des Korridors und nie zu nahe an einem anderen belegten Zimmer.

Blaze saß von drei bis um elf in der Hotellobby, trug Klamotten, in denen man ihn nie und nimmer auf der Straße sehen würde. Seine Haare glänzten immer vor Pomade. Er las Comics, während er auf George wartete. Die verstreichende Zeit registrierte er nie.

Der wahre Indikator für Georges Genialität zeigte sich, wenn er und der Goldesel hereinkamen, wobei der Esel nie auch nur eine Spur nervös wirkte. Erwartungsvoll, aber nicht nervös. Blaze gab ihnen fünf Minuten, dann ging er rauf.

»Du darfst es nie nur als ein Ins-Zimmer-Kommen sehen«, erklärte George. »Stell dir vor, du betrittst eine Bühne. Der Einzige, der nicht weiß, dass jetzt die Show beginnt, ist der Goldesel.«

Blaze benutzte immer seinen Schlüssel und betrat die Bühne mit seinem ersten Satz: »Hank. Liebling, ich bin ja so froh, wieder hier zu sein.« Dann musste er wütend werden, was er leidlich gut machte, auch wenn er Hollywoodstandards wahrscheinlich nicht gerecht wurde. »Himmel, nein! Nein! Ich bringe ihn um! Ich bringe ihn um!«

Damit wuchtete er seine annähernd drei Zentner zum Bett, auf dem der Goldesel vor blankem Entsetzen bebte und zu diesem Zeitpunkt normalerweise nur noch mit Socken bekleidet war. George warf sich dann im letzten Moment zwischen den Esel und den tobenden, tollwütigen Macho-Homo. Bestenfalls ein schwaches Hindernis, würde der Goldesel denken. Falls er überhaupt noch denken konnte. Und die Seifenoper ging los.

George: »Dana, Schatz, hör mir zu – es ist nicht so, wie es aussieht.«

Blaze: »Ich bringe ihn um! Geh mir aus dem Weg und lass mich den Kerl umbringen! Ich werde ihn aus dem Fenster werfen!«

(Panisches Gekreische von den Goldeseln – alles in allem waren es zehn oder zwölf gewesen.)

George: »Bitte, lass es mich erklären.«

Blaze: »Ich reiß ihm die Eier ab!«

(Der Esel fängt an, um sein Leben und sein bestes Stück zu betteln, nicht unbedingt auch in dieser Reihenfolge.)

George: »Nein, das tust du nicht. Du wirst jetzt ganz ruhig runter in die Lobby gehen und da auf mich warten.«

Jetzt versuchte Blaze erneut, sich auf den Goldesel zu stürzen. George hielt ihn zurück – so gerade eben noch. Dann riss Blaze die Brieftasche aus der Hose des Esels.

Blaze: »Ich hab deinen Namen und deine Adresse, Schlampe! Ich werde deine Frau anrufen!«

An diesem Punkt vergaßen die meisten Goldesel sowohl ihr Leben als auch ihr bestes Stück und fingen an, sich auf ihre heilige Ehre und ihr Ansehen in der Nachbarschaft zu konzentrieren. Was Blaze merkwürdig fand, aber es schien immer so zu sein. Weitere Wahrheiten fanden sich in der Brieftasche des Goldesels. Er hatte George erzählt, er wäre Bill Smith aus New Rochelle. Natürlich war er Dan Donahue aus Brookline.

Das Spiel wurde unterdessen fortgesetzt; die Show musste weitergehen.

George: »Geh runter, Dana – sei bitte ein Schatz und geh runter.«

BLAZE: »Nein!«

GEORGE: »Geh jetzt sofort runter, andernfalls werde ich nie wieder ein Wort mit dir reden. Deine Wutanfälle und deine besitzergreifende Art hängen mir zum Hals raus. Im Ernst!«

Das war das Stichwort für Blaze. Er verließ das Zimmer, die Brieftasche fest an seine Brust gepresst, Drohungen vor sich hin murrend und dem Goldesel böse Blicke zuwerfend.

Sobald die Tür zu war, veranstaltete der Esel bei George ein Mordstheater. Er musste unbedingt seine Brieftasche zurückhaben. Das Geld spielte keine Rolle, der Ausweis dafür umso mehr. Wenn Sally das herausfand ... und erst der Junior! O mein Gott, stell sich einer nur Klein Junior vor ...

George beruhigte den Goldesel. Dabei war er ziemlich gut. Vielleicht, sagte er zum Beispiel, ließ Dana ja vernünftig mit sich reden. Eigentlich war es fast sicher, dass Dana mit sich reden ließ. Er brauchte nur ein paar Minuten, um sich zu beruhigen, und dann musste George unter vier Augen mit ihm reden. Um ihn zur Vernunft zu bringen. Und ihm ein bisschen das Köpfchen zu streicheln, dem großen dummen Huhn.

Blaze war natürlich nicht in der Hotellobby. Blaze war in einem Zimmer im ersten Stock. Als George dort hinunterging, zählten sie ihre Beute. Ihr schlechtester Fang war dreiundvierzig Dollar. Ihr bester – sie hatten es dem Geschäftsführer einer großen Lebensmittelkette abgenommen – war fünfhundertfünfzig.

Sie ließen dem Goldesel genug Zeit, um ordentlich zu schwitzen und sich selbst trostlose Versprechungen zu machen. *George* ließ ihm genug Zeit. George kannte immer genau den richtigen Zeitpunkt. Es war erstaunlich. Es war, als hätte er eine Uhr im Kopf, und diese Uhr tickte bei jedem Goldesel anders. Schließlich kehrte er mit der Brieftasche zu dem ersten Zimmer zurück und sagte, Dana hätte am Ende auf die Stimme der Vernunft gehört, sei aber nicht bereit gewesen, das Geld zurückzugeben. George hätte schon die größte Mühe gehabt, ihn zu überzeugen, die Kreditkarten wieder herauszurücken. Sorry.

Der Goldesel schert sich einen feuchten Kehricht um das Geld. Stattdessen sieht er fiebrig seine Brieftasche durch und vergewissert sich, dass er noch seinen Führerschein, den Krankenversicherungsausweis, die Sozialversicherungskarte und die Fotos hat. Alles da. Gott sei Dank, alles da. Ärmer an Geld, aber reicher an Erfahrung, zieht er sich kleinlaut an und schleicht sich fort, bedauert wahrscheinlich, in der Bar seinem Schwanz gefolgt zu sein.

Während der vier Jahre, bevor Blaze zum zweiten Mal abstürzte, war dies die Masche, auf die sie immer wieder zurückgriffen, und sie versagte nie. Sie hatten auch nie die geringsten Schwierigkeiten mit den Bullen. Obwohl nicht intelligent, war Blaze ein leidlich guter Schauspieler. George war der zweite wirkliche Freund, den er je gehabt hatte, und es genügte schon, nur so zu tun, als versuchte der Esel George einzureden, Blaze sei ein Nichtsnutz. Dass Blaze nur eine Vergeudung von Georges Zeit und Talenten darstellte. Dass Blaze, zusätzlich zu der Tatsache, dass er einen an der Waffel hatte, auch noch ein Landei und ein totaler Versager war. Wenn Blaze sich alles erst mal bewusst gemacht hatte, dann wurde seine Wut echt. Wenn George tatenlos danebengestanden hätte, hätte Blaze dem Esel beide Arme gebrochen. Hätte den Dreckskerl vielleicht sogar umgelegt.

Als er den Polaroid-Schnappschuss jetzt wieder und wieder in den Fingern drehte, fühlte Blaze sich leer. Er fühlte sich, wie wenn er zum Himmel aufschaute und die Sterne sah, oder einen Vogel auf einer Telefonleitung, oder einen Spatz, der seine Federn aufplustert. George war weg, und er selbst war immer noch dumm. Er saß in der Patsche, und es führte kein Weg hinaus.

Es sei denn vielleicht, er könnte George beweisen, dass er wenigstens klug genug war, dieses Ding hier durchzuziehen. Es sei denn, er könnte George beweisen, dass er nicht vorgehabt hatte, erwischt zu werden. Und das bedeutete was?

Das bedeutete Windeln. Windeln und was noch? Himmel, was noch?

Er verfiel in ein dösiges Sinnieren. Er dachte den ganzen Morgen nach, bis der Schnee den Tag in einen weißen Mantel gehüllt hatte.

7

Er war so fehl am Platz im Baby-Paradies von Hager's Mammoth Department Store wie ein Felsblock in einem Wohnzimmer. Er trug Jeans und seine Arbeitsschuhe mit den ledernen Schnürsenkeln, ein Flanellhemd und einen schwarzen Ledergürtel mit der Schnalle auf der linken Seite – der Glücksseite. Diesmal hatte er an seine Mütze gedacht, die mit den Ohrenschützern, und er hielt sie jetzt in einer Hand. Er stand in der Mitte eines Raumes, der von einem rosa schimmernden Licht erhellt war. Er schaute nach links – da waren Wickeltische. Er schaute nach rechts – da waren Kinderwagen. Er kam sich vor, als wäre er auf dem Planeten Baby gelandet.

Es waren viele Frauen hier. Manche hatten dicke Bäuche, und manche hatten kleine Babys. Viele der Babys heulten, und alle Frauen warfen Blaze prüfende Blicke zu, als könnte er jeden Moment ausrasten und anfangen, Planet Baby zu verwüsten und mit zerrissenen Kissen und zerfetzten Teddybären um sich zu werfen. Eine Verkäuferin näherte sich. Blaze war dankbar. Er hatte Angst davor gehabt, jemanden anzusprechen. Er wusste, wann die Leute Angst hatten, und er wusste, wo er fehl am Platz war. Er war dumm, aber doch nicht so dumm.

Die Verkäuferin fragte, ob er Hilfe benötige. Blaze sagte, ja. Sosehr er sich auch anstrengte, war er nicht in der Lage gewesen, sich alles vorzustellen, was er brauchte, also griff er auf den einzigen Trick zurück, der ihm vertraut war: der Schwindel.

»Bin lange nicht hier gewesen«, sagte er und zeigte der Verkäuferin seine Zähne in einem Grinsen, das einem Puma Angst eingejagt hätte. Die Verkäuferin, obwohl kein Puma, lächelte tapfer zurück. Ihr Scheitel befand sich knapp unter der Mitte seines Brustkorbs. »Hab eben erst erfahren, dass meine Schwägerin ein Kind bekommen hat ... ein Baby ... während ich weg war, wissen Sie, und jetzt will ich ihn mal ausstatten. So mit allem, was nötig ist.«

Sie strahlte. »Ich verstehe. Wie großzügig von Ihnen. Wie lieb. Haben Sie einen besonderen Wunsch?«

»Ich weiß nicht. Also, ich verstehe nichts von ... also, überhaupt nichts ... von Babys.«

»Wie alt ist Ihr Neffe?«

»Hä?«

»Das Kind Ihrer Schwägerin.«

»Oh! Jetzt hab ich's. Sechs Monate.«

»Ist das nicht entzückend.« Sie strahlte professionell. »Wie heißt er denn?«

Einen Moment war Blaze überrumpelt. Dann platzte er heraus: »George.«

»Ein reizender Name! Aus dem Griechischen. Er bedeutet ›die Erde bestellen‹.«

»Echt? Das ist ziemlich abgefahren.«

Sie strahlte noch immer. »Ja, nicht wahr? Nun, was hat Ihre Schwägerin denn schon alles für ihn?«

Darauf war Blaze vorbereitet. »Nichts von dem Kram, den sie jetzt hat, ist besonders gut, das ist ja die Sache. Sie sind richtig pleite.«

»Ich verstehe. Dann möchten Sie also … von Grund auf anfangen, richtig?«

»Genau, Sie haben's erfasst.«

»*Sehr* großzügig von Ihnen. Schön, dann sollten wir am Ende der Pooh Avenue beginnen, in der Ecke mit den Kinderbettchen. Wir haben einige sehr nette Bettchen aus Hartholz …«

Blaze war erstaunt, wie viel nötig war, um so ein winziges bisschen Mensch zufrieden und glücklich zu machen. Er hatte seine Beute aus dem Tante-Emma-Laden eigentlich für ganz ansehnlich gehalten, aber als er das Baby-Paradies wieder verließ, da war seine Brieftasche praktisch leer.

Er kaufte ein Bettchen, eine Wiege, einen Hochstuhl, einen Wickeltisch, eine Plastik-Babybadewanne, acht Nachthemden, acht Gummihöschen, acht Säuglingsunterhemden mit Verschlüssen, aus denen er nicht schlau wurde, drei Betttücher, die kaum größer als Servietten waren, drei Decken, drei Polster für das Bettchen, damit der Kleine sich nicht den Schädel einschlug, wenn er unruhig wurde, einen Pullover, eine Mütze, gestrickte Babyschuhe, ein Paar rote Schuhe mit Glöckchen an den Laschen, zwei Hosen mit dazu passenden Hemden, vier Paar Socken, die nicht mal groß genug waren, dass er sie sich über die Finger hätte ziehen können, ein Fläschchensystem von Playtex (die Plastiktütchen sahen aus wie die Beutel, in denen George immer sein Dope kaufte), einen Karton mit Zeugs namens Similac, einen Karton Junior Fruits, einen Karton Junior Dinners, einen Karton Junior Desserts und ein Gedeck mit den Schlümpfen drauf.

Die Babynahrung schmeckte beschissen. Er probierte sie, als er wieder zu Hause war.

Während sich in einer Ecke des Baby-Paradieses die Päckchen und Tüten immer höher stapelten, wurden die Blicke der schüchternen jungen Frauen länger und nachdenklicher. Es wurde ein Ereignis, ein Meilenstein in ihrer Erinnerung – der riesige, behäbige Mann in Holzfällerkluft, der brav hinter der winzigen Verkäuferin hertrottete, aufmerksam zuhörte und dann alles kaufte, was sie vorschlug. Die Verkäuferin hieß Nancy Moldow. Sie arbeitete auf Provisionsbasis, und mit fortschreitendem Nachmittag breitete sich ein beinahe übernatürliches Leuchten in ihren Augen aus. Schließlich wurde alles addiert, und als Blaze das Geld abzählte, legte Nancy Moldow noch vier Pakete Pampers gratis obendrauf. »Sie haben mir einen Festtag bereitet«, sagte sie. »Eigentlich haben Sie vielleicht sogar für die Krönung in meiner Karriere als Verkäuferin für Babybedarf gesorgt.«

»Vielen Dank, Ma'am«, sagte Blaze. Er war ausgesprochen froh über die Pampers. Die Windeln hatte er nämlich völlig vergessen.

Und während er zwei Einkaufswagen vollllud (ein Gehilfe aus dem Lager trug ihm die Kartons mit dem Hochstuhl und dem Kinderbett), rief Nancy Moldow: »Und vergessen Sie nicht, mal mit dem jungen Herrn herzukommen, damit wir ihn fotografieren können!«

»Ja, Ma'am«, murmelte Blaze vor sich hin. Aus irgendeinem Grund schoss ihm die Erinnerung an sein erstes Polizeifoto durch den Kopf, und an den Cop, der sagte: *Jetzt zur Seite drehen und wieder die Knie beugen, Langer – mein Gott, wer hat dich nur so gottverdammt groß gezogen!*

»Das Foto bekommen Sie kostenlos mit den besten Empfehlungen von Hager's!«

»Ja, Ma'am.«

»Menge gutes Zeug, Mann«, meinte der Lagergehilfe. Er war vielleicht zwanzig, und seine Pickel heilten gerade erst ab. Er trug eine kleine rote Fliege. »Wo steht Ihr Wagen?«

»Auf dem Parkplatz hinten«, sagte Blaze.

Er folgte dem Lagergehilfen, der darauf bestand, einen der Einkaufswagen zu schieben, und sich dann beschwerte, wie schlecht er auf dem festgefahrenen Schnee zu lenken war. »Hier hinten wird nicht gestreut, wissen Sie, und die Räder setzen sich mit Schnee zu. Und dann fangen die Scheißkarren an zu schlittern. Wenn man nicht verdammt aufpasst, kann man sich ihn ziemlich übel an die Knöchel knallen. Richtig übel. Ich meine, ich beklage mich ja nicht, aber …«

Was machst du dann, Kumpel?, konnte Blaze George fragen hören. *Frisst du das Katzenfutter aus der Hundeschüssel?*

»Wir sind da«, sagte Blaze. »Das hier ist meiner.«

»Ja, okay. Was wollen Sie in den Kofferraum tun? Den Hochstuhl, das Kinderbett oder beides?«

Plötzlich fiel Blaze wieder ein, dass er ja gar keinen Schlüssel für den Kofferraum hatte.

»Packen wir alles auf den Rücksitz.«

Der Lagergehilfe sah ihn mit großen Augen an. »Äh, also, Mann, ich glaube kaum, das wir alles da unterbringen. Eigentlich bin ich mir sogar ziemlich sicher …«

»Wir können auch noch was auf den Beifahrersitz packen. Den Karton mit dem Kinderbett können wir dann darunter in den Fußraum stellen. Ich schieb den Sitz ein Stück nach hinten.«

»Warum nicht in den Kofferraum? Wäre das nicht, also, irgendwie einfacher?«

Blaze dachte vage daran, jetzt mit irgendeiner Geschichte darüber anzufangen, dass der Kofferraum voller Zeugs wäre, aber das Problem bei Lügen ist, dass eine immer sofort zur nächsten führt. Und ehe man sich's versah, war's, als würde man auf einer Straße unterwegs sein, die man nicht kannte. Man verfuhr sich. *Wenn irgend möglich, sage ich immer die Wahrheit,* sagte George immer gern. *Ist so, als würde man im eigenen Viertel rumkurven.*

Also hob er den Zweitschlüssel hoch. »Hab meine Autoschlüssel verloren«, sagte er. »Bis ich sie wiedergefunden habe, hab ich nur den hier.«

»Oh«, machte der Lagergehilfe. Er sah Blaze an, als wäre er blöd, aber so war Blaze auch früher schon angeglotzt worden. »Schöne Scheiße.«

Am Ende bekamen sie doch alles hinein. Sie mussten beim Packen zwar alle Register ziehen und ordentlich stopfen, aber sie schafften es. Als Blaze in den Rückspiegel schaute, konnte er durch die Heckscheibe sogar noch ein Stück der Welt draußen sehen. Den restlichen Blick versperrte der Karton mit dem zerlegten Wickeltisch.

»Nette Karre«, sagte der Lagergehilfe. »Alt, aber ein Prachtstück.«

»Genau«, sagte Blaze. Und wegen etwas, das George manchmal sagte, fügte er hinzu: »Zwar nicht mehr der Hit, aber wir gehen immer noch mit.« Er fragte sich, ob der Lagergehilfe auf irgendwas wartete. Sah ganz so aus.

»Was hat er, eine 302?«

»342«, antwortete Blaze automatisch.

Der Lagergehilfe nickte. Er stand immer noch da.

Vom Rücksitz des Fords, von da, wo eigentlich gar kein Platz mehr für ihn war, wo er aber trotzdem saß, sagte George: »Wenn du nicht willst, dass er für den Rest des Jahrhunderts da steht, gib dem Schwachkopf ein Trinkgeld und Ende.«

Trinkgeld. Ja. Genau.

Blaze zog seine jetzt fast flache Brieftasche heraus, betrachtete die sehr begrenzte Auswahl an Scheinen und entschied sich widerwillig für einen Fünfer. Den er dem Lagergehilfen gab. Der Junge ließ den Schein verschwinden. »Alles klar, Mann, love and peace.«

»Was auch immer«, sagte Blaze. Er stieg in den Ford und ließ den Motor an. Der Lagergehilfe schob die Einkaufswagen zum Geschäft zurück. Auf halbem Weg blieb er stehen und schaute zu Blaze zurück. Dieser Blick gefiel Blaze überhaupt nicht. Es war ein Blick, der sich etwas einzuprägen versuchte.

»Ich hätte früher dran denken sollen, ihm sein Trinkgeld zu geben. Stimmt's, George?«

George gab keine Antwort.

Wieder zu Hause, stellte er den Ford zurück in den Schuppen und karrte den ganzen Babykram ins Haus. Im Schlafzimmer baute er das Kinderbett zusammen und stellte den Wickeltisch daneben. Nicht nötig, einen Blick in die Montageanleitung zu werfen, er brauchte sich nur kurz die Bilder auf den Kartons anzusehen, und seine Hände erledigten den Rest. Die Wiege kam in die Küche neben den Holzherd … aber nicht *zu* nah. Das restliche Zeug stapelte er außer Sicht im Schlafzimmerschrank.

Als alles fertig war, hatte eine Veränderung im Schlafzimmer stattgefunden, die über die zusätzlichen Möbelstücke hinausging. Es war noch etwas dazugekommen. Die Atmosphäre hatte sich verändert. Es war, als wäre ein Geist freigelassen worden. Nicht der Geist von jemandem, der gestorben war, sondern vielmehr der Geist von jemandem, der erst noch kommen würde.

Blaze beschlich ein merkwürdiges Gefühl.

8

AM FOLGENDEN ABEND beschloss Blaze, dass er sich coole Nummernschilder für seinen heißen Ford besorgen würde, also montierte er die Schilder von einem Volkswagen auf dem Parkplatz von Jolly Jim's Discount Groceries in Portland ab. An den VW schraubte er dann die Schilder des Fords. Es konnte Wochen oder sogar Monate dauern, bevor der Besitzer des VWs mitbekam, dass er die falschen Nummernschilder hatte, denn die Zahl auf dem kleinen Aufkleber war eine Sieben, was bedeutete, dass der Typ erst im Juli die Zulassung erneuern musste. Immer auf den Zulassungsaufkleber achten. Das hatte George ihm beigebracht.

Er fuhr zu einem Discounter, fühlte sich mit seinen neuen Nummernschildern sicher und wusste, er würde sich noch sicherer fühlen, wenn der Ford eine andere Farbe hätte. Er kaufte vier Dosen Autolack in Lerchenblau und eine Spritzpistole. Pleite, aber glücklich kehrte er nach Hause zurück.

Das Abendessen nahm er neben dem Herd zu sich, klopfte den Takt mit den Füßen auf dem abgewetzten Linoleum mit, während Merle Haggard »Okie from Muskogee« trällerte. Der alte Merle hatte es echt draufgehabt, diesen Scheißhippies zu zeigen, was 'ne Harke ist.

Nachdem er abgespült hatte, legte er das mit Klebeband geflickte Verlängerungskabel raus zum Schuppen und hängte eine Glühbirne über einen Balken. Blaze lackierte für sein Leben gern. Und Lerchenblau war eine seiner absoluten Lieblingsfarben. Schon allein der Name musste einem gefallen. Er bedeutete blau wie ein Vogel. Wie eine Lerche eben.

Er kehrte ins Haus zurück und holte einen Stoß alter Zeitungen. George las jeden Tag eine Zeitung, und nicht nur die Comics auf der Witzseite. Manchmal las er Blaze die Leitartikel vor und wetterte gegen die Furchenscheißer-Republikaner. Er sagte, die Republikaner hassten arme Leute. Den Präsidenten nannte er nur »die alte Schnapsdrossel im Weißen Haus«. George war Demokrat, und vor zwei Jahren hatten sie Aufkleber für demokratische Kandidaten auf drei verschiedene gestohlene Autos geklebt.

Die Zeitungen waren alle schon ziemlich alt, und normalerweise hätte Blaze sich dabei traurig gefühlt, aber an diesem Abend war er viel zu aufgeregt wegen der Neulackierung des Autos. Er klebte die Scheiben und Räder mit Papier ab und schützte auch die Zierleisten aus Chrom mit breitem Klebeband.

Gegen neun Uhr war der ganze Schuppen erfüllt vom angenehmen Bananenduft des Lacks, und um elf war er fertig. Blaze entfernte die Zeitungen und machte noch ein paar kleine Ausbesserungen, dann bewunderte er sein Werk. Er fand, es war gute Arbeit.

Er ging ins Bett, ein bisschen high von der Farbe, und wachte am nächsten Morgen mit Kopfschmerzen auf. »George?«, sagte er hoffnungsvoll.

Keine Antwort.

»Ich bin pleite, George. Total abgebrannt.«

Keine Antwort.

Den ganzen Tag hockte er im Haus und blies Trübsal, fragte sich, was jetzt zu tun war.

Der Mann von der Nachtschicht las gerade ein Taschenbuch mit dem Titel *Lesbo-Ballerinen*, als ihm ein Colt unter die Nase gehalten wurde. Derselbe Colt. Dieselbe Stimme kommandierte schroff: »Alles, was in der Kasse ist.«

»O nein«, stöhnte Harry Nason. »O mein Gott.«

Er schaute auf. Vor ihm stand ein flachnasiger chinesischer Horror mit einem Frauenstrumpf über dem Kopf, der ihm wie der Zipfel einer Skimütze über den Rücken hing.

»Nicht Sie. Nicht schon wieder.«

»Alles, was in der Kasse ist. Pack's in eine Tüte.«

Diesmal kam niemand herein, und weil es ein Werktagabend war, war auch weniger in der Kasse.

Der Räuber blieb auf dem Weg hinaus kurz stehen und drehte sich noch einmal um. *Jetzt,* dachte Harry Nason, *werde ich erschossen.* Doch statt ihn zu erschießen, sagte der Räuber: »Diesmal hab ich an den Strumpf gedacht.«

Unter dem Nylon schien er breit zu grinsen.

Dann war er weg.

9

ALS CLAYTON BLAISDELL JR. ins Hetton House kam, gab es dort eine Rektorin. Er erinnerte sich nicht mehr an ihren Namen, nur an ihr graues Haar und ihre großen grauen Augen hinter der Brille, und dass sie ihnen aus der Bibel vorlas und jede Morgenandacht mit den Worten beendete: *Seid brave Kinder, und ihr werdet gedeihen.* Dann war sie eines Tages nicht mehr im Dienst, weil sie einen Schlag bekommen hatte. Zuerst dachte Blaze, einer von den Jungs hätte ihr was auf den Schädel gehauen, aber schließlich kriegte er es richtig auf die Reihe: *Schlaganfall.* War wohl so was wie Kopfschmerzen, die nicht mehr weggingen. Als Ersatz kam dann Martin Coslaw. *Seinen* Namen vergaß Blaze nie, und das nicht nur, weil die Kids ihn »der Richter« nannten. Blaze vergaß ihn hauptsächlich deshalb nie mehr, weil der Richter Rechnen unterrichtete.

Rechnen wurde in Raum 7 im zweiten Stock unterrichtet, wo es im Winter kalt genug war, dass selbst einem Schneemann die Eier abfroren. An den Wänden hingen Bilder von George Washington, Abraham Lincoln und Schwester Mary Hetton. Schwester Hetton hatte eine bleiche Haut, und das schwarze Haar war streng aus dem Gesicht nach hinten gekämmt und dort zu einem Türknauf-ähnlichen Gebilde an ihrem Hinterkopf gezwirbelt. Sie hatte dunkle Augen, die gelegentlich nach dem abendlichen Licht-aus zurückkamen, um Blaze aller möglichen Dinge zu beschuldigen. Meistens, dass er dumm war. Wahrscheinlich zu dumm für die Highschool, genau wie der Richter es sagte.

Raum 7 hatte einen alten gelben Boden, und es roch ständig nach Bohnerwachs, ein Geruch, der Blaze schläfrig machte, selbst wenn er eigentlich beim Eintreten noch hellwach gewesen war. Es gab neun mit Fliegendreck überzogene Kugellampen, die an regnerischen Tagen ein spärliches, trauriges Licht spendeten. An der Vorderseite des Raumes hing eine alte Tafel, und darüber waren grüne Plakate angebracht, über die das Alphabet in den geschwungenen Buchstaben der Palmer-Methode marschierte – sowohl die Großbuchstaben als auch die kleinen Burschen. Nach dem Alphabet kamen die Zahlen von 0 bis 9, so wunderschön und sauber, dass man sich allein bei ihrem Anblick dumm vorkam und noch unbeholfener als sonst schon. Die Tische waren übersät mit eingeritzten, einander überlappenden Sprüchen und Initialen, die meisten nach wiederholtem Abschmirgeln und Neulackieren kaum noch mehr als eine schwache Vertiefung im Holz, wenn auch nie ganz ausgelöscht. Die Tische waren auf eisernen Scheiben am Boden fest verschraubt. In jeden Tisch war ein Tintenfass eingelassen. Die Tintenfässer waren gefüllt mit Carter's Ink. Für das Verschütten von Tinte handelte man sich Schläge mit dem Riemen im Waschraum ein. Für schwarze Absatzspuren auf dem gelben Boden gab es ebenfalls eine Tracht Prügel. Für Blödsinnmachen während des Unterrichts auch, allerdings wurde Blödsinnmachen während des Unterrichts »schlechtes Benehmen« genannt. Es gab noch weitere Vergehen, auf die eine Tracht Prügel stand; Martin Coslaw war ein überzeugter Anhänger der Prügelstrafe mit Riemen und Paddel. Das Paddel des Richters war im Hetton House gefürchteter als irgendwas sonst, mehr noch als der schwarze Mann, der sich unter dem Bett kleiner Kinder versteckte. Das Paddel war ein ziemlich dünner Birkenholzspatel. Der Richter hatte vier Löcher hineingebohrt, um den Luftwiderstand zu verringern. Er war Bowlingspieler und spielte in einer Mannschaft namens The Falmouth Rockers, und freitags trug er manchmal sein Bowlinghemd in der Schule. Es war dunkelblau, und sein Name – Martin – war in Schreibschrift golden auf die Brusttasche gestickt. Für Blaze sahen diese Buchstaben beinahe (aber nicht ganz) wie die Buchstaben der Palmer-Methode aus. Der Richter sagte immer, im Bowling wie im Leben kämen die Strikes von ganz allein, wenn jemand Spares spielte. Er hatte einen kräftigen rechten Arm von all diesen Strikes und Spares, und wenn er jemandem eine Tracht Prügel mit dem Paddel verpasste, dann tat es ordentlich weh. Er war dafür bekannt, sich die Zunge zwischen die Zähne zu klemmen, wenn er bei einem Jungen mit besonders schlechtem Benehmen das Paddel einsetzte. Manchmal biss er so fest zu, dass es anfing zu bluten, und eine Zeit lang gab es einen Jungen im Hetton House, der ihn nicht nur der Richter, sondern manchmal auch »Graf Dracula« nannte. Aber dann schaffte es dieser Junge, und sie sahen ihn nie wieder. »Es schaffen« nannten sie es, wenn jemand in einer Familie untergebracht wurde und es dort aushielt, vielleicht sogar adoptiert wurde.

Martin Coslaw war bei allen Jungs im Hetton House verhasst und gefürchtet, aber niemand hasste und fürchtete ihn mehr als Blaze. Blaze war sehr schlecht im Rechnen. Er hatte es geschafft, den Dreh wieder herauszubekommen, wie man zwei Äpfel plus drei Äpfel addierte, wenn auch nur mit größter Mühe, aber ein Viertel eines Apfels plus eine Hälfte eines Apfels ging für immer über seinen Verstand. Für ihn gab es Äpfel immer nur in Bissen.

Es war während des Unterrichts in den vier Grundrechenarten, dass Blaze mithilfe seines Freundes John Cheltzman seine erste krumme Tour abzog. John war dünn, hässlich, schlaksig und voller Hass. Der Hass zeigte sich bei ihm nur selten. Meistens hielt er ihn verborgen hinter seiner mit Klebeband geflickten Brille und dem idiotischen, flegelhaften Gackern, in das er sehr häufig ausbrach. Er war die ideale Zielscheibe für die älteren, stärkeren Jungs. Sie schubsten ihn reichlich herum. Sein Gesicht wurde oft in den Dreck gerieben (Frühjahr und Herbst) oder im Schnee gewaschen (Winter). Seine Hemden waren oft zerrissen. Nur selten schaffte er es aus der Gemeinschaftsdusche, ohne vorher mit ein paar nassen Handtüchern Schläge auf den Hintern zu bekommen. Ständig wischte er sich Dreck oder Schnee aus dem Gesicht, stopfte einen zerrissenen Hemdzipfel in die Hose oder stieß sein wieherndes Gackern aus, wenn er sich die feuerroten Arschbacken rieb, und der Hass war praktisch nie zu sehen. Auch nicht seine Intelligenz. Er war gut im Unterricht – ziemlich gut, er konnte nichts dafür –, aber alles besser als ein B war auch bei ihm eine Seltenheit. Und auch gar nicht willkommen. Im Hetton House stand ein A für Arschloch. Ganz zu schweigen von Arschtreten.

Blaze wuchs allmählich zu seiner späteren Größe heran. Er hatte sie noch nicht erreicht, nicht mit elf oder zwölf, aber er entwickelte sich unaufhaltsam in diese Richtung. Er war schon so groß und kräftig wie einige der großen Jungs. Aber er beteiligte sich nicht an den Schulhofschlägereien oder dem Handtuchklatschen. Eines Tages kam John Cheltzman zu ihm, als Blaze neben dem Zaun am hinteren Ende des Schulhofs stand und nichts anderes tat, als zu beobachten, wie die Krähen in den Bäumen landeten und wieder fortflogen. Er schlug Blaze ein Geschäft vor.

»Du kriegst in diesem Halbjahr wieder den Richter in Mathe«, sagte John. »Die Bruchrechnung geht weiter.«

»Ich hasse Bruchrechnen«, sagte Blaze.

»Ich werde die Hausaufgaben für dich machen, wenn du verhinderst, dass sich diese Trottel weiter auf mich einschießen. Ich werde sie nicht so gut machen, dass er misstrauisch wird und du auffliegst, aber sie werden gut genug sein, dass du klarkommst.« In der Ecke stehen zu müssen war nicht so schlimm wie die Tracht Prügel, aber trotzdem schlimm genug. Man musste mit dem Gesicht zur Wand in einer Ecke von Raum 7 stehen und durfte dabei nicht auf die Uhr sehen.

Blaze dachte über John Cheltzmans Idee nach, dann schüttelte er den Kopf. Er war dumm, aber kein Idiot. »Er wird's merken. Ich werde drangenommen, um vorzurechnen, und dann kriegt er es raus.«

»Du siehst dich dann einfach im Raum um, als würdest du nachdenken«, sagte John. »Ich kümmere mich um dich.«

Und das tat John dann auch. Er schrieb die Antworten zu den Hausaufgaben auf, und Blaze schrieb sie in seiner eigenen Schrift ab, in Zahlen, die versuchten, wie die Zahlen der Palmer-Methode über der Tafel auszusehen, aber es doch nie schafften. Manchmal rief der Richter ihn auf, und dann stand Blaze auf und schaute in der Gegend herum, schaute überallhin, nur nicht zu Martin Coslaw, und das war schon in Ordnung, denn so verhielt sich fast jeder, wenn er aufgerufen wurde. Während seines Umherschauens sah er auch zu Johnny Cheltzman rüber, der mit den Händen auf dem Tisch auf seinem Stuhl neben der Tür des Bücherschranks lümmelte. Falls die Zahl, die der Richter hören wollte, zehn oder darunter war, würde die Anzahl der sichtbaren Finger die Antwort sein. Wenn es ein Bruch war, hatte John die Hände zu Fäusten geballt. Dann öffneten sie sich. Er machte das ziemlich schnell. Die linke Hand war der Zähler des Bruchs, die rechte Hand war der Nenner. Wenn der Nenner größer als fünf war, ballte Johnny wieder die Fäuste und benutzte dann beide Hände. Blaze hatte nicht die geringsten Schwierigkeiten mit dieser Zeichensprache, die wohl vielen erheblich komplexer erschienen wäre als die Brüche, die sie darstellte.

»Und, Clayton?«, fragte der Richter. »Wir warten.«

Und Blaze sagte dann: »Ein Sechstel.«

Er musste nicht immer die richtige Antwort kennen. Als er George davon erzählte, hatte George zustimmend genickt. »Ein netter kleiner Beschiss. Wann ist's aufgeflogen?«

Es flog drei Wochen nach Beginn des Schulhalbjahres auf, und wenn Blaze darüber nachdachte – er *konnte* denken, es dauerte einfach nur ein bisschen länger und war richtig harte Arbeit –, dann begriff er auch, dass der Richter schon die ganze Zeit misstrauisch gewesen sein musste, was Blazes erstaunliche mathematische Entwicklung betraf. Er hatte sich nur nichts anmerken lassen. Er hatte Stück für Stück das Seil abrollen lassen, das Blaze brauchte, um sich selbst zu hängen.

Es gab einen Überraschungstest. Blaze rasselte mit null Punkten glatt durch. Und zwar weil es bei diesem Test ausnahmslos um Brüche ging. Der Test war eigentlich nur aus einem einzigen Grund geschrieben worden, und der war, Clayton Blaisdell jr. zu überführen. Unter der vernichtenden Note stand eine Anmerkung in leuchtend roten Buchstaben. Blaze konnte sie nicht entziffern, deshalb ging er damit zu John.

John las. Er blieb einen Moment lang ganz still. Dann sagte er zu Blaze: »Hier steht: ›John Cheltzman wird wieder verdroschen werden.‹«

»Was? Hä?«

»Da steht: ›Melde dich um vier in meinem Büro.‹«

»Wozu?«

»Weil wir die Tests vergessen haben«, sagte John. »Nein, *du* hast gar nichts vergessen. *Ich* hab's vergessen. Weil ich an nichts anderes denken konnte, als wie ich es schaffe, dass diese dumpfen Brutalos mir nicht mehr wehtun. Jetzt wirst du mich verdreschen, dann wird der Richter mich durchprügeln, und anschließend legen die Brutalos wieder los. Mein Gott, ich wünschte, ich wäre tot.« Und genau so sah er auch aus.

»Ich werde dich nicht verdreschen.«

»Nein?« John sah ihn mit einem Ausdruck in den Augen an wie jemand, der schon gern glauben würde, was er hört, es aber nicht kann.

»Du konntest ja schlecht den Test für mich schreiben, oder?«

Martin Coslaws Büro war ein ziemlich großer Raum mit der Beschriftung REKTOR an der Tür. Es gab eine kleine Tafel darin, gegenüber vom Fenster. Aus dem Fenster sah man auf den erbärmlichen Schulhof vom Hetton House. Die Tafel war überzogen mit Kreidestaub und – Blazes Untergang – Brüchen. Coslaw saß hinter seinem Schreibtisch, als Blaze hereinkam. Er runzelte normalerweise über nichts die Stirn. Blaze gab ihm etwas, worüber er die Stirn runzeln konnte. »Anklopfen«, sagte er.

»Hä?«

»Geh noch mal raus und klopf an«, sagte der Richter.

»Oh.« Blaze drehte sich um, ging hinaus, klopfte an und kam wieder herein.

»Danke.«

»Schon okay.«

Coslaw sah Blaze weiter stirnrunzelnd an. Er nahm einen Stift und fing an, damit auf den Schreibtisch zu klopfen. Es war ein roter Korrekturstift. »Clayton Blaisdell jr.«, sagte er. Er grübelte. »So ein großer Name für so einen kleinen Geist.«

»Die anderen Kids nennen mich …«

»Es ist mir gleichgültig, wie die anderen *Kids* dich nennen, ein Kid ist ein Zicklein, Kid ist ein umgangssprachliches Wort, das nur Idioten gebrauchen. Mir ist das Wort egal, und mir sind diejenigen egal, die es benutzen. Ich unterrichte Rechnen, meine Aufgabe besteht darin, junge Burschen wie dich auf die Highschool vorzubereiten – soweit da überhaupt etwas vorzubereiten ist – und ihnen ebenfalls den Unterschied zwischen Richtig und Falsch beizubringen. Würden sich meine Pflichten auf das Unterrichten des Rechnens beschränken – und manchmal wünschte ich, es wäre so, häufig sogar wünschte ich das –, wäre dies nicht der Fall, aber ich bin gleichzeitig der Rektor, daher also auch die Belehrung über Richtig im Gegensatz zu Falsch, *quod erat demonstran-*

dum. Wissen Sie, was *quod erat demonstrandum* bedeutet, Mr. Blaisdell?«

»Nö«, sagte Blaze. Er spürte, wie ihn der Mut verließ und ihm Tränen in die Augen traten. Er war recht groß und kräftig für sein Alter, jetzt aber fühlte er sich einfach nur klein. Klein und immer kleiner werdend. Das Wissen, dass der Richter ihm genau dieses Gefühl vermitteln wollte, änderte daran auch nichts.

»Nein, und du wirst es auch nie wissen, denn selbst wenn du das zweite Jahr auf der Highschool erreichst – was ich stark bezweifle –, wirst du nie näher an die Geometrie herankommen als der Trinkbrunnen am Ende des Korridors.« Der Richter legte die Hände an den Fingerspitzen zusammen und schaukelte auf seinem Sessel nach hinten zurück. Sein Bowlinghemd hing über der Rückenlehne des Sessels und wippte im Takt. »Es bedeutet *was zu beweisen war,* Mr. Blaisdell, und bewiesen habe ich mit meinem kleinen Test, dass Sie ein Betrüger sind. Ein Betrüger ist ein Mensch, der den Unterschied zwischen Richtig und Falsch nicht kennt. QED, *quod erat demonstrandum*. Und daraus folgt: Bestrafung.«

Blaze senkte den Blick zu Boden. Er hörte, wie eine Schublade aufgezogen wurde. Etwas wurde herausgenommen und die Schublade anschließend wieder zugeschoben. Er musste nicht aufschauen, um zu wissen, was der Richter jetzt in der Hand hielt.

»Ich verabscheue Betrüger«, sagte Coslaw, »aber ich verstehe Ihre mentalen Defizite, Mr. Blaisdell, und somit verstehe ich auch, dass es bei diesem kleinen Komplott jemanden gibt, der noch schlimmer ist als Sie. Das wäre dann derjenige, der Ihnen diese Idee überhaupt erst in Ihren zugegebenermaßen dicken Kopf gesetzt und Ihnen anschließend Beihilfe geleistet hat. Können Sie mir noch folgen?«

»Nein«, sagte Blaze.

Coslaws Zunge schob sich eine Idee vor, und seine Zähne packten sie sofort. Und mit fast noch größerer Entschlossenheit umklammerte er nun das Paddel.

»Wer hat die Hausaufgaben für dich gemacht?«

Blaze sagte nichts. Gepetzt wird nicht. Sämtliche Comics, Fernsehshows und Filme sagten das. Gepetzt wird nicht. Und erst recht verpetzt man nicht seinen einzigen Freund. Und da war noch etwas. Etwas, das darum kämpfte, ausgedrückt zu werden.

»Sie hätten mich nicht verprügeln dürfen«, sagte er schließlich.

»Ach?« Coslaw wirkte amüsiert. »Finden Sie? Und warum nicht, Mr. Blaisdell, wenn ich fragen darf? Explizieren Sie sich. Ich bin fasziniert.«

Blaze kannte diese großen Worte nicht, aber diesen Gesichtsausdruck, den kannte er. Er war ihm bereits sein ganzes Leben lang immer wieder begegnet.

»Sie wollen mir nicht wirklich was beibringen. Sie wollen nur, dass ich mich klein fühle, und Sie wollen dem wehtun, der Sie für eine kleine Weile daran gehindert hat. Das ist falsch. Sie hätten mich nicht mit dem Riemen verprügeln dürfen, wo Sie doch derjenige sind, der falsch handelt.«

Der Richter sah überhaupt nicht mehr amüsiert aus. Nur noch wütend. So wütend, dass eine Ader genau mitten auf seiner Stirn pulsierte. »Wer hat deine Hausaufgaben gemacht?«

Blaze sagte nichts.

»Wie hast du im Unterricht antworten können? Wie hat das funktioniert?«

Blaze sagte nichts.

»War es Cheltzman? Ich glaube, es war Cheltzman.«

Blaze sagte nichts. Er hatte die Fäuste geballt, zitterte. Tränen wollten ihm in die Augen schießen, aber es fühlte sich nicht mehr nach Klein-fühl-Tränen an.

Coslaw schwang das Paddel und erwischte Blaze weit oben auf einem Arm. Es knallte wie der Schuss aus einer kleinen Waffe. Es war das erste Mal, dass Blaze von einem Lehrer auf eine andere Stelle als den Hintern geschlagen wurde, auch wenn man ihm manchmal, als er noch kleiner war, die Ohren lang gezogen hatte (und ein- oder zweimal auch die Nase). *»Antworte mir, du hirnloser Elch!«*

»Leck mich!«, schrie Blaze, als das namenlose Ding in ihm sich schließlich mit einem Satz befreite. »Leck mich, leck mich doch!«

»Komm her«, sagte der Richter. Seine Augen waren weit aufgerissen, traten ihm beinahe aus dem Kopf. Die Hand, die das Paddel umklammerte, war weiß geworden. »Komm her, du gottverdammtes Stück Dreck.«

Und weil das namenlose Ding jetzt einen Namen hatte, hatte die Wut ihn verlassen, und weil er trotz allem noch ein Kind war, ging Blaze zu ihm.

Als er zwanzig Minuten später das Arbeitszimmer des Richters verließ, mit rauem, keuchendem Atem und blutender Nase – aber immer noch trockenen Auges und mit fest zusammengepressten Lippen –, da wurde er zu einer Hetton-House-Legende.

Mit Rechnen war er durch. Während des Oktobers und des größten Teils des Novembers ging er statt in Raum 7 in Raum 19, den Arbeitsraum. Blaze war das nur recht. Es dauerte zwei Wochen, bis er wieder einigermaßen bequem auf dem Rücken liegen konnte, und auch das war in Ordnung.

An einem Tag Ende November wurde er noch einmal in Rektor Coslaws Büro zitiert. Vor der Tafel saßen ein Mann und eine Frau mittleren Alters. Für Blaze sahen sie trocken aus. Als wären sie wie Blätter mit dem späten Herbstwind hereingeweht worden.

Der Richter saß hinter seinem Schreibtisch. Sein Bowlinghemd war nicht zu sehen. Es war kalt in dem Raum, weil das Fenster geöffnet worden war, um die helle, schwache Novembersonne hereinzulassen. Abgesehen davon, dass er ein Bowling-Narr war, war der Richter auch noch ein Frischluftfanatiker. Dem Pärchen schien es nichts auszumachen. Der trockene Mann trug eine graue Anzugjacke mit Schulterpolstern und eine schmale Krawatte. Die trockene Frau trug eine karierte Jacke und darunter eine weiße Bluse. Beide hatten derbe Hände, überzogen mit einem Geflecht aus hervorstehenden Adern. Seine Hände waren schwielig. Ihre waren rissig und rot.

»Mr. und Mrs. Bowie, das ist der Junge, von dem ich gesprochen habe. Nimm deine Mütze ab, Blaisdell.«

Blaze zog seine Red Sox Mütze ab.

Mr. Bowie sah ihn kritisch an. »Er ist ein kräftiger Bursche. Erst elf, sagen Sie?«

»Nächsten Monat zwölf. Er wird Ihnen eine gute Hilfe sein.«

»Er hat doch nichts, oder?«, fragte Mrs. Bowie. Ihre Stimme war hoch und durchdringend. Es hörte sich komisch an, wie es aus dieser kolossalen Brust hervorkam, die unter ihrer karierten Jacke anschwoll wie eine lange Brandungswelle am Higgins Beach. »Keine Tbc oder irgendwas?«

»Er ist untersucht worden«, sagte Coslaw. »Unsere Jungs werden alle regelmäßig untersucht. Das verlangt der Staat so.«

»Kann er Holz hacken? Das muss ich wissen«, sagte Mr. Bowie. Er hatte ein schmales, verhärmtes Gesicht, das Gesicht eines Fernsehpredigers.

»Davon bin ich überzeugt«, sagte Coslaw. »Ich bin überzeugt, dass er für schwere Arbeit gut zu gebrauchen ist. Schwere *körperliche* Arbeit, meine ich. Er ist schlecht im Rechnen.«

Mrs. Bowie lächelte. Nur Lippen, keine Zähne. »Fürs Kopfrechnen bin ich zuständig.« Sie wandte sich an ihren Mann. »Hubert?«

Bowie überlegte, nickte dann. »Okee.«

»Geh bitte hinaus, Blaisdell«, sagte der Richter. »Wir unterhalten uns später noch.«

Und so wurde Blaze ein Mündel der Bowies, ohne je selbst auch nur ein einziges Wort gesagt zu haben.

»Ich will nicht, dass du gehst«, sagte John. Er saß auf dem Bett neben dem von Blaze und schaute zu, wie Blaze seine Habseligkeiten in eine Reisetasche packte. Das meiste war, genau wie die Reisetasche, vom Hetton House zur Verfügung gestellt.

»Tut mir leid«, sagte Blaze, aber das stimmte gar nicht, oder doch zumindest nicht ganz – er wünschte nur, Johnny könnte mitkommen.

»Die werden anfangen, auf mich einzudreschen, sobald du die Straße runter bist. Alle werden das tun.« Johns Augen zuckten wie wild hin und her, und er quetschte an einem frischen Pickel auf seiner Nase herum.

»Nein, werden sie nicht.«

»Werden sie wohl, das weißt du ganz genau.«

Blaze wusste es. Und er wusste auch, dass er nichts dagegen tun konnte. »Ich muss los. Ich bin noch minderjährig.« Er lächelte John an. *»Miner, forty-niner, dreadful sorry, Clementine.«*

Gemessen an Blazes gewöhnlichen Scherzen war dies ein nahezu geistreicher Witz, doch John lächelte nicht einmal. Er streckte eine Hand aus und umklammerte Blazes Arm, gerade so, als wollte er sich seine Struktur und Beschaffenheit für immer einprägen. »Du wirst nicht mehr zurückkommen.«

Aber genau das tat Blaze.

Die Bowies holten ihn in einem alten Ford Pick-up ab, der vor Jahren in einem grotesken, von Nasen überzogenen Weiß lackiert worden war. Im Führerhaus war genug Platz für drei, aber Blaze fuhr auf der Ladefläche. Es machte ihm nichts aus. Der Anblick des in der Ferne zuerst kleiner werdenden, dann gänzlich verschwindenden HH erfüllte ihn mit Freude.

Sie lebten in einem riesigen, baufälligen Bauernhaus in Cumberland, das auf der einen Seite an Falmouth grenzte und auf der anderen an Yarmouth. Das Haus lag an einer unbefestigten Straße und war mit tausend Schichten Staub bedeckt. Es war nicht gestrichen. Davor stand ein Schild mit der Aufschrift BOWIE'S COLLIES. Links vom Haus befand sich ein großer Hundezwinger, in dem achtundzwanzig Collies ständig umherliefen und kläfften. Einige hatten die Räude. Sie verloren an großen Stellen das Fell, wodurch die empfindliche rosa Haut darunter für das wenige in dieser Jahreszeit noch verbliebene Ungeziefer freigelegt wurde. Rechts vom Haus lag das mit Unkraut bewachsene Weideland. Dahinter eine gigantische alte Scheune, in der die Bowies Kühe hielten. Das Haus stand auf vierzig Morgen Land. Das meiste davon wurde für Heu genutzt, aber auf ungefähr sieben Morgen befand sich ein dichter Mischwald.

Als sie ankamen, sprang Blaze mit seiner Reisetasche in der Hand von der Ladefläche. Bowie nahm sie ihm ab. »Die werd ich für dich verstauen. Du willst jetzt Holz hacken.«

Blaze blinzelte ihn an.

Bowie deutete auf die Scheune. Eine Reihe mit dem Haus im Zickzack verbundener Schuppen bildete etwas, das fast an einen Vorhof erinnerte. Vor einer Schuppenwand ein Stapel Holz. Manche Ahorn, andere einfache Kiefer, und das Harz sammelte sich in Blasen auf der Rinde. Vor dem Holzstoß stand ein alter, schartiger Hackklotz mit einer darin versenkten Axt.

»Du willst jetzt Holz hacken«, sagte Hubert Bowie wieder.

»Oh«, sagte Blaze. Es war das erste Wort, das er zu einem von ihnen sagte.

Die Bowies beobachteten, wie er zum Hackklotz hinüberging und die Axt herausholte. Er sah sie an, stand dann im Staub neben dem Klotz. Die Hunde rannten herum und kläfften unablässig. Die kleinsten Collies am schrillsten.

»Und?«, fragte Bowie.

»Sir, ich hab noch nie Holz gehackt.«

Bowie ließ die Reisetasche in den Staub fallen. Er kam herüber und legte ein großes Stück Ahorn auf den Hackklotz. Er spuckte in eine Handfläche, klatschte in die Hände und ergriff die Axt. Blaze schaute aufmerksam zu. Bowie ließ die Klinge herabsausen. Das Stück Holz zerfiel in zwei Teile.

»Da«, sagte er. »Jetzt sind sie ofengerecht.« Er hielt die Axt hin. »Jetzt du.«

Blaze klemmte sie zwischen die Beine, spuckte auf eine Handfläche und schlug die Hände zusammen. Er wollte schon die Axt heben, erinnerte sich dann aber, dass er noch kein Stück Holz auf den Klotz gelegt hatte. Er holte dies nun nach, hob die Axt und ließ sie herabsausen. Sein Stück zerteilte sich in zwei beinahe mit Bowies Ofengerechten identische Stücke. Blaze war begeistert. Und im nächsten Augenblick lag er der Länge nach im Dreck, sein rechtes Ohr klingelte von dem Rückhandschlag, den Bowie ihm mit einer seiner trockenen, von Arbeit gehärteten Hände verpasst hatte.

»Wofür war das?«, fragte Blaze und schaute auf.

»Für nicht zu wissen, wie man Holz hackt«, sagte Bowie. »Und bevor du sagst, es ist nicht deine Schuld, Junge – meine ist es auch nicht. Und jetzt willst du Holz hacken.«

Sein Zimmer war wie eine winzige, nachträgliche Idee in der zweiten Etage des weitläufigen Bauernhauses. Es gab ein Bett und eine Kommode, sonst nichts. Es gab ein Fenster. Alles, was man durch die Scheiben erblickte, sah gewellt und verzerrt aus. Nachts war es kalt in diesem Zimmer, morgens noch kälter. Die Kälte störte Blaze nicht, aber ihn störten sehr wohl die Bowies. Die störten ihn mehr und mehr. Aus Belästigung wurde Abneigung, und aus Abneigung schließlich Hass. Der Hass wuchs langsam. Für ihn war das der einzige Weg. Der Hass wuchs in seinem eigenen Tempo, und er wuchs vollkommen, und er brachte rote Blüten hervor. Es war ein Hass der Art, wie ihn kein intelligenter Mensch jemals erlebt. Er entwickelte ein Eigenleben. Er war unverwässert von jeglicher Überlegung.

In diesem Herbst und Winter hackte er eine Menge Holz. Bowie versuchte ihm beizubringen, wie man mit der Hand melkte, aber Blaze konnte es einfach nicht. Er hatte, was Bowie harte Hände nannte. Gleichgültig, wie behutsam auch immer er seine Finger um die Zitzen der Kühe zu legen versuchte, wurden sie doch sofort unruhig. Und dann kehrte ihre Nervosität zu ihm zurück und schloss damit den Kreis. Der Milchfluss reduzierte sich auf ein Rinnsal, hörte dann ganz auf. Dafür bekam er von Bowie niemals eine Ohrfeige oder einen Schlag auf den Hinterkopf. Er wollte keine Melkmaschinen anschaffen, er glaubte nicht an Melkmaschinen, sagte, diese Dinger laugten Kühe in ihrer besten Zeit aus, gestand aber zu, dass Melken eine Begabung war. Und weil dies so war, konnte man jemanden genauso wenig bestrafen, weil er diese Gabe nicht hatte, wie man jemanden bestrafen konnte, der keine *Poisie* schreiben konnte, wie er es nannte.

»Aber du kannst Holz hacken«, sagte er, ohne zu lächeln. »Du hast die Begabung dafür.«

Blaze hackte und trug es, füllte vier-, fünfmal am Tag die Holzkiste in der Küche. Es gab auch einen Ölofen, aber Hubert Bowie lehnte es strikt ab, den vor Februar anzuwerfen, weil der Preis für den Brennstoff so hoch war. Blaze schaufelte auch die neunzig Meter lange Zufahrt frei, wenn der Schnee in dicken Flocken fiel, wendete mit der Forke das Heu, säuberte die Scheune und schrubbte Mrs. Bowies Fußböden.

Unter der Woche war er um fünf Uhr morgens auf den Beinen, um die Kühe zu füttern (um vier, wenn es nachts geschneit hatte) und das Frühstück zu machen, bevor der gelbe SAD-106-Bus kam, um ihn zur Schule zu bringen. Die Bowies hätten sicher gern auf die Schule verzichtet, wenn sie gekonnt hätten, aber sie konnten nicht.

Im Hetton House hatte Blaze sowohl gute als auch schlechte Geschichten über »Schule draußen« gehört. Hauptsächlich schlechte von den großen Jungs, die auf die Freeport High gingen. Blaze war allerdings noch zu jung für die Highschool. Während seiner Zeit bei den Bowies besuchte er die Cumberland A School, und es gefiel ihm. Er mochte seine Lehrerin, Mrs. Cheney. Er lernte gern Gedichte auswendig, meldete sich im Unterricht und rezitierte: »*Bei der einfachen Brücke, die die Flut überspannt* …« Er trug diese Gedichte in seiner rot-schwarz karierten Jagdjacke vor (die er niemals auszog, weil er sie während eines Probealarms einmal vergessen hatte), seiner grünen Flanellhose und seinen grünen Gummistiefeln. Er war eins achtzig groß, überragte jeden anderen Sechstklässler, und seine große Gestalt wurde gekrönt von seinem grinsenden Gesicht mit der durch die Misshandlungen seines Vaters eingedellten Stirn. Niemand machte sich über Blaze lustig, wenn er Gedichte vortrug.

Er hatte ziemlich viele Freunde, obwohl er ein Mündelkind war, weil er weder streitsüchtig war noch andere tyrannisierte. Er war auch nie schlecht gelaunt. Auf dem Schulhof war er für alle »der Bär«. Manchmal trug er auf seinen Schultern bis zu drei Erstklässler gleichzeitig. Beim Ballspiel nutzte er seine Körpergröße nie aus. Er wurde von fünf, sechs, sieben Spielern gleichzeitig angegriffen, schwankte, schwankte, meist glücklich lächelnd, hielt sein verbeultes Gesicht zum Himmel gedreht und stürzte schließlich unter allgemeinem Hurrageschrei wie ein Gebäude ein. Mrs. Waslewski, eine Katholikin, sah ihn eines Tages Erstklässler auf den Schultern herumschleppen, als sie Schulhofaufsicht hatte, und nannte ihn von diesem Tag an den »heiligen Franz der kleinen Leute«.

Mrs. Cheney brachte ihn in Lesen, Schreiben und Geschichte weiter. Sie begriff schon sehr frühzeitig, dass Mathematik (die er noch immer Rechnen nannte) für Blaze eine verlorene Sache war. Bei der einen Gelegenheit, als sie es bei ihm mit Lernkarten versuchte, wurde er blass, und sie war fest davon überzeugt, dass der Junge am Rande einer Ohnmacht stand. Er war langsam, aber ihrer Meinung nach nicht geistig zurückgeblieben.

Im Dezember hatte er sich weiterentwickelt von den Erstklässler-Abenteuern von Dick und Jane zu den Geschichten in *Roads to Everywhere*, dem Lesebuch für die dritte Klasse. Sie gab ihm einen Stoß klassischer Komödien, die sie zu festen Büchern hatte binden lassen und die er mit nach Hause zu den Bowies nehmen sollte. Dazu einen Zettel, auf dem stand, dass es Hausaufgaben waren. Sein Lieblingsbuch war natürlich *Oliver Twist*, das er wieder und wieder las, bis er jedes einzelne Wort auswendig kannte.

All das hielt an bis Januar und wäre wahrscheinlich bis in den Frühling weitergegangen, wären nicht zwei bedauerliche Ereignisse eingetreten. Er tötete einen Hund. Und er verliebte sich.

Er hasste die Collies, aber eine seiner Aufgaben bestand darin, sie zu füttern. Sie waren reinrassig, aber schlechte Nahrung und hundertprozentige Zwingerhaltung hatte sie hässlich und neurotisch gemacht. Die meisten waren feige und scheuten vor jeder Berührung zurück. Sie konnten einen kläffend und knurrend anspringen, nur um bei der kleinsten Bewegung zurückzuweichen und sich aus einem anderen Winkel erneut zu nähern. Manchmal schlichen sie sich von hinten an. Dann zwickten sie einen vielleicht in die Waden oder den Po, bevor sie wieder wegflitzten. Es herrschte ein höllischer Lärm zur Fütterungszeit. Hubert Bowie war nicht für sie zuständig. Mrs. Bowie war außerdem die Einzige, zu der sie überhaupt kamen. Sie gluckte mit ihrer summenden Stimme über ihnen. Sie trug immer eine rote Jacke, wenn sie bei den Hunden war, und die war bedeckt mit goldbraunen Haaren.

Die Bowies verkauften nur sehr wenige ausgewachsene Tiere, aber die Welpen brachten im Frühjahr zweihundert Dollar das Stück. Mrs. Bowie wies Blaze eindringlich auf die Bedeutung einer guten Ernährung für die Hunde hin – wie wichtig es war, ihnen das zu fressen zu geben, was sie »eine gute Mischung« nannte. Und doch fütterte *sie* die Hunde niemals, und was Blaze in ihre Tröge kippte, war Billigfutter von einem Discounter aus Falmouth. Das Zeug hieß Dog's Worth. Hubert Bowie nannte es manchmal »Billigfraß« und manchmal »Hundefürze«. Allerdings nie, wenn seine Frau in der Nähe war.

Die Hunde wussten genau, dass Blaze sie nicht mochte, dass er Angst vor ihnen hatte, und mit jedem Tag wurden sie ihm gegenüber aggressiver. Als das Wetter wirklich richtig kalt zu werden begann, kamen sie mitunter nahe genug auf ihn zugestürzt, um ihn von vorn zu zwicken. Nachts wachte er manchmal aus Träumen auf, in denen sie sich zusammenrotteten, ihn zu Fall brachten und dann bei lebendigem Leib auffraßen. Nach diesen Träumen lag er starr in seinem Bett, stieß weiße Atemwolken in die eisige Luft und tastete sich ab, um sich zu vergewissern, dass er noch unversehrt war. Er wusste, dass es so war, er kannte den Unterschied zwischen Traum und Wirklichkeit, aber in der Dunkelheit schien dieser Unterschied nur hauchdünn zu sein.

Mehrere Male war ihr Rempeln und Rumflitzen Grund dafür, dass er das Futter verschüttete. Dann musste er es so gut es eben ging von dem festgetretenen, mit Urinflecken übersäten Schnee aufkratzen, während sie sich um ihn herum knurrend um die Stücke balgten.

Allmählich schälte sich einer als Anführer in ihrem unerklärten Krieg gegen ihn heraus. Er hieß Randy. Er war elf. Er hatte ein milchiges Auge. Er jagte Blaze eine Scheißangst ein. Seine Zähne waren wie alte gelbe Hauer. Über die Mitte seines Schädels verlief ein weißer Streifen. Er kam schnurgerade auf Blaze zu, die Hinterläufe unter seinem zottigen Fell geschmeidig schwingend. Randys gesundes Auge schien zu brennen, während das schlechte völlig gleichgültig gegenüber allem zu bleiben schien, eine erloschene Lampe. Seine Krallen rissen kleine Klumpen gelblich weißen Schnees aus dem Boden des Hundezwingers. Er beschleunigte, bis es aussah, als sei überhaupt nichts anderes mehr möglich, als abzuspringen und Blazes Kehle entgegenzufliegen. Die anderen Hunde spielten dabei immer völlig verrückt, sie sprangen in die Luft und drehten sich laut knurrend um sich selbst. Im allerletzten Augenblick landeten Randys Pfoten wieder auf dem Boden, schleuderten einen Schneeschauer über Blazes grüne Hose, und dann wendete er in einem weiten Bogen, um das Manöver sofort zu wiederholen. Aber mit jedem Mal scherte er später und später aus, bis er so nahe war, dass Blaze seine Hitze und sogar seinen Atem riechen konnte.

Dann, eines Abends Ende Januar, wusste er plötzlich, dass der Hund nicht mehr ausscheren würde. Er hätte nicht sagen können, worin sich dieser Angriff von den anderen unterschied, aber es war so. Diesmal meinte Randy es ernst. Er würde springen. Und wenn er das tat, würden die anderen Hunde schnell folgen. Und dann würde es sein wie in seinen Träumen.

Der Hund kam, wurde schneller und schneller, lautlos. Diesmal kein Spiel mit den Pfoten. Kein Schlittern oder Wenden. Die Hinterläufe spannten sich an, drückten sich vom Boden ab. Einen Augenblick später war Randy auch schon in der Luft.

Blaze trug zwei Stahleimer mit Dog's Worth. Als er sah, dass Randy es diesmal ernst meinte, verließ ihn die Angst. Er ließ die Eimer exakt in dem Moment fallen, als Randy absprang. Er trug Lederhandschuhe mit Löchern in den Fingern. Er begegnete dem Hund mit der rechten Faust mitten in der Luft, unterhalb des länglich spitzen Unterkiefers. Der Schlag schoss durch seinen Arm bis hinauf zur Schulter. Seine Hand wurde sofort und vollständig taub. Es gab ein kurzes, scharfes Knacken. Randy machte einen perfekten 180-Grad-Salto und landete mit einem dumpfen Schlag auf dem Rücken.

Erst als sie wieder zu bellen anfingen, wurde Blaze sich bewusst, dass die anderen Hunde völlig still geworden waren. Er nahm die Eimer wieder auf, ging zum Trog und schüttete den Fraß aus. Bisher hatten die Hunde sich immer sofort an den Trog gedrängt und darüber hergemacht, geknurrt und um die besten Plätze gekämpft, bevor er auch nur Wasser hinzufügen konnte. Er konnte nichts dagegen tun; er war machtlos. Als jetzt einer der kleineren Collies mit glänzenden dummen Augen und seitlich aus seinem dummen Maul heraushängender dummer Zunge zum Trog raste, machte Blaze mit seinen behandschuhten Händen eine ruckartige Bewegung, und sofort wich der Hund so schnell seitlich aus, dass die Füße unter ihm nachgaben und er auf der Seite landete. Die anderen wichen zurück.

Blaze fügte dem Futter zwei Eimer Wasser aus dem Trinkwasserhahn hinzu. »So«, sagte er. »Jetzt ist es feucht. Na los, fresst!«

Er kehrte zu Randy zurück, um einen Blick auf ihn zu werfen, während die anderen Hunde zum Futtertrog rasten.

Die Flöhe verließen bereits Randys auskühlenden Körper, um ihn auf dem mit Pisseflecken übersäten Schnee sterben zu lassen. Das gute Auge sah jetzt fast genauso glasig aus wie das schlechte. Das weckte ein Gefühl von Mitleid und Traurigkeit in Blaze. Vielleicht hatte der Hund ja doch nur gespielt. Hatte nur versucht, ihm Angst einzujagen.

Und er *hatte* Angst. Auch das. Dafür würde er einen Heidenärger bekommen.

Er ging mit den leeren Eimern und gesenktem Kopf zum Haus. Mrs. Bowie war in der Küche. Sie hatte ein Waschbrett in die Spüle gestellt und wusch darauf gerade Vorhänge. Mit ihrer durchdringenden Stimme trällerte sie dabei ein Kirchenlied.

»Aaach, komm jetzt nicht hier rein und latsch auf meinen sauberen Boden!«, schrie sie, als sie ihn sah. Es war zwar ihr Boden, aber er schrubbte ihn. Auf Knien. Missmut regte sich in seiner Brust.

»Randy ist tot. Er hat mich angesprungen. Ich hab ihn geschlagen. Hab ihn totgemacht.«

Ihre Hände flogen aus dem seifigen Wasser, und sie schrie. »Randy? Randy! *Randy!*«

Sie rannte im Kreis herum, schnappte sich ihren Pullover von dem Haken neben dem Holzherd und lief dann zur Tür.

»Hubert!« Sie rief ihren Mann. »Hubert, ach, Hubert! Was für ein bösartiger Junge!« Und dann, als würde sie immer noch singen: »OoooooоOOOOOO …«

Sie stieß Blaze zur Seite und rannte hinaus. Mr. Bowie tauchte in einer der vielen Schuppentüren auf, ein verblüffter Ausdruck auf seinem hageren Gesicht. Er kam mit großen Schritten auf Blaze zu und packte ihn an einer Schulter. »Was ist passiert?«

»Randy ist tot«, antwortete Blaze tonlos. »Er hat mich angesprungen, und ich hab ihn fertiggemacht.«

»Du wartest hier«, sagte Hubert Bowie und folgte seiner Frau.

Blaze zog seine rot-schwarze Jacke aus und setzte sich auf den Schemel in der Ecke. Schnee schmolz an seinen Stiefeln und bildete eine Pfütze. Es war ihm gleichgültig. Die Hitze des Holzherdes ließ sein Gesicht pochen. Er hackte das Holz. Es war ihm gleichgültig.

Bowie musste seine Frau zurück ins Haus führen, denn sie hatte die Schürze über ihr Gesicht gezogen. Sie schluchzte laut. Ihre schrille Stimme ließ sie wie eine Nähmaschine klingen.

»Geh raus in den Schuppen«, sagte Bowie zu ihm.

Blaze öffnete die Tür. Bowie half ihm mit der Spitze seines Stiefels nach. Blaze stürzte die zwei Stufen auf den Hof hinunter, stand auf und ging in den Schuppen. Dort drinnen gab es Werkzeuge – Äxte, Hämmer, eine Drehbank, einen Schleifstein, einen Hobel und noch andere Dinge, deren Namen er nicht kannte. Es gab Autoteile und Schachteln mit alten Illustrierten. Und eine Schneeschaufel mit einem breiten Aluminiumblatt. Seine Schaufel. Blaze sah sie an, und irgendetwas an der Schaufel vertiefte seinen Hass gegenüber den Bowies, rundete ihn ab. Sie erhielten hundertsechzig Dollar pro Monat dafür, dass sie ihn bei sich aufnahmen, und er erledigte ihre Hausarbeiten. Er bekam kein gutes Essen. Im HH war es besser gewesen. Das war alles nicht fair.

Hubert Bowie öffnete die Verbindungstür zum Schuppen und trat ein. »Ich werde dich jetzt auspeitschen«, sagte er.

»Der Hund hat mich angesprungen. Er hatte es auf meine Kehle abgesehen.«

»Halt den Mund. Du machst alles nur noch schlimmer für dich.«

Jedes Frühjahr ließ Bowie eine seiner Kühe von Franklin Marstellars Bullen Freddy besteigen. An der Wand des Schuppens hing ein Halfter, das er »Liebeshalfter« nannte, und ein Nasenriemen. Bowie nahm es vom Haken und hielt es am Riemen, die Finger fest darum geschlungen. Die schweren Lederbänder hingen nach unten herab.

»Bück dich über die Werkbank da.«

»Randy wollte mir an die Kehle. Ich sag's Ihnen, es ging um sein Leben oder meins.«

»Bück dich über die Werkbank.«

Blaze zögerte, dachte aber nicht nach. Das Denken war für ihn ein lang dauernder Prozess. Er dauerte Stunden oder Tage. Stattdessen hörte er auf seine Instinkte.

Es war noch nicht so weit.

Er beugte sich über die Werkbank. Das Auspeitschen dauerte lange und war hart, aber er weinte nicht. Das machte er später, in seinem Zimmer.

Das Mädchen, in das er sich verliebt hatte, hieß Marjorie Thurlow und ging in die siebte Klasse der Cumberland A School. Sie hatte blonde Haare und blaue Augen und keine Brüste. Sie hatte ein süßes Lächeln, bei dem sich ihre Augenwinkel nach oben zogen. Auf dem Schulhof ließ Blaze sie nicht aus den Augen. Wenn er sie anschaute, hatte er so ein leeres Gefühl in der Magengrube, aber es war ein gutes Gefühl. Er stellte sich vor, wie er ihre Bücher trug und sie vor

Banditen beschützte. Bei diesen Gedanken brannte ihm immer das Gesicht.

Eines Tages, nicht lange nach dem Zwischenfall mit Randy und dem Auspeitschen, kam die Bezirkskrankenschwester in die Schule, um die Schutzimpfungen durchzuführen. In der Woche zuvor hatten die Kinder entsprechende Formulare mitbekommen; die Eltern, die ihre Kinder impfen lassen wollten, hatten sie unterschrieben. Jetzt stellten sich die Kinder mit den unterschriebenen Formularen in einer nervösen Schlange an, die in den Umkleideraum führte. Blaze war einer von ihnen. Bowie hatte George Henderson angerufen, der im Schulamt saß, und gefragt, ob die Impfung Geld kostete. Kostete sie nicht, also hatte Bowie unterschrieben.

Margie Thurlow stand ebenfalls in der Schlange. Sie sah sehr blass aus. Sie tat Blaze sehr leid. Er wünschte sich, er könnte zu ihr gehen und ihre Hand halten. Bei dem Gedanken begann sein Gesicht wieder zu brennen. Er senkte den Kopf und scharrte mit den Füßen.

Blaze war der Erste in der Schlange. Als die Krankenschwester ihn in den Umkleideraum winkte, zog er seine rot-schwarz karierte Jacke aus und knöpfte den Ärmel seines Hemdes auf. Die Krankenschwester nahm die Nadel aus so einer Art Kochtopf, warf einen Blick auf seinen Zettel und sagte dann: »Besser, du knöpfst den anderen Ärmel auch noch auf, großer Junge. Du kriegst zwei.«

»Wird's wehtun?«, fragte Blaze, während er den anderen Ärmel aufknöpfte.

»Nur für eine Sekunde.«

»Okay«, sagte Blaze und ließ sie die Nadel aus dem Kochtopf in seinen linken Arm jagen.

»Gut. Jetzt noch der andere Arm, und dann hast du's geschafft.«

Blaze drehte sich um. Sie schoss mehr Zeug mit einer anderen Nadel in seinen rechten Arm. Dann verließ er den Umkleideraum, kehrte an sein Pult zurück und fing an, über einer Geschichte in seinem Schulbuch zu brüten.

Als Margie aus der Umkleidekabine herauskam, hatte sie Tränen in den Augen und noch mehr auf den Wangen, aber sie schluchzte nicht. Blaze war stolz auf sie. Als sie auf dem Weg zur Tür an seinem Tisch vorbeikam (die Siebtklässler waren in einem anderen Raum), lächelte er sie an. Und sie erwiderte das Lächeln. Blaze faltete dieses Lächeln sorgfältig zusammen, legte es beiseite und verwahrte es viele Jahre lang.

In der Pause, gerade als Blaze aus der Tür auf den Schulhof kam, stürmte Margie schluchzend an ihm vorbei ins Gebäude hinein. Er drehte sich um, schaute ihr nach, dann ging er langsam auf den Schulhof, die Stirn in tiefen Falten, das Gesicht unglücklich. Er ging zu Peter Lavoie, der den an einem Pfosten befestigten Tetherball mit einem Handschuh schlug, und fragte, ob Peter wüsste, was mit Margie los sei.

»Glen hat ihr auf die Impfstelle geschlagen«, sagte Peter Lavoie. Er machte es an einem vorbeigehenden Jungen vor, ballte eine Faust und boxte den Jungen dreimal schnell hintereinander, *paff-paff-paff*. Blaze sah es und runzelte die Stirn. Die Krankenschwester hatte gelogen. Beide Arme taten ihm an den Injektionsstellen ziemlich weh. Die großen Muskeln fühlten sich steif und verletzt an. Es war schwer, sie zu beugen, ohne sich dabei vor Schmerz zu krümmen. Und Margie war ein Mädchen. Er schaute sich nach Glen um.

Glen Hardy war der große Schulhofrowdy. Er war ein riesiger Achtklässler, einer von der Sorte, der als Jugendlicher Football spielt und in späteren Jahren gnadenlos verfettet. Er hatte rote Haare, die er sich in bombastischen Wellen aus der Stirn zurückkämmte. Sein Vater war Farmer auf der Westseite der Stadt, und Glens Arme waren gewaltige Muskelpakete.

Irgendwer warf Blaze einen Ball zu. Er ließ ihn auf den Boden fallen, ohne ihn anzusehen, und setzte sich in Richtung Glen Hardy in Bewegung.

»O Mann«, sagte Peter Lavoie. »Blaze hat's auf Glen abgesehen!«

Die Neuigkeit verbreitete sich wie ein Lauffeuer. Jungs begannen sich in Gruppen betont beiläufig und lässig dorthin zu begeben, wo Glen und einige der älteren Jungs eine unbeholfene, derbe Version von Kickball spielten. Glen warf. Er warf einen schnellen und flachen Ball, der auf dem gefrorenen Boden aufprallte und wegtitschte.

Mrs. Foster, die an diesem Tag die Aufsicht auf dem Schulhof hatte, war auf der anderen Seite des Gebäudes und passte auf die Kleinen beim Schaukeln auf. Sie würde kein Störfaktor sein, zumindest nicht zu Anfang.

Glen schaute auf und sah Blaze kommen. Er ließ den Ball fallen. Er stemmte die Hände in die Hüften. Beide Mannschaften lösten sich auf, um einen Halbkreis um ihn zu bilden. Es waren ausnahmslos Siebt- und Achtklässler. Keiner war so groß und kräftig wie Blaze. Nur Glen war noch kräftiger.

Die Viert-, Fünft- und Sechstklässler standen locker hinter Blaze. Sie scharrten mit den Füßen, nestelten an ihren Gürteln, zogen selbstbewusst an ihren Fäustlingen und tuschelten miteinander. Die Jungs auf beiden Seiten trugen absurd lässige Mienen zur Schau. Der Kampf war noch nicht ausgerufen worden.

»Was willst du, du Pfeife?«, fragte Glen Hardy. Seine Stimme war arrogant und seelenruhig. Es war die Stimme eines erkälteten jungen Gottes.

»Warum hast du Margie Thurlow auf die Impfstelle geschlagen?«, fragte Blaze.

»Ich hatte Lust dazu.«

»Okay«, sagte Blaze und marschierte los.

Glen schlug ihn zweimal ins Gesicht – *paff-paff* –, noch bevor er dicht dran war, und Blut floss aus Blazes Nase. Dann wich Glen zurück, wollte den Vorteil seiner größeren Reichweite behalten. Die Umstehenden brüllten.

Blaze schüttelte den Kopf. Blutstropfen flogen umher, spritzten auf den Schnee links und rechts von und vor ihm.

Glen grinste breit. »Mündel«, sagte er. »Mündel, Mündel, dumm wie Bohnenstroh.« Er schlug Blaze genau auf die Mitte seiner eingebeulten Stirn, und sein Grinsen erstarrte, als der Schmerz durch seinen Arm schoss. Blazes Stirn war sehr hart, eingebeult oder nicht.

Einen Augenblick vergaß er zurückzuweichen, und Blaze ließ seine Faust vorschnellen. Er setzte seinen Körper nicht ein; er benutzte einfach nur seinen Arm wie einen Kolben. Seine Knöchel trafen Glens Mund. Glen schrie auf, als seine Lippen gegen seine Zähne geschlagen wurden und zu bluten begannen. Das Gebrüll wurde lauter.

Glen schmeckte sein eigenes Blut und vergaß völlig, weiter zurückzuweichen. Er vergaß, den hässlichen Jungen mit der eingeschlagenen Stirn zu verspotten. Er warf sich einfach ins Gewühl, drosch wie wild um sich, ließ Schläge von steuerbord und backbord losprasseln.

Blaze brachte sich in Position und konterte. Schwach, von weit entfernt, hörte er die Rufe und Ermahnungen seiner Klassenkameraden. Sie erinnerten ihn an die kläffenden Collies im Hundezwinger an dem Tag, als er erkannte, dass Randy nicht mehr ausscheren würde.

Glen landete wenigstens drei gute Treffer, und Blaze dröhnte der Kopf. Er schnappte nach Luft, atmete Blut ein. Seine Ohren klingelten. Seine eigene Faust schoss wieder vor, und er spürte den Ruck bis in seine Schulter. In Sekundenschnelle breitete sich das Blut von Glens Mund über sein Kinn und seine Wangen aus. Glen spuckte einen Zahn aus. Blaze schlug wieder zu, auf die gleiche Stelle. Glen schrie auf. Er klang wie ein kleines Kind, dessen Finger in einer Tür eingeklemmt worden waren. Er hörte auf, um sich zu schlagen. Sein Mund war Brei. Mrs. Foster kam auf sie zugelaufen. Ihr Rock flog, ihre Knie pumpten, und sie blies in ihre kleine silberne Pfeife.

Blazes Arm schmerzte ziemlich übel an der Stelle, wo die Krankenschwester ihn geimpft hatte, und die Faust tat ihm weh, und sein Kopf tat weh, aber er schlug noch einmal zu, verzweifelt hart, mit einer Hand, die sich taub und tot anfühlte. Es war die gleiche Hand, die er auch gegen Randy eingesetzt hatte, und er schlug genauso hart zu wie an jenem Tag im Zwinger. Der Schlag erwischte Glen mitten aufs Kinn. Es gab ein deutlich hörbares *Knack*-Geräusch, das die anderen Kinder verstummen ließ. Glen stand schlaff da, er verdrehte die Augen, bis man nur noch das Weiße sah. Dann gaben seine Knie nach und er brach zu einem hilflosen Häufchen zusammen.

Ich hab ihn umgebracht, dachte Blaze. *O Gott, ich hab ihn umgebracht wie Randy.*

Doch dann begann Glen, sich zu bewegen und irgendwas zu stammeln, ganz hinten im Hals, so wie Leute es im Schlaf tun. Und Mrs. Foster schrie Blaze an und befahl ihm, ins Gebäude zu gehen. Während er ging, hörte er sie Peter Lavoie auftragen, ins Sekretariat zu gehen und den Erste-Hilfe-Kasten zu holen, und zwar *schnell.*

Natürlich wurde er von der Schule geschickt. Suspendiert. Sie stoppten sein Nasenbluten mit einem Eisbeutel, klebten ein Pflaster auf sein Ohr und schickten ihn dann auf den vier Meilen langen Fußmarsch zur Hundefarm. Er war bereits ein Stück den Weg hinunter, als ihm sein Lunchpaket einfiel. Mrs. Bowie gab ihm immer eine zusammengeklappte Scheibe Brot mit Erdnussbutter und einen Apfel mit auf den Weg. Es war nicht viel, aber er hatte einen weiten Weg vor sich, und, wie John Cheltzman sagte, etwas ist allemal besser als gar nichts.

Sie wollten ihn nicht mehr reinlassen, als er zurückkam, aber Margie Thurlow brachte es ihm heraus. Ihre Augen waren immer noch gerötet vom Weinen. Sie sah aus, als wollte sie etwas sagen, wüsste aber nicht, wie. Blaze kannte das Gefühl gut und lächelte sie an, um ihr zu zeigen, dass es schon in Ordnung war. Sie erwiderte sein Lächeln. Eines seiner Augen war fast zugeschwollen, also schaute er sie mit dem anderen an.

Als er den Rand des Schulhofs erreichte, drehte er sich noch einmal um, um sie anzusehen, aber da war sie schon fort.

»Raus in den Schuppen«, befahl Bowie.

»Nein.«

Bowies Augen wurden groß. Er schüttelte leicht den Kopf, als hätte er nicht richtig gehört. »*Was* hast du gesagt?«

»Sie sollten mich nicht auspeitschen.«

»Das entscheide ich ganz allein. Raus in den Schuppen.«

»Nein.«

Bowie näherte sich ihm bedrohlich. Blaze wich einen halben Meter zurück, dann ballte er seine geschwollenen Fäuste. Er rührte sich nicht mehr von der Stelle. Bowie blieb stehen. Er hatte Randy gesehen. Randys Hals war gebrochen wie ein Zedernast nach einer eisigen Nacht.

»Geh auf dein Zimmer, du blöder Dreckskerl«, sagte er.

Blaze ging. Er setzte sich auf seine Bettkante. Von dort aus konnte er hören, wie Bowie ins Telefon brüllte. Er glaubte zu wissen, wer am anderen Ende war.

Es spielte keine Rolle. Es war ihm egal. Doch als er an Margie Thurlow dachte, da war es ihm plötzlich nicht mehr egal. Als er an Margie dachte, wollte er am liebsten heulen, so wie er manchmal heulen wollte, wenn er einen Vogel ganz allein auf einer Telefonleitung sitzen sah. Aber er heulte nicht. Stattdessen las er *Oliver Twist*. Er kannte das Buch auswendig; er konnte sogar die Wörter sagen, die er nicht kannte. Draußen kläfften die Hunde. Sie hatten Hunger. Es war ihre Fütterungszeit. Niemand rief ihn, sie zu füttern, obwohl er es getan hätte, wenn man ihn darum gebeten hätte.

Er las *Oliver Twist*, bis der Kombi vom HH kam, um ihn abzuholen. Der Richter saß am Steuer. Seine Augen waren rot vor Wut. Sein Mund war eine waagerechte Naht zwischen Kinn und Nase. Die Bowies standen nebeneinander in den langen Schatten der Abenddämmerung und schauten ihm nach.

Als sie das Hetton House erreichten, spürte Blaze, wie ihn ein schreckliches Gefühl der Vertrautheit überkam. Es fühlte sich an wie ein nasses Hemd. Er musste sich auf die Zunge beißen, um nicht aufzuschreien. Drei Monate, und nichts hatte sich verändert. Das HH war derselbe Haufen roter, unvergänglicher Backsteine. Die gleichen Fenster warfen das gleiche gelbe Licht auf das Gelände davor, nur dass der Boden jetzt mit Schnee bedeckt war. Im Frühjahr würde der Schnee verschwinden, aber das Licht würde noch immer das gleiche sein.

In seinem Büro holte der Richter das Paddel hervor. Blaze hätte es ihm abnehmen können, aber er hatte keine Lust mehr zu kämpfen. Und er vermutete, dass es wohl immer jemand Größeren, jemanden mit einem größeren Paddel gab.

Nachdem der Richter seinen Arm ein wenig trainiert hatte, wurde Blaze in den Gemeinschaftsschlafsaal in Fuller Hall geschickt. John Cheltzman stand neben der Tür. Eines seiner Augen war nur noch ein Schlitz geschwollenen lila Fleischs.

»Yo, Blaze«, sagte er.

»Yo, Johnny. Wo ist deine Brille?«

»Kaputt«, sagte er. Dann platzte es aus ihm heraus: »Blaze, die haben meine Brille absichtlich kaputt gemacht! Jetzt kann ich überhaupt nichts mehr lesen!«

Blaze dachte darüber nach. Er war traurig, wieder hier zu sein, aber es bedeutete ihm eine Menge, dass Johnny auf ihn gewartet hatte. »Wir reparieren sie wieder.« Dann kam ihm eine Idee. »Oder wir gehen nach dem nächsten Sturm in die Stadt Schnee schaufeln und verdienen Geld für eine neue.«

»Meinst du wirklich, das könnten wir tun?«

»Klar. Du musst doch was sehen können, um mir bei meinen Hausaufgaben zu helfen, oder?«

»Klar, Blaze.«

Gemeinsam gingen sie hinein.

10

Das Apex Center war so was wie ein großer Platz an der Straße und prahlte mit einem Friseur, einem Saal für die Treffen der Kriegsveteranen, einem Haushaltswarengeschäft, der Apex Pentecostal Church of the Holy Spirit, einem Bierladen und einem gelben Blinklicht. Es war von der Hütte aus gut zu Fuß zu erreichen, und Blaze machte sich an dem Morgen nach seinem zweiten Überfall auf Tim & Janet's Quik-Pik auf den Weg dorthin. Sein Ziel war das Apex Home Hardware, ein kleiner Einzelhändler, bei dem er eine Ausziehleiter aus Aluminium für dreißig Dollar plus Steuern kaufte. Die Leiter hatte einen roten Aufkleber mit der Aufschrift: SONDERPREIS.

Er trug sie zurück die Straße hinauf, stapfte stur den geräumten Seitenstreifen entlang. Er schaute weder rechts noch links. Es kam ihm nicht in den Sinn, dass man sich später an seinen Einkauf würde erinnern können. George hätte daran gedacht, aber George war immer noch fort.

Die Leiter war zu lang für den Kofferraum oder den Rücksitz des gestohlenen Fords, aber sie passte hinein, als er sie schräg mit einem Ende hinter dem Fahrersitz verstaute und das andere vorn auf den Beifahrersitz ragen ließ. Nachdem das erledigt war, kehrte er ins Haus zurück und stellte im Radio WJAB ein, die bis Sonnenuntergang auf Sendung waren.

»George?«

Keine Antwort. Er machte Kaffee, trank eine Tasse und legte sich hin. Er schlief bei laufendem Radio ein, während aus dem Lautsprecher »Phantom 409« dudelte. Als er aufwachte, war es dunkel, und aus dem Radio drang nur noch Knistern und Rauschen. Es war Viertel nach sieben.

Blaze stand auf und machte Abendessen – ein Wurstsandwich und eine Dose Ananasstücke von Dole. Er liebte Dole-Ananasstücke. Er konnte sie dreimal täglich essen und bekam doch nie genug. Den Sirup trank er mit drei großen Schlucken, dann schaute er sich um. »George?«

Keine Antwort.

Er streifte rastlos umher. Ihm fehlte der Fernseher. Das Radio leistete abends nicht wirklich gute Gesellschaft. Wenn George hier wäre, könnten sie Cribbage spielen. George besiegte ihn immer, weil Blaze einige der Folgen nicht mitbekam und auch nicht die meisten Zweier für die Fünfzehn (das hieß ja Rechnen), aber es machte Spaß, die kleinen Markerstifte auf dem Punktebrett zu stecken. Wie bei einem Pferderennen. Und wenn George dazu keine Lust hatte, konnten sie immer noch vier Kartenspiele mischen und Krieg spielen. George spielte die halbe Nacht lang Krieg, trank dabei Bier und redete über die Republikaner und wie sie die Armen aufs Kreuz legten. *(»Warum? Ich werd dir sagen, warum. Aus dem gleichen Grund, warum Hunde sich die Eier lecken: weil sie es können.«)* Aber jetzt gab es nichts zu tun. George hatte ihm ein Solitärspiel beigebracht, aber Blaze konnte sich nicht mehr erinnern, wie das ging. Für das Kidnapping war es noch viel zu früh. Er hatte sogar vergessen, Comics oder Pornohefte zu kaufen.

Am Ende machte er es sich mit einer alten Ausgabe von X-Men bequem. George nannte die X-Men immer nur die »Homobutzen«, als ob sie was mit Äpfeln zu tun hätten oder so. Blaze wusste auch nicht, warum.

Um Viertel vor acht döste er wieder ein. Als er um elf aufwachte, fühlte er sich völlig benebelt und nur mit einem Bein in der wirklichen Welt. Er könnte jetzt gehen, wenn er wollte – wenn er Ocoma Heights erreichte, würde es nach Mitternacht sein –, aber auf einmal wusste er gar nicht mehr, ob er überhaupt wollte. Auf einmal erschien ihm alles ziemlich furchterregend. Sehr kompliziert. Er musste darüber nachdenken. Pläne machen. Vielleicht fiel ihm selbst eine Möglichkeit ein, wie er in das Haus kommen konnte. Sich's noch mal ansehen. So tun, als käme er vom Wasserwerk oder von der Stromgesellschaft. Einen Plan zeichnen.

Die leere Wiege neben dem Herd verspottete ihn.

Er schlief wieder ein und hatte einen unruhigen Traum, in dem er lief. Er verfolgte jemanden durch verlassene Straßen im Hafenviertel, während Möwen in kreischenden Schwärmen über den Docks und Lagerhäusern schwirrten. Er wusste nicht, ob er George verfolgte oder John Cheltzman. Und als er ein wenig aufzuholen begann und die Gestalt über eine Schulter zurückblickte und ihn spöttisch angrinste, da sah er, dass es keiner von beiden war. Es war Margie Thurlow.

Als er aufwachte, saß er immer noch vollständig bekleidet auf dem Stuhl, aber die Nacht war vorbei. WJAB war wieder auf Sendung. Henson Cargill sang »Skip a Rope«.

Er machte sich auch am zweiten Abend wieder zum Gehen fertig, aber er ging nicht. Am Tag danach verließ er die Hütte und schaufelte einen langen und sinnlosen Weg Richtung Wald frei. Er schaufelte, bis er keine Luft mehr bekam und sein Mund nach Blut schmeckte.

Heute Abend gehe ich, dachte er, aber der einzige Ort, wohin er an diesem Abend ging, war der Bierladen, um zu sehen, ob sie neue Comics reinbekommen hatten. Hatten sie, und Blaze kaufte drei. Über dem ersten schlief er nach dem Abendessen ein, und als er wieder aufwachte, war es Mitternacht. Er stand auf, um pinkeln zu gehen – und anschließend würde er sich in die Falle hauen –, als er George husten hörte.

»George?«

»Bist du feige, Blaze?«

»Nein! Ich bin nicht ...«

»Du hängst in diesem Haus rum wie ein Hund, der sich die Eier in der Hühnerstalltür eingeklemmt hat.«

»Nein! Das stimmt nicht! Ich hab viele Sachen gemacht. Ich habe eine gute Leiter besorgt ...«

»Ja, und ein paar Comics. Du hast dich amüsiert und hier rumgesessen, hast dir diese Landeier-Mucke reingezogen und von Schwuchteln mit Superkräften gelesen, stimmt's, Blazer?«

Blaze brummte irgendwas.

»Was hast du gesagt?«

»Nichts.«

»Wird wohl so sein, wenn du nicht mal den Mumm hast, es laut auszusprechen.«

»In Ordnung – ich hab gesagt, kein Mensch hat dich gebeten zurückzukommen.«

»Du undankbarer, mieser kleiner Dreckskerl.«

»Hör zu, George, ich ...«

»Ich hab mich um dich gekümmert, Blaze. Ich gebe zu, es war nicht aus reiner Nächstenliebe, du warst gut, wenn man dich richtig eingesetzt hat, aber ich war derjenige, der wusste, wie man das macht. Hast du das vergessen? Wir hatten nicht immer drei Fluppen am Tag, aber wir hatten immer wenigstens eine. Ich hab dafür gesorgt, dass du deine Klamotten wechselst und dich sauber hältst. Wer hat dir gesagt, du sollst dir die verdammten Zähne putzen?«

»Du, George.«

»Die du jetzt übrigens vernachlässigst. Und so langsam kriegst du wieder diesen Mundgeruch Marke Tote Maus.«

Blaze grinste. Er konnte gar nicht anders. George hatte eine witzige Art, Sachen zu sagen.

»Wenn du eine Nutte gebraucht hast, dann hab ich dir auch die besorgt.«

»Ja, und eine von denen hat mir den Tripper verpasst.« Sechs Wochen lang hatte ihm das Pinkeln saumäßig wehgetan.

»Hab dich doch zum Arzt gebracht, oder nicht?«

»Hast du«, räumte Blaze ein.

»Das schuldest du mir einfach, Blaze.«

»Du wolltest nicht, dass ich es mache!«

»Ja, ich hab's mir anders überlegt. Es war mein Plan, und du schuldest mir was.«

Blaze dachte darüber nach. Wie immer brauchte er ein paar lange, schmerzhafte Minuten dafür. Dann platzte er heraus: »Wie kann man denn einem Toten was schulden? Wenn einer jetzt hier vorbeigehen würde, dann würde der hören, wie ich Selbstgespräche führe. Die würden mich doch für total verrückt halten! 'scheinlich *bin* ich ja auch verrückt!« Ein weiterer Gedanke kam ihm in den Sinn. »Du kannst doch gar nichts anfangen mit deinem Anteil! Du bist doch tot!«

»Und du? Nennst du das Leben? Sitzt hier rum, hörst dir diese Dumpfbacken-Cowboymusik an? Liest Comics und holst dir einen runter?«

Blaze bekam einen roten Kopf und schaute zu Boden.

»Verlierst den Überblick und überfällst alle drei oder vier Wochen immer wieder dasselbe Geschäft, bis sie den Laden überwachen und deinen Arsch schnappen? Und in der Zwischenzeit hockst du hier dämlich rum und starrst dieses bescheuerte Kinderbett und diese beschissene Wiege an?«

»Ich werd Kleinholz aus der Wiege machen.«

»Sieh dich doch nur an«, sagte George, und in seiner Stimme lag noch viel mehr als nur Traurigkeit. Für Blaze klang es nach richtigem Kummer. »Dieselbe Hose seit zwei Wochen an. Pisseflecken in der Unterwäsche. Du musst dich rasieren, und du brauchst unbedingt einen Scheißhaarschnitt ... Sitzt hier rum in dieser bescheuerten Hütte mitten in diesem Scheißwald. So läuft das bei uns beiden nicht. Siehst du das denn nicht?«

»Du bist weggegangen«, antwortete Blaze.

»Weil du dich blöd aufgeführt hast. Aber das jetzt ist noch viel blöder. Du musst was riskieren, sonst gehst du vor die Hunde. Du kriegst fünf Jahre hier, sechs da, dann schnappen sie dich wieder und lochen dich als Gewohnheitstäter ein, und du wirst für den Rest deines Lebens im Bau sitzen. Nur ein mieser kleiner Dummkopf, der sogar zu blöd war, sich die Zähne zu putzen oder die Socken zu wechseln. Nur ein weiterer Krümel auf dem Boden.«

»Dann sag mir doch, was ich tun soll, George.«

»Geh und zieh unseren Plan durch – das sollst du tun.«

»Aber wenn sie mich erwischen, dann ist das schon ein echt großes Ding, Mann. Dafür krieg ich lebenslänglich.«

»Das wird dir sowieso passieren, so wie du dich verhältst – hast du mir nicht zugehört? Aber he, auf eine Art tust du ihm sogar einen Gefallen. Selbst wenn er sich nicht dran erinnert – und das wird er auch nicht –, hat er doch immer noch was, womit er sich bei seinen Golfclub-Kumpels für den Rest seines Lebens aufspielen kann. Und die Leute, die du ausnimmst, die haben das Geld doch selbst gestohlen, nur eben, wie Woody Guthrie schon sagt, mit einem Füllfederhalter in der Hand statt mit einer Kanone.«

»Und was, wenn ich erwischt werde?«

»Wirst du nicht. Falls du Probleme mit dem Geld kriegen solltest – falls es gekennzeichnet ist –, fährst du einfach runter nach Boston und gehst zu Billy O'Shea. Aber die Hauptsache ist doch, dass du endlich mal aufwachst.«

»Wann sollte ich's denn am besten machen, George? Wann?«

»Wenn du aufwachst. Wenn du aufwachst. Wach auf. *Wach auf!*«

Blaze wachte auf. Er saß auf dem Stuhl. Die Comics lagen auf dem Boden, und die Schuhe hatte er noch an. *O George.*

Er stand auf und warf einen Blick auf die billige Uhr auf dem Kühlschrank. Es war Viertel nach eins. An einer Wand hing ein mit Seifenspritzern überzogener Spiegel, und er beugte sich vor, um sich darin zu betrachten. Sein Gesicht hatte einen gehetzten Ausdruck.

Er zog Jacke, Mütze und Fäustlinge an und ging hinaus zum Schuppen. Die Leiter lag noch im Auto, aber der Wagen war seit drei Tagen nicht mehr gelaufen, und er brauchte eine ganze Weile, bis er ansprang.

Er schob sich hinter das Steuer. »Auf geht's, George. Ich leg jetzt los.«

Keine Antwort. Blaze zog seine Mütze auf die Glücksseite und setzte aus dem Schuppen zurück. Er wendete in drei Zügen und fuhr dann die Straße hinunter. Er war unterwegs.

11

Er hatte keine Probleme, in Ocoma Heights zu parken, obwohl die Bullen ständig Streife fuhren. Diesen Teil des Plans hatte George bereits Monate vor seinem Tod ausgearbeitet. Dieser Teil war der Ausgangspunkt gewesen.

Gegenüber dem Anwesen der Gerards und ungefähr eine Viertelmeile die Straße hinauf stand ein Hochhaus mit Eigentumswohnungen. Das Oakwood war neun Stockwerke hoch, und die Apartments wurden von ausgesprochen wohlhabenden berufstätigen Menschen bewohnt, deren Geschäftsinteressen in Portland, Portsmouth und Boston lagen. Auf einer Seite gab es einen eingezäunten Besucherparkplatz. Als Blaze zum Tor fuhr, trat ein Mann aus dem kleinen Häuschen und zog den Reißverschluss seines Parkas zu.

»Wen möchten Sie besuchen, Sir?«

»Mr. Joseph Carlton«, antwortete Blaze.

»Jawohl, Sir«, sagte der Parkwächter. Die Tatsache, dass es fast zwei Uhr morgens war, schien ihn überhaupt nicht aus der Ruhe zu bringen. »Soll ich oben anrufen?«

Blaze schüttelte den Kopf und zeigte dem Parkwächter eine rote Plastikkarte. Sie hatte George gehört. Falls der Wärter sagte, er müsse oben anrufen – wenn er auch nur misstrauisch aussah –, würde Blaze wissen, dass die Karte nicht mehr gültig war, dass sie die Farbe geändert hatten oder irgendwas, und er würde zusehen, dass er seinen Arsch hier wegschaffte.

Der Mann nickte jedoch nur und kehrte in sein Häuschen zurück. Einen Augenblick später ging die Schranke hoch, und Blaze fuhr auf den Parkplatz.

Es gab keinen Joseph Carlton, zumindest glaubte Blaze, dass es keinen gab. George sagte, die Wohnung im siebten Stock sei eine Spielwiese, angemietet von ein paar Typen aus Boston, Typen, die er Irish Smarties nannte. Manchmal hatten die Irish Smarties Besprechungen dort. Manchmal trafen sie da auch Mädchen, die »für alles zu haben waren«, laut George. Meistens spielten sie mörderisches Poker dort. Bei einem halben Dutzend dieser Spielabende war George dabei gewesen. Er war dazugekommen, weil er mit einem der Smarties aufgewachsen war, einem vorzeitig ergrauten Mafioso namens Billy O'Shea mit Froschaugen und bläulichen Lippen. Billy O'Shea nannte George wegen seiner rauen Stimme Raspy, oder manchmal auch einfach nur Rasp.

Blaze war mit George auf zwei dieser hochkarätigen Zockerabende gewesen und konnte kaum fassen, was für ein Haufen Geld da auf dem Tisch lag. Das eine Mal hatte George fünftausend Dollar gewonnen, das andere Mal hatte er zweitausend verloren. Aufgrund der Tatsache, dass das Oakwood in der Nähe des Gerard-Anwesens lag, hatte George überhaupt erst über das Geld der Gerards und den kleinen Gerard-Erben nachgedacht.

Der Besucherparkplatz war finster und verlassen. Geräumter Schnee glitzerte im Licht einer einzelnen Natriumdampflampe. Der Schnee lag hoch aufgetürmt an dem Maschendrahtzaun, der den Parkplatz von den rund sechzehntausend Quadratmetern verlassener Parklandschaft auf der anderen Seite trennte.

Blaze stieg aus dem Ford, öffnete die hintere Tür und zog seine Leiter heraus. Er handelte jetzt, und das war besser. Wenn er in Bewegung war, waren seine Zweifel vergessen.

Er warf die Leiter über den Maschendrahtzaun. Sie landete lautlos auf einer Daunendecke aus Schnee. Er kletterte hinterher, blieb mit der Hose an einem herausragenden Stück Draht hängen und stürzte mit dem Kopf voran in den Schnee, der knapp einen Meter tief war. Es war fantastisch, berauschend. Einen Moment lang strampelte er wie wild um sich und machte beim Aufstehen unbeabsichtigt einen Schneeengel.

Er hakte einen Arm in seine Leiter und stapfte Richtung Hauptstraße. Er wollte gegenüber dem Haus der Gerards rauskommen, und darauf konzentrierte er sich nun. Er dachte nicht an die Spuren, die er hinterließ – an das unverwechselbare Waffelprofil seiner Army-Stiefel. George hätte vielleicht daran gedacht, aber George war nicht da.

An der Straße verharrte er kurz, schaute in beide Richtungen. Alles frei. Auf der gegenüberliegenden Seite stand eine Hecke mit Schneehaube zwischen ihm und dem dunklen Haus.

Er lief über die Straße, beugte sich vor und zog den Kopf ein, als würde ihn das unsichtbar machen, und wuchtete die Leiter über die Hecke. Er war drauf und dran, sich durch das Gesträuch zu kämpfen, sich einfach einen Weg zu bahnen, als ein Licht – die nächste Straßenlaterne oder vielleicht auch nur Sternenschein – einen silbrigen Schimmer durch die kahlen Äste zog. Er kniff die Augen zusammen, schaute genauer hin und spürte, wie ihm das Herz bis zum Hals schlug.

Es war ein Draht, der an schlanken Metallpfosten befestigt war. Etwa auf drei Viertel der Gesamthöhe jedes Pfostens verlief dieser Draht durch einen Porzellanisolator. Also ein Draht, der unter Strom stand, genau wie auf der Kuhweide der Bowies. Wer damit in Berührung kam, würde wahrscheinlich so dermaßen einen gewischt bekommen, dass er sich in die Hose pinkelte, und gleichzeitig ging irgendwo der Alarm los. Der Chauffeur oder der Butler oder irgendwer würde die Cops verständigen, und das war's dann. Schluss, aus und vorbei.

»George?«, flüsterte er.

Irgendwo – ein Stück die Straße hinauf? – flüsterte eine Stimme: »Spring einfach rüber.«

Er trat einige Schritte zurück – auf der Straße kam immer noch nichts, weder in der einen noch in der anderen Richtung – und rannte auf die Hecke zu. Eine Sekunde bevor er sie erreichte, beugten sich seine Knie, und seine Beine katapultierten ihn anschließend in einem unbeholfenen, schlingernden Satz in die Höhe. Er flog durch den oberen Teil der Hecke und landete, alle viere von sich gestreckt, neben seiner Leiter im Schnee. Sein Bein, leicht zerkratzt vom Maschendrahtzaun, hinterließ Tröpfchen der seltenen Blutgruppe AB-negativ, sowohl auf dem Schnee als auch auf mehreren Ästen der Hecke.

Blaze wuchtete sich hoch und versuchte sich zu orientieren. Das Haus lag knapp hundert Meter entfernt. Dahinter befand sich ein kleineres Gebäude. Eine Garage vielleicht oder ein Gästehaus. Vielleicht sogar die Unterkunft der Hausangestellten. Dazwischen ein weites Schneefeld. Falls noch jemand wach war, würde er dort leicht bemerkt werden können. Blaze zuckte die Achseln. Falls das so war, dann war's eben so. Es gab wirklich nichts, was er dagegen tun könnte.

Er schnappte sich die Leiter und trottete auf den schützenden Schatten des Hauses zu. Als er dort ankam, kauerte er sich nieder, versuchte, wieder zu Atem zu kommen, und suchte nach Hinweisen, ob jemand alarmiert worden war. Er sah nichts. Das Haus schlummerte.

Oben gab es Dutzende Fenster. Welches sollte er nehmen? Falls er und George sich dazu schon was überlegt hatten – falls er es überhaupt gewusst hatte –, dann hatte er es jetzt vergessen. Blaze legte eine Hand auf die Backsteinwand, als gehe er davon aus, sie würde atmen. Er warf einen vorsichtigen Blick in das nächste Fenster und sah eine große, glänzende Küche. Sie sah aus wie die Kommandozentrale von Raumschiff *Enterprise*. Ein Nachtlicht über dem Herd warf ein schwaches Schimmern über Resopal und Fliesen. Blaze wischte sich mit der Handfläche über den Mund. Unentschlossenheit versuchte sich in seinem Inneren breitzumachen, und er ging zurück, um die Leiter zu holen und sie damit im Keim zu ersticken. Hauptsache, etwas tun, wie banal auch immer. Er zitterte.

Das bedeutet lebenslänglich!, brüllte eine Stimme in ihm. *Dafür kriegst du die volle Ladung! Es ist noch Zeit, du kannst immer noch …*

»Blaze.«

Fast hätte er laut aufgeschrien.

»Irgendein Fenster. Wenn du dich nicht mehr erinnern kannst, musst du eben suchen.«

»Ich kann nicht, George. Ich werd bestimmt irgendwas umkippen oder so … Die werden mich hören und kommen und mich erschießen … oder …«

»Blaze, du musst. Es geht nur so.«

»Ich hab Angst, George. Ich will wieder nach Hause.«

Keine Antwort. Aber das Schweigen sprach schon für sich.

Mit rauen, gedämpften Grunzern, die kleine Atemwölkchen vor seinem Gesicht aufsteigen ließen, löste er die Haken, mit denen die Segmente der Leiter zusammengehalten wurden, und zog sie auf ihre Maximallänge aus. Er musste, ungeschickt dank der Fäustlinge, ziemlich lange rumfummeln, bis er die Haken wieder in die Sicherungsposition gebracht hatte. Er hatte inzwischen ganz schön viel im Schnee rumgedroschen und war weiß von Kopf bis Fuß – ein Schneemann, ein Yeti. Auf dem Schirm seiner Kappe, immer noch auf die Glücksseite geschoben, hatte sich sogar eine kleine Schneeverwehung gebildet. Doch abgesehen vom *Klick-Klack* der Verriegelungen und den gepressten Lauten seines angestrengten Atmens war alles still. Der Schnee dämpfte jedes Geräusch.

Die Leiter war aus Aluminium und leicht. Er stellte sie mühelos auf. Die oberste Sprosse reichte bis kurz unterhalb des Fensters über der Küche. Er würde von zwei, drei Sprossen tiefer problemlos die Verriegelung dieses Fensters erreichen.

Er begann hinaufzusteigen, schüttelte dabei Schnee ab. Die Leiter sank ein Stück ein, ließ ihn erstarren und die Luft anhalten, aber dann stand sie bombenfest. Er setzte seinen Aufstieg fort. Er beobachtete, wie die Backsteine vor ihm nach unten wanderten, dann auch der Fenstersims. Dann schaute er in ein Schlafzimmerfenster.

Da war ein Doppelbett. Zwei Menschen schliefen darin. Ihre Gesichter waren nichts als weiße Kreise. Eigentlich nur verschwommene Flecken.

Erstaunt starrte Blaze zu ihnen hinein. Seine Angst war vergessen. Ohne einen für ihn ersichtlichen Grund – er war überhaupt nicht scharf, oder zumindest glaubte er, es nicht zu sein – bekam er einen Ständer. Er hatte keinen Zweifel, dass er Joseph Gerard III. und seine Frau vor sich hatte. Er starrte sie an, aber sie wussten nichts davon. Er schaute direkt in ihre Welt. Er konnte ihre Kommoden, ihre Nachttische, ihr großes Doppelbett sehen. Er konnte einen großen, mannshohen Spiegel mit sich selbst darin sehen, wie er von draußen, aus der Kälte heraus, zu ihnen hereinschaute. Er schaute zu ihnen herein, und sie wussten nichts davon. Sein Körper bebte vor Erregung.

Er riss seinen Blick los und sah die Verriegelung auf der Innenseite des Schiebefensters. Es war ein einfacher Riegelverschluss, problemlos zu öffnen mit dem richtigen Werkzeug. George hätte es einen Klacks genannt. Natürlich hatte Blaze nicht das richtige Werkzeug dabei, aber er brauchte auch keines. Die Verriegelung war nicht geschlossen.

Sie sind fett, dachte Blaze. Sie sind fette, blöde Republikaner. Ich bin ja vielleicht dumm, aber die sind richtig blöd.

Blaze stellte seine Füße auf der Leiter so weit es ging auseinander, um die Hebelwirkung zu vergrößern (das war etwas, was sein Körper wusste, weniger sein Verstand), dann begann er, Druck auf das Fenster auszuüben, ihn langsam zu verstärken. Der Mann im Bett drehte sich im Schlaf von einer Seite auf die andere, und Blaze verharrte, bis Gerard es sich wieder ganz in seinen Träumen bequem gemacht hatte. Dann drückte er weiter.

Als er schon fast glaubte, dass das Fenster irgendwie versiegelt und das Schloss deshalb nicht vorgelegt war, öffnete es sich einen winzigen Spalt. Das Holz ächzte leise. Blaze hörte sofort auf.

Er überlegte.

Es würde schnell gehen müssen: Fenster öffnen, hineinklettern, Fenster wieder schließen. Andernfalls würde die plötzlich eindringende kalte Januarluft sie mit Sicherheit wecken. Wenn das Fenster beim Hochschieben allerdings laut quietschen würde, dann würden sie auch davon aufwachen.

»Mach schon«, sagte George vom Fußende der Leiter. »Gib dein Bestes – und los.«

Blaze zwängte seine Finger in den Spalt zwischen Fensterunterkante und Rahmen, dann drückte er nach oben. Das Fenster hob sich ohne einen Laut. Er schwang ein Bein ins Innere, ließ seinen Körper folgen, drehte sich um und schloss das Fenster. Beim Herunterlassen ächzte es deutlich vernehmbar und setzte mit einem dumpfen Krachen auf. Er erstarrte in der Hocke, hatte Angst, sich umzudrehen und zum Bett zu sehen, die Ohren gespitzt, um noch den geringsten Laut aufzufangen.

Nichts.

Doch, o ja, da waren Geräusche, sogar jede Menge Geräusche. Das Atmen, zum Beispiel. Zwei Menschen, die beinahe synchron atmeten, als führen sie auf einem Tandem. Das leise Quietschen der Matratzen. Das Ticken einer Uhr. Das sanfte Rauschen von Luft – das dürfte die Zentralheizung sein. Und dann das Haus selbst, wie es ausatmete. Zur Ruhe kam, wie es das seit fünfzig oder fünfundsiebzig Jahren Nacht für Nacht tat. Verflucht, vielleicht waren es auch schon hundert. Wie es sich auf seinen Knochen aus Backstein und Holz niederließ.

Blaze drehte sich um und schaute sie an. Die Frau war bis zur Taille aufgedeckt. Das Oberteil ihres Nachthemdes war zur Seite gerutscht und hatte eine Brust entblößt. Blaze sah sie an, war fasziniert vom Anblick ihres Nippels, der sich in dem kurzen Luftzug aufgerichtet hatte …

»Beweg dich, Blaze! Mein Gott!«

Mit großen Schritten stakste er durch den Raum wie der Liebhaber in einer Karikatur, der sich unter dem Bett versteckt und den Geräuschen der ehelichen Vereinigung zugehört hatte, die Luft angehalten und die Brust herausgedrückt wie ein Comic-General.

Es schimmerte golden.

Auf einer der Kommoden stand eine kleine Pyramide aus drei in Gold gefassten Fotos. Unten befanden sich je ein Foto von Joseph Gerard III. und seiner dunkelhäutigen Frau. Darüber eins von Joseph Gerard IV., einem kahlköpfigen Säugling mit einer bis unters Kinn hochgezogenen Babydecke. Er starrte mit großen dunklen Augen in die Welt, die er erst vor Kurzem betreten hatte. Ohne nachzudenken, nahm Blaze die Pyramide und steckte sie ein.

Er erreichte die Tür, drehte den Knauf und verharrte, um noch einen Blick zurückzuwerfen. Sie hatte einen Arm über ihre entblößte Brust gelegt, verbarg sie vor seinen Blicken. Ihr Mann schlief mit offenem Mund auf dem Rücken, und für einen kurzen Augenblick, bevor er einen kräftigen Schnarchton von sich gab und dabei die Nase rümpfte, sah er aus wie tot. Dabei musste Blaze an Randy denken, und wie Randy auf dem gefrorenen Boden gelegen hatte, während die Flöhe seinen Körper verließen.

Hinter dem Bett auf dem inneren Fenstersims und dem Boden davor lagen Kleckse von Schnee. Sie schmolzen bereits.

Blaze zog die Tür behutsam auf, bereit, beim ersten Anzeichen eines Quietschens sofort innezuhalten, aber nichts quietschte. Sobald der Spalt breit genug war, glitt er hindurch. Der Raum draußen war eine Mischung aus Korridor und Balkon. Unter seinen Füßen lag ein dicker, angenehmer Teppich. Er schloss die Schlafzimmertür hinter sich, näherte sich der dunkleren Dunkelheit des Geländers, das um die Galerie herumführte, und schaute nach unten.

Er sah eine Treppe, die sich in zwei anmutigen Bögen aus einer weitläufigen Eingangshalle erhob, die sich im Dunkeln verlor. Der gebohnerte Boden warf ein spärlich schimmerndes Licht zurück. Auf der anderen Seite befand sich die Statue einer jungen Frau. Ihr genau gegenüber, auf dieser Seite der Galerie, stand die Statue eines jungen Mannes.

»Kümmer dich nicht um die Statuen, Blaze, finde das Kind. Die Leiter steht da draußen rum …«

Eine der beiden Treppen führte zu seiner Rechten hinunter ins Erdgeschoss, also wandte Blaze sich nach links und trottete den Korridor entlang. Hier draußen gab es kein anderes Geräusch als das schwache Flüstern seiner Schritte auf dem Teppichboden. Er konnte nicht mal mehr die Heizung summen hören. Es war unheimlich.

Er drückte die nächste Tür auf und schaute in einen Raum mit einem Schreibtisch in der Mitte und Büchern an den Wänden – Borde über Borde voller Bücher. Auf dem Schreibtisch stand eine Schreibmaschine, und ein Stoß Papiere wurde von einem schwarzen, gläsern aussehenden Brocken beschwert. An der Wand hing ein Porträt. Blaze konnte einen Mann mit weißem Haar und missbilligender Miene erkennen, die zu sagen schien: *du Dieb*. Er schloss die Tür und ging weiter.

Die nächste Tür führte in ein leeres Schlafzimmer mit einem Himmelbett. Die Tagesdecke sah so straff gespannt aus, dass man Münzen darauf hüpfen lassen könnte.

Er ging weiter, spürte, wie ihm am ganzen Körper der Schweiß ausbrach. Meistens registrierte er das Verstreichen der Zeit nicht, jetzt aber sehr wohl. Wie lange war er schon in diesem reichen und schlafenden Haus? Fünfzehn Minuten? Zwanzig?

Der dritte Raum war von einem weiteren schlafenden Paar belegt. Die Frau stöhnte im Schlaf, und Blaze schloss schnell wieder die Tür.

Er ging um die Ecke. Was, wenn er nach oben gehen müsste, in den zweiten Stock? Die Vorstellung erfüllte ihn mit der gleichen panischen Angst, die er aus seinen seltenen Albträumen kannte (die normalerweise um das Hetton House oder die Bowies kreisten). Was würde er sagen, wenn das Licht jetzt, in diesem Augenblick, anginge und er erwischt würde? Was könnte er sagen? Dass er eingestiegen wäre, um das Silber zu stehlen? Es gab kein Silber im ersten Stock, das wusste selbst ein Dummkopf wie er.

Auf der kurzen Seite des Flurs befand sich nur eine Tür. Er öffnete sie und sah ins Babyzimmer.

Mit großen Augen stand er da und starrte einen langen Moment hinein, konnte es kaum glauben, dass er so weit gekommen war. Es war kein Hirngespinst. Er konnte es machen. Der Gedanke weckte in ihm den Wunsch wegzulaufen.

Das Kinderbett war fast das gleiche wie jenes, das er gekauft hatte. An den Zimmerwänden Disney-Figuren. Es gab einen Wickeltisch, ein Regal voller Cremes und Salben und eine kleine Babykommode, gestrichen in einer kräftigen Farbe. Vielleicht rot, vielleicht auch blau. Blaze konnte das im Dunkeln nicht erkennen. In dem Bettchen lag ein Baby.

Es war seine letzte Chance abzuhauen, und das wusste er auch ganz genau. Bis jetzt könnte er vielleicht noch genauso unerkannt wieder verschwinden, wie er gekommen war. Sie würden niemals erraten, was beinahe passiert wäre. Aber er würde es wissen. Vielleicht würde er hineingehen und eine seiner großen Hände auf die winzige Stirn des Babys legen und dann gehen. Ihm kam plötzlich ein Bild von sich selbst in zwanzig Jahren in den Kopf, wie er den Namen von Joseph Gerard IV. in den Gesellschaftsspalten der Zeitung las, die George immer »Neuigkeiten über reiche Schlampen und wiehernde Pferde« nannte. Da würde das Foto eines jungen Mannes in Smokingjacke neben einem jungen Mädchen in weißem Kleid zu sehen sein. Das junge Mädchen würde einen Blumenstrauß in Händen halten. In dem begleitenden Artikel würde stehen, wo sie geheiratet hatten und wohin sie in die Flitterwochen reisen würden. Er würde dieses Bild ansehen und denken: *O Kumpel. O Kumpel, du hast ja keine Ahnung.*

Aber als er dann hineinging, da wusste er, es war für immer.

So läuft's eben bei uns, George, dachte er.

Das Baby schlief auf dem Bauch, hatte den Kopf auf eine Seite gedreht. Eine kleine Hand unter seiner Wange. Sein Atmen versetzte die Decken über ihm in ein sich ständig wiederholendes leichtes Auf und Ab. Sein Schädel war gerade mal mit einem Haarflaum bedeckt. Ein roter Beißring lag neben ihm auf dem Kopfkissen.

Blaze griff nach ihm, wich dann aber zurück.

Was, wenn es weinte?

Im gleichen Augenblick entdeckte er etwas, das ihm das Herz bis zum Hals schlagen ließ. Es war eine kleine Gegensprechanlage. Das Gegenstück würde sich im Zimmer der Mutter oder des Babysitters befinden. Wenn das Baby weinte …

Behutsam, ganz behutsam streckte Blaze eine Hand aus und drückte auf den Knopf zum Ein- und Ausschalten. Das rote Lämpchen darüber erlosch. Und während es erlosch, fragte er sich, ob es vielleicht einen Summton gab oder irgendwas, das losging, wenn das Babyfon ausgeschaltet wurde. Als Warnsignal.

Achtung, Mutter. Achtung, Babysitter. Das Babyfon tut's nicht mehr, weil ein großer dummer Kidnapper es eben ausgeschaltet hat. Es ist ein dummer Kidnapper im Haus. Kommt und seht selbst. Und vergesst nicht, die Kanone mitzunehmen.

Na los, Blaze. Geh aufs Ganze.

Blaze holte tief Luft und atmete wieder aus. Dann löste er die Decken und wickelte sie um das Baby, als er es hochhob. Er hielt es behutsam in den Armen. Das Baby wimmerte leise und reckte sich. Seine Lider flackerten. Es machte ein kleines Geräusch wie ein Kätzchen. Dann schlossen sich seine Augen wieder, und sein Körper entspannte sich.

Blaze atmete erleichtert aus.

Er drehte sich um, kehrte zur Tür zurück, betrat wieder den Flur, begriff, dass er mehr tat, als einfach nur das Zimmer des Jungen zu verlassen, das Kinderzimmer. Er überschritt eine Linie. Er konnte jetzt nicht mehr behaupten, nur ein kleiner Einbrecher zu sein. Wonach er wirklich gesucht hatte, hielt er in seinen Armen.

Mit einem schlafenden Säugling die Leiter hinunterzuklettern war unmöglich, und Blaze zog es nicht einmal in Erwägung. Er ging zur Treppe. Der Flur war mit Teppichboden ausgelegt, die Treppe jedoch nicht. Sein erster Schritt auf die erste gebohnerte hölzerne Stufe war laut, unüberhörbar und ungedämpft. Er verharrte, lauschte, stand in seiner Angst wie gebannt da, doch das Haus schlief weiter.

Jetzt aber begannen seine Nerven zu vibrieren. Das Baby in seinen Armen schien immer schwerer zu werden. Panik nagte an seiner Entschlusskraft. Er schien in den Augenwinkeln Bewegungen wahrzunehmen – zuerst auf einer Seite, dann auf der anderen. Mit jedem Schritt erwartete er, dass das Baby anfing zu heulen. Und wenn es erst einmal angefangen hätte, dann würde sein Heulen das ganze Haus aufwecken.

»George …«, brummte er.

»Geh weiter«, sagte George von unten. »Gehen, nicht laufen. Geh dem Klang meiner Stimme entgegen, Blazer.«

Blaze begann, die Treppe hinunterzugehen. Es war unmöglich, sich völlig lautlos zu bewegen, aber zumindest war keiner seiner Schritte mehr so laut wie dieser schreckliche erste. Das Baby wurde durchgeschüttelt. Er konnte es nicht absolut still halten, so sehr er es auch versuchte.

Bislang schlief der Kleine noch, aber jede Minute, jede *Sekunde …*

Er zählte. Fünf Schritte. Sechs. Sieben. Ein achter. Es war eine sehr lange Treppe. Gemacht, vermutete er, damit prächtig gekleidete Fotzen bei großen Bällen wie in *Vom Winde verweht* hinauf- und hinunterschweben konnten. Siebzehn. Achtzehn. Neun…

Es war die letzte Stufe, und sein unvorbereiteter Fuß trat wieder zu fest auf: *Klack!* Der Kopf des Babys zuckte. Es stöhnte. Ein sehr lautes Geräusch inmitten der Stille.

Oben ging ein Licht an.

Blaze riss die Augen auf. Adrenalin schoss ihm in Brust und Bauch, ließ ihn sich anspannen und das Baby fest an sich drücken. Er zwang sich, lockerer zu werden – zumindest ein bisschen –, und trat in den Schatten des Treppenhauses. Dort blieb er bewegungslos stehen, das Gesicht verzerrt zu einer Maske aus Angst und Entsetzen.

»Mike?«, rief eine schläfrige Stimme.

Hausschuhe schlurften oben ans Geländer.

»Mikey-Mike, bist du das? Bist du das, du ungezogenes Ding?« Die Stimme befand sich genau über ihm, sprach in einem betont gedämpften Die-anderen-schlafen-doch-Ton. Es war eine alte, nörglerische Stimme. »Geh in die Küche und sieh dir die schöne Untertasse mit Milch an, die Mama für dich hingestellt hat.« Kurzes Schweigen. »Falls du über eine Vase stolperst, wird Mama dir den Hintern versohlen.«

Wenn der Kleine jetzt anfing zu heulen …

Die Stimme über Blaze brummte etwas, zu undeutlich, als dass er es hätte verstehen können, und dann entfernten sich die Hausschuhe schlurfend. Es folgte eine Pause – sie kam ihm wie hundert Jahre vor –, dann fiel eine Tür leise ins Schloss und sperrte das Licht aus.

Blaze rührte sich nicht, versuchte, ein aufsteigendes Zittern zu bezwingen. Zittern könnte den Kleinen aufwecken. Würde ihn sogar höchstwahrscheinlich aufwecken. Wo ging's zur Küche? Wie sollte er Leiter und Kind gleichzeitig tragen? Was war mit dem Elektrozaun? *Was – wie – wo –*

Er bewegte sich weiter, um die Fragen zu ersticken, schlich den Flur hinab, beugte sich über das eingewickelte Kind wie eine Hexe. Er sah eine Doppelglastür einen Spalt offen stehen. Dahinter schimmerten gebohnerte Fliesen wie ein stiller Teich. Blaze schob sich hindurch und befand sich in einem Esszimmer.

Es war ein üppig ausgestatteter Raum. Der Mahagonitisch war wie gemacht dafür, an Thanksgiving Truthähne von zwanzig Pfund und dampfende Braten an Sonntagnachmittagen zu tragen. Hinter den Glastüren einer hohen, schicken Vitrine schimmerte Porzellan wie Perlmutt.

Blaze ging weiter wie ein Gespenst, hielt nicht inne, und trotzdem weckte der Anblick des großen Tisches und der Stühle mit ihren soldatisch hohen Lehnen einen schwelenden Ärger in seiner Brust. Früher hatte er Küchenböden auf Knien geschrubbt, und George sagte, es gebe noch jede Menge Leute, die genau wie er aufgewachsen waren. Und auch nicht nur in Afrika. George sagte, Leute wie die Gerards täten so, als seien Leute wie er gar nicht da. Tja, sollten sie doch ein Püppchen in das Bettchen da oben legen und so tun, als wär's ein echtes Baby. Sollten sie das doch tun, wenn sie so gut darin waren, sich was vorzumachen.

Am anderen Ende des Esszimmers befand sich eine Pendeltür. Er ging hindurch und kam in die Küche. Als er aus dem mit Eisblumen überzogenen Fenster neben dem Herd hinausschaute, konnte er die Beine seiner Leiter sehen.

Er schaute sich nach einer Stelle um, wo er das Baby kurz ablegen konnte, während er das Fenster öffnete. Die Arbeitsflächen waren breit, aber vielleicht nicht breit genug. Und die Idee, ein Kind auf den Herd zu legen, selbst wenn der Herd gar nicht an war, gefiel ihm überhaupt nicht.

Sein Blick hellte sich auf, als er auf einen altmodischen Einkaufskorb fiel, der an einem Haken der Speisekammertür baumelte. Er sah geräumig genug aus, und er hatte einen Tragegriff. Auch die Seiten waren hochgezogen. Er nahm den Korb herunter und stellte ihn auf einem kleinen Servierwagen ab, der vor einer Wand stand. Dort verstaute er dann das Baby. Das Baby rührte sich nur leicht.

Jetzt das Fenster. Blaze hob es an und wurde mit einem äußeren Doppelfenster konfrontiert. Oben hatte es keine Doppelfenster gegeben, aber dieses hier war fest mit dem Rahmen verschraubt.

Er öffnete die Schränke. In dem unter der Spüle fand er einen ordentlichen Stapel Geschirrtücher. Eines nahm er heraus. Es war mit einem amerikanischen Adler bedruckt. Blaze umwickelte damit seine behandschuhte Hand und schlug die untere Scheibe des Doppelfensters ein. Es zerbrach relativ lautlos, hinterließ ein großes, scharfkantiges Loch. Blaze fing an, die Splitter herauszunehmen, die wie große gläserne Pfeile nach innen zeigten.

»Mike?« Wieder dieselbe Stimme. Sie rief leise. Blaze spannte sich an.

Das kam nicht von oben. Das kam –

»Mikey, was hast du umgeschmissen?«

– vom Ende des Korridors, und es kam näher –

»Du weckst das ganze Haus auf, du böser Junge.«

– und näher –

»Ich werde dich in den Keller sperren, bevor du es dir noch ganz mit mir verdirbst.«

Die Tür schwang auf, und eine Schattenriss-Frau trat hinter einem batteriebetriebenen Nachtlicht in Form einer Kerze herein. Blaze sah das verschwommene Bild einer älteren Frau, die langsam und wie auf rohen Eiern ging, um die Stille zu wahren. Sie hatte Lockenwickler in den Haaren; ihr Kopf sah als Silhouette aus wie der eines Wesens aus einem Science-Fiction-Film. Dann sah sie ihn.

»Wer ...« Dieses eine Wort. Dann entschied der für Notfälle zuständige Teil ihres Hirns – alt, aber noch nicht tot –, dass Reden in dieser Situation nicht das Richtige war. Sie holte tief Luft, um zu schreien.

Blaze schlug sie. Er schlug sie so fest, wie er Randy geschlagen hatte, so fest, wie er Glen Hardy geschlagen hatte. Er dachte nicht darüber nach; er reagierte nur aus dem Schrecken heraus. Die alte Dame klappte auf dem Boden zusammen und begrub das Nachtlicht unter sich. Da war ein gedämpftes Klirren zu hören, als das Birnchen zersprang. Ihr Körper lag verdreht in der Mitte der Pendeltür.

Dann ein leises, klagendes *Miau*. Blaze grunzte und schaute auf. Grüne Augen starrten oben vom Kühlschrank zu ihm herunter.

Blaze drehte sich wieder zum Fenster und schlug die restlichen Glasscherben heraus. Dann hangelte er sich durch das

Loch, das er in die untere Hälfte des äußeren Doppelfensters geschlagen hatte, nach draußen und lauschte.

Nichts.

Noch nichts.

Zersplittertes Glas funkelte im Schnee wie der Traum eines Einbrechers.

Blaze zog die Leiter vom Gebäude fort, löste die Haken, senkte sie herab. Es machte ein entsetzliches ratschendes Geräusch, bei dem er hätte aufschreien können. Nachdem er die Verriegelungen wieder eingehakt hatte, hob er die Leiter auf die Schulter und begann zu laufen. Er verließ den Schatten des Hauses und war bereits halb über den Rasen, als ihm klar wurde, dass er das Baby vergessen hatte. Es lag immer noch auf dem Servierwagen. Er hatte kein Gefühl mehr in dem Arm, der die Leiter hielt, und so fiel sie in den Schnee. Er drehte sich um und schaute zurück.

Im ersten Stock brannte ein Licht.

Einen Augenblick lang war Blaze zwei Personen. Eine von ihnen rannte einfach Richtung Straße – »volle Pulle« hätte George das genannt –, die andere kehrte zum Haus zurück. Für einen kurzen Moment konnte er sich nicht entscheiden. Dann ging er zurück, bewegte sich schnell, und seine Stiefel wirbelten kleine Schneewölkchen auf.

An einer noch aus dem Fensterrahmen hervorragenden Scherbe zerschnitt er sich die Handfläche durch den Fäustling hindurch. Er spürte es kaum. Dann war er wieder im Haus, schnappte sich den Korb, schwang ihn gefährlich weit herum, kippte das Baby um ein Haar aus.

Oben die Wasserspülung einer Toilette wie ein Donnern.

Er senkte den Korb in den Schnee und kletterte hinterher, ohne noch einen weiteren Blick auf die leblose Gestalt auf dem Boden hinter sich zu werfen. Er hob den Korb auf und »machte die Biege«.

Er blieb lange genug stehen, um sich die Leiter unter den Arm zu klemmen. Dann rannte er weiter zur Hecke. Dort blieb er stehen, um nach dem Baby zu sehen. Das Baby schlief immer noch friedlich. Joe IV. hatte nichts davon mitgekriegt, dass er aus seiner gewohnten Umgebung gerissen worden war. Blaze schaute zum Haus zurück. Das Licht im ersten Stock war wieder ausgegangen.

Er setzte den Korb in den Schnee und warf die Leiter über die Hecke. Einen Augenblick später plötzlich Lichter auf dem Highway.

Was, wenn es die Bullen waren? Mein Gott, was dann?

Er legte sich in den Schatten der Hecke, war sich sehr bewusst, wie deutlich seine Fußabdrücke zum Haus hin und wieder zurück zu sehen sein mussten. Es waren die einzigen Spuren.

Die Scheinwerfer wurden heller, blieben einen Moment strahlend hell, dann verblassten sie wieder, ohne auch nur eine Sekunde langsamer zu werden.

Blaze stand auf, hob seinen Korb wieder auf – ja, jetzt war es sein Korb – und ging zur Hecke. Mit dem Arm drückte er die oberen Äste auseinander, hob den Korb hinüber, um ihn auf der anderen Seite wieder abzustellen. Aber er konnte ihn nicht bis ganz nach unten absenken, musste ihn die letzten fünfzig, sechzig Zentimeter fallen lassen. Der Korb schlug dumpf im Schnee auf. Das Baby fand seinen Daumen und begann daran zu nuckeln. Im Licht der nächsten Straßenlaterne konnte Blaze sehen, wie der Kleine seine Lippen schürzte und dann wieder entspannte. Fast wie ein Fischmaul. Die eisige Kälte der Nacht hatte ihn noch nicht berührt. Nichts ragte aus den Decken hervor als sein Kopf und diese eine, winzige Hand.

Blaze sprang über die Hecke, nahm seine Leiter und hob den Korb wieder hoch. In geduckter Stellung hastete er über die Straße. Dann weiter diagonal über das Feld. Am Maschendrahtzaun um den Oakwood-Parkplatz stellte er die Leiter wieder auf (diesmal war es nicht nötig, sie zu verlängern) und kletterte mit seinem Korb nach oben.

Er grätschte über den Zaun, balancierte dabei den Korb auf seinen gespreizten Beinen und war sich nur zu bewusst, dass seine Eier die Überraschung ihres Lebens erleben würden, wenn er es nicht schaffte, sich hier oben zu halten. Er riss die Leiter mit einer geschmeidigen Bewegung hoch, schnappte nach Luft, als die Belastung in seinen Beinen größer wurde. Die Leiter schwankte einen Moment, geriet aus dem Gleichgewicht, kam dann auf der Parkplatzseite des Zauns wieder auf. Er fragte sich, ob ihn wohl jemand hier oben beobachtete, aber es war dumm, darüber nachzudenken. Falls es tatsächlich jemand tat, konnte er ohnehin nichts dagegen tun. Jetzt spürte er den Schnitt in seiner Hand. Die Wunde pochte.

Er richtete die Leiter aus, balancierte den Korb dann auf der obersten Sprosse, stützte ihn mit einer Hand ab, während er sich vorsichtig auf eine tiefere Sprosse schwang. Die Leiter bewegte sich leicht, er verharrte. Dann hatte er einen festen Stand.

Mit dem Korb in der Hand kletterte er hinab. Unten angekommen, klemmte er sich die Leiter wieder unter einen Arm und ging zu der Stelle hinüber, wo er den Ford geparkt hatte.

Er stellte das Baby auf den Beifahrersitz, öffnete die hintere Tür und manövrierte die Leiter hinein. Dann rutschte er hinter das Steuer.

Aber er fand den Schlüssel nicht. Er war in keiner seiner Hosentaschen. Auch nicht in seiner Jackentasche. Er hatte Angst, dass er ihn verloren hatte und jetzt noch mal über den Zaun musste, um ihn zu suchen, als er ihn aus dem Zündschloss ragen sah. Er hatte vergessen, ihn mitzunehmen. Er hoffte nur, dass George das nicht mitbekommen hatte. Falls George nichts gesehen hatte, würde Blaze es ihm bestimmt nicht erzählen. In einer Million Jahren nicht.

Er ließ den Motor an und stellte den Korb in den Fußraum vor dem Beifahrersitz. Dann fuhr er zu dem kleinen Häuschen zurück. Der Parkwächter kam heraus. »Sie brechen früh auf, Sir?«

»Schlechte Karten«, brummte Blaze.

»Ja, das passiert selbst dem Besten mal. Gute Nacht, Sir. Beim nächsten Mal klappt's besser.«

»Danke«, sagte Blaze.

An der Einmündung auf die Straße blieb er stehen, schaute in beide Richtungen, fuhr dann Richtung Apex. Sorgfältig achtete er auf sämtliche Geschwindigkeitsbegrenzungen, aber er sah weit und breit keinen Streifenwagen.

Gerade als er in seine eigene Zufahrt einbog, wachte Baby Joe auf und fing lauthals an zu heulen.

12

Zurück im Hetton House, machte Blaze keinen Ärger mehr. Er hielt den Kopf gesenkt und den Mund geschlossen. Die Jungs, die zu den Großen gehört hatten, als er und John die Kleinen gewesen waren, waren entweder inzwischen abgegangen, gingen arbeiten, besuchten Berufsschulen oder waren bei der Army. Blaze wuchs weitere acht Zentimeter. Haare sprossen ihm auf der Brust und wuchsen üppig zwischen seinen Beinen, was die anderen Jungs verdammt neidisch machte. Er besuchte die Freeport Highschool. Das war schon okay, weil man ihn da nicht zum Rechnen zwang.

Martin Coslaws Vertrag war verlängert worden, und er sah Blaze kommen und gehen, beobachtete ihn ohne ein Lächeln, wachsam. Er rief Blaze nicht wieder in sein Büro, auch wenn Blaze wusste, dass er das jederzeit konnte. Und wenn der Richter ihm befehlen würde, sich zu bücken und das Paddel zu ertragen, dann wusste Blaze, dass er es tun würde. Die Alternative hieß North Windham Training Center, eine Besserungsanstalt. Er hatte gehört, dass in der Besserungsanstalt die Jungs ausgepeitscht und gelegentlich in eine Metallkiste gesteckt wurden, die sie »die Büchse« nannten. Blaze wusste nicht, ob all diese Sachen der Wahrheit entsprachen, aber er verspürte auch keinerlei Verlangen, das herauszufinden. Nur eines wusste er ganz klar: Er hatte Angst vor der Besserungsanstalt.

Doch der Richter ließ ihn nie mehr zum Paddel antreten, und Blaze lieferte ihm auch nie einen Grund dazu. Er ging an vier Tagen die Woche zur Schule, und sein Kontakt zum Rektor beschränkte sich im Wesentlichen auf das Anhören seiner Stimme, die morgens als Erstes aus den Lautsprechern dröhnte und dann noch einmal vor dem Licht-aus am Abend. Im Hetton House begann der Tag stets mit dem, was Martin Coslaw eine Predigt nannte (*Gardinenpredigt*, sagte John manchmal, wenn ihm nach Späßen zumute war), und endete mit einem Bibelvers.

Das Leben ging weiter. Er hätte der König der Jungs werden können, wenn er es gewollt hätte, aber er wollte nicht. Er war kein Anführer. Er war genau das Gegenteil von einem Anführer. Aber er versuchte, nett zu den Menschen zu sein. Er versuchte, nett zu ihnen zu sein, selbst wenn er sie warnte, dass er ihnen den Schädel einschlagen würde, wenn sie seinen Freund Johnny nicht in Ruhe ließen. Schon sehr kurz nach Blazes Rückkehr ließen sie ihn in Ruhe.

Dann, an einem Sommerabend, als Blaze vierzehn war (und im richtigen Licht sechs Jahre älter aussah), änderte sich alles.

Die Jungs wurden jeden Freitag mit einem alten gelben Bus in die Stadt gekarrt, wobei man davon ausging, dass sie als Gruppe nicht zu viele DDs zeigten – Disziplin-Defizite. Manche schlenderten einfach ziellos die Main Street hinauf und hinunter oder hockten auf dem zentralen Platz der Stadt herum oder verschwanden in einer Seitenstraße, um Zigaretten zu rauchen. Es gab eine Billard-Halle, aber da durften sie nicht hinein. Es gab außerdem ein billiges Kino, das Nordica, und die Jungs, die genug Geld hatten, um sich eine Eintrittskarte zu kaufen, konnten hineingehen und sich ansehen, wie Jack Nicholson, Warren Beatty oder Clint Eastwood ausgesehen hatten, als sie noch ein paar Jährchen jünger waren. Manche Jungs verdienten sich ihr Geld mit Zeitungaustragen. Andere mähten im Sommer Rasen und schaufelten im Winter Schnee. Wieder andere hatten Jobs im HH.

Zu denen gehörte Blaze. Er hatte die Statur eines Mannes – eines großen, kräftigen Mannes –, und der Hausverwalter engagierte ihn für Hausarbeiten und Gelegenheitsjobs. Martin Coslaw hätte Einwände haben können, doch Frank Therriault war diesem Wichser keine Rechenschaft schuldig. Er mochte Blazes breite Schultern. Therriault, selbst ein ruhiger Mann, mochte ebenfalls Blazes Art, Ja und Nein zu sagen und nicht viel mehr. Auch hatte der Junge offenbar kein Problem mit harter Arbeit. Er konnte den ganzen Nachmittag Dachschindeln eine Leiter hinauftragen oder Fünfzig-Kilo-Säcke Zement schleppen. Er trug Möbel aus den Klassenzimmern und Aktenschränke die Treppen hinauf und hinunter, ohne auch nur mit einer Silbe zu protestieren. Das Wort Kündigung existierte für ihn nicht. Und das Beste? Er schien glücklich und zufrieden mit einem Dollar sechzig die Stunde, was Therriault erlaubte, sich selbst zusätzliche sechzig Mäuse wöchentlich einzustecken. Schließlich kaufte er seiner Frau einen superschicken Kaschmirpullover. Er hatte einen tiefen V-Ausschnitt. Sie war begeistert.

Auch Blaze war erfreut. Er verdiente coole dreißig Mäuse die Woche, was mehr als genug war fürs Kino plus so viel Popcorn, Süßigkeiten und Limos, wie er verputzen konnte. Er bezahlte auch Johns Eintrittskarte, und das mit Freuden. Liebend gern hätte er ihm auch noch alle möglichen Snacks bezahlt, aber John reichte normalerweise der Film. Mit offenem Mund starrte er auf die Leinwand.

Im Hetton House begann John, Geschichten zu schreiben. Es waren holprige Sachen, mit starken Anleihen bei den Filmen, die er sich mit Blaze ansah, aber allmählich verschaffte er sich mit ihnen eine gewisse Popularität unter den Gleichaltrigen. Die anderen Jungs fanden es nicht gut, wenn man klug war, aber sie bewunderten eine gewisse Art von Cleverness. Und sie liebten Geschichten. Sie sehnten sich nach Geschichten.

Bei einem ihrer Ausflüge sahen sie sich einen Vampirfilm mit dem Titel *Messias des Bösen* an. John Cheltzmans Version gipfelte darin, dass Graf Igor Yorga einer halb nackten jungen Schönheit »mit bebenden Brüsten, so groß wie Wassermelonen«, den Kopf abriss und dann mit dem Kopf unter dem Arm in den Fluss Yorba sprang. Der Titel dieses seltsamen Underground-Klassikers lautete *Yorga beobachtet dich*.

Aber an diesem Abend wollte John nicht gehen, obwohl ein weiterer Horrorfilm gezeigt wurde. Er hatte Dünnschiss. Er war im Laufe des Tages schon fünfmal auf dem Klo gewesen, trotz einer halben Flasche Pepto von der Krankenstation (ein besserer Wandschrank im ersten Stock). Er hatte das Gefühl, dass es noch nicht ausgestanden war.

»Komm schon«, drängte Blaze. »Im Nordica gibt's ein super Scheißhaus im Keller. Ich war dort selbst schon mal kacken. Wir suchen uns auch einen Platz ganz in der Nähe.«

So überredet, trotz des furchtbaren Gegrummels in seinen Innereien, ging John mit Blaze und stieg in den Bus. Sie saßen ganz vorn, direkt hinter dem Fahrer. Immerhin waren sie jetzt fast schon die Großen.

Während die Vorschauen liefen, war mit John noch alles in Ordnung, aber gerade als das Logo von Warner Bros. auf der Leinwand auftauchte, stand er auf, schob sich an Blaze vorbei und schlich in einem krebsartigen Gang Richtung Toiletten. Blaze hatte durchaus Mitgefühl, aber hey, so war das Leben. Er richtete seine Aufmerksamkeit wieder auf die große Leinwand, wo ein Sandsturm über eine Landschaft hinwegfegte, die aussah wie die Desert of Maine, nur eben mit Pyramiden. Nicht lange, und er war völlig in die Geschichte versunken, die Stirn in tiefen konzentrierten Falten.

Als John sich wieder neben ihn setzte, registrierte er ihn zunächst kaum, bis John anfing, an seinem Ärmel zu reißen und zu flüstern: »Blaze! *Blaze!* Mensch, Blaze!«

Blaze tauchte aus dem Film auf wie ein Tiefschläfer aus einem Nickerchen. »Is'n los? Geht's dir nicht gut? Hast du dir in die Hose geschissen?«

»Nein … nein. Sieh dir das an!«

Blaze starrte auf das, was John nicht ganz auf Sitzhöhe hielt. Es war eine Brieftasche.

»He! Woher hast du …«

»Pssst!«, zischte jemand vor ihnen.

»… *das* denn?«, beendete Blaze flüsternd seine Frage.

»Vom Männerklo!«, flüsterte John zurück. Er zitterte vor Aufregung. »Muss so 'nem Kerl aus der Hose gerutscht sein, als er sich hingesetzt und einen Neger abgeseilt hat! Da ist Geld drin! Viel Geld!«

Blaze nahm die Brieftasche, hielt sie so, dass niemand sonst sie sehen konnte, und öffnete das Fach für Scheine. Er bekam ein flaues Gefühl im Magen. Und dann machte es einen Satz und schien ihm den Hals zuzuschnüren. Das Geldscheinfach war prall gefüllt. Ein, zwei, drei Fünfzigdollarscheine. Vier Zwanziger. Zwei Fünfer. Ein paar Einer.

»Ich kann's gar nicht zusammenrechnen«, flüsterte er. »Wie viel?«

So etwas wie ehrfürchtiger Triumph schlich sich in Johns lauter werdende Stimme, doch niemand achtete auf ihn. Das Monster war gerade hinter einem Mädchen in braunen Shorts her, und das Publikum kreischte vergnügt. »Zweihundertachtundvierzig Mäuse!«

»Mein Gott«, sagte Blaze. »Hast du immer noch den Riss im Futter von deiner Jacke?«

»Ja klar. Und?«

»Steck's da rein. Falls die uns beim Rausgehen filzen.«

Aber niemand durchsuchte sie. Und Johns Scheißerei war auch kuriert. So viel Geld zu finden schien der Scheiße ordentlich Angst eingejagt zu haben.

Am Montagmorgen kaufte John einen *Portland Press Herald* von Stevie Ross, der Zeitungen austrug. Er und Blaze verschwanden hinter den Werkzeugschuppen, wo sie die Zeitung bei den Kleinanzeigen aufschlugen. John sagte, da müsste man suchen. Die Gesucht-und-Gefunden-Anzeigen befanden sich auf Seite 38. Und da, zwischen einem GESUCHTen Pudel und einem GEFUNDENen Paar Damenhandschuhen, stand dies:

GESUCHT Lederne Herren-Geldbörse
mit den eingeprägten Initialen RKF
neben dem Foto-Fach.
Der ehrliche Finder wird gebeten,
555-0928 anzurufen oder sich unter
Chiffre 595 bei dieser Zeitung zu melden.
FINDERLOHN!

»Finderlohn!«, rief Blaze aus und schlug John auf die Schulter.

»Ja«, sagte John. Er rieb die Stelle, auf die Blaze ihn geschlagen hatte. »Wir rufen den Kerl also an, und er gibt uns dann zehn Mäuse und tätschelt uns den Kopf, ja? Toll. RSD.« Das stand für rattenscharfes Ding.

»Oh.« Das Wort FINDERLOHN hatte in fünfzig Zentimeter großen goldenen Lettern vor seinem geistigen Auge gestanden. Und jetzt zerbröselten diese Buchstaben zu einem Haufen Schutt. »Und was sollen wir dann damit anfangen?«

Es war das erste Mal, dass er bei Johnny so etwas wie Führung suchte. Die zweihundertachtundvierzig Mäuse waren eine verwirrende Angelegenheit. Wenn man fünfundzwanzig Cents hatte, kaufte man sich eine Coke. Mit zwei Dollar kam man ins Kino. Mit noch ein bisschen mehr, vermutete Blaze, konnte man mit dem Bus bis nach Portland fahren und dort ins Kino gehen. Aber bei einer Summe dieser Größenordnung half ihm seine Fantasie nicht weiter. Da fiel ihm nur Kleidung ein. Und Kleidung interessierte Blaze nicht.

»Lass uns abhauen«, sagte John. Sein schmales Gesicht leuchtete vor Aufregung.

Blaze dachte nach. »Du meinst so … für immer?«

»Nee, nur bis die Kohle alle ist. Wir gehen nach Boston, essen in tollen Restaurants statt bei Mickey D., nehmen uns ein Hotelzimmer, sehen uns ein Spiel der Red Sox an und … und …«

Aber weiter kam er nicht. Die Freude überwältigte ihn. Er stürzte sich auf Blaze, lachte und hämmerte auf seinen Rücken. Der Körper unter seiner Kleidung war schlank, leicht und fest. Sein Gesicht brannte an Blazes Wange, heiß wie ein Heizungskessel.

»Okay«, sagte Blaze. »Das wär' bestimmt ein Mordsspaß.« Er dachte darüber nach. »Mein Gott, Johnny, Boston? Boston!«

»Der absolute Hammer, oder?«

Sie begannen zu lachen. Blaze trug Johnny einmal um den Werkzeugschuppen herum, wobei sie lachten und sich gegenseitig auf den Rücken schlugen. Schließlich unterbrach John ihn.

»Irgendwer wird uns hören, Blaze. Oder sehen. Setz mich lieber ab.«

Blaze sammelte die Zeitung wieder ein, deren Seiten inzwischen begonnen hatten, über den Hof zu flattern. Er faltete sie zusammen und stopfte sie tief in seine Gesäßtasche. »Gehen wir jetzt, Johnny?«

»Erst mal noch nicht. Vielleicht die nächsten drei Tage noch nicht. Wir müssen einen Plan machen, und wir müssen vorsichtig sein. Wenn wir das nicht sind, erwischen sie uns, bevor wir zwanzig Meilen weit gekommen sind. Und bringen uns zurück. Verstehst du, was ich meine?«

»Ja, aber Plänemachen ist nicht gerade meine Stärke, Johnny.«

»Ist schon okay, ich hab mir das meiste sowieso schon überlegt. Vor allen Dingen kommt es darauf an, dass sie denken, wir wären einfach nur weggelaufen, denn genau das machen Kids, wenn sie den Scheißladen hier verlassen, stimmt's?«

»Stimmt.«

»Nur, wir haben Geld, stimmt's?«

»Stimmt!«

Wieder wurde Blaze überwältigt davon, wie ausgesprochen herrlich das war, und er hämmerte Johnny auf den Rücken, bis er ihn beinahe aus den Latschen gehauen hätte.

Sie warteten bis zum folgenden Mittwochabend. In der Zwischenzeit rief John das Greyhound-Terminal in Portland an und fand heraus, dass jeden Morgen um sieben Uhr ein Bus Richtung Boston abfuhr. Kurz nach Mitternacht verließen sie das Hetton House, da John meinte, es wäre am sichersten, die fünfzehn Meilen in die Stadt zu Fuß zu gehen, anstatt durchs Trampen Aufmerksamkeit zu erregen. Zwei Jungs nach Mitternacht auf der Straße waren Ausreißer. Punkt.

Sie stiegen die Feuerleiter hinunter, mit Herzklopfen bei jedem rostigen Geklapper, und sprangen dann von der untersten Plattform hinab. Sie liefen quer über den Spielplatz, wo Blaze viele Jahre zuvor seine ersten Prügel eingesteckt hatte. Blaze half John, über den Maschendrahtzaun am anderen Ende zu klettern. Unter einem heißen Augustmond überquerten sie die Straße und begannen zu marschieren. Sobald in größeren Abständen am Horizont vor ihnen oder irgendwo hinter ihnen die Scheinwerfer eines Wagens aufleuchteten, tauchten sie in den Graben ab.

Um sechs Uhr morgens waren sie auf der Congress Street, Blaze immer noch frisch und aufgeregt, John mit dunklen Ringen unter den Augen. Blaze trug das Geld in einem Bündel in seiner Jeans. Die Brieftasche hatten sie in den Wald geworfen.

Als sie den Busbahnhof erreichten, ließ John sich erschöpft auf eine Bank fallen, und Blaze setzte sich neben ihn. Johns

Wangen waren wieder gerötet, diesmal allerdings nicht vor Aufregung. Er schien Probleme beim Atmen zu haben.

»Geh rüber und besorg uns zwei Rückfahrkarten für den Bus um sieben«, sagte er zu Blaze. »Gib ihr einen Fünfziger. Ich glaube kaum, dass es mehr kosten wird, aber halt schon mal einen Zwanziger bereit, nur für alle Fälle. Halt ihn in der Hand. Lass sie das Bündel nicht sehen.«

Ein Polizist kam auf sie zu, klopfte dabei auf seinen Gummiknüppel. Blaze spürte, wie sich seine Eingeweide zusammenkrampften. Hier hörte es also auf, bevor es richtig angefangen hatte. Man würde ihnen das Geld abnehmen. Schon möglich, dass der Bulle es ablieferte, aber genauso gut möglich, dass er es selbst einsackte. Und was sie betraf, sie würde man zum HH zurückfahren, vielleicht in Handschellen. Düstere Visionen des North Windham Training Center stiegen vor seinem inneren Auge auf. Und die Büchse.

»Morgen, Jungs. Bisschen früh unterwegs, hä?« Die Uhr an der Wand zeigte 6 Uhr 22.

»Klar«, sagte John. Er deutete mit einem Kopfnicken zum Kartenschalter hinüber. »Muss man dorthin, wenn man eine Karte kaufen will?«

»Und ob«, sagte der Bulle mit einem kleinen Lächeln. »Wo soll's denn hingehen?«

»Boston«, antwortete John.

»Oh? Und wo sind eure Eltern, Jungs?«

»Ach, der und ich, wir beide sind nicht miteinander verwandt. Er heißt Martin Griffin. Taub, und auch stumm.«

»Ist das so?« Der Bulle setzte sich und musterte Blaze aufmerksam. Er guckte nicht misstrauisch; er sah einfach nur aus wie jemand, der noch nie zuvor einem Menschen begegnet war, der die Dreierkombination taub, stumm und geistig zurückgeblieben vorzuweisen hatte.

»Seine Mama ist letzte Woche gestorben«, meinte John ernst. »Er wohnt jetzt bei uns. Meine Leute arbeiten, aber weil ja jetzt Sommerferien sind, haben sie zu mir gesagt, macht's dir was aus, mit ihm was zu unternehmen, und ich hab geantwortet, nee, gar nicht.«

»Eine große, verantwortungsvolle Aufgabe für einen Jugendlichen«, meinte der Bulle.

»Ich hab auch ein bisschen Angst«, sagte John, und Blaze ging jede Wette ein, dass er in diesem Punkt durchaus die Wahrheit sagte. Er selbst hatte auch Angst. Ziemlich viel sogar.

Der Bulle deutete mit dem Kopf auf Blaze und sagte: »Versteht er ...?«

»Was mit seiner Mutter passiert ist? Nein, nicht wirklich.«

Der Bulle sah traurig aus.

»Ich bringe ihn zu seiner Tante. Da wird er dann ein paar Tage bleiben.« Johns Gesicht hellte sich auf. »Ich darf mir dafür vielleicht ein Spiel der Red Sox ansehen. Ist so was wie 'ne Belohnung für ... Sie wissen schon ...«

»Tja, ich wünsch's dir, mein Junge. Alles hat irgendwo auch seine guten Seiten. Ich drück dir die Daumen«, sagte der Bulle.

Beide schwiegen und dachten über diese letzten Bemerkungen nach. Blaze, frisch verstummt, schwieg ebenfalls.

Dann sagte der Bulle: »Er ist ein großer Junge. Glaubst du, du wirst mit ihm klarkommen?«

»Er ist groß, aber er passt auch auf. Wollen Sie mal sehen?«

»Also ...«

»Hier, schauen Sie mal, ich lasse ihn jetzt aufstehen. Passen Sie auf!« John machte direkt vor Blazes Nase eine Reihe völlig bedeutungsloser Bewegungen mit den Fingern. Als er aufhörte, stand Blaze auf.

»He, das ist ziemlich gut!«, meinte der Bulle anerkennend. »Achtet er immer so auf dich? Weil, ein großer Junge wie er, in einem Bus voller Leute …«

»Keine Sorge, der passt immer auf. Von ihm geht keine größere Gefahr aus als von einem Papiersack.«

»Okay, ich nehme dich beim Wort.« Der Bulle stand auf. Er zog seinen Pistolengurt hoch und drückte mit einer Hand auf Blazes Schulter. Blaze setzte sich wieder auf die Bank. »Pass gut auf dich auf, junger Mann. Hast du Tantchens Telefonnummer, falls du in Schwierigkeiten geraten solltest?«

»Ja, Sir. Habe ich.«

»Gut. Weiter so.« Er salutierte kurz vor John und verließ dann schlendernd den Busbahnhof.

Als er fort war, sahen sie sich an und hätten fast laut losgeprustet. Aber der Fahrkartenverkäufer beobachtete sie, und so schauten sie stattdessen auf den Boden. Blaze biss sich innen auf die Lippen.

»Haben Sie hier irgendwo eine Toilette?«, rief John dem Fahrkartenverkäufer zu.

»Hier drüben.« Er zeigte in die Richtung.

»Komm, Marty«, sagte John, und Blaze hätte brüllen können vor Lachen. Als sie auf dem Klo waren, fielen sie sich schließlich lachend in die Arme.

»Das war echt gut«, sagte Blaze, als er wieder normal sprechen konnte, ohne in Gelächter auszubrechen. »Woher hast du diesen Namen?«

»Als ich ihn sah, konnte ich an nichts anderes denken als daran, dass der Richter uns wieder in die Finger bekommt. Und Griffin, das ist der Name eines mythischen Vogels – du erinnerst dich, ich habe dir bei dieser Geschichte in deinem Englischbuch geholfen …«

»Ja«, sagte Blaze erfreut und erinnerte sich überhaupt nicht mehr an den Griffin, den Greif. »Ja, klar, super.«

»Aber sie werden doch wissen, dass wir es waren, wenn sie merken, dass wir aus dem Hass-Haus verschwunden sind«, sagte John. Er war völlig ernst geworden. »Der Bulle wird sich todsicher erinnern. Wahrscheinlich wird er auch wütend sein. Mein Gott, und wie wütend!«

»Wir werden erwischt, stimmt's?«

»Nee.« John sah immer noch müde aus, aber der Wortwechsel mit dem Bullen hatte das Funkeln in seine Augen zurückgeholt. »Sobald wir in Boston sind, werden wir von der Bildfläche verschwinden. Nach zwei Kids werden sie nicht besonders gründlich suchen.«

»Oh. Gut.«

»Aber jetzt besorg ich uns besser die Tickets. Und du bleibst ein Stummie, bis wir in Boston sind. Ist sicherer so.«

»Klar.«

Also kaufte Johnny die Fahrkarten, und sie stiegen in den Bus, der fast ausschließlich mit Typen in Uniform und jungen Frauen mit kleinen Kindern gefüllt zu sein schien. Der Fahrer hatte einen Spitzbauch und einen Breitarsch, aber die Hose seiner grauen Uniform hatte Bügelfalten, und das fand Blaze richtig todschick. Er dachte, es würde ihm gefallen, Greyhound-Busfahrer zu sein, wenn er erwachsen war.

Die Türen schlossen sich mit einem Zischen. Das leise Grummeln der schweren Maschine schraubte sich zu einem Brüllen hoch. Der Bus setzte zurück und bog auf die Congress Street ein. Sie waren in Bewegung. Sie waren unterwegs nach irgendwo. Blaze konnte gar nicht genug zu sehen kriegen.

Sie fuhren über eine Brücke und kamen dann auf die Route 1. Ihr Tempo nahm zu. Sie fuhren vorbei an Öltanks und Reklametafeln, auf denen für Motels und PROUTY'S, DAS BESTE HUMMER-RESTAURANT IN GANZ MAINE geworben wurde. Sie fuhren an Wohnhäusern vorbei, und Blaze sah einen Mann, der seinen Rasen sprengte. Der Mann trug Bermudashorts. Der fuhr nirgendwohin. Er tat Blaze leid. Sie kamen an flachen Stränden vorbei, über denen die Möwen kreisten. Was John das »Hass-Haus« nannte, das lag jetzt so weit hinter ihnen. Es war Sommer, und es wurde ein strahlender Tag.

Schließlich drehte er sich zu John um. Wenn er nicht jemandem sagte, wie gut er sich fühlte, glaubte er, platzen zu müssen. Doch John war mit dem Kopf auf der Schulter eingeschlafen. Im Schlaf sah er alt und müde aus.

Blaze dachte einen Moment – mit einem beklommenen Gefühl im Bauch – darüber nach, dann drehte er sich wieder zum Fenster des Überlandbusses um. Das Panorama zog ihn an wie ein Magnet. Er genoss den Ausblick und vergaß John für eine Weile, während er den geschmacklosen und irgendwie billig wirkenden Seacoast Strip zwischen Portland und Kittery draußen vorbeigleiten sah. In New Hampshire fuhren sie auf die Autobahn, und dann waren sie in Massachusetts. Kurze Zeit darauf überquerten sie eine große Brücke und waren, so vermutete er, in Boston.

Neonreklamen reihten sich viele Meilen lang aneinander, Tausende Autos und Busse waren auf den Straßen, und Gebäude erhoben sich in allen vier Himmelsrichtungen. Und trotzdem fuhr der Bus noch immer weiter. Sie kamen an einem orange leuchtenden Dinosaurier vorbei, der einen Parkplatz bewachte. Sie kamen an einem riesigen Segelschiff vorbei. Sie kamen an einer Herde Plastikkühe vor irgendeinem Restaurant vorbei. Überall waren Menschen. Sie machten ihm Angst. Gleichzeitig liebte er sie, weil sie ihm fremd waren. John schlief neben ihm weiter, schnarchte ein wenig, weit hinten in seinem Hals.

Dann fuhren sie über einen Berg, und er sah eine noch größere Brücke mit noch größeren Gebäuden dahinter, Wolkenkratzer, die wie silberne und goldene Pfeile in den blauen Himmel schossen. Blaze wandte schnell seinen Blick ab, als wäre es eine Atombombenexplosion gewesen.

»Johnny«, sagte er, stöhnte dabei fast. »Johnny, aufwachen. Das musst du dir ansehen!«

»Hä? Was?« John kam langsam zu sich, rieb sich die Augen mit den Knöcheln. Dann sah er, was Blaze durch das große Panoramafenster erblickt hatte, und er bekam Stielaugen. »Muttergottes!«

»Weißt du, wohin wir wollen?«, flüsterte Blaze.

»Ja, ich denke schon. Mein Gott, fahren wir über diese Brücke da? Müssen wir wohl, oder?«

Es war die Mystic, und sie fuhren darüber. Zuerst nahm sie sie mit hoch in den Himmel und dann wieder hinab bis tief unter die Erde, wie eine gigantische Ausgabe der Devil-Coaster-Achterbahn auf der Topsham Fair. Und als sie dann zu guter Letzt wieder ans Licht der Sonne kamen, schien diese zwischen Gebäuden, die so hoch waren, dass man ihre Giebel durch die Fenster des Big Dog nicht mehr sehen konnte.

Als Blaze und Johnny schließlich im Busbahnhof Tremont Street ausstiegen, schauten sie sich als Allererstes nach den Bullen um. Was nicht nötig gewesen wäre. Der Busbahnhof war riesig. Durchsagen plärrten wie die Stimme Gottes aus Lautsprechern über ihren Köpfen. Reisende schwärmten wie Fische umher. Blaze und Johnny kauerten sich dicht aneinander, Schulter an Schulter, als hätten sie Angst vor gegnerischen Strömen Reisender, die sie womöglich trennen könnten, damit sie sich nie mehr wiederfanden.

»Hier drüben«, sagte Johnny. »Komm.«

Sie gingen zu einer Reihe von Telefonen. Alle waren besetzt. Sie warteten vor einem Münzfernsprecher am Ende, bis der Schwarze, der dort telefonierte, schließlich seinen Anruf beendete und wegging.

»Was war das für ein Ding, das der da um den Kopf hatte?«, fragte Blaze und starrte dem Schwarzen fasziniert hinterher.

»Ach, das ist so was, um seine Haare in Ordnung zu halten. So was wie ein Turban. Ich glaub, man nennt die Doo-Rags. So besondere Kopftücher eben. Glotz nicht so, du siehst aus wie ein Landei. Quetsch dich hier rein zu mir.«

Was Blaze machte.

»Und jetzt gib mal einen ... Heilige Scheiße, das Ding hier frisst nur *Quarter*!« John schüttelte den Kopf. »Ich weiß nicht, wie die Leute hier klarkommen. Gib mal 'nen Quarter her, Blaze.«

Blaze gab ihm die Vierteldollarmünze.

Auf einem Bord in der Zelle lag ein Telefonbuch, geschützt von einem steifen Plastikumschlag. John blätterte darin, warf den Quarter ein und wählte. Als er sprach, machte er seine Stimme bewusst tiefer. Als er auflegte, grinste er breit.

»Wir haben zwei Nächte im YMCA an der Huntington Avenue. Zwanzig Mäuse für zwei Nächte! Hey, nenn mich einen Christen!« Er hob die Hand.

Blaze schlug ein, sagte dann: »Aber wir können doch nicht fast zweihundert Mäuse in zwei Tagen ausgeben, oder?«

»In einer Stadt, wo schon ein Telefonanruf einen Vierteldollar kostet? Willst du mich verarschen, ey?« John schaute sich mit leuchtenden Augen um. Es war, als gehörte ihm der Busbahnhof und alles, was sich darin befand. Es würde noch sehr viel Zeit vergehen, bis Blaze wieder jemandem begegnete, der genau diesen Ausdruck in den Augen hatte – erst wieder, als er George begegnete.

»Hör zu, Blaze, lass uns jetzt ein Spiel ansehen. Was sagst du dazu?«

Blaze kratzte sich am Kopf. Ihm ging das alles viel zu schnell. »Wie denn? Wir wissen doch nicht mal, wie wir da hinkommen.«

»Jeder Taxifahrer in Boston weiß doch, wie's zum Fenway Park geht.«

»Taxis kosten aber Geld. Wir haben nicht ...«

Er sah Johnny lächeln, und auch er begann zu lächeln. Die herrliche Wahrheit stand da wie ein Sonnenaufgang: Doch, sie *hatten*. Sie *hatten* das Geld. Und genau dafür war Geld doch da: um sich den ganzen Scheiß zu gönnen!

»Aber ... was, wenn heute überhaupt kein Spiel ist?«

»Blaze, was glaubst du, warum ich genau heute als Tag für unseren Ausflug ausgesucht habe?«

Blaze begann zu lachen. Dann lagen sie sich wieder in den Armen, genau wie in Portland. Sie schlugen sich gegenseitig auf den Rücken und lachten sich ins Gesicht. Blaze vergaß diesen Augenblick niemals wieder. Er hob John hoch und wirbelte ihn zweimal durch die Luft. Leute drehten sich zu ihnen um, die meisten mit einem Lächeln über den großen Tölpel und seinen kleinen mageren Freund.

Sie zogen los und besorgten sich ein Taxi, und als der Fahrer sie an der Lansdowne Street absetzte, gab John ihm einen Dollar Trinkgeld. Es war Viertel vor eins, und die zu dieser Tageszeit eher spärlichen Zuschauermengen trafen nach und nach ein. Das Spiel selbst war ein Knaller. Boston schlug die Birds haushoch. Boston schickte in diesem Jahr eher eine schlechte Mannschaft auf den Platz, aber an diesem Nachmittag im August spielten sie wie Champions.

Nach dem Spiel schlenderten die Jungs durch die Innenstadt, sahen sich alles an und versuchten, den Bullen möglichst aus dem Weg zu gehen. Die Schatten wurden länger, und schließlich begann Blazes Magen zu knurren. John hatte sich während des Spiels ein paar Hotdogs reingezogen, aber Blaze war von dem Spektakel der Spieler auf dem Platz – echten Menschen mit Schweißperlen im Nacken – viel zu fasziniert und begeistert gewesen, um etwas essen zu können. Auch die schiere Masse der Zuschauer beeindruckte ihn, Tausende Menschen und alle zusammen an einem Ort. Aber jetzt hatte er Hunger.

Sie betraten ein schummriges Lokal namens Lindy's Steak House, in dem es nach Bier und verkohltem Fleisch roch.

Eine ganze Reihe Pärchen saßen in rot gepolsterten Leder-Sitzecken. Links befand sich eine lange Theke, zwar zerkratzt und angeschlagen, aber noch immer irgendwie glänzend. Etwa im Meterabstand gab es Schalen mit gesalzenen Nüssen und Brezeln. Hinter der Theke hingen Fotos von Baseballspielern, einige davon mit Autogramm, und ein großes Gemälde einer nackten Frau. Der Mann, der über die Theke herrschte, war ausgesprochen groß und kräftig. Er beugte sich zu ihnen vor.

»Was kriegt ihr, Jungs?«

»Äh«, sagte John. Zum ersten Mal an diesem Tag wirkte er überrumpelt.

»Steak!«, sagte Blaze. »Zwei große Steaks. Und dazu noch Milch.«

Der kräftige Mann grinste, zeigte dabei ein prächtiges Gebiss. Er sah aus, als könnte er mit diesen Zähnen ein Telefonbuch zerfetzen. »Habt ihr Geld?«

Blaze knallte einen Zwanziger auf die Theke.

Der große Mann nahm den Schein mit Andy Jackson darauf und hielt ihn ins Licht. Er klemmte ihn zwischen die Finger. Dann ließ er ihn verschwinden. »Okay«, sagte er.

»Wie jetzt? Kriegen wir nichts raus?«, fragte John.

Der große Mann antwortete: »Nein, aber ihr werdet es nicht bereuen.«

Er drehte sich um, öffnete einen Kühlschrank und nahm zwei der größten, rotesten Steaks heraus, die Blaze in seinem ganzen Leben gesehen hatte. Am Ende der Theke gab es einen Gasgrill, und als der große Mann die Steaks beinahe verächtlich auf den Rost warf, loderten sofort Flammen auf.

»Hick's Special, gleich fertig«, sagte er.

Er zapfte ein paar Bier, füllte Schalen mit Nüssen auf, bereitete Salate zu und stellte diese kühl. Als die Salate fertig waren, wendete er die Steaks und kehrte zu John und Blaze zurück. Seine vom Spülwasser geröteten Pranken stützte er vor ihnen auf die Theke und sagte: »Ihr zwei Jungs seht den Herrn am anderen Ende der Theke, der ganz allein dasitzt?«

Blaze und John drehten den Kopf. Der Herr am Ende der Theke trug einen schicken blauen Anzug und nippte verdrießlich an seinem Bier.

»Das ist Daniel J. Monahan. *Detective* Daniel J. Monahan von der Bostoner Polizei. Ich nehme nicht an, dass ihr mit ihm über zwei Landeier, wie ihr welche seid, reden wollt, die einen Zwanziger für solche super Steaks übrig haben, oder?«

John Cheltzman sah plötzlich aus, als sei ihm schlecht. Er schwankte leicht auf seinem Barhocker. Blaze streckte eine Hand aus, um ihn zu stützen. Rüstete sich innerlich für eine Antwort. »Wir haben das Geld fair erworben«, sagte er.

»Ach, ja? Wen habt ihr denn fair überfallen? Oder habt ihr jemanden ganz fair zusammengeschlagen?«

»Wir haben das Geld fair erworben. Wir haben es gefunden. Und wenn Sie das für Johnny und mich jetzt kaputt machen, dann verpasse ich Ihnen ein Ding.«

Der Mann hinter der Theke sah Blaze mit einer Mischung aus Überraschung, Bewunderung und Verachtung an. »Du bist kräftig, mein Junge, aber du bist auch dumm. Ball eine deiner Fäuste, und ich schieß dich auf den Mond.«

»Wenn Sie uns unseren freien Tag verderben, verpass ich Ihnen ein Ding, Mister.«

»Woher kommt ihr? Jugendknast New Hampshire? North Windham? Aus Boston jedenfalls nicht, das ist mal klar. Ihr Jungs habt ja Heu in den Haaren.«

»Wir kommen aus dem Hetton House«, sagte Blaze. »Wir sind keine Gauner.«

Der Bostoner Detective am anderen Ende der Theke hatte sein Bier ausgetrunken. Er gestikulierte mit dem leeren Glas, bestellte noch eines. Der kräftige Barkeeper nickte in seine Richtung und grinste breit. »Bleibt schön brav hier sitzen, Jungs. Ganz cool bleiben.«

Der große Mann trug ein weiteres Bier zu Monahan hinüber und brachte ihn mit einer Bemerkung zum Lachen. Es war ein scharfes, kratzendes Geräusch, in dem nicht viel Humor lag.

Der Barkeeper kehrte zurück. »Wo ist denn dieses Hetton House?« Jetzt sprach er mit John.

»In Cumberland, Maine«, antwortete John. »Freitagabends dürfen wir nach Freeport ins Kino. Ich hab eine Brieftasche auf der Herrentoilette gefunden. Da war Geld drin. Also sind wir weggelaufen, um mal Urlaub zu machen, genau wie Blaze gesagt hat.«

»Habt also rein zufällig eine Brieftasche gefunden, ja?«

»Jawohl, Sir.«

»Und wie viel war in dieser sagenhaften Brieftasche?«

»Ungefähr zweihundertfünfzig Dollar.«

»Mein lieber Scholli, und ich mach jede Wette, ihr habt das ganze Geld jetzt in euren Taschen, was?«

»Wo sonst?« John sah ihn verdutzt an.

»Mein lieber Scholli«, sagte der kräftige Mann wieder. Er schaute zu der metallverkleideten Decke auf. Er verdrehte die Augen. »Und das erzählt ihr einem Fremden. Einfach so.«

Der große Mann legte seine Pranken auf die Theke und beugte sich weit vor. Die Zeit hatte auf seinem Gesicht grausam ihre Spuren hinterlassen, aber es war trotzdem kein grausames Gesicht.

»Ich glaube euch«, sagte er. »Ihr habt viel zu viel Heu in den Haaren, um Lügner sein zu können. Aber der Bulle da hinten … Jungs, den könnte ich auf euch hetzen wie 'nen Hund auf 'ne Ratte, und dann würden sie euch einbuchten, während er und ich uns das Geld teilen.«

»Ich würde Ihnen ein Ding verpassen«, sagte Blaze. »Das Geld gehört uns. Ich und Johnny haben es gefunden. Hören Sie? Wir sind in diesem Haus gewesen, und es ist kein gutes Haus, um da zu leben. Ein Kerl wie Sie glaubt vielleicht, er würde sich auskennen, würde Bescheid wissen, aber … ach, vergessen Sie's. Wir haben es uns *verdient!*«

»Du wirst mal ein übler Schläger, wenn du ausgewachsen bist«, sagte der kräftige Mann, fast zu sich selbst. Da sah er John an. »Dein Freund hier, der hat nicht wirklich alle Tassen im Schrank. Das weißt du, stimmt's?«

John hatte sich wieder erholt. Er sagte nichts, erwiderte jetzt nur den Blick des kräftigen Mannes fest.

»Kümmer dich um ihn«, sagte der große Mann, und plötzlich lächelte er. »Komm wieder mit ihm her, wenn er ausgewachsen ist. Ich will sehen, wie er dann aussieht.«

John erwiderte das Lächeln nicht – eigentlich sah er ernster aus als je zuvor –, Blaze aber schon. Er wusste, dass alles in Ordnung war.

Der große Mann holte den Zwanzigdollarschein hervor – er schien aus dem Nichts zu kommen – und schob ihn John zu. »Die Steaks gehen aufs Haus, Jungs. Nehmt das hier und seht euch morgen das Baseballspiel an. Falls euch bis dahin noch keiner ausgeraubt hat.«

»Wir waren heute schon«, sagte John.

»War's gut?«, erkundigte sich der große Mann.

Und jetzt lächelte John. »Es war das Tollste, was ich je gesehen habe.«

»Ja«, sagte der große Mann. »Ja, das war's mit Sicherheit. Pass gut auf deinen Freund hier auf.«

»Werd ich.«

»Denn Freunde halten zusammen.«

»Ich weiß.«

Der große Mann brachte die Steaks und für jeden einen Caesar Salad, junge Erbsen und einen enormen Berg Fritten, dazu riesige Gläser Milch. Zum Nachtisch brachte er ihnen Kirschkuchen mit Vanilleeis, das langsam oben auf dem Kuchen schmolz. Zuerst aßen sie langsam. Dann ging Detective Monahan von der Bostoner Polizei (ohne zu bezahlen, soweit Blaze das sehen konnte), und die zwei Jungs hauten richtig rein. Blaze nahm zwei Stücke Kuchen und drei Gläser Milch, und als der kräftige Barkeeper zum dritten Mal Blazes Glas nachfüllte, lachte er laut.

Als sie sich auf den Weg machten, flammten die Neonreklamen auf der Straße auf.

»Geht ins Y«, sagte der große Mann, bevor sie das Lokal verließen. »Macht es sofort. Zwei Jungs wie ihr sollten abends nicht in der Stadt rumlaufen.«

»Jawohl, Sir«, sagte John. »Ich hab schon angerufen und uns was reserviert.«

Der große Mann lächelte. »Du bist in Ordnung, Junge. Du bist ziemlich gut. Halt den Bären in deiner Nähe, und geh hinter ihm, falls jemand kommt und versucht, dich anzumachen. Achte besonders auf Kids, die auffällige Farben tragen. Du weißt schon, Jacken, an denen man ihre Gangzugehörigkeit erkennt.«

»Jawohl, Sir.«

»Passt auf euch auf.«

Das waren seine letzten Worte zu diesem Thema.

Am nächsten Tag fuhren sie U-Bahn, bis der Reiz des Neuen vorbei war, gingen dann ins Kino und anschließend noch mal zum Baseball. Es war spät, als sie wieder aus dem Stadion kamen, fast schon elf, und irgendwer räumte Blaze die Tasche aus, aber Blaze hatte seinen Anteil an ihrem Geld in seine Unterhose gesteckt, so wie Johnny es ihm gesagt hatte, und deshalb bekam der Taschendieb eine große Handvoll Luft. Blaze bekam ihn nicht zu Gesicht, er sah nur seinen Rücken, der in der Menschenmenge verschwand, die durch Ausgang A das Stadion verließ.

Sie blieben noch zwei weitere Tage, sahen sich mehr Filme an und ein Theaterstück, das Blaze nicht verstand, obwohl es Johnny gefiel. Sie hatten Plätze in etwas, das Loge hieß und fünfmal so hoch war wie der oberste Rang im Nordica. In einem Kaufhaus gingen sie in einen Passfotoautomaten und machten Aufnahmen: ein paar von Blaze, ein paar von Johnny, ein paar von ihnen gemeinsam. Auf denen, wo sie beide zu sehen waren, lachten sie. Sie fuhren noch mehr mit der U-Bahn, bis Johnny schließlich übel wurde und er auf seine Turnschuhe kotzte. Dann kam so ein Neger zu ihnen und brüllte sie an, irgendwas über das Ende der Welt. Er schien zu sagen, alles sei allein ihre Schuld, aber Blaze war nicht ganz sicher. Johnny sagte, der Kerl wäre verrückt. Johnny sagte, es gebe jede Menge Verrückte in der Stadt. »Die vermehren sich hier wie die Flöhe«, sagte Johnny.

Sie hatten immer noch etwas Geld übrig, und es war Johnny, der eine Idee hatte, was sie damit machen könnten. Sie fuhren mit dem Greyhound zurück nach Portland und gaben den Rest ihres Funds für ein Taxi aus. John breitete die restlichen Scheine fächerförmig vor der Nase des erschreckten Fahrers aus – fast fünfzig Dollar in verknitterten Fünfern und Einern, von denen einige nach Clayton Blaisdell juniors Unterhose rochen – und sagte ihm, sie wollten zum Hetton House in Cumberland.

Der Taxifahrer nahm die Fuhre an. Und um fünf nach zwei an einem sonnigen Spätsommernachmittag hielten sie vor dem Haupteingang. John Cheltzman ging ein halbes Dutzend Schritte die Zufahrt hinauf zu dem tristen Backsteinhaufen und brach ohnmächtig zusammen. Er hatte rheumatisches Fieber. Zwei Jahre später war er tot.

13

ALS BLAZE DAS BABY ENDLICH in der Hütte hatte, schrie Joe sich bereits die Seele aus dem Leib. Blaze starrte ihn verwundert an. Er war wütend! Röte zog sich über Wangen und Stirn und sogar über den Rücken seiner winzigen Nase. Die Augen hatte er zugekniffen. Seine Fäuste ruderten in winzigen wilden Kreisen in der Luft.

Blaze überkam eine jähe Panik. Was, wenn das Kind krank war? Was, wenn es die Grippe hatte oder so? Kinder fingen sich ständig irgendwas ein. Manchmal starben sie sogar daran. Und mit ihm zum Arzt gehen konnte er ja wohl schlecht. Was wusste er denn überhaupt von Kindern? Er war doch nur ein Dummkopf. Er konnte doch kaum auf sich selbst aufpassen.

Plötzlich überkam ihn der unbändige Drang, den Jungen wieder raus zum Auto zu bringen. Ihn nach Portland zu fahren und jemandem vor die Tür zu legen.

»George!«, schrie er laut. »George, was soll ich tun?«

Er hatte Angst, George wäre schon wieder fort, doch George antwortete aus dem Bad. »Gib ihm zu essen, füttere ihn. Gib ihm was aus diesen Gläschen.«

Blaze stürmte ins Schlafzimmer. Er zerrte einen der Kartons unter dem Bett hervor, riss ihn auf und nahm das erstbeste Glas heraus. Damit kehrte er in die Küche zurück. Er suchte sich einen Löffel, stellte das Gläschen auf den Tisch neben den Weidenkorb und öffnete den Deckel. Was drin war, sah schrecklich aus, wie Kotze. Vielleicht war es verdorben. Er schnupperte besorgt daran. Es roch ganz okay. Es roch nach Erbsen. Das war also in Ordnung.

Er zögerte trotzdem. Die Vorstellung, Nahrung in diesen offenen, schreienden Mund zu stecken, kam ihm irgendwie so … unwiderruflich vor. Was, wenn das kleine Arschloch daran erstickte? Was, wenn er einfach nicht wollte? Was, wenn es irgendwie das falsche Zeugs für ihn war und … und …

Sein Verstand versuchte, das Wort GIFT zu artikulieren, aber Blaze weigerte sich einfach, das zu registrieren. Er stopfte einen Löffel kalter Erbsen in den Mund des Babys.

Das Heulen hörte schlagartig auf. Die Augen des Babys flogen auf, und Blaze sah, dass sie blau waren. Joe spuckte etwas von den Erbsen wieder aus, und mit der Spitze des Löffels schob Blaze sie einfach zurück, dachte nicht weiter darüber nach, tat es einfach. Das Baby mümmelte zufrieden.

Blaze fütterte ihm einen weiteren Löffel. Er wurde akzeptiert. Und noch einen. Sieben Minuten später war das ganze Glas Erbsen verputzt. Blaze hatte einen steifen Rücken vom Beugen über den Weidenkorb. Joe rülpste, und ein Faden grünen Schaums tauchte in seinem Mundwinkel auf. Mit dem Zipfel seines eigenen Hemdes wischte Blaze die kleine Wange sauber.

»Bring's noch mal vor, und wir stimmen drüber ab«, sagte er. Das war einer von Georges klugen Sprüchen.

Joe blinzelte beim Geräusch der Stimme. Blaze erwiderte den Blick fasziniert. Die Haut des Babys war so rein und makellos. Er hatte einen weichen, schimmernden Haarflaum auf dem Kopf. Aber es waren seine Augen, die Blaze umhauten. Er fand, irgendwie waren das alte Augen, weise Augen. Sie hatten das ausgewaschene Blau des Wüstenhimmels in einem Western. Die Augenwinkel waren eine Idee nach oben gezogen, so wie bei den Augen von Chinesen. Irgendwie ließ ihn das grimmig wirken. Fast sah er aus wie ein Krieger.

»Bist du eine Kämpfernatur?«, fragte Blaze. »Bist du ein Kämpfer, kleiner Mann?«

Einer von Joes Daumen wanderte in seinen Mund, und er fing an, daran zu nuckeln. Zuerst dachte Blaze, vielleicht will er ein Fläschchen (und wie dieses Fläschchensystem funktionierte, hatte er noch nicht ganz rausgefunden), aber im Moment schien der Kleine völlig zufrieden mit seinem Daumen. Seine Wangen waren immer noch gerötet, jetzt allerdings nicht mehr vom Weinen, sondern von seiner Reise durch die kalte Nacht.

Seine Lider wurden langsam schwer, und seine Augen verloren diese grimmige Schrägstellung. Aber trotzdem betrachtete er diesen Mann, diesen zwei Meter großen, stoppeligen Riesen mit den wild zerzausten braunen Haaren einer Vogelscheuche, der da über ihm aufragte. Dann fielen seine Augen zu. Der Daumen rutschte aus seinem Mund. Er schlief.

Blaze richtete sich auf, und es knackte in seinem Rücken. Er wandte sich von dem Korb ab und wollte ins Schlafzimmer gehen.

»He, du Schote«, sagte George aus dem Bad. »Was denkst du, wohin du jetzt gehst?«

»Ins Bett.«

»Einen Teufel wirst du tun. Du schaust dir jetzt mal an, wie dieses System funktioniert, und dann bereitest du dem

Kleinen vier oder fünf Fläschchen vor, damit was da ist, wenn er aufwacht.«

»Die Milch könnte aber sauer werden.«

»Nicht, wenn du sie in den Kühlschrank stellst. Du wärmst sie einfach auf, wenn's so weit ist. Prüfen tust du das dann auf deinem Arm.«

»Oh.«

Blaze holte das Playtex-System hervor und las die Gebrauchsanweisung. Er las sie zweimal. Er brauchte eine halbe Stunde. Er verstand beim ersten Mal nicht wirklich alles, und beim zweiten Mal sogar noch weniger.

»Ich kann das nicht, George«, sagte er schließlich.

»Und ob du kannst. Schmeiß die Gebrauchsanweisung weg und leg los.«

Also warf Blaze die Gebrauchsanweisung in den Ofen und spielte dann einfach mit den einzelnen Teilen herum, so wie man auch an einem Vergaser rumfummelt, der nicht ganz richtig eingestellt ist. Schließlich fand er heraus, dass man dieses Plastikbeutelchen über den Rand des Systems zog und dann in die unten offene Flasche hineinsteckte. Bingo. Ziemlich clever. Er bereitete vier Fläschchen vor, füllte sie mit Babymilch aus der Dose und stellte dann alles in den Kühlschrank.

»Kann ich jetzt ins Bett, George?«, fragte er.

Keine Antwort.

Blaze ging ins Bett.

Joe weckte ihn beim ersten grauen Licht des Morgens. Blaze stolperte aus dem Bett und in die Küche. Er hatte das Baby in dem Korb liegen lassen, und jetzt wippte der Korb unter der Wucht von Joes Zorn vor und zurück.

Blaze nahm ihn heraus und legte ihn an seine Schulter. Einen Teil des Problems erkannte er sofort. Der Kleine war klitschnass.

Blaze ging mit ihm ins Schlafzimmer und legte ihn auf sein Bett. Er sah so erstaunlich klein aus, wie er da in der Mulde lag, die Blazes Körper zurückgelassen hatte. Er trug einen blauen Pyjama und stieß mit seinen kleinen Füßen empört in die Luft.

Blaze zog ihm den Schlafanzug aus und auch die Gummihose darunter. Er legte eine Hand auf Joes Bauch, um ihn still zu halten. Dann beugte er sich tiefer herab, um zu sehen, wie die Windel mit Sicherheitsnadeln zusammengehalten wurde. Er zog sie ihm aus und warf sie in die Ecke.

Er betrachtete Joes Penis und war spontan entzückt. Kaum länger als sein Daumennagel, aber kerzengerade aufgerichtet. Richtig niedlich.

»Da hast du aber ein ziemliches Rohr, Kleiner«, sagte er.

Joe hörte auf zu schreien und starrte stattdessen Blaze mit großen überraschten Augen an.

»Ich sagte, da hast du aber ein ziemliches Rohr!«

Joe lächelte.

»Guu-guu«, machte Blaze. Er spürte, wie praktisch gegen seinen Willen ein dämliches Grinsen an seinen Mundwinkeln zerrte.

Joe gluckste.

»Guu-guu-Baby«, sagte Blaze.

Joe lachte laut.

»Guu-guu-Bayyy-biiie«, sagte Blaze entzückt.

Joe pinkelte ihm ins Gesicht.

Die Pampers waren ein weiterer Kampf. Wenigstens hatten sie keine Nadeln, sondern nur Klebestreifen, und sie schienen die Gummihose – eigentlich aus Plastik, nicht aus Gummi – auch irgendwie schon eingebaut zu haben, aber er machte erst mal zwei kaputt, bevor es ihm gelang, eine so anzuziehen, wie es auf der Packung abgebildet war. Als das erledigt war, war Joe hellwach und putzmunter und kaute an seinen Fingern herum. Blaze vermutete, er wollte sicher was zu essen, und fand, ein Fläschchen wäre jetzt womöglich das Beste.

Er wärmte es unter dem Warmwasserhahn in der Küche auf, drehte es dabei wieder und immer wieder, als George sagte: »Hast du es verdünnt, so wie die Tussi im Laden es erklärt hat?«

Blaze starrte das Fläschchen an. »Hä?«

»Das ist Milch direkt aus der Dose, richtig?«

»Klar, direkt aus der Dose. Ist sie schlecht, George?«

»Nein, schlecht ist sie nicht. Aber wenn du den Deckel nicht abnimmst und Wasser dazukippst, wird er es wieder auskotzen.«

»Oh.«

Blaze benutzte die Fingernägel, um den Verschluss des Fläschchens abzufummeln, und kippte dann ungefähr ein Viertel des Inhalts in den Abfluss. Er füllte mit ausreichend Wasser wieder auf, rührte mit einem Löffel um und setzte den Sauger wieder auf.

»Blaze.« George klang nicht richtig sauer, aber er klang schrecklich müde.

»Was?«

»Du musst dir unbedingt ein Babybuch besorgen. Irgendwas, wo drinsteht, wie man richtig mit ihm umgeht. So ein

Handbuch, wie es sie auch für Autos gibt. Du vergisst ja dauernd alles.«

»Okay, George.«

»Und du besorgst dir besser auch eine Tageszeitung. Nur kauf das alles nicht hier in der Nähe. Fahr in irgendeinen größeren Ort.«

»George?«

»Was?«

»Wer wird sich um den Jungen kümmern, während ich weg bin?«

Es folgte eine lange Pause, so lange, dass Blaze schon dachte, George wäre wieder verschwunden. Dann sagte er: »Ich mach das schon.«

Blaze runzelte die Stirn. »Kannst du doch gar nicht, George. Du bist doch ...«

»Ich sagte, ich mach das schon. Und jetzt setz deinen Arsch in Bewegung und füttere ihn endlich!«

»Aber ... falls der Kleine Schwierigkeiten bekommt ... sich verschluckt, erstickt oder so was ... und ich bin weg ...«

»Füttere ihn jetzt, gottverdammt!«

»Okay, George, klar.«

Er ging in das andere Zimmer. Joe lag auf dem Bett, strampelte und trat wild um sich, kaute immer noch auf seinen Fingern. Blaze bereitete das Fläschchen vor, wie die Dame im Laden es ihm gezeigt hatte, schob einen Finger von unten in den Plastikbeutel, bis sich am Nippel des Saugers ein Tropfen Milch bildete. Er setzte sich neben das Baby und zog Joe vorsichtig die Fingerchen aus dem Mund. Joe fing an zu weinen, aber als Blaze den Gumminippel dorthin hielt, wo zuvor seine Finger gewesen waren, schlossen sich sofort die Lippen darum, und er fing an zu saugen. Die kleinen Wangen bewegten sich auf und ab.

»So ist brav«, sagte Blaze. »So ist gut, du kleiner Scheißer.«

Joe trank alles aus. Als Blaze ihn hochnahm, damit er sein Bäuerchen machen konnte, spuckte er etwas davon wieder aus, auch auf das Hemd von Blazes Thermo-Unterwäsche. Blaze war's gleichgültig. Er wollte dem Baby sowieso gern was von den neuen Sachen anziehen. Er sagte sich, er wolle nur mal sehen, ob es auch passte.

Tat es. Als Blaze damit fertig war, zog er sein eigenes Unterhemd aus und schnüffelte an dem, was das Baby ausgespuckt hatte. Es roch ganz leicht nach Käse. Vielleicht, dachte er, war die Milch doch noch ein bisschen zu dick. Oder vielleicht hätte er auch eine Pause machen und ihn schon nach einem halben Fläschchen mal aufstoßen lassen sollen. George hatte recht. Er brauchte ein Buch. Unbedingt.

Er schaute zu Joe hinab. Das Baby hatte eine Ecke von der Decke in seinen Händen zusammengeknüllt und untersuchte sie nun. Er war ein süßer kleiner Scheißer. Sie würden sich Sorgen um ihn machen, Joe Gerard III. und seine Frau. Dachten wahrscheinlich, das Kind wäre in irgendeine Kommodenschublade gesteckt worden, weinend und hungrig und mit vollgeschissenen Windeln. Oder noch schlimmer, es lag in einem flachen Loch, das in die gefrorene Erde gehackt worden war, ein winziges Stückchen Mensch, das seine letzten paar Atemzüge in die eiskalte Luft hinauskeuchte. Und dann ab in den grünen Müllsack …

Wie war er denn auf diesen Gedanken gekommen?

George. George hatte das gesagt. Er hatte von der Lindbergh-Entführung erzählt. Der Kidnapper hatte Hopeman geheißen, Hoppeman, irgend so was.

»George? George, tu ihm bitte nicht weh, wenn ich weg bin.«

Keine Antwort.

Er hörte Nachrichten, während er sein Frühstück zubereitete. Joe lag auf dem Boden, auf einer Decke, die Blaze für ihn dort ausgebreitet hatte. Er spielte mit einer von Georges Tageszeitungen. Er hatte eine Seite zu einem Zelt über seinen Kopf gezogen und strampelte vor Begeisterung.

Der Sprecher beendete gerade seinen Bericht über einen republikanischen Senator, der Bestechungsgelder angenommen hatte. Blaze hoffte, dass George das mitbekommen hatte. George stand auf solche Sachen.

»Die Top-Lokalnachricht ist jedoch eine mutmaßliche Entführung in Ocoma Heights«, sagte der Sprecher jetzt. Blaze legte den Löffel, mit dem er seine Kartoffeln in der Bratpfanne gewendet hatte, beiseite und hörte aufmerksam zu. »Der Säugling Joseph Gerard IV., Erbe des Reedereivermögens der Gerards, wurde entweder am späten gestrigen Abend oder am frühen Morgen des heutigen Tages vom Anwesen der Gerards in Ocoma Heights entführt. Eine Schwester von Joseph Gerard, dem Urgroßvater des Jungen – früher bekannt als ›das Wunderkind der amerikanischen Transportschifffahrt‹ –, wurde am frühen Morgen vom Koch der Familie bewusstlos auf dem Boden der Küche gefunden. Norma Gerard, die etwa Mitte siebzig sein soll, wurde ins Maine Medical Center gebracht, das ihren Zustand als kritisch bezeichnet. Auf die Frage, ob bereits das FBI um Unterstützung gebeten worden sei, war Sheriff John D. Kellahar aus dem Castle County derzeit zu keinem Kommentar bereit. Ebenso wenig wollte er sich dazu äußern, ob von den Entführern bereits eine Lösegeldforderung eingegangen war …«

Ach ja, dachte Blaze, *so was muss ich denen ja noch schicken.*

»… allerdings betonte er, dass die Polizei eine ganze Reihe von Spuren habe, die derzeit untersucht würden.«

Wie zum Beispiel was?, fragte sich Blaze und lächelte leicht. So ein Zeug sagten die immer. Welche Spuren konnten sie denn schon groß haben, wenn er die alte Dame ausgeknockt hatte? Er hatte ja sogar die Leiter mitgenommen. Die redeten immer so ein Zeug, das war alles.

Er aß sein Frühstück und setzte sich dann auf den Boden und spielte mit dem Baby.

Als er sich an diesem Nachmittag fertig machte, um das Haus zu verlassen, war das Baby gefüttert und frisch gewickelt und lag schlafend in der Wiege. Blaze hatte an dem Mischungsverhältnis noch ein wenig herumprobiert und hatte den Jungen nach einem halben Fläschchen aufstoßen lassen. Es funktionierte richtig gut. Erste Sahne. Anschließend hatte er bei dem Kleinen die Windeln gewechselt. Beim Anblick der ganzen grünen Kacke bekam er einen Schreck, aber dann fielen ihm die Erbsen ein.

»George? Ich fahr jetzt los.«

»Okay«, sagte George aus dem Schlafzimmer.

»Besser, du kommst jetzt her und passt auf den Kleinen auf. Falls er wach wird.«

»Das werde ich schon, keine Panik.«

»Gut«, sagte Blaze wenig überzeugt. George war tot. Er redete mit einem Toten. Er bat einen Toten, den Babysitter zu machen. »Hey, George. Vielleicht sollte ich …«

»Sollte-bollte. Würde-hürde. Geh jetzt, verschwinde endlich.«

»George …«

»Geh, hab ich gesagt! Zisch ab!«

Blaze ging.

Es war ein heller, funkelnder Tag und auch ein bisschen wärmer. Nach einer Woche mit Temperaturen im zweistelligen Minusbereich erschienen minus sechs Grad schon beinahe wie eine Hitzewelle. Aber die Sonne bereitete kein Vergnügen, es machte keine Freude, auf Nebenstraßen nach Portland zu fahren. Er vertraute George nicht wirklich, was das Baby betraf. Er wusste nicht, warum, aber er traute ihm nicht. Denn, also, George war jetzt irgendwie ein Teil von ihm selbst, und, na ja, er nahm eben alle Teile mit, wenn er irgendwohin ging, selbst den George-Teil. So war es doch, oder?

Und dann fing er an, sich über den Holzofen Gedanken zu machen. Was war denn, wenn die Hütte abbrannte?

Dieses ausgesprochen düstere Bild drängte sich in seinen Kopf und wolle nicht mehr verschwinden. Ein Kaminbrand von dem Herd, den er extra noch geschürt hatte, damit es Joe nicht kalt war, falls er sich seine Decke wegstrampeln sollte. Funken stoben aus dem Kamin aufs Dach. Die meisten erloschen sofort, aber ein Funke, ein einziger Funke fand eine trockene Schindel und entzündete sich, griff mit seiner

Hitze nach den knochentrockenen Schindeln darunter. Dann rasten die Flammen die Balken entlang. Das Baby begann zu schreien, als die ersten Ranken des Rauchs dicker und dicker wurden …

Plötzlich wurde ihm bewusst, dass er den gestohlenen Ford auf über hundert hochgejagt hatte. Er ging sofort vom Gas. Das machte alles nur noch schlimmer.

Er stellte den Wagen auf dem Parkplatz an der Casco Street ab, gab dem Parkwächter ein paar Mäuse und ging zu Walgreen's. Er holte sich einen *Evening Express*, ging dann weiter zu dem Ständer mit Taschenbüchern neben der Erfrischungshalle. Viele Western, Gruselromane, Krimis, Science-Fiction. Und dann, auf dem untersten Regal, ein dickes Buch mit einem lächelnden, kahlköpfigen Baby auf dem Umschlag. Den Titel entzifferte er schnell; keine schweren Wörter dabei. *Kinder- und Säuglingspflege.* Auf der Rückseite ein Foto von einem alten Typen, umringt von Kindern. Wahrscheinlich der Bursche, der es geschrieben hatte.

Er bezahlte seinen Kram und schlug im Hinausgehen die Zeitung auf. Mit offenem Mund blieb er wie angewurzelt auf dem Bürgersteig stehen.

Auf der ersten Seite war ein Foto von ihm.

Nein, kein Foto, sah er erleichtert, sondern eine Polizeizeichnung, so ein Phantombild, das nach den Angaben von Zeugen angefertigt wird. Es war nicht mal besonders gut. Es fehlte zum Beispiel die tiefe Delle an der Stirn. Seine Augen hatten die falsche Form. Seine Lippen waren in Wahrheit nicht annähernd so dick. Aber trotzdem war er zu erkennen.

Dann musste die alte Dame also aufgewacht sein.

Der Untertitel legte diese Vermutung ad acta, und zwar sehr schnell.

FBI SCHALTET SICH IN SUCHE NACH KIDNAPPERN EIN

Norma Gerard erliegt Kopfverletzung

Exklusiv für den *Evening Express*

von James T. Mears

DER FAHRER DES FLUCHTFAHRZEUGS bei der Entführung des Gerard-Babys – und möglicherweise der einzige Täter – ist auf dieser Seite abgebildet, exklusiv im *Evening Express*. Die Zeichnung wurde angefertigt von John Black, Zeichner bei der Polizei in Portland, und basiert auf einer Beschreibung, die von Morton Walsh abgegeben wurde, Nachtportier im Oakwood, einem neuen Hochhaus mit Eigentumswohnungen, eine Viertelmeile vom Grundstück der Familie Gerard entfernt.

Gegenüber der Polizei von Portland und den Deputies des Castle County Sheriff sagte Walsh am frühen Morgen aus, dass der Verdächtige gesagt habe, Joseph Carlton besuchen zu wollen, offensichtlich ein frei erfundener Name. Der mutmaßliche Babynapper fuhr eine blaue Ford-Limousine neuerer Bauart, und Walsh sagte aus, er habe eine Leiter auf der Rückbank bemerkt. Walsh befindet sich als wichtiger Zeuge noch in Polizeiobhut, und es werden Vermutungen darüber angestellt, weshalb er den Fahrer nicht eingehender nach seinen Absichten befragt hat, wenn man die fortgeschrittene Uhrzeit bedenkt (etwa zwei Uhr morgens).

Aus der Polizei nahestehenden Kreisen heißt es, dass es von der »geheimnisvollen Wohnung« des Joseph Carlton aus möglicherweise Verbindungen zum organisierten Verbrechen gibt, was wiederum die Möglichkeit einschließt, dass die Entführung des Kindes ein gut organisierter krimineller »Coup« sein könnte. Weder FBI-Agenten (inzwischen am Tatort) noch die örtliche Polizei wollten zu dieser Möglichkeit Stellung nehmen.

Zum gegenwärtigen Zeitpunkt gibt es bereits weitere Spuren, obwohl es bislang weder Informationen über eine etwaige Lösegeldforderung noch über einen Anruf der Täter gibt. Einer der Kidnapper hat einen Tropfen Blut auf dem Schnee hinter der Grundstückshecke der Gerards zurückgelassen, das vermutlich von einer Verletzung stammt, die er sich beim Übersteigen des Maschendrahtzaunes des Oakwood-Parkplatzes zugezogen haben könnte. Sheriff John D. Kellahar nannte es »einen weiteren Strang des Seiles, das am Ende diesen Mann oder diese Bande hängen wird«.

Norma Gerard, die Urgroßtante des entführten Jungen, verstarb während einer Notoperation im Maine Medical Center (mehr auf Seite 2).

Blaze blätterte zu Seite zwei, aber dort stand nicht mehr viel. Falls die Bullen noch mehr auf Lager hatten, dann hielten sie ihr Wissen zurück. Sie brachten ein Foto vom »Kidnapping-Haus« und ein weiteres »Wo die Entführer eindrangen«. In einem kleinen Hinweisfeld hieß es: *Appell des Vaters an die Entführer, Seite 6*. Blaze blättere nicht zu Seite sechs. Die Zeit lief ihm beim Lesen davon, und das konnte er sich im Moment nicht erlauben. Er war bereits viel zu lange fort, er würde mindestens weitere fünfundvierzig Minuten für die Rückfahrt benötigen, und außerdem …

Außerdem war das Auto heiß.

Walsh, dieser verdammte Dreckskerl. Blaze hoffte fast, die Organisation würde den erbärmlichen Bastard umlegen, weil er ihre Wohnung hatte auffliegen lassen. Aber in der Zwischenzeit …

In der Zwischenzeit würde er es einfach darauf ankommen lassen müssen. Vielleicht kam er unerkannt zurück. Es würde alles nur noch erheblich schlimmer machen, wenn er den Wagen einfach zurückließ. Seine Fingerabdrücke waren überall – George nannte es immer »seine Marker«. Vielleicht kannten sie aber auch das Nummernschild; vielleicht hatte Walsh es aufgeschrieben. Er dachte langsam und gründlich darüber nach und entschied, dass Walsh das Kennzeichen nicht aufgeschrieben hatte. Wahrscheinlich nicht. Trotzdem, sie wussten, es war ein Ford, und er war blau … aber natürlich war er ursprünglich grün gewesen. Bevor er ihn umlackiert hatte. Vielleicht machte das den entscheidenden Unterschied. Vielleicht war es immer noch okay. Vielleicht auch nicht. Schwer zu sagen.

Vorsichtig näherte er sich dem Parkplatz, schlich sich förmlich an, aber er sah keine Bullen, und der Parkplatzwächter las in einer Illustrierten. Das war gut. Blaze stieg ein, startete den Motor und wartete darauf, dass die Bullen aus hundert verschiedenen Verstecken über ihn herfielen. Kein einziger tauchte auf. Als er den Parkplatz verließ, zog der Wächter mit kaum mehr als einem flüchtigen Blick den gelben Parkschein unter seinem Scheibenwischer hervor.

Zuerst Portland und dann Westbrook hinter sich zu lassen schien eine Ewigkeit zu dauern. Es war ein bisschen, wie mit einem offenen Krug Wein zwischen den Beinen zu fahren, nur noch schlimmer. Bei jedem Auto, das dicht hinter ihm auffuhr, war er überzeugt, dass es ein nicht gekennzeichnetes Polizeifahrzeug war. Während der Fahrt aus der Stadt heraus sah er tatsächlich nur einen einzigen Polizeiwagen, der die Kreuzung der Routes 1 und 25 überquerte und mit heulender Sirene und Blaulicht einem Krankenwagen die Straße frei machte. Das zu sehen beruhigte ihn sogar. Bei so einem Polizeiwagen wusste man doch sofort, woran man war.

Als Westbrook hinter ihm lag, bog er zunächst auf eine Nebenstraße ab und dann auf eine zweispurige Asphaltstraße, die sich schon bald in einen gefrorenen, unbefestigten Feldweg verwandelte, der sich quer durch die Landschaft und durch den Wald nach Apex schlängelte. Nicht einmal dort fühlte er sich völlig sicher, und als er in die lange Zufahrt einbog, die zu seiner Hütte führte, war ihm mit einem Mal, als würden große Gewichte von seinem Körper genommen.

Er fuhr den Ford in den Schuppen und sagte sich, dort könnte er stehen bleiben, bis sich die Hölle in ’ne Eisbahn verwandelt hatte. Ihm war klar gewesen, dass Kidnapping eine große Sache war und dass es ziemlich heiß werden würde, aber das Ding hier glühte. Das Phantombild, das Blut, das er hinterlassen hatte, die schnelle und schmerzlose Art, wie dieser bessere Portier die private Spielwiese der Organisation hatte auffliegen lassen …

Doch all diese Gedanken verblassten in dem Augenblick, als er aus dem Wagen stieg. Joe schrie. Blaze konnte ihn sogar hier draußen hören. Er rannte über den Hof und stürmte ins Haus. George hatte irgendwas gemacht, George hatte …

Aber George hatte nichts getan. George war nicht mal in der Nähe. George war tot, und er, Blaze, hatte das Baby ganz allein zurückgelassen.

Die Wiege schaukelte unter der Wucht seiner Wut, und als Blaze Joe erreichte, sah er auch, warum. Der Kleine hatte den größten Teil seines Zehn-Uhr-Fläschchens wieder ausgespuckt, und saure, stinkende Milch, halb eingetrocknet, war über sein Gesicht verteilt und in das Oberteil seines Schlafanzugs gesickert. Sein Gesicht hatte eine schreckliche pflaumenblaue Farbe. Dicke Schweißperlen standen auf seiner Stirn.

Für einen Augenblick hatte Blaze das Bild seines eigenen Vaters vor Augen, ein massiger Riese mit roten Augen und großen gewalttätigen Händen. Dieses Bild hinterließ in ihm ein qualvolles Gefühl von Schuld und Entsetzen; er hatte seit Jahren nicht mehr an seinen Vater gedacht.

Er riss das Baby mit einem solch kraftvollen Ruck aus der Wiege, dass Joes Kopf in den Nacken geschleudert wurde. Neben allen möglichen anderen Gründen war es sicher auch die Überraschung, die ihn abrupt mit dem Weinen aufhören ließ.

»So«, gurrte Blaze und begann mit dem Baby an seiner Schulter im Raum auf und ab zu gehen. »Na, na, na! Ich bin ja wieder da. Ich bin zurück. Na, na. Nicht mehr weinen. Ich bin doch hier bei dir. Ich bin hier.«

Das Baby schlief ein, bevor Blaze drei Runden durchs Zimmer gedreht hatte. Blaze zog ihn um, wechselte die Windel in Höchstgeschwindigkeit, packte ihn wieder ein und legte ihn zurück in die Wiege.

Dann setzte er sich, um nachzudenken. Um diesmal wirklich richtig richtig nachzudenken. Was kam als Nächstes? Eine Lösegeldforderung, richtig?

»Richtig«, sagte er.

Kleb's mit aus Zeitungen ausgeschnippelten Buchstaben zusammen, so machen sie es immer in den Filmen. Er holte einen Stapel Zeitungen, Magazine mit nackten Mädchen und Comics. Dann fing er an, Buchstaben auszuschneiden.

ICH HABE DAS BABY.

So. Das war ja schon mal ein guter Anfang. Er ging zum Fenster hinüber, schaltete das Radio ein und erwischte Ferlin Husky, der gerade »Wings of a Dove« sang. Das war ein guter Song. Oldie, aber Goldie. Er kramte herum, bis er einen Block Papier fand, den George bei Renny's gekauft hatte, und rührte dann eine Mehl-und-Wasser-Pampe zum Kleben an. Er summte zur Musik, während er vor sich hin arbeitete. Es war ein eingerostetes, quietschendes Geräusch wie bei einem alten Tor, das auf defekten Scharnieren schwingt.

Er kehrte an den Tisch zurück und klebte die Buchstaben auf, die er bislang hatte. Ein Gedanke kam ihm: Nahm Papier Fingerabdrücke an? Er wusste es nicht, aber sehr wahrscheinlich kam's ihm irgendwie nicht vor. Trotzdem lieber kein Risiko eingehen. Er knüllte das Papier mit den aufgeklebten Buchstaben zusammen und suchte Georges Lederhandschuhe. Sie waren ihm zu klein, aber er zwängte seine Finger trotzdem hinein. Dann suchte er die gleichen Buchstaben wie vorher noch mal zusammen und klebte sie auf:

ICH HABE DAS BABY.

Die Nachrichten fingen an. Er lauschte aufmerksam und hörte, dass jemand bei den Gerards angerufen und zweitausend Dollar Lösegeld gefordert hatte. Blaze runzelte die Stirn. Dann sagte der Nachrichtensprecher, ein Jugendlicher habe den Anruf aus einer Telefonzelle in Windham gemacht. Die Polizei habe den Anruf zurückverfolgt. Als sie ihn erwischten, sagte er, er hätte nur einen Streich spielen wollen.

Du kannst denen die ganze Nacht erzählen, dass es nur ein Streich war, Jungchen, und sie werden dich trotzdem einsperren, dachte Blaze. Kidnapping ist eine heiße Kiste.

Er runzelte die Stirn, dachte nach, schnitt weitere Buchstaben aus. Der Wetterbericht kam. Sonnig und ein bisschen kälter. Mehr Schnee zu erwarten.

ICH HABE DAS BABY. WENN IHR IHN LEBEND WIEDERSEHEN WOLLT

Wenn ihr ihn lebend wiedersehen wollt, was dann? *Was dann?* Verwirrung machte sich in Blazes Kopf breit. Ruf gebührenfrei an, alle Leitungen sind frei? Mach einen Kopfstand und träum ein bisschen? Schicke zwei Deckel und fünfzig Cent in Münzen? Wir stellte man es an, die Kohle zu bekommen, ohne dabei erwischt zu werden?

»George? An diesen Teil erinnere ich mich nicht. Wie war das noch mal?«

Keine Antwort.

Er stützte das Kinn in eine Hand und setzte sich mal so richtig die Denkmütze auf. Er musste ganz cool bleiben. So cool wie George. So cool wie John Cheltzman an diesem Tag im Busbahnhof, als sie nach Boston abgehauen waren. Du musst die alte Nuss einsetzen. Du musst die alte Rübe benutzen, die gute alte Denkbirne.

Er würde so tun müssen, als wäre er nur einer von einer ganzen Bande, das war mal ganz klar. Dann konnten sie ihn nicht einfach schnappen, wenn er die Beute abholte. Falls sie es doch taten, würde er ihnen sagen, sie müssten ihn sofort wieder laufen lassen, denn andernfalls würden seine Komplizen den Jungen umlegen. Zieh einen irren Bluff ab. Scheiße, Mann, zieh 'ne richtige Verlade durch.

»So werden wir's machen«, flüsterte er. »Stimmt's, George?«

Er knüllte seinen zweiten Versuch zusammen und suchte weitere Buchstaben, schnitt sie dann mit der Schere in saubere, gleich große Vierecke.

UNSERE GANG HAT DAS BABY. WENN IHR IHN LEBEND WIEDERSEHEN WOLLT

Das war gut. Mann, das traf doch voll auf die Zwölf. Blaze bewunderte die Worte eine Weile, dann ging er nach dem Baby sehen. Das Baby schlief. Es hatte den Kopf zur Seite gedreht und eine kleine Faust unter die Wange geschoben. Seine Wimpern waren sehr lang und viel dunkler als seine Haare. Blaze mochte ihn. Er hätte niemals gedacht, dass ein kleiner Hosenscheißer wie der hier so hübsch aussehen könnte, aber der Junge hier war richtig nett.

»Du bist ein Hengst, Joey«, sagte er und strich dem Baby über den flaumig behaarten Kopf, der in seiner riesigen Hand zu verschwinden schien.

Blaze kehrte zu den über den Tisch verteilten Magazinen und Zeitungen und Zetteln zurück. Er dachte eine Zeit lang nach, naschte dabei ein bisschen von seinem Mehl-Wasser-Brei. Dann machte er sich wieder an die Arbeit.

UNSERE GANG HAT DAS BABY. WENN IHR IHN LEBEND WIEDERSEHEN WOLLT BESORGT $$ 1 MILLION $$ IN UNGEKENZEICHNETEN SCHEINEN. DAS GELD IN AKTENTASCHE PAKEN. HALTET EUCH BEREIT KURZFRIESTIG LOSZUFAHRN. HOCHACHTVOLL,

DIE KIDNAPPER VON JOE GERARD 4.

Das war gut. Es sagte ihnen ein paar Sachen, aber auch wieder nicht zu viel. Und es würde ihm etwas Luft verschaffen, sich noch einen richtig guten Plan auszudenken.

Er fand einen schmutzigen alten Briefumschlag und steckte seinen Brief hinein, dann schnitt er Buchstaben für die Vorderseite aus:

AN DIE GERARDS
OCOMA
WICHTIG!

Er wusste nicht so ganz genau, wie er das abschicken sollte. Er wollte das Baby nicht wieder mit George allein lassen, und er traute sich auch nicht, den heißen Ford noch mal zu benutzen, aber er wollte es auch nicht in Apex aufgeben. Alles wäre erheblich einfacher gewesen, wenn George da wäre. Er hätte einfach zu Hause bleiben und babysitten können, während George sich um den ganzen Hirnscheiß kümmerte. Er hätte kein Problem damit, Joe zu füttern und seine Windeln zu wechseln und all diese Sachen. Es hätte ihm gleich überhaupt nichts ausgemacht. Irgendwie gefiel's ihm ja sogar richtig.

Egal. Die Post würde vor morgen früh sowieso nicht rausgehen, also hatte er Zeit, sich einen Plan auszutüfteln. Oder sich an den von George zu erinnern.

Er stand auf und sah wieder nach dem Baby, wünschte sich, der Fernseher wäre nicht kaputt. Manchmal brachte einen der Fernseher so richtig auf Ideen. Joe schlief immer noch. Blaze wünschte sich, er würde jetzt mal aufwachen, damit er mit ihm spielen konnte. Ihn zum Grinsen bringen konnte. Der Kleine sah wie ein richtiger Junge aus, wenn er grinste. Und angezogen war er jetzt auch, also konnte Blaze mit ihm rumblödeln, ohne Angst haben zu müssen, wieder angepisst zu werden.

Aber er schlief – und daran ließ sich jetzt auch nichts ändern. Blaze schaltete das Radio aus und ging ins Schlafzimmer, um Pläne zu schmieden, doch stattdessen schlief er ein.

Bevor er wegdriftete, kam ihm so in den Sinn, dass er sich richtig gut fühlte. Zum ersten Mal seit George gestorben war, fühlte er sich wirklich richtig gut.

14

Er war auf einem Volksfest – vielleicht war es die Topsham Fair, wohin die Jungs aus dem Hetton House einmal im Jahr mit dem klapprigen alten blauen Bus fahren durften – und er hatte Joe auf dem Arm. Er hatte panische Angst, als er den Mittelweg mit den Hauptattraktionen des Jahrmarkts hinunterging, denn schon ziemlich bald würden *sie* ihn entdecken, und dann war es aus. Joe war wach. Als sie an einem der Zerrspiegel vorbeikamen, die einen in die Länge zogen und dünn machten, bemerkte Blaze, dass der Junge alles mit Riesenaugen anstarrte. Blaze ging weiter, verlagerte Joe von einem Arm zum anderen, als er zu schwer wurde, und hielt gleichzeitig die Augen nach den Bullen auf.

Um ihn herum pulsierte der Jahrmarkt in ungesunder Neon-Majestät. Von rechts kam der elektronisch verstärkte Beat eines Marktschreiers: »*Hier herüber, alle mal herkommen, sechs wunderschöne Mädchen, ein halbes Dutzend, alle direkt aus dem Club Diablo in Boston. Diese Mädchen werden euch verwöhnen, euch verführen, euch glauben machen, ihr wäret im schönen Paris!*«

Das hier ist kein Ort für ein Kind, dachte Blaze. Das hier ist mit Abstand der allerletzte Ort auf der Welt, an dem sich ein kleines Kind aufhalten sollte.

Zu seiner Linken stand das House of Fun mit seinem mechanischen Clown davor, der sich mit der Präzision eines Uhrwerks in Heiterkeitsausbrüchen schüttelte. Seine Mundwinkel waren in einem Ausdruck der guten Laune so weit nach oben gezogen, dass es eher wie eine schmerzverzerrte Grimasse aussah. Sein irres Lachen kam von einer Tonbandschleife, tief vergraben in seinen Eingeweiden. Ein riesiger Mann mit einer blauen Anker-Tätowierung auf einem Bizeps warf mit Hartgummibällen auf hölzerne, zu einer Pyramide aufgestapelte Milchflaschen; sein mit Pomade aus dem Gesicht gekämmtes Haar schimmerte im farbigen Licht wie das Fell eines Otters. Die Wagen der Achterbahn wurden nach oben gezogen und gingen dann in einen klappernden Sturzflug über, zogen das Kreischen von Landmädchen in knappen Tops und kurzen Röcken hinter sich her. Die Mondrakete schoss rauf, runter und rüber in der Schwerkraft trotzenden Kreisen, ihre Passagiere festgehalten durch die Zentrifugalkraft und deren Gesichter zu koboldartigen Fratzen gespannt durch die enorme Geschwindigkeit des Dings. Ein babylonisches Gemisch aus Gerüchen erhob sich: Pommes frites, Essig, Tacos, Popcorn, Schokolade, gebratene Muscheln, Pizza, Chilis, Bier. Der große Mittelweg zog sich wie eine flache, braune Zunge durch den Jahrmarkt – übersät mit tausend fortgeworfenen Verpackungen und einer Million Zigarettenkippen. Im grellen Schein der Lichter wirkten alle Gesichter ausdruckslos und grotesk. Ein alter Mann, dem grüner Rotz aus der Nase lief, nagte an einem Zuckerapfel. Dann ein Junge mit einem pflaumenfarbenen Muttermal, das seine linke Wange hinaufkletterte. Eine alte schwarze Frau unter einer auftoupierten, blonden Perücke. Ein fetter Mann in Bermudashorts mit Krampfadern und einem T-Shirt, das in die Welt hinausposaunte: EIGENTUM DER BRUNSWICK DRAGONS.

»Joe«, rief jemand. »Joe ... *Joe!*«

Blaze drehte sich um und versuchte die Stimme in der Menge zu lokalisieren. Und dann sah er sie, in genau demselben Nachthemd, dessen Spitzenoberteil ihre Möpse praktisch herausfallen ließ. Joes hübsche junge Mutter.

Panische Angst packte ihn. Sie würde ihn sehen. Sie musste ihn einfach sehen, es ging gar nicht anders. Und wenn es so weit war, dann würde sie ihm sein Baby wegnehmen. Er drückte Joe fester an sich, als könnte Umarmung Besitz garantieren. Der kleine Körper war warm und beruhigend. Er spürte das pulsierende Leben des Kindes an seiner Brust.

»Da!«, kreischte Mrs. Gerard. »Da ist er, der Mann, der mir mein Baby gestohlen hat! Schnappt ihn! Gib mir mein Baby zurück!«

Menschen drehten sich um. Blaze war inzwischen in der Nähe des Karussells, die Dampforgelmusik war ohrenbetäubend. Sie dröhnte und schepperte in irrwitzigen Rhythmen.

»Haltet ihn! Haltet diesen Mann fest! Haltet diesen Babydieb fest!«

Der Mann mit der Tätowierung und den ölig glänzenden Haaren setzte sich in seine Richtung in Bewegung, und jetzt konnte Blaze endlich laufen. Aber der Mittelweg des Jahrmarkts war plötzlich länger geworden. Er zog sich über Meilen hin, eine endlose Straße des Vergnügens. Und alle waren hinter ihm her: der Junge mit dem Muttermal, die schwarze Frau mit ihrer blonden Perücke, der fette Mann mit den Bermudashorts. Und der mechanische Clown lachte und lachte.

Blaze stürmte an einem weiteren Marktschreier vorbei, der neben einem Riesen stand, der anscheinend so etwas wie eine Tierhaut trug. Das Schild über seinem Kopf titulierte ihn als Leopardenmann. Der Marktschreier hob sein Mikrofon und begann zu sprechen. Seine verstärkte Stimme rollte den Hauptweg hinunter wie ein Donnern.

»*Schnell, schnell, schnell! Ihr kommt gerade noch rechtzeitig, um Clayton Blaisdell junior zu sehen, den bekannten Kidnapper. Leg das Kind beiseite, Junge! Er ist direkt hier drüben, Leute, ist den ganzen weiten Weg von Apex hergekommen, wo er an der Palmer Road wohnt und wo das heiße Auto im Schuppen hinter dem Haus versteckt ist! Schnell, schnell, schnell, Leute, seht den Babynapper, live und in Farbe, direkt hier bei uns …*«

Er lief schneller, atmete pfeifend ein und aus, aber sie holten auf. Er schaute zurück und sah, dass Joes Mutter die Verfolgerschar anführte. Ihr Gesicht veränderte sich. Es wurde blasser, mit Ausnahme der Lippen. Die wurden immer roter. Ihre Zähne wuchsen über die Unterlippe herunter. Ihre Finger krümmten sich zu Klauen mit roten Spitzen. Sie verwandelte sich in Yorgas Braut.

»Haltet ihn! Ergreift ihn! Tötet ihn! *Den Babynapper!*«

Dann zischte George ihm aus den Schatten zu. »Hierher, Blaze! Schnell! *Mach schon,* gottverdammt!«

Er scherte in Richtung der Stimme aus und fand sich im Spiegellabyrinth wieder. Der Hauptweg des Jahrmarkts war plötzlich unterteilt in tausend verzerrte Stücke. Er bahnte sich seinen Weg den schmalen Korridor hinunter, stieß überall an, hechelte wie ein Hund. Dann war George vor ihm (und hinter ihm, und auf seinen beiden Seiten), und George sagte: »Du musst dafür sorgen, dass sie es aus einem Flugzeug abwerfen, Blaze. Aus einem Flugzeug. Sie sollen es aus einem Flugzeug abwerfen.«

»Ich komm nicht raus«, stöhnte Blaze. »George, hilf mir rauszukommen!«

»Das versuche ich doch gerade, du Arschloch! *Sie sollen es aus einem Flugzeug abwerfen!*«

Jetzt waren alle draußen und starrten herein, doch wegen der Spiegel sah es aus, als stünden sie alle um ihn herum. *»Packt den Babynapper!«,* kreischte Gerards Frau. Ihre Zähne waren inzwischen riesig.

»Hilf mir, George.«

Dann lächelte George, und Blaze sah, dass auch seine Zähne lang geworden waren. Zu lang. »Ich helfe dir«, sagte er. »Gib mir das Baby.«

Doch das tat Blaze nicht. Blaze wich zurück. Eine Million Georges rückten bedrohlich näher, streckten ihre Hände nach ihm aus, um das Baby zu nehmen. Blaze drehte sich um und stürzte sich in einen weiteren glitzernden Gang, prallte von den Seiten ab wie eine Flipperkugel, versuchte dabei die ganze Zeit, Joe mit seinen Armen zu schützen. Das hier war kein Ort für ein Kind.

15

IM FAHLEN LICHT DER Morgendämmerung wachte Blaze auf, zuerst nicht sicher, wo er war. Dann kehrte alles zurück, und er ließ sich schwer atmend auf die Seite sacken. Sein Bett war schweißgetränkt. Mein Gott, was für ein schrecklicher Traum.

Er stand auf und trottete in die Küche, um nach dem Baby zu sehen. Joe schlief tief und fest, hatte die Lippen geschürzt, als würde er über großen, ernsten Gedanken brüten. Blaze sah ihn an, bis seine Augen das langsame, gleichmäßige Auf und Ab der Brust des Kleinen wahrnahmen. Seine Lippen bewegten sich ein bisschen wie ein Fischmaul, und Blaze fragte sich, ob Joe wohl von dem Fläschchen träumte oder vom Tittchen seiner Mutter.

Dann setzte er Kaffeewasser auf und pflanzte sich in seiner langen Unterwäsche an den Tisch. Die Zeitung, die er gestern gekauft hatte, lag noch immer da, mitten in den Schnipseln seines Entführerbriefs. Er las den Artikel über die Entführung noch einmal, und wieder fiel sein Blick auf den Hinweis auf Seite zwei: *Appell des Vaters an die Entführer, Seite 6.* Blaze blätterte zu Seite sechs um, wo er eine halbseitige Anzeige mit schwarzem Rahmen fand. Er las:

AN DIE PERSONEN, DIE UNSER KIND HABEN!

WIR WERDEN ALLE FORDERUNGEN UNTER DER VORAUSSETZUNG ERFÜLLEN, DASS SIE UNS BEWEISE DAFÜR LIEFERN, DASS JOE NOCH LEBT. WIR HABEN DIE ZUSICHERUNG DES FEDERAL BUREAU OF INVESTIGATION (FBI), DASS ES KEINERLEI EINMISCHUNG SEITENS DER POLIZEI BEI DER ÜBERGABE DES LÖSEGELDS GEBEN WIRD, ABER ZUVOR *MÜSSEN WIR EINEN BEWEIS BEKOMMEN, DASS JOE NOCH LEBT!*

ER ISST DREIMAL TÄGLICH EIN GLAS BABYNAHRUNG UND GEMÜSE, GEFOLGT VON ½ FLÄSCHCHEN. GEWÖHNT IST ER AN EINE MISCHUNG AUS DOSENMILCH UND ERHITZTEM, STERILISIERTEM WASSER IN EINEM VERHÄLTNIS VON 1 : 1.

BITTE TUN SIE IHM NICHTS, DENN WIR LIEBEN IHN SO SEHR.

JOSEPH GERARD III.

Blaze faltete die Zeitung zusammen. Das zu lesen machte ihn genauso unglücklich, wie Loretta Lynn singen zu hören »Your Good Girl's Gonna Go Bad«.

»O Mann, flenn und heul«, sagte George so unerwartet aus dem Schlafzimmer, dass Blaze zusammenzuckte.

»Pssst, du weckst ihn noch auf!«

»Ach, scheiß doch drauf«, sagte George. »Er kann mich doch gar nicht hören.«

»Oh«, machte Blaze. Er vermutete, dass das wohl so war. »Was ist ein Ver-hält-nis, George? Da steht, man soll ihm seine Fläschchen im Ver-hält-nis von eins-irgendwas-eins machen.«

»Vergiss es einfach«, sagte George. »Machen sich aber echt Sorgen um ihn, was? ›Er isst dreimal täglich, gefolgt von einem halben Fläschchen … Tun Sie ihm nichts, denn wir li-li-li-liiiiieben ihn.‹ Mann, ich hab ja schon 'ne Menge Schwachsinn gehört, aber das hier übertrifft echt alles.«

»Hör zu …«, setzte Blaze an.

»Nein, ich werde nicht *zuhören!* Sag mir nicht, ich soll *zuhören!* Er ist alles, was sie haben, stimmt's? Das und ungefähr vierzig Millionen kleine Schmatzerchen! Solltest dir das Geld besorgen und ihnen anschließend den Kleinen in Einzelteilen zurückschicken. Zuerst einen Finger, dann einen Zeh, dann seinen kleinen …«

»George, *halt's Maul!*«

Erschrocken schlug er sich eine Hand vor den Mund. Er hatte gerade George gesagt, er solle das Maul halten. Was dachte er sich dabei? Was war bloß los mit ihm?

»George?«

Keine Antwort.

»George, es tut mir leid. Es ist eben nur, dass du solche Sachen, weißt du, dass du solche Sachen nicht sagen sollst.« Er versuchte zu lächeln. »Wir müssen den Jungen lebend und in guter Verfassung zurückgeben, stimmt's? Das ist doch der Plan. Stimmt doch, oder?«

Keine Antwort, und jetzt begann Blaze, sich wirklich richtig elend zu fühlen.

»George? George, was ist los?«

Lange Zeit keine Antwort. Und dann, so leise, dass er es vielleicht gar nicht gehört hatte, so leise, dass es vielleicht nur ein Gedanke in seinem eigenen Kopf war:

»Du wirst ihn bei mir lassen müssen, Blaze. Früher oder später.«

Blaze wischte sich mit der Handfläche über den Mund. »Du tust ihm besser nichts, George. Es wäre besser für dich. Ich warne dich.«

Keine Antwort.

Um neun Uhr war Joe wach, umgezogen, gefüttert und spielte auf dem Boden in der Küche. Blaze saß am Tisch und hörte Radio. Er hatte die Zettel und Schnipsel weggeräumt und den hart gewordenen Mehlkleber fortgeworfen, und auf dem Tisch lag jetzt nur noch sein Brief an die Gerards. Er versuchte auszutüfteln, wie er ihn am besten verschicken sollte.

Er hatte dreimal die Nachrichten gehört. Die Polizei hatte einen Mann namens Charles Victor Pritchett verhaftet, einen Herumtreiber aus dem Aroostook County, der einen Monat zuvor seinen Job in einem Sägewerk verloren hatte. Dann hatten sie ihn wieder laufen lassen. Wahrscheinlich hatte dieser mickrige kleine Türöffner Walsh ihn nicht eindeutig identifizieren können, folgerte Blaze. Zu blöd. Ein guter Verdächtiger hätte der Sache zumindest für eine Weile ein bisschen Dampf rausgenommen.

Er rutschte unruhig auf seinem Stuhl herum. Er musste sich einen Plan überlegen, wie er den Brief abschicken konnte. Sie hatten eine Zeichnung von ihm, und sie wussten von dem Auto. Sie kannten ja sogar die Farbe – wieder dieser Drecksack Walsh.

Die Rädchen in seinem Kopf arbeiteten langsam und träge. Er stand auf, kochte sich frischen Kaffee, holte dann die Zeitung noch mal heraus. Stirnrunzelnd betrachtete er die Polizeizeichnung von sich. Ein großes, kantiges Gesicht. Breite, flache Nase. Dichter Haarschopf, war schon seit einer ganzen Weile nicht mehr geschnitten worden (George hatte es das letzte Mal gemacht, hatte mit einer Haushaltsschere ein bisschen daran herumgeschnippelt). Tief liegende Augen. Sein breiter Nacken nur angedeutet, und wahrscheinlich hatten sie keine Ahnung, wie groß und kräftig er wirklich war. Das konnten die Leute nie sehen, solange er saß, denn seine Beine waren mit Abstand das Längste an ihm.

Joe begann zu weinen, und Blaze wärmte ein Fläschchen an. Der Kleine schob es fort, also schaukelte Blaze ihn gedankenverloren auf seinem Schoß. Schlagartig wurde Joe still und fing an, aus seiner neuen Höhe alles Mögliche anzustarren: die drei Pin-up-Girls auf der anderen Seite des Raums, die fettige Asbestplatte, die hinter dem Ofen an die Wand geschraubt war, die Fenster, schmutzig auf der Innenseite und bereift auf der Außenseite.

»Ziemlich anders als da, wo du herkommst, was?«, meinte Blaze.

Joe lächelte und versuchte dann ein merkwürdiges, noch ungeübtes Lachen, das Blaze ein Grinsen aufs Gesicht zauberte. Der kleine Lümmel hatte zwei Zähne, deren Spitzen gerade erst durch das Zahnfleisch gebrochen waren. Blaze fragte sich, ob ihm die anderen, die sich gerade hervorkämpften, wohl Schmerzen bereiteten. Joe kaute viel auf seinen Fingern herum, und manchmal jammerte er im Schlaf. Jetzt fing er an zu sabbern, und Blaze wischte seinen Mund mit einem alten Kleenex ab, das zusammengeknüllt in seiner Tasche gesteckt hatte.

Er konnte das Baby nicht noch einmal bei George lassen. Es war so, als wäre George eifersüchtig oder so was. Fast, als wollte George ...

Möglich, dass sich sein Körper für einen Moment angespannt hatte, denn nun wandte Joe sich mit einem seltsam fragenden Gesichtsausdruck à la *Was hast du denn, Kumpel?* zu ihm um. Blaze bekam das kaum mit. Denn die Sache war ja ... jetzt war *er* George. Und das bedeutete, dass ein Teil von ihm ...

Wieder schreckte er davor zurück. Aber jetzt fand sein aufgewühlter Geist etwas anderes, worauf er sich stürzen konnte.

Wenn *er* irgendwohin ging, dann ging *George* ebenfalls dorthin. Wenn er jetzt George war, dann musste das auch so sein. A führt zu B, schlicht und einfach, hätte Johnny Cheltzman gesagt.

Wenn *er* ging, dann ging auch *George*.

Was bedeutete, dass es überhaupt nicht in Georges Macht stand, Joe irgendwie zu verletzen, egal, wie gern auch immer er das vielleicht tun würde.

Irgendetwas in ihm löste sich. Die Vorstellung, das Baby allein zu lassen, gefiel ihm immer noch nicht, aber besser, ihn allein zu lassen als bei jemandem, der ihm etwas antun könnte ... und außerdem, er musste es tun. Es gab niemanden sonst.

Aber eine Verkleidung, die könnte er todsicher gut gebrauchen, wo sie doch jetzt die Zeichnung von ihm hatten und alles. So was wie einen Nylonstrumpf, nur eben was Natürliches. Aber was?

Ihm kam eine Idee. Sie kam nicht, wie Ideen normalerweise kommen, also wie der Blitz, sondern bildete sich ganz langsam. Sie stieg in seinem Verstand auf wie eine Luftblase, die in einer Flüssigkeit, so dick wie Schlamm, langsam an die Oberfläche drängt.

Er setzte Joe wieder auf den Boden und ging ins Schlafzimmer. Er legte Schere und Handtuch zurecht. Dann holte er Georges Elektrorasierer aus dem Arzneischränkchen, wo er, vom Kabel umwickelt, all die Monate geschlafen hatte.

Er schnitt seine Haare in großen, ungleichmäßigen Büscheln ab, schnitt, bis nur noch ein paar stoppelige Stellen übrig waren. Dann nahm er den Rasierer und raspelte auch noch den Rest weg. Er bewegte den Apparat immer wieder vor und zurück, bis er in seiner Hand ganz heiß und sein kahl rasierter Skalp durch die Reizung ganz rosa geworden war.

Neugierig betrachtete er sein Spiegelbild. Die Delle in seiner Stirn trat deutlicher hervor als je zuvor, seit Jahren zum ersten Mal völlig unbedeckt, und es *war* schon ein ziemlich schrecklicher Anblick – die Delle sah aus, als wäre sie tief genug, um eine Tasse Kaffee aufzunehmen, wenn er auf dem Rücken lag –, aber davon abgesehen fand Blaze nicht, dass er große Ähnlichkeit mit dem irren Kidnapper auf der Polizeizeichnung hatte. Er sah aus wie so ein Ausländertyp aus Deutschland oder Berlin oder so. Aber seine Augen, die waren immer noch dieselben. Was, wenn seine Augen ihn verrieten?

»George hat 'ne Sonnenbrille«, sagte er. »Ist doch ein Knaller … oder?«

Vage kam ihm in den Sinn, dass er sich dadurch vielleicht eher noch verdächtiger machte, aber bestimmt war das so in

Ordnung. Was blieb ihm denn sonst schon übrig? Er konnte nichts dagegen tun, dass er zwei Meter irgendwas groß war. Er konnte nur versuchen, es so hinzukriegen, dass sein Aussehen für ihn statt gegen ihn arbeitete.

Ganz sicher war ihm nicht bewusst, dass er eine erheblich bessere Verkleidung zuwege gebracht hatte, als George es je vermocht hätte, und genauso wenig war ihm bewusst, dass George jetzt die Schöpfung eines Verstandes war, der unter der ausgebrannten Oberfläche von Blödheit auf fiebrigen, halb verrückten Hochtouren lief. Jahrelang hatte er sich selbst als einen Idioten betrachtet, hatte dies schließlich ebenso als Teil seines Lebens hingenommen wie die Delle in seiner Stirn. Und doch setzte unterhalb der ausgebrannten Oberfläche etwas seine Arbeit fort. Es arbeitete mit dem tödlichen Instinkt alles Lebendigen – dem von Maulwürfen, Würmern, Mikroben – unter der Oberfläche einer brandgerodeten Weide. Dies war der Teil, der sich an alles erinnerte. An jede Verletzung, jede Grausamkeit, an alle Qualen, die die Welt ihm bereitet hatte.

Er marschierte in recht ansehnlichem Tempo eine Nebenstraße von Apex entlang, als ein alter, völlig überladener Holztransporter keuchend neben ihm auftauchte. Der Mann am Steuer war grauhaarig und trug ein Thermo-Unterhemd unter einer karierten Wolljacke.

»Spring rauf!«, brüllte er.

Blaze schwang sich aufs Trittbrett und kletterte dann ins Führerhaus. Bedankte sich. Der Fahrer nickte und sagte: »Fahre nach Westbrook.« Blaze nickte zurück und gab sein Okay mit gehobenem Daumen. Der Fahrer knallte den Gang rein, und der Laster setzte sich wieder in Bewegung. Nicht so, als wäre er besonders versessen darauf.

»Hab dich schon mal irgendwo gesehen, oder?«, brüllte der Trucker gegen den Lärm des dreschenden Motors an. Sein Seitenfenster war kaputt, und die kalte Januarluft wirbelte in Stößen herein, nahm sofort den Kampf gegen die heiße Luft aus der Heizung auf. »Wohnst du an der Palmer Road?«

»Jau!«, brüllte Blaze zurück.

»Jimmy Cullum hat früher mal da draußen gewohnt«, sagte der Trucker und hielt Blaze ein unglaublich zerknülltes Päckchen Luckies hin. Blaze nahm sich eine raus.

»Guter Typ«, stimmte Blaze zu. Sein frisch rasierter Kopf war nicht zu sehen; er trug eine rote Strickmütze.

»Ist runter in den Süden. Jimmy, meine ich. Sag mal, ist dein Kumpel noch in der Gegend?«

Blaze begriff, dass er George meinen musste. »Nee«, sagte er breit. »Hat Arbeit in New Hampshire gefunden.«

»Ach ja?«, sagte der Trucker. »Vielleicht kann er mir da ja auch was besorgen.« Sie hatten den höchsten Punkt des Hügels erreicht, und nun ging es auf der anderen Seite hinunter, der Laster wurde auf dem mit reichlich Querrinnen gesegneten Waschbrett schneller, knallte und schepperte die Straße hinab. Blaze konnte die illegale Ladung, die sie anschob, regelrecht spüren. Er hatte selbst schon total überladene Holztransporter gefahren, hatte einmal eine Ladung Weihnachtsbäume nach Massachusetts gebracht, mit der er knapp eine halbe Tonne über dem zulässigen Gesamtgewicht gelegen haben musste. Früher hatte ihm das überhaupt nichts ausgemacht, aber jetzt machte er sich Gedanken. Es dämmerte ihm, dass er allein für Joe die Grenze zwischen Leben und Tod darstellte.

Nachdem sie die Hauptstraße erreicht hatten, sprach der Fahrer über die Entführung. Blaze spannte sich leicht an, aber er war nicht besonders überrascht.

»Wenn sie den Burschen finden, der sich den Jungen geschnappt hat, dann sollten sie den an seinen Eiern aufhängen«, schlug der Trucker vor. Er schaltete mit einem höllischen Krachen in den dritten Gang hoch.

»'scheinlich ja«, meinte Blaze nur.

»Wird langsam so schlimm wie früher mit den Flugzeugentführungen. Erinnerst du dich noch?«

»Jep.« Tat er nicht.

Der Fahrer warf den Stummel seiner Zigarette aus dem Fenster und steckte sich sofort eine neue an. »Das muss echt aufhören. Für so Typen müsste Todesstrafe Standard werden. Nicht lange fackeln. Ein Exekutionskommando, vielleicht.«

»Glauben Sie, die kriegen den Kerl?«, fragte Blaze. Er begann sich allmählich ein wenig wie ein Spion in einem Film zu fühlen.

»Trägt der Papst einen hohen Hut?«, fragte der Fahrer zurück und bog auf die Route 1 ein.

»Ich denk schon.«

»Was ich damit meine, ist: Versteht sich doch von selbst, oder? Natürlich werden sie ihn schnappen. Tun sie doch immer. Aber der Junge, der wird tot sein, das geb ich dir schriftlich.«

»Ach, ich weiß nicht«, sagte Blaze.

»Nicht? Also, *ich* weiß es. Die ganze Sache ist doch schon vom Ansatz her verrückt. Kidnapping – heutzutage? Das FBI wird die Scheine kennzeichnen oder die Seriennummern kopieren oder unsichtbare Markierungen anbringen, ich meine solche, die man nur mit UV-Licht sieht.«

»Ja, vermutlich«, sagte Blaze und war schlagartig beunruhigt. An solche Sachen hatte er bislang noch gar nicht gedacht. Trotzdem, wenn er das Lösegeld in Boston an diesen Kerl, den George dort kannte, verkaufen wollte, was spielte es dann für eine Rolle? Er fühlte sich langsam wieder besser. »Glauben Sie, diese Gerards werden wirklich eine Million Mäuse hinblättern?«

Der Fahrer stieß einen Pfiff aus. »Verlangen die so viel?«

Blaze hätte sich in diesem Moment am liebsten die Zunge abgebissen und sie runtergeschluckt.

»Ja«, sagte er und dachte nur: *O George.*

»Das ist was Neues«, sagte der Fahrer. »Stand noch gar nicht in der Morgenzeitung. Hast du's im Radio gehört oder wo?«

Er hörte George ziemlich deutlich sagen: »Leg ihn um, Blaze.«

Der Fahrer legte eine Hand um sein Ohr. »Was? Hab ich nicht ganz mitgekriegt.«

»Ich sagte, ja, im Radio.« Er blickte auf seine im Schoß gefalteten Hände herunter. Es waren große Hände, starke Hände. Eine von ihnen hatte einem Collie mit einem einzigen Schlag das Genick gebrochen, und damals war er noch nicht mal richtig ausgewachsen gewesen.

»Vielleicht kriegen sie ja das Lösegeld«, sagte der Fahrer, schnipste seine zweite Zigarette aus dem Fenster und steckte sich eine dritte an, »aber nie werden die dazu kommen, es auch auszugeben. Nie und nimmer.«

Inzwischen fuhren sie auf der Route 1, vorbei an zugefrorenem Marschland und für den Winter verrammelten Muschelbuden. Der Trucker mied die gebührenpflichtige Autobahn und die Wiegestationen dort. Blaze machte ihm keine Vorwürfe.

Wenn ich ihn genau auf der Kehle erwische, an der Stelle, wo sein Adamsapfel ist, dann wacht er im Himmel auf, bevor er überhaupt mitkriegt, dass er tot ist, dachte Blaze. Dann könnte ich das Lenkrad packen und rechts ranfahren. Setz ihn auf den Beifahrersitz. Jeder, der ihn sieht, wird doch denken, er macht nur mal gerade ein kleines Nickerchen. Der arme Kerl, werden sie denken, wahrscheinlich hat er die ganze Nacht am St…

»… hin?«

»Hä?«, fragte Blaze.

»Ich sagte, wo willst du noch mal hin? Hab's vergessen.«

»Oh. Westbrook.«

»Also, noch ungefähr eine Meile weiter, dann biege ich auf die Marah Road ab. Treff da 'nen Kumpel, weißt du.«

»Oh«, sagte Blaze. »Ja.«

Und George sagte: »Du musst es jetzt machen, Blazer. Richtige Zeit, richtiger Ort. So läuft das bei uns.«

Also drehte Blaze sich zu dem Fahrer um.

»Wie wär's mit noch 'ner Zigarette?«, fragte der Fahrer. »Willste?« Er legte den Kopf leicht schief, während er sprach. Bot ein perfektes Ziel.

Blaze versteifte sich ein wenig. Die Hände auf seinem Schoß zuckten. Dann sagte er: »Nee. Versuch gerade aufzuhören.«

»Ach? Gut für dich. Hier drin isses kalt wie 'ne Hexentitte, oder?« Der Fahrer schaltete in Vorbereitung des anstehenden Abbiegens runter, und von unten waren eine ganze Reihe bellender Explosionen zu hören, als die Maschine in ihr verrostendes Auspuffrohr fehlzündete. »Heizung ist kaputt. Radio auch.«

»Wirklich blöd«, meinte Blaze. Sein Hals fühlte sich an, als hätte ihm gerade irgendwer einen Löffel Staub eingetrichtert.

»Ja, ja, das Leben is' für'n Arsch, und – zack – gibste den Löffel ab.« Er stieg auf die Bremse. Ein Geräusch wie von schreienden Seelen im Fegefeuer. »Du musst abspringen und laufen, wenn du den Boden berührst. Tut mir echt leid, aber im Ersten würgt man die Kiste leicht ab.«

»Klar«, sagte Blaze. Nachdem der richtige Moment verstrichen war, war ihm kotzübel. Und er hatte Angst. Er wünschte sich, den Fahrer nie getroffen zu haben.

»Grüß deinen Kumpel von mir, wenn du ihn siehst«, sagte der Mann und schaltete einen weiteren Gang runter, als der überladene Laster auf die, wie Blaze vermutete, Marah Road, einschwenkte.

Blaze öffnete die Tür und sprang hinaus auf den gefrorenen Seitenstreifen, schlug die Tür noch hinter sich zu. Der Fahrer legte sich einmal kurz auf die Hupe, dann donnerte der Laster in einer stinkenden Abgaswolke über den Hügel. Schon bald war er nicht mehr als ein schwindendes Geräusch.

Blaze stieß die Hände tief in seine Taschen und machte sich auf den Weg die Route 1 hinauf. Er befand sich in einer Siedlungslandschaft am südlichen Stadtrand von Portland, und nach einer oder zwei Meilen erreichte er ein großes Einkaufszentrum mit Geschäften und einem großräumigen Kinokomplex. Es gab auch eine Wäscherei namens The Giant Kleen Kloze U-Wash-It. Direkt davor stand ein Briefkasten, und dort warf er seine Lösegeldforderung ein.

In dem Waschsalon gab es einen Zeitungsautomaten. Er ging hinein, um sich eine zu kaufen.

»Guck mal, Ma«, sagte ein kleines Kind zu seiner Mutter, die gerade saubere Wäsche aus einem Münztrockner lud. »Der Mann da hat ein Loch im Kopf.«

»Pssst«, machte die Mutter des Kindes.

Blaze lächelte den Jungen an, der sich sofort hinter dem Bein seiner Mutter versteckte. Aus dieser sicheren Position heraus linste er hervor und schaute zu ihm auf.

Blaze holte seine Zeitung und ging damit hinaus. Ein Hotelbrand hatte die Entführungsgeschichte auf die untere Hälfte der Seite eins verschoben, aber die Phantomzeichnung war immer noch da. SUCHE NACH KIDNAPPERN GEHT WEITER lautete die Schlagzeile. Er stopfte die Zeitung in seine Gesäßtasche. Das war die totale Härte. Während er über den Parkplatz zur Straße abkürzte, entdeckte er einen alten Mustang, bei dem die Schlüssel steckten. Ohne groß nachzudenken, stieg Blaze ein und fuhr los.

16

Um 16 Uhr 30 an genau diesem grauen Januarnachmittag, etwa anderthalb Stunden nachdem er seinen Brief in den Briefkasten vor dem Giant Kleen Kloze U-Wash-It eingeworfen hatte, wurde Clayton Blaisdell jr. zum Hauptverdächtigen in dem Entführungsfall. Es gab »einen Durchbruch in den Ermittlungen«, wie Angehörige der Strafverfolgungsbehörden es gerne nennen. Aber selbst vor dem Anruf, der beim FBI unter der an diesem Tag in der Story über die Entführung genannten Nummer einging, war die Identifizierung eigentlich nur noch eine Frage der Zeit gewesen.

Die Polizei besaß eine Fülle von Informationen. Da war einmal die Beschreibung, die Morton Walsh gegeben hatte (der von seinen Bostoner Arbeitgebern an die frische Luft gesetzt werden würde, sobald die ganze Aufregung sich gelegt hatte). Dann waren da eine ganze Reihe blauer Fäden, die an dem Maschendrahtzaun um den Besucherparkplatz des Oakwood sichergestellt und als von D-Boy-Jeans, einer Discount-Marke, stammend identifiziert worden waren. Es gab Fotos und Gipsabdrücke von Profilsohlen mit unverwechselbarem Abnutzungsmuster. Es gab eine Blutprobe, Gruppe AB, Rhesus negativ. Es gab Fotos und Abdrücke der Füße einer ausziehbaren Leiter, inzwischen als Craftwork Lightweight Supreme identifiziert. Es gab Fotos von Stiefelabdrücken im Inneren des Hauses mit dem gleichen unverwechselbaren Abnutzungsmuster. Und es gab die Erklärung von Norma Gerard auf dem Sterbebett, welche der Skizze des Polizeizeichners eine ausreichende Ähnlichkeit mit dem Mann bescheinigte, der sie angegriffen und niedergeschlagen hatte.

Bevor sie ins Koma fiel, hatte sie noch ein Detail hinzugefügt, das Walsh ausgelassen hatte: Der Mann hatte eine tiefe Delle in der Stirn, gerade so, als sei er dort einmal mit einem Ziegelstein oder einem Stück Rohr geschlagen worden.

Nur sehr wenig von all diesen Informationen war an die Presse gegeben worden.

Abgesehen von der Delle in der Stirn waren die Ermittlungsbeamten besonders an zwei Fakten interessiert. Erstens, D-Boy-Jeans wurden nur in ein paar Dutzend Verkaufsstellen im Norden von Neuengland verkauft. Zweitens, und noch besser, Craftwork Ladders war eine kleine Vermonter Firma, die ausschließlich unabhängige Haushalts- und Eisenwarengeschäfte belieferte. Keine großen Märkte. Eine kleine Armee von Beamten begann, diese unabhängigen Händler aufzusuchen. Bis zum Apex Home Hardware (»Da, wo man Ihnen weiterhilft!«) waren sie noch nicht gekommen an dem Tag, an dem Blaze seinen Brief aufgab, aber es war nur noch eine Frage von Stunden, bis es so weit war.

Im Haus der Gerards waren Geräte installiert worden, mit deren Hilfe sich Telefonanrufe zurückverfolgen ließen. Der Vater von Joseph Gerard IV. war sorgfältig instruiert worden, wie er sich bei dem irgendwann zwangsläufig eingehenden Anruf verhalten sollte. Joes Mutter war oben, vollgestopft mit Beruhigungsmitteln.

Keiner der Gesetzeshüter hatte den ausdrücklichen Befehl, den oder die Kidnapper lebend zu fassen. Experten der Spurensicherung gingen davon aus, dass einer der Männer, hinter denen sie her waren (vielleicht auch der einzige Mann), mindestens eins dreiundneunzig groß war und irgendwas um die hundert Kilo auf die Waage bringen musste. Der gebrochene Schädel von Norma Gerard war ein eindeutiger Beleg, falls überhaupt benötigt, für seine Stärke und Brutalität.

Und dann, um 16 Uhr 30 an diesem grauen Tag, erhielt Special Agent Albert Sterling einen Anruf von Nancy Moldow.

Sobald Sterling und sein Partner, Bruce Granger, das Baby-Paradies betraten, sagte Nancy Moldow: »Irgendwas stimmt mit Ihrem Bild nicht. Der Mann, den Sie suchen, der hat mitten auf der Stirn ein großes Loch.«

»Ja, Ma'am«, sagte Sterling. »Das halten wir noch zurück.«

Ihre Augen wurden rund. »Damit *er* nicht weiß, dass *Sie* es wissen.«

»Ganz genau.«

Sie deutete auf den jungen Burschen, der direkt neben ihr stand. Er trug einen blauen Nylonkittel, eine rote Fliege und einen freudig erregten Gesichtsausdruck. »Das hier ist Brant. Er hat diesem ... diesem ... *ihm* geholfen, seine Einkäufe zum Wagen zu bringen.«

»Vollständiger Name?«, fragte Agent Granger den Jungen mit dem blauen Kittel. Er schlug sein Notizbuch auf.

Der Adamsapfel des Lagergehilfen hüpfte auf und ab wie ein Pingpongball. »Brant Romano, Sir. Dieser Kerl hat einen

Ford gefahren.« Er nannte das Baujahr, wie Sterling fand, mit einem hohen Grad an Sicherheit. »Allerdings war der nicht blau, wie's in der Zeitung steht. Er war grün.«

Sterling wandte sich an Moldow. »Was hat dieser Mann gekauft, Ma'am?«

Sie lachte tatsächlich ein wenig. »Meine Güte, was hat er *nicht* gekauft. Natürlich alles Babysachen, denn das verkaufen wir hier. Ein Bettchen, eine Wiege, einen Wickeltisch, Kleidung ... alles eben. Er hat sogar ein einzelnes Gedeck gekauft.«

»Haben Sie eine vollständige Liste?«, fragte Granger.

»Natürlich. Ich habe ja keine Sekunde vermutet, dass er etwas Schreckliches im Sinn hatte. Eigentlich schien er ein ganz netter Mann zu sein, trotz dieser eingedrückten Stelle auf seiner Stirn ... diesem *Loch* ...«

Granger nickte verständnisvoll.

»Und sonderlich intelligent kam er mir nicht vor. Allerdings anscheinend intelligent genug, um mir was vorzumachen. Er sagte, er kaufe all diese Dinge für einen kleinen Neffen, und die verrückte Nancy hat ihm geglaubt.«

»Und er war groß.«

»Meine Güte, ein *Riese!* Es war, als wäre man in Gesellschaft eines ... eines ...« Sie stieß ein nervöses Kichern hervor. »Na ja, er war wie ein Bulle in einem Babyladen!«

»Wie groß?«

Sie zuckte die Achseln. »Ich bin eins zweiundsechzig, und ich hab nur bis an seine *Rippen* gereicht. Damit dürfte er also ...«

»Wahrscheinlich werden Sie das jetzt nicht glauben«, sagte der Lagergehilfe, »aber ich dachte, also, der muss mindestens so an die zwei Meter groß sein. Vielleicht sogar noch größer.«

Sterling bereitete sich auf seine letzte Frage vor. Er hatte sie sich bis zum Schluss aufgehoben, weil er nahezu sicher war, dass sie in eine Sackgasse führte.

»Mrs. Moldow, wie hat dieser Mann seine Einkäufe bezahlt?«

»Bar«, antwortete sie prompt.

»Ich verstehe.« Er sah Granger an. Es war die Antwort, die sie erwartet hatten.

»Sie hätten all das viele Geld sehen müssen, das er in seiner Brieftasche hatte!«

»Das meiste hat er ausgegeben«, sagte Brant. »Er hat mir einen Fünfer Trinkgeld gegeben, aber zu dem Zeitpunkt war bei dem schon Ebbe in der Kasse.«

Sterling beachtete diese Bemerkung nicht weiter. »Und weil es ein Barverkauf war, haben Sie auch keinen Beleg, aus dem der Name des Mannes hervorgeht.«

»Nein. Kein Beleg. Und auch keine Videoaufzeichnung. Ich nehme an, in ein paar Jahren werden wir hier auch Überwachungskameras haben ...«

»Eher in ein paar Jahrhunderten«, sagte Brant, der Lagergehilfe. »In diesem Laden hier ist die Hauptsache billig-billig.«

»Tja, dann«, sagte Sterling und klappte sein Notizbuch zu, »sind wir jetzt wieder unterwegs. Ich möchte Ihnen meine Karte dalassen, falls Ihnen noch irgendw...«

»Zufälligerweise *kenne* ich aber seinen Namen«, sagte Nancy Moldow.

Die beiden Männer drehten sich zu ihr um.

»Als er seine Brieftasche aufgemacht hat, um dieses dicke Bündel Geld herauszunehmen, da habe ich seinen Führerschein gesehen. Zum Teil habe ich mir den Namen sicherlich gemerkt, weil so einen Kunden, der alles kauft, den hat man einmal im Leben, hauptsächlich aber, weil es so ein … ein *würdevoller* Name war. Schien irgendwie gar nicht zu ihm zu passen. Ich erinnere mich, dass ich dachte, ein Mann wie er müsste eigentlich Barney oder Fred heißen. Sie wissen schon, wie bei *Familie Feuerstein.*«

»Wie lautete der Name?«, fragte Sterling.

»Clayton Blaisdell. Also, ganz genau genommen, war es Clayton Blaisdell *junior.*«

Um halb sechs an diesem Abend hatten sie ihren Mann identifiziert. Clayton Blaisdell jr. alias Blaze war zweimal eingelocht worden, einmal wegen Körperverletzung am Leiter des staatlichen Heimes, in dem der Junge lebte – eine Einrichtung namens Hetton House –, und dann noch einmal Jahre später wegen Bauernfängerei und Betrug. Ein mutmaßlicher Komplize, George Thomas Rackley alias Rasp, war freigekommen, weil Blaze nicht gegen ihn aussagen wollte.

Laut Polizeiakten waren Blaisdell und Rackley schon mindestens seit acht Jahren ein Team, bevor Blaisdell wegen Betrugs drangekriegt wurde, wobei es um eine krumme Tour mit religiösem Hintergrund gegangen war, die allerdings einen Tick zu komplex war für die beschränkten geistigen Talente des großen Jungen. In der South Portland Correctional hatte er einen IQ-Test gemacht und dabei so wenig Punkte geholt, dass er in einer Kategorie mit der Bezeichnung »schwere Lernbehinderung« gelandet war. An den Rand hatte jemand in großen roten Buchstaben geschrieben: RETARDIERT.

Die Einzelheiten ihrer Schwindelei fand Sterling recht amüsant. Die Nummer ging so: Es gab einen großen Mann im Rollstuhl (Blaisdell) und einen kleinen Burschen, der ihn schob und sich potenziellen Opfern als Reverend Gary Crowell (fast mit Sicherheit Rackley) vorstellte. Reverend Gary (wie er sich selbst nannte) behauptete, Geld für eine Tour der Erweckungsbewegung durch Japan zu sammeln. Falls es sich als schwierig erwies, die Opfer – meistenteils alte Damen, die sich ein kleines Sümmchen auf der Bank zurückgelegt hatten – zu überzeugen, vollbrachte Reverend Gary ein Wunder: Er brachte den großen Kerl im Rollstuhl dazu, wieder zu gehen, und das allein dank der Macht und Kraft Jesu.

Die Umstände der Verhaftung waren noch amüsanter. Eine Achtzigjährige namens Arlene Merrill wurde misstrauisch und verständigte die Polizei, während Reverend Gary und sein »Assistent« sich im Wohnzimmer befanden. Dann kehrte sie ins Wohnzimmer zurück, um mit ihnen zu plaudern, bis die Polizei eintraf.

Reverend Gary roch den Braten und machte einen Abgang. Blaisdell blieb. In seinem Bericht schrieb der Beamte, der ihn festgenommen hatte: *»Der Verdächtige sagte aus, er sei nicht geflüchtet, weil er noch nicht geheilt worden sei.«*

Sterling dachte über all das nach und gelangte zu dem Schluss, dass es doch zwei Kidnapper geben musste. Mindestens zwei. Rackley musste bei der Sache mitmischen, denn ein Bursche, der so blöd war wie Blaisdell, hatte diese Sache ganz sicher nicht allein durchgezogen.

Er nahm den Hörer ab, telefonierte. Wenige Minuten später erhielt er einen Rückruf, der ihn überraschte. George Thomas »Rasp« Rackley war seit vergangenem Jahr tot. Er war erstochen im Hafengebiet von Portland gefunden worden, in einer Gegend, in der illegale Würfelspiele stattfanden.

Scheiße. Dann jemand anders?

Jemand, der den großen Trottel ans Händchen nahm, so wie Rackley es ohne Zweifel getan hatte?

Musste doch so sein, oder nicht?

Um sieben Uhr an diesem Abend war die landesweite Fahndung nach Clayton Blaisdell jr. draußen.

Zu diesem Zeitpunkt hatte Jerry Green aus Gorham entdeckt, dass sein Mustang gestohlen worden war. Etwa vierzig Minuten später stand der Wagen bei der State Police auf der Liste gestohlener Fahrzeuge.

Etwa zur gleichen Zeit gab das Westbrook Police Department Sterling die Nummer einer Frau namens Georgia Kingsbury durch. Mrs. Kingsbury hatte die Abendzeitung gelesen, als ihr Sohn ihr über die Schulter schaute, auf die Polizeizeichnung zeigte und fragte: »Warum ist der Mann aus dem Waschsalon in der Zeitung? Und wieso sieht man da das Loch in seinem Kopf gar nicht?«

Mrs. Kingsbury sagte zu Sterling: »Ich hab nur einmal kurz hingesehen und dann sofort gesagt, o mein Gott.«

Um zwanzig Minuten vor acht trafen Sterling und Granger vor dem Haus der Kingsburys ein. Sie zeigten Mutter und Sohn eine Kopie des Polizeifotos von Clayton Blaisdell jr. Der Abzug war verschwommen, aber die Kingsburys identifizierten ihn dennoch umgehend und eindeutig. Sterling vermutete, dass man Blaisdell nicht mehr vergaß, wenn man ihn einmal gesehen hatte. Dieser Klotz war der letzte Mensch, dem Norma Gerard in dem Haus in die Augen schaute, in dem sie ihr ganzes Leben verbracht hatte. Die Vorstellung machte Sterling ganz krank vor Wut.

»Er hat mich angelächelt«, sagte der Kingsbury-Junge.

»Das ist aber nett, mein Sohn«, sagte Sterling und zerzauste dem Jungen das Haar.

Der Junge schreckte zurück. »Ihre Hand ist so kalt«, sagte er.

Im Wagen sagte Granger: »Findest du es nicht auch komisch, dass der Boss so einen Burschen losschickt, um für den Kleinen einzukaufen? Einen Kerl, an den man sich so leicht erinnern kann?«

Als Sterling darüber nachdachte, fand er es auch etwas merkwürdig, aber Blaisdells Trip ins Baby-Paradies deutete noch auf etwas anderes hin. Und weil er ein Optimist war, zog er es vor, sich auf die positiven Aspekte zu konzentrieren. Dieser ganze Babykram bedeutete doch wahrscheinlich, dass sie beabsichtigten, das Kind am Leben zu lassen, zumindest vorläufig.

Granger starrte ihn immer noch an, wartete auf eine Antwort.

Also sagte Sterling: »Wer weiß schon, warum diese Dumpfbacken überhaupt irgendwas tun? Komm, fahren wir.«

Die durchgängig positive Identifizierung von Blaisdell als einem der Kidnapper ging um 20 Uhr 05 an sämtliche Polizeidienststellen auf Staats- und kommunaler Ebene. Um 20 Uhr 20 erhielt Sterling einen Anruf von State Trooper Paul Hanscom, Kaserne Portland. Hanscom berichtete, dass ein 1970er

Mustang vom Parkplatz desselben Einkaufszentrums gestohlen worden war, in dem Georgia Kingsbury Blaisdell gesehen hatte, und noch dazu etwa zur gleichen Zeit. Er wollte wissen, ob das FBI diese Information der Fahndung beifügen wollte. Sterling sagte, das FBI würde das sehr gerne tun.

Jetzt entschied Sterling, dass er die Antwort auf Agent Grangers Frage kannte. War doch ganz einfach. Das Gehirn der ganzen Operation war intelligenter als Blaisdell – intelligent genug, sich im Hintergrund zu halten, immer mit der zusätzlichen Ausrede, jemand müsse sich ja schließlich um das Baby kümmern –, aber auch wieder nicht *so* intelligent.

Und jetzt hieß es wirklich nur noch abwarten, dass sich das Netz zuzog. Und hoffen …

Doch Albert Sterling gelangte zu der Entscheidung, dass er mehr tun konnte, als nur zu hoffen. Um 22 Uhr 15 an diesem Abend ging er den Korridor hinunter zur Herrentoilette und kontrollierte alle WCs und Pissoirs. Die Räume waren leer. Was ihn nicht weiter überraschte. Es war nur ein kleines Büro, eigentlich wirklich nur ein provinzieller Pickel auf dem Arsch des FBI. Außerdem wurde es langsam spät.

Er ging in eine der Kabinen, ließ sich auf die Knie nieder und faltete die Hände, genau wie er es als Kind auch immer getan hatte. »Lieber Gott, hier ist Albert. Wenn das Baby noch lebt, dann pass bitte gut auf den Kleinen auf, hörst du? Und wenn ich dem Mann nahe komme, der Norma Gerard umgebracht hat, dann lass ihn doch bitte etwas tun, was mir einen Grund gibt, den Mistkerl umzulegen. Vielen Dank, lieber Gott. Ich bete im Namen Deines Sohnes, Jesus Christus.«

Und da die Herrentoilette immer noch leer war, schickte er sicherheitshalber noch ein Ave Maria hinterher.

17

Das Baby weckte ihn um Viertel vor vier morgens, und es ließ sich nicht durch ein Fläschchen trösten. Als das Weinen andauerte, bekam Blaze ein wenig Angst. Er legte Joe eine Hand auf die Stirn. Die Haut fühlte sich kühl an, doch die Schreie, die er ausstieß, waren in ihrer Intensität furchterregend. Blaze war in Sorge, dass womöglich noch ein Blutgefäß platzte oder so etwas.

Er legte Joe auf den Wickeltisch. Er zog ihm die Windel aus und stellte fest, dass es auch hier kein Problem gab. Sie war ein bisschen feucht, das war aber auch schon alles. Blaze cremte den Po des Jungen ein und zog ihm eine frische Pampers an. Das Schreien ging weiter. Allmählich ging Blazes Sorge in Verzweiflung über.

Blaze wuchtete den kreischenden Säugling auf seine Schulter und ging mit ihm in großen Kreisen in der Küche auf und ab. »*Hushabye,* Baby«, raunte er. »A-alles in Ordnung. A-alles gut. Ich pass auf dich auf. Schlaf ein. *Hushabye-hushaboo, zippity-doo.* Psch-sch, Baby, psch-sch. Sonst weckst du noch einen Bären auf, der im Schnee schläft, und der wird uns dann auffressen. Psch-schschsch.«

Vielleicht war es das Herumgehen. Vielleicht war es der Klang von Blazes Stimme. Jedenfalls wurden Joes Schreie immer kürzer. Dann hörten sie ganz auf. Noch ein paar weitere Runden in der Küche, und der Kopf des Babys sackte gegen

Blazes Hals. Seine Atemzüge gingen in den langen, langsamen Rhythmus des Schlafs über.

Vorsichtig legte Blaze ihn in die Wiege und schaukelte ihn sanft. Joe bewegte sich leicht, wachte aber nicht auf. Eine kleine Hand fand ihren Weg in seinen Mund, und er begann heftig auf ihr herumzukauen. Blaze fühlte sich wieder etwas besser. Vielleicht war doch alles in bester Ordnung. In dem Buch stand, dass sie schon mal so auf ihren Händen herumkauten, wenn sie zahnten oder hungrig waren, und er war sich ziemlich sicher, dass Joe keinen Hunger hatte.

Er schaute zu dem Baby hinab und dachte, viel klarer diesmal, dass Joe irgendwie nett war. Niedlich. Das sah jeder. Es wäre sicher interessant, sein Heranwachsen durch all die Phasen mitverfolgen zu können, von denen dieser Doktor in dem Buch schrieb. Joe war jetzt ungefähr an dem Punkt, wo das mit dem Krabbeln anfing. Mehrere Male schon, seit Blaze ihn in die Hütte gebracht hatte, war der kleine Scheißer bereits auf Händen und Knien gewesen. Dann würde er anfangen zu laufen … und aus seinem Gebrabbel würden die ersten Worte entstehen und … dann … dann …

Dann würde er jemanden *haben*.

Dieser Gedanke brachte ihn durcheinander. Blaze konnte nicht mehr schlafen. Er stand auf und schaltete das Radio ein, drehte die Lautstärke herunter. Er durchsuchte das Gequassel vor Sonnenaufgang auf tausend konkurrierenden Sendern, bis er schließlich das starke Signal von WLOB hereinbekam.

Die Vier-Uhr-Nachrichten brachten nichts Neues über die Entführung. Das kam ihm auch irgendwie richtig vor; die Gerards würden den Brief erst irgendwann im Tagesverlauf bekommen. Vielleicht sogar erst morgen, je nachdem wann der Briefkasten im Einkaufszentrum geleert wurde. Er konnte sich auch gar nicht vorstellen, warum sie irgendwelche Spuren haben sollten. Er war vorsichtig gewesen, und abgesehen von diesem Kerl im Oakwood (seinen Namen hatte Blaze schon wieder vergessen) war er sicher, dass George diese Sache hier »ein total sauberes Ding« genannt hätte.

Manchmal, nachdem sie so eine richtig gute Verlade durchgezogen hatten, kauften er und George eine Flasche Four Roses. Dann gingen sie ins Kino und spülten den Whiskey mit Coke runter, die sie sich im Kino besorgten. Wenn es ein langer Film war, war George nach dem Abspann manchmal fast zu betrunken, um noch gehen zu können. Er war viel kleiner als Blaze, und der Alkohol stieg ihm schneller zu Kopf. Das waren tolle Zeiten gewesen. Sie erinnerten Blaze an die Zeiten, als er und der gute alte Johnny Cheltzman zusammen rumgehangen und sich bei diesen alten Filmen, die im Nordica gezeigt wurden, einen abgelacht hatten.

Im Radio dudelte wieder Musik. Joe schlief ruhig. Blaze überlegte, selbst auch wieder ins Bett zu gehen. Morgen wartete eine Menge Arbeit auf ihn. Oder vielleicht sogar schon heute. Er wollte den Gerards eine zweite Lösegeldforderung schicken. Er hatte eine gute Idee für die Geldübergabe gehabt. Es war ihm in einem Traum gekommen – einem ziemlich verrückten Traum –, den er letzte Nacht gehabt hatte. Zu jenem Zeitpunkt war er noch nicht so richtig schlau daraus geworden, aber der herrliche, tiefe, traumlose Schlaf, aus dem das Schreien des Babys ihn vorhin gerissen hatte, schien es geklärt zu haben. Er würde ihnen sagen, sie sollten das Lösegeld aus einem Flieger abwerfen. Aus einem kleinen, der nicht sehr hoch flog. In dem Brief würde er schreiben, dass der Flieger entlang der Route 1 von Portland zur Staatsgrenze nach Massachusetts fliegen und nach einem roten Lichtzeichen Ausschau halten sollte.

Blaze wusste auch schon genau, wie er es machen würde: Leuchtsignale, wie man sie bei der Absicherung von Unfallorten verwendete. Er würde ein halbes Dutzend Fackeln in dem Eisenwarenladen in der Stadt kaufen und sie wie einen Strauß an der richtigen Stelle platzieren. Das würde ein gutes, deutlich erkennbares Licht abgeben. Und er wusste auch schon, welches die richtige Stelle war: ein Forstweg südlich von Ogunquit. An diesem Weg gab es eine Lichtung, auf der die Trucker manchmal zum Mittagessen anhielten oder um ein Nickerchen in den Kojen hinten in ihren Führerhäusern zu halten. Die Lichtung war nicht weit entfernt von der Route 1, und ein Pilot, der den Highway entlangflog, konnte Signalfackeln dort gar nicht übersehen, vor allem nicht, wenn mehrere davon zu einem einzigen großen roten Leuchtfeuer gebündelt waren. Blaze wusste, dass er dennoch nicht viel Zeit haben würde – *so* dumm war er nun auch wieder nicht –, glaubte aber, es würde ausreichen. Dieser erste Forstweg führte zu einem Netz nicht weiter markierter Wanderwege mit Namen wie Boggy Stream Road und Bumpnose Road. Blaze kannte sie alle. Einer von ihnen führte zur Route 41, und von dort konnte er sich wieder Richtung Norden halten. Und eine Stelle finden, wo er sich verstecken konnte, bis sich alles wieder beruhigt hatte. Er hatte sogar ans Hetton House gedacht. Es stand inzwischen leer, und die Fenster waren mit Brettern vernagelt, davor ein großes Schild: ZU VERKAUFEN. Während der letzten paar Jahre hatte Blaze mehrmals einen kurzen Abstecher dorthin gemacht, wurde immer wieder angezogen von dem Ort wie ein kleines Kind, dem in einem vermeintlichen Geisterhaus in der Nachbarschaft mal ein mächtiger Schreck eingejagt worden ist.

Für ihn spukte es allerdings *tatsächlich* im HH. Er musste es wissen; er war einer der Geister.

Egal, es würde funktionieren, und das war die Hauptsache. Eine Weile war es holprig gewesen, und das mit der alten Dame tat ihm sehr leid (ihren Vornamen hatte er ebenfalls vergessen), aber jetzt entwickelte es sich zu einem total sauberen D...

»Blaze.«

Er warf einen schnellen Blick Richtung Bad. Es war George, klarer Fall. Die Badezimmertür war angelehnt, so wie George es immer machte, wenn er reden wollte, während er ein Ei legte. »Die Scheiße kommt oben und unten raus«, hatte er einmal gesagt, als er das machte, und sie hatten beide gelacht. Er konnte ziemlich lustig sein, wenn er wollte, aber er hörte sich nicht an, als wäre er an diesem Morgen in lustiger Stimmung. Außerdem meinte Blaze, die Tür geschlossen zu haben, als er das letzte Mal vom Klo gekommen war. Er nahm an, dass ein Luftzug sie wieder geöffnet haben könnte, aber er spürte keinen Lu...

»Die haben dich schon fast, Blaze«, sagte George. Und dann, in einer Art verzweifeltem Knurren: »Verdammter Mist.«

»Wer hat mich?«, fragte Blaze.

»Na, die Bullen. Was hast du denn gedacht, wen ich meine, die verschissene Parteizentrale der Republikaner? Das

FBI. Die State Police. Selbst unsere ortsansässigen Penner in Blau.«

»Nein, haben sie nicht. Ich hab meine Sache wirklich richtig gut gemacht, George. Ehrlich. Es ist ein total sauberes Ding. Ich werd dir sagen, was ich gemacht habe, wie vorsichtig ich gew…«

»Wenn du nicht schleunigst aus dieser Hütte verduftest, haben sie dich spätestens morgen Mittag.«

»Wie … was …«

»Du bist ja so was von blöd, du latschst dir ja sogar dauernd selbst auf die Füße. Ich weiß wirklich nicht, warum's mich überhaupt interessiert. Du hast ein ganzes Dutzend Fehler gemacht. Wenn du Glück hast, haben die Bullen bislang davon nur sechs oder acht entdeckt.«

Blaze ließ den Kopf hängen. Er spürte genau, wie die Hitze in seinem Gesicht aufstieg. »Was soll ich denn tun?«

»Verschwinde aus dieser Bruchbude hier. Sofort.«

»Wohin …«

»Und schaff dir den Jungen vom Hals«, sagte George. Fast, als wär's ihm erst nachträglich eingefallen.

»*Was?*«

»Spreche ich chinesisch, oder was? Schaff ihn dir vom Hals. Er ist nur Scheißballast. Das Lösegeld kannst du auch ohne ihn kassieren.«

»Aber wenn ich ihn zurückbringe, wie will ich denn dann …«

»Ich rede doch nicht davon, dass du ihn zurückbringst!«, tobte George. »Für was hältst du ihn eigentlich? Für eine Pfandflasche? Ich rede davon, ihn umzulegen! Und zwar jetzt!«

Blaze scharrte mit den Füßen. Sein Herz klopfte schnell, und er hoffte, George würde bald aus dem Bad kommen, denn er musste pinkeln, und er konnte schließlich nicht um ein Scheißgespenst herumpinkeln. »Moment … ich muss nachdenken. George, vielleicht, also, wie wär's, wenn du mal kurz spazieren gehen würdest … und wenn du zurückkommst, reden wir über alles und finden eine Lösung.«

»Du *kannst* gar nicht denken!« Georges Stimme schraubte sich in die Höhe, bis sie fast ein Aufheulen war. Es hörte sich an, als hätte er Schmerzen. »Müssen die Bullen erst vorbeikommen und eine Kugel in dieses hohle Ding jagen, das du auf deinem Hals durch die Gegend trägst, bevor du es kapierst? Du *kannst nicht* denken, Blaze! Aber *ich kann!*«

Er senkte seine Stimme. Klang wieder vernünftig. Beinahe samtweich.

»Er schläft jetzt, deshalb wird er überhaupt nichts spüren. Hol dein Kissen – es riecht ja sogar nach dir, das wird ihm gefallen –, und leg es einfach auf sein Gesicht. Dann drückst du es ganz fest runter. Jede Wette, dass die Eltern sowieso davon ausgehen, dass er nicht mehr lebt. Wahrscheinlich haben die sich doch schon in der ersten Scheißnacht an die Arbeit gemacht, einen kleinen Ersatz-Republikaner zu basteln. Anschließend kannst du sogar noch dein Glück versuchen, das Lösegeld einzusacken. Und an einen schönen warmen Ort zu verduften. Das haben wir uns doch immer gewünscht. Stimmt's?«

Es stimmte. Ein Ort wie Acapulco oder die Bahamas.

»Na, was sagst du dazu, Blaze-a-roonie? Stimmt's oder habe ich recht?«

»Du hast recht, George. Schätz ich mal.«

»Du weißt, dass ich recht habe. So läuft das bei uns.«

Plötzlich war gar nichts mehr einfach. Wenn George sagte, die Polizei wäre ihm dicht auf den Fersen und käme ständig näher, dann hatte er damit wahrscheinlich recht. George hatte schon immer einen guten Riecher für Blau gehabt. Und der Junge *würde* ihn ausbremsen, ihn langsamer machen, wenn er jetzt überstürzt hier abhaute – auch in diesem Punkt hatte George also recht. Seine Aufgabe bestand jetzt darin, das Scheißlösegeld einzusacken und sich dann irgendwo zu verstecken. Aber den Jungen umlegen? *Joe* töten?

Mit einem Mal kam Blaze in den Sinn, dass, wenn er ihn *tatsächlich* umbrachte – und zwar sehr, sehr behutsam –, Joe schnurstracks in den Himmel kommen und dort ein Babyengel werden würde. Also hatte George vielleicht auch in diesem Punkt recht. Blaze selbst war sich ziemlich sicher, dass er selbst schnurstracks in die Hölle wanderte, genau wie die meisten anderen Menschen auch. Es war eine schmutzige Welt, und je länger man lebte, desto dreckiger wurde man.

Er schnappte sich sein Kopfkissen und ging damit in den großen Raum, in dem Joe neben dem Ofen schlummerte. Die Hand war ihm aus dem Mund gerutscht, aber auf den Fingern waren immer noch die Spuren seines fiebrigen Kauens zu erkennen. Ja, es war auch eine schmerzhafte Welt. Nicht nur schmutzig, sondern auch noch schmerzhaft. Das Zahnen war lediglich der Anfang davon und noch das geringste Übel.

Blaze stand über der Wiege, das Kissen in Händen, immer noch dunkel von den zahlreichen Lagen Haarwasser, die er darauf hinterlassen hatte. Damals, als er noch Haare hatte, um Haarwasser draufzukippen.

George hatte immer recht … außer wenn er nicht recht hatte. Für Blaze fühlte sich das hier immer noch falsch an.

»Mensch«, sagte er, und das Wort hatte irgendwie einen tränenfeuchten Klang.

»Mach's schnell, Kumpel«, sagte George aus dem Bad. »Lass ihn nicht leiden.«

Blaze kniete sich neben die Wiege und legte das Kissen auf das Gesicht des Babys. Seine Ellbogen waren in der Wiege, links und rechts neben diesem winzigen Brustkorb, und er spürte, wie Joe zweimal einatmete … aufhörte … noch mal einatmete … wieder aufhörte. Joe bewegte sich und krümmte den Rücken. Gleichzeitig drehte er seinen Kopf und fing wieder an zu atmen. Blaze drückte das Kissen fester nach unten.

Er weinte nicht. Blaze dachte, es wäre vielleicht besser, wenn der Junge weinte. Dass das Baby lautlos sterben sollte, wie ein Insekt, erschien ihm mehr als erbärmlich. Es war einfach schrecklich. Blaze nahm das Kopfkissen fort.

Joe drehte den Kopf, schlug die Augen auf, machte sie wieder zu, lächelte und steckte sich einen Daumen in den Mund. Dann war er einfach wieder eingeschlafen.

Blaze atmete keuchend. Schweißperlen standen ihm auf seiner eingebeulten Stirn. Er starrte auf das Kopfkissen, das er immer noch in seinen geballten Fäusten hielt, und ließ es dann fallen, als hätte er sich daran verbrannt. Er zitterte und schlang die Arme um seine Mitte, damit das aufhörte. Es hörte aber nicht auf. Schon bald zitterte er am ganzen Leib. Seine Muskeln summten wie Telegrafendrähte.

»Bring's zu Ende, Blaze.«

»Nein.«

»Wenn nicht, mache ich die Biege.«

»Dann geh doch.«

»Du glaubst, du kannst ihn behalten, stimmt's?« George lachte. Es klang wie ein kicherndes Abflussrohr. »Du armer Trottel. Du lässt ihn am Leben, und er wird aufwachsen und dich abgrundtief hassen. Dafür werden sie schon sorgen. Diese braven Menschen. Diese braven reichen Arschlöcher-Republikaner-Millionäre. Hab ich dir eigentlich überhaupt nichts beigebracht, Blaze? Lass es mich in Worten ausdrücken, die sogar ein Trottel kapieren kann: Wenn du brennen würdest, würden die nicht mal auf dich pissen, um's zu löschen.«

Blaze starrte zu Boden, wo das schreckliche Kopfkissen lag. Er zitterte immer noch, aber jetzt brannte auch noch sein Gesicht. Er wusste, dass George recht hatte. Trotzdem sagte er: »Ich hab nicht vor zu brennen, George.«

»Du hast *überhaupt nichts* vor! Blazer, wenn dein kleines Eititei-Püppchen zu einem Mann heranwächst, wird er sich förmlich ein Bein ausreißen, nur um auf dein Scheißgrab spucken zu können. Ich sag's dir jetzt zum letzten Mal: *Mach diesen Jungen kalt!*«

»Nein.«

Plötzlich war George fort. Und vielleicht war er ja wirklich die ganze Zeit da gewesen, denn Blaze war sicher, dass er spürte, wie etwas … etwas Unsichtbares die Hütte verließ. Es wurden keine Fenster geöffnet und keine Türen zugeschlagen, aber ja: Die Hütte war leerer, als sie zuvor gewesen war.

Blaze ging zur Badezimmertür und zog sie mit dem Fuß auf. Da war nichts außer dem Waschbecken. Der rostigen Dusche. Und dem Lokus.

Er versuchte, noch mal einzuschlafen, aber es ging nicht. Was er beinahe getan hatte, hing wie ein schwarzer Vorhang in seinem Kopf. Und was George gesagt hatte. *Die haben dich schon fast.* Und: *Wenn du nicht schleunigst aus dieser Hütte verduftest, haben sie dich spätestens morgen Mittag.*

Und am allerschlimmsten: *Wenn er zu einem Mann heranwächst, wird er sich förmlich ein Bein ausreißen, nur um auf dein Scheißgrab spucken zu können.*

Zum ersten Mal fühlte Blaze sich jetzt wirklich gehetzt. Auf eine Art fühlte er sich, als hätten sie ihn bereits erwischt ... wie ein Insekt, das sich in einem Spinnennetz abzappelt, aus dem es kein Entkommen mehr gibt. Sätze aus alten Filmen kamen ihm in den Kopf. *Fasst ihn – tot oder lebendig. Wenn du jetzt nicht rauskommst, kommen wir rein, und wir feuern auf alles, was sich bewegt. Die Hände hoch, du Stück Scheiße – es ist aus!*

Er setzte sich auf, schweißgebadet. Es war fast fünf, ungefähr eine Stunde war vergangen, seit er von dem Weinen des Babys geweckt geworden war. Das Morgengrauen zog langsam auf, aber bislang war es lediglich eine blassorange Linie am Horizont. Über ihm drehten sich die Sterne auf ihrer alten Achse, völlig gleichgültig gegenüber allem.

Wenn du nicht schleunigst aus dieser Hütte verduftest, haben sie dich spätestens morgen Mittag.

Aber wo sollte er hin?

Er kannte sogar die Antwort auf diese Frage. Kannte sie schon seit Tagen.

Er stand auf und zog sich mit schnellen, abgehackten Bewegungen an: Thermo-Unterwäsche, Wollhemd, zwei Paar Socken, Levi's, Stiefel. Das Baby schlief noch, und Blaze hatte nur Zeit, ihm einen kurzen Blick zuzuwerfen. Er kramte Papiertüten hervor, die er unter der Spüle aufbewahrte, und füllte sie mit Windeln, Fläschchen und Milchdosen.

Als die Tüten voll waren, trug er sie hinaus zu dem Mustang, der neben dem gestohlenen Ford stand. Wenigstens hatte er einen Schlüssel für den Kofferraum des Mustangs. Er stellte die Tüten hinein. Mehrmals rannte er zwischen Hütte und Wagen hin und her. Nachdem er sich jetzt entschieden hatte zu gehen, saß ihm die Panik im Nacken.

Er holte eine weitere Tüte und füllte sie mit Joes Kleidung. Er klappte den Wickeltisch zusammen und brachte auch den hinaus, dachte plötzlich, dass es Joe an einem neuen Ort gefallen würde, weil er an den Tisch gewöhnt war. Der Kofferraum des Mustangs war klein, aber nachdem er einige Tüten wieder herausgeholt und auf dem Rücksitz verstaut hatte, schaffte er es, den Wickeltisch noch hineinzuzwängen. Die Wiege passte auch noch auf den Rücksitz. Die Babymahlzeiten kamen in den Fußraum auf der Beifahrerseite, ein paar Babydecken obendrauf. Joe gewöhnte sich offenbar richtig an die Babynahrung, spachtelte das Zeug ordentlich weg.

Blaze holte noch ein weiteres Mal Sachen aus der Hütte, dann ließ er den Mustang an und stellte die Heizung so ein, dass es im Wagen schön schnuckelig warm wurde. Es war halb sechs. Das Tageslicht rückte an. Die Sterne waren blass geworden; jetzt leuchtete nur noch Venus hell.

Wieder im Haus, hob Blaze Joe aus seiner Wiege und legte ihn aufs Bett. Das Baby brummelte, wachte aber nicht auf. Blaze brachte die Wiege hinaus zum Wagen.

Zurück in der Hütte, schaute er sich noch einmal nervös um. Er nahm das Radio von der Fensterbank, zog den Stecker, wickelte das Kabel um das Gerät und stellte es auf den Tisch. Im Schlafzimmer wuchtete er seinen alten braunen Koffer – verbeult und an den Ecken abgewetzt – unter dem Bett hervor. In einem wilden Durcheinander stapelte er den Rest seiner Kleidung dort hinein. Ganz obendrauf legte er noch einige Herrenmagazine und ein paar Comichefte. Den Koffer und das Radio trug er zum Auto hinaus, das langsam voll wurde. Dann kehrte er ein letztes Mal ins Haus zurück.

Er breitete eine Decke aus, legte Joe darauf, wickelte ihn ein und legte das ganze Bündel in seine Jacke. Dann zog er den Reißverschluss der Jacke zu. Joe war inzwischen wach. Er blinzelte aus seinem Kokon hervor wie eine Wüstenspringmaus.

Blaze trug ihn zum Auto, rutschte hinters Lenkrad und legte Joe auf den Beifahrersitz.

»Und jetzt bleibst du brav da liegen und machst keinen Unsinn, Kleiner«, sagte er.

Joe lächelte und zog sich prompt die Decke über den Kopf. Blaze stieß ein leises Lachen aus, und im gleichen Moment sah er sich selbst, wie er das Kopfkissen auf Joes Gesicht drückte. Er schüttelte sich.

Er setzte aus dem Schuppen zurück, wendete das Auto, rumpelte die Zufahrt hinunter … und obwohl er es nicht wusste, kam er einem großräumig angelegten Ring von Straßensperren um weniger als zwei Stunden zuvor.

Er benutzte entlegene Landstraßen und Nebenstraßen, um Portland und seine Vororte zu umfahren. Der gleichmäßige Klang des Motors und die warme Heizungsluft schickten Joe fast umgehend zurück ins Traumland. Blaze stellte im Radio seinen Lieblings-Countrysender ein, der mit Sonnenaufgang auf Sendung ging. Er hörte die morgendliche Lesung aus der Bibel, danach einen landwirtschaftlichen Bericht und schließlich einen schwer rechts orientierten redaktionellen Beitrag von der Freedom Line in Houston, der George von einem Fluchanfall in den nächsten getrieben hätte. Schließlich kamen die Nachrichten.

»Die Suche nach den Entführern von Joseph Gerard IV. geht weiter«, sagte der Sprecher in ernstem Tonfall, »und es gibt mindestens eine neue Entwicklung in diesem tragischen Fall.«

Blaze spitzte die Ohren.

»Aus für gewöhnlich gut unterrichteten Kreisen war zu erfahren, dass die Post in Portland gestern Abend eine mögliche Lösegeldforderung erhalten und den Brief unverzüglich per Kurier zum Haus der Gerards zugestellt hat. Weder die örtliche Polizei noch Albert Sterling, leitender Agent des Federal Bureau of Investigation, waren bereit, diese Meldung zu kommentieren.«

Blaze beachtete das alles nicht weiter. Die Gerards hatten seinen Brief erhalten, und das war gut. Nächstes Mal würde er sie anrufen müssen. Er hatte sowieso nicht daran gedacht, Zeitungen oder Umschläge oder irgendwas zum Kleben mitzunehmen. Telefonieren ging auch schneller.

»Und jetzt das Wetter. Das Tiefdruckgebiet über dem Norden des Bundesstaates New York wird in östlicher Richtung weiterziehen und den Neuenglandstaaten den schwersten Schneesturm des Jahres bringen. Der nationale Wetterdienst hat allgemeine Sturmwarnungen herausgegeben, und die ersten Schneefälle könnten bereits heute Mittag einsetzen.«

Blaze bog auf die Route 136 ab, fuhr dann zwei Meilen später auf die Stinkpine Road. Als er an dem jetzt zugefrorenen Teich vorbeikam, an dem er und Johnny die Biber beim Bau ihres Dammes beobachtet hatten, überkam ihn ein verträumtes und sehr intensives Déjà-vu-Gefühl. Dort war das verlassene Farmhaus, in das Blaze und Johnny und so ein italienisch aussehender Junge mal eingebrochen waren. In einem Schrank hatten sie einen ganzen Stapel Schuhkartons gefunden. In einem der Kartons waren schmutzige Bilder gewesen – Männer und Frauen, die alles Mögliche machten, Frauen und Frauen, sogar eines von einer Frau und einem Pferd oder Esel –, und sie hatten sie sich den ganzen Nachmittag angesehen, wobei ihre Gefühle von Erstaunen über Lust zu Ekel wechselten. Blaze konnte sich nicht mehr erinnern, wie der italienisch aussehende Junge geheißen hatte, nur dass alle ihn »Toe-Jam« nannten.

An der Weggabelung eine Meile weiter hielt Blaze sich rechts und bog auf einen mit Schlaglöchern übersäten Weg ein, der nur nachlässig und in einem schmalen Streifen geräumt worden und danach wieder zugeweht war. Eine Viertelmeile weiter, hinter einer Kurve, die von den Jungs »Sweet Baby Turn« genannt worden war (in den Tiefen der Vergangenheit hatte Blaze einmal gewusst, warum, aber er konnte sich nicht mehr daran erinnern), traf er auf eine Kette, die quer über den Weg gespannt worden war. Blaze stieg aus, ging hinüber und zog das verrostete Vorhängeschloss mit einem sanften Ruck von seinem Schließband. Er war schon einmal hier gewesen, und damals hatte er ein halbes Dutzend Mal fest reißen müssen, um den altersschwachen Schlossmechanismus zu knacken.

Jetzt legte er die Kette auf den Boden und untersuchte den Weg dahinter. Seit dem letzten Sturm war der Schnee nicht mehr geräumt worden, aber er glaubte, der Mustang würde es schon schaffen, wenn er zuerst ein Stück zurücksetzte und ein wenig Anlauf nahm. Später konnte er zurückkommen und die Kette wieder über den Weg spannen; es wäre nicht das erste Mal. Dieser Ort zog ihn magisch an.

Und das Beste von allem? Schnee lag in der Luft, und der Schnee würde seine Spuren verdecken.

Er ließ sich in den Schalensitz des Mustangs fallen, schaltete in den Rückwärtsgang und setzte gut sechzig Meter zurück. Dann drückte er den Gangwähler bis ganz runter in den niedrigsten Bereich und trat das Gaspedal durch. Der Mustang machte seinem Namen alle Ehre und brauste los. Die Maschine knurrte, und die Nadel des Drehzahlmessers, den der Besitzer zusätzlich eingebaut hatte, hing voll im roten Bereich, also stieß Blaze den Schalthebel mit der Handkante in die D-Stellung, überlegte sich, er könnte ja wieder runterschalten, falls sein kleines gestohlenes Pony Probleme kriegen sollte.

Er stieß in den Schnee. Der Mustang versuchte auszubrechen, doch Blaze steuerte gegen und brachte seine hübsche kleine Schnauze wieder herum. Er fuhr wie ein Mann in einer Erinnerung, die halb Traum ist, und verließ sich darauf, dass dieser Traum ihn vor den verborgenen Gräben links und rechts bewahrte, in denen der Mustang mit Sicherheit stecken bleiben würde. Schnee flog auf beiden Seiten des beschleunigenden Wagens in breit gefächerten, hohen Fontänen durch die Luft. Krähen erhoben sich von abgestorbenen

Krüppelkiefern und taumelten in den weißen Schaum des Himmels.

Er erklomm den ersten Hügel. Dahinter machte der Weg eine Linkskurve. Wieder versuchte der Wagen auszubrechen, und erneut erwies sich Blaze als perfekter Reiter, behielt das Auto gerade noch unter Kontrolle, als sich das Steuer für einen Moment wie von selbst unter seinen Händen drehte, sich dann erneut seinem Griff unterwarf, als die Reifen wieder einen Hauch von Bodenhaftung fanden. Schnee wurde hochgeschleudert und bedeckte die Windschutzscheibe. Blaze schaltete die Scheibenwischer ein, aber für einen kurzen Augenblick fuhr er blind, lachte laut vor Angst und berauschender Begeisterung. Als die Scheibe wieder frei war, sah er das Haupttor unmittelbar vor sich. Es war geschlossen, aber es war zu spät, um deswegen noch irgendwas anderes zu unternehmen, als eine sichernde Hand auf die Brust des schlafenden Babys zu legen und zu beten. Der Mustang hatte gut sechzig Sachen drauf und raste knietief durch Schnee. Es machte einen scharfen Schlag, der das Fahrgestell des Wagens erzittern ließ und ohne Zweifel den Rahmen für immer verzog. Bretter splitterten und flogen durch die Luft. Der Mustang brach seitlich aus … drehte sich … ging aus.

Blaze streckte eine Hand aus, um den Motor neu zu starten, doch sie stockte und sank langsam herab.

Dort, direkt vor ihm, kauerte das Hetton House: drei Stockwerke von Zeit und Wetter geschwärzte Ziegel. Er schaute wie hypnotisiert zu den mit Brettern vernagelten Fenstern auf. Genauso war es die anderen Male auch gewesen, als er hergekommen war. Alte Erinnerungen regten sich, nahmen Farbe an, setzten sich langsam in Bewegung.

John Cheltzman machte die Hausaufgaben für ihn. Der Richter kam dahinter. Die gefundene Brieftasche. Die langen Nächte, die sie damit verbrachten, zu überlegen, wie sie das Geld in der Brieftasche ausgeben würden, wie sie nach dem Licht-aus von Bett zu Bett tuschelten und flüsterten. Der Geruch von Bohnerwachs und Kreide. Die düster-strengen Bilder an den Wänden, deren Augen einen zu verfolgen schienen.

An der Tür hingen zwei Schilder. Auf dem einen hieß es: BETRETEN VERBOTEN. DER SHERIFF, CUMBERLAND COUNTY. Auf dem anderen stand: ZUM KAUF ODER ZUR MIETE – WENDEN SIE SICH AN GERALD CLUTTERBUCK REALTY, CASTLE ROCK, MAINE.

Blaze ließ den Mustang wieder an, schaltete in einen niedrigen Gang und bewegte sich zentimeterweise vorwärts. Die Räder versuchten immer wieder durchzudrehen, und er musste das Steuer nach links eingeschlagen halten, um gerade zu bleiben, aber der kleine Wagen war immer noch willens zu arbeiten, und so schaffte er es langsam an der Ostseite des Hauptgebäudes entlang. Zwischen dem Haus und dem langen, flachen Lagerschuppen nebenan war ein wenig Platz. Er lenkte den Mustang dorthin, trat das Gas ganz durch, um in Bewegung zu bleiben. Als er den Motor ausmachte, war die Stille ohrenbetäubend. Es musste ihm niemand sagen, dass der Mustang damit seine Pflicht erfüllt hatte, zumindest soweit es ihn betraf; er würde hier stehen bis zum Frühjahr.

Blaze zitterte, obwohl es im Wagen nicht kalt war. Er fühlte sich, als wäre er nach Hause gekommen.

Für immer.

Er brach die Hintertür auf und brachte Joe ins Haus, mollig warm eingepackt in drei seiner Decken. Drinnen fühlte es sich kälter an als draußen. Es fühlte sich an, als hätte sich die Kälte in den Knochen des Gebäudes niedergelassen.

Er brachte das Baby hinauf in Martin Coslaws Büro. Der Name war von der Milchglasscheibe in der Tür abgekratzt worden, und der Raum dahinter war nicht mehr als eine leere Schachtel. Nichts hier drinnen fühlte sich mehr nach dem Richter an. Blaze versuchte sich zu erinnern, wer nach ihm gekommen war, aber es fiel ihm nicht ein. Er war ohnehin nicht mehr dort gewesen. War nach North Windham gegangen, wohin die bösen Jungs gingen.

Er legte Joe auf den Boden und begann seinen Streifzug durch das Gebäude. Da waren ein paar Schreibtische, einige vereinzelte Stücke Holz, zusammengeknülltes Papier. Er sammelte einen Armvoll, trug alles zurück ins Büro und machte ein Feuer in dem winzigen, in die Wand eingelassenen offenen Kamin. Als es zu seiner Zufriedenheit brannte und er sicher war, dass der Kamin auch zog, kehrte er zum Mustang zurück und begann mit dem Ausladen.

Gegen Mittag hatte er sich eingerichtet. Das Baby lag sicher in seiner Wiege, schlief noch immer (obwohl es erste Anzeichen gab, dass es demnächst aufwachen würde). Windeln und Fertigmahlzeiten waren sorgfältig in die Regale geräumt. Blaze hatte einen Sessel für sich gefunden und sich in einer Ecke mit zwei auf dem Boden ausgebreiteten Decken ein Bett gebaut. Der Raum war inzwischen etwas wärmer, aber eine gewisse Grundkälte war noch immer spürbar. Sie sickerte aus den Wänden und blies unter der Tür hindurch.

Er würde darauf achten müssen, dass der Kleine immer gut eingemummelt war.

Blaze schlüpfte in seine Jacke und ging hinaus, zuerst die Straße hinunter zur Kette. Er spannte sie wieder über die Fahrbahn und stellte erfreut fest, dass das Schloss, obwohl es längst kaputt war, immer noch hielt. Man musste mit der Nase praktisch direkt darauf stoßen, um erkennen zu können, dass es nicht mehr in Ordnung war. Dann kehrte er zu dem zerstörten Haupttor zurück. Hier lehnte er die großen Teile so gut es eben ging wieder an. Es sah ziemlich beschissen aus, aber wenn er die Einzelteile so tief wie nur möglich in den Schnee rammte (inzwischen schwitzte er ordentlich), dann standen sie wenigstens senkrecht. Und verdammt – wenn jemand so nahe kam, dann steckte er ohnehin in Schwierigkeiten. Er war dumm, aber nicht *so* dumm.

Bei seiner Rückkehr war Joe wach und schrie aus vollem Hals. Das jagte Blaze jetzt nicht mehr solche Angst ein wie anfangs. Er zog dem Jungen seine kleine Jacke an (grün – und sehr niedlich), dann setzte er ihn auf den Boden, wo er herumkrabbeln konnte. Während Joe versuchte zu kriechen, öffnete Blaze eine Rindfleisch-Mahlzeit. Er fand den verfluchten Löffel einfach nicht – am Ende würde er wahrscheinlich wieder auftauchen, so war's ja bei den meisten Sachen –, also fütterte er den Kleinen mit dem Finger. Er war begeistert, als er fühlte, dass Joe während der Nacht einen weiteren Zahn bekommen hatte. Damit waren es dann schon drei.

»Tut mir leid, dass es kalt ist«, sagte Blaze. »Wir lassen uns was einfallen, okay?«

Joe machte es nichts aus, dass sein Abendessen kalt war. Er aß gierig. Nachdem er fertig war, fing er vor lauter Bauchschmerzen an zu weinen. Blaze erkannte inzwischen den Unterschied zwischen Bauchweh-Weinen, Zahnen-Weinen und Ich-bin-müde-Weinen. Er legte Joe an seine Schulter und ging mit ihm durch den Raum, massierte dabei seinen Rücken und redete leise auf ihn ein. Als er immer noch nicht aufhörte zu weinen, ging Blaze mit ihm den kalten Korridor hinauf und hinunter, immer noch sanft und beruhigend auf ihn einredend. Jetzt weinte Joe nicht nur, jetzt fing er auch noch an zu zittern, also wickelte Blaze ihn in eine Decke und klappte den Zipfel wie eine Kapuze über Joes Kopf.

Er stieg die Treppe ins zweite Obergeschoss hinauf und ging in Raum 7, wo er und Martin Coslaw sich beim Rechnen zum ersten Mal begegnet waren. Es waren noch drei Pulte da, aufgestapelt in einer Ecke. Auf dem einen, fast verborgen von dem Geflecht später hinzugefügter Graffiti (Herzen, männliche und weibliche Geschlechtsteile, Kommentare zum Blasen und zu anderen Praktiken), sah er die Initialen CB, geschrieben in seiner eigenen sorgfältigen Blockschrift.

Verdutzt zog er einen Handschuh aus und ließ seine Finger über die alten geschnitzten Buchstaben gleiten. Ein Junge, an den er sich kaum noch erinnerte, war vor ihm hier gewesen. Es war unglaublich. Und auf eine merkwürdige Art ließ ihn das an Vögel denken, die allein und traurig auf Telefondrähten saßen. Die Schnitte waren alt, der Schaden am Holz von der Zeit geglättet. Das Holz hatte sie akzeptiert, hatte sie zu einem Teil von sich gemacht.

Er meinte, ein leises Lachen hinter sich zu hören, und wirbelte herum.

»George?«

Keine Antwort. Das Wort verklang wie ein Echo, kehrte dann zurück. Es schien ihn zu verhöhnen. Es schien zu sagen, es gibt keine Million, es gibt nur diesen Raum hier. Diesen Raum, in dem man ihn damals in Verlegenheit gebracht und ihm Angst eingeflößt hatte. Diesen Raum, in dem er am Lernen gescheitert war.

Joe rührte sich an seiner Schulter und nieste. Seine Nase war gerötet. Er fing an zu weinen. Das Geräusch klang zart in dem kalten und leeren Gebäude. Die feuchten Ziegelwände schienen es aufzusaugen.

»So«, gurrte Blaze. »Alles in Ordnung, nicht weinen. Ich bin bei dir. Alles in Ordnung. Dir geht's gut. Mir geht's gut.«

Das Baby zitterte wieder, und Blaze beschloss, es zurück ins Büro vom Richter zu bringen. Er würde ihn neben dem Kamin in seine Wiege legen. Mit einer zusätzlichen Decke.

»Alles in Ordnung, kleiner Liebling. Alles gut. Alles bestens.«

Aber Joe weinte, bis er erschöpft war, und kurz darauf begann es zu schneien.

18

In dem Sommer nach ihrem Boston-Abenteuer zogen Blaze und Johnny Cheltzman zusammen mit ein paar anderen Jungs aus dem Hetton House zum Blaubeerenpflücken los. Der Mann, der sie dafür engagierte, Harry Bluenote, war ein aufrechter Mann. Nicht in diesem verächtlichen Sinn, wie Blaze später George dieses Wort benutzen hören würde, sondern in der besten Pfadfindertradition eines Lord Baden-Powell. Ihm gehörten zwanzig Hektar erstklassiges Blaubeerland in West Harlow, das er jedes zweite Frühjahr brandrodete. Jeden Juli beschäftigte er einen Trupp aus ungefähr zwei Dutzend jungen Außenseitern, die sein Land aberntelen. Für ihn sprang nicht mehr dabei heraus als das bisschen Geld, das jeder kleine Bauer mit einer für den Verkauf bestimmten Ernte verdienen konnte. Er hätte nur Jungs aus dem HH und Mädchen aus dem Wiscassett Home for Troubled Girls beschäftigen und ihnen drei Cent pro Kilo zahlen können; sie hätten es genommen und wären obendrein noch froh gewesen, an der frischen Luft zu sein. Stattdessen gab er ihnen aber die sieben, die von den Jugendlichen aus der Gegend verlangt wurden und die sie auch bekamen. Das Geld für den Bus zu den Feldern und wieder zurück kam aus seiner eigenen Tasche.

Er war ein großer, dürrer Yankee mit einem faltigen Gesicht und hellen Augen. Wenn man zu lange in diese Augen schaute, gelangte man am Ende zu der Überzeugung, dass er verrückt war. Er gehörte weder Grange noch einem anderen Bauernverband an. Sie hätten ihn dort ohnehin nicht genommen. Nicht einen Mann, der Kriminelle einstellte, die seine Beeren pflückten. Und sie *waren* Kriminelle, verflucht, ob sie nun sechzehn waren oder einundsechzig. Sie kamen in eine anständige kleine Stadt, und anständige Leute meinten, sie müssten nun ihre Türen abschließen. Sie müssten die Augen aufhalten nach merkwürdigen Jugendlichen, die auf den Straßen herumstreiften. Mädchen *und* Jungs. Wenn man die zusammensteckte – kriminelle Jungs *und* kriminelle Mädchen –, konnte nichts als Sodom und Gomorrha dabei rauskommen. Das sagte jeder. Es war einfach nicht richtig. Besonders wenn man gerade versuchte, seine eigenen Kleinen zu anständigen Menschen großzuziehen.

Die Saison dauerte von der zweiten Woche im Juli bis in die dritte oder vierte Augustwoche. Bluenote hatte zehn Blockhütten unten am Royal River bauen lassen, der genau mitten durch seinen Grund und Boden lief. Es gab sechs Hütten für Jungs und vier in einer weiteren Gruppe ein Stück entfernt für die Mädchen. In Anspielung auf ihre jeweilige Lage zum Fluss hießen die Unterkünfte der Jungen in der Nähe der Stromschnellen Riffle Cabins und die der Mädchen an der Biegung des Flusses Bend Cabins. Einer von Bluenotes Söhnen – Douglas – wohnte bei den Jungs. Jedes Jahr im Juni suchte Bluenote per Annonce eine Frau, die in den Bend Cabins wohnen und gleichzeitig »Camp-Mutter« und Köchin sein konnte. Er bezahlte sie gut, und auch dieses Geld kam aus seiner eigenen Tasche.

Die ganze skandalöse Geschichte wurde in einer Sitzung des Stadtrates zum Thema, als in einem Jahr die Southwest-

Bend-Koalition eine steuerliche Neuveranlagung für Bluenotes Besitz durchzubringen versuchte. Die Idee dahinter war wohl, seine Gewinnspanne so weit zu verringern, dass es seine roten Wohlfahrtsprogramme zunichtemachte.

Bluenote sagte bis kurz vor Ende der Debatte nichts. Sein Junge Dougie und zwei oder drei Freunde aus seinem Ende der Stadt hatten vehement seine Position vertreten. Dann, unmittelbar bevor der Sitzungsleiter die Diskussion schloss, erhob er sich und bat um das Wort. Das ihm, widerwillig, auch erteilt wurde.

Er sagte: »Es gibt keinen Einzigen unter euch, der irgendetwas während der Erntezeit verloren hat. Es gab nie auch nur einen einzigen Autodiebstahl oder Einbruch, es wurde nie eine Scheune in Brand gesetzt. Nicht einmal ein Suppenlöffel wurde gestohlen. Ich will diesen Kindern nur zeigen, was einem ein gutes, anständiges Leben einbringen kann. Was sie damit anfangen, nachdem sie es gesehen haben, ist allein ihre Angelegenheit. Ist von euch noch nie einer im Schlamm stecken geblieben und musste angeschoben werden? Ich werde euch nicht fragen, wie ihr diesen Antrag unterstützen und euch dann immer noch Christenmenschen nennen könnt, denn einer von euch wird garantiert irgendeine Antwort aus der Heiliger-Joe-mach's-auf-meine-Art-Bibel, wie ich sie nenne, finden. Aber, heiliger Kuckuck! Wie könnt ihr sonntags das Gleichnis vom barmherzigen Samariter lesen und am nächsten Montagabend so etwas wie diesen Antrag unterstützen?«

An diesem Punkt explodierte Beatrice McCafferty. Nachdem sie sich aus ihrem Klappstuhl gewuchtet hatte (der dafür womöglich dankbar geknarrt hatte) und ohne auch nur auf ein zustimmendes Nicken des Sitzungsleiters zu warten, trompetete sie hinaus: »In Ordnung, kommen wir also zur Sache! *Knutscherei und Gefummel!* Willst du dich allen Ernstes da hinstellen, Harry Bluenote, und behaupten, dazu wäre es noch nie zwischen den Jungs in der einen Gruppe von Hütten und den Mädchen in der anderen Gruppe gekommen?« Sie schaute sich um, verbissen und unerbittlich wie eine Schaufel. »Ich frage mich, ob Mr. Bluenote erst gestern auf die Welt gekommen ist? Ich frage mich, was denn wohl seiner Meinung nach mitten in der Nacht passiert, wenn nicht Raub und Einbruch und Niederbrennen von Scheunen?«

Harry Bluenote hatte während dieser Tirade nicht gesessen. Er stand auf der anderen Seite des Gemeindesaals, hatte die Daumen unter seine Hosenträger gehakt. Sein Gesicht hatte die gleiche staubige, rötliche Farbe wie das Gesicht jedes Bauern. Möglich, dass ein Hauch von Belustigung um seine eigenartigen, hellen Augen spielte. Oder auch nicht. Als er sicher war, dass von ihr nichts mehr kam, dass sie ihren Spruch gesagt hatte, da erhob er ruhig und entschieden noch einmal seine Stimme. »Ich hab noch nie durchs Schlüsselloch geschaut, Beatrice, aber es ist todsicher keine Vergewaltigung.«

Und damit wurde die Angelegenheit »zur weiteren Erörterung vertagt«. Was im Norden der Neuenglandstaaten der freundliche Ausdruck für das Fegefeuer ist.

John Cheltzman und die anderen Jungs aus dem Hetton House waren von Anfang an begeistert über den bevorstehenden Ausflug, aber Blaze hatte seine Zweifel. Wenn es um

»auswärts arbeiten« ging, hatte er die Bowies noch zu sehr in schlechter Erinnerung.

Toe-Jam quasselte pausenlos davon, ein Mädchen zu finden, mit der er »rummachen« konnte. Blaze glaubte nicht, dass er sich darüber groß den Kopf zerbrechen musste. Er dachte immer noch oft an Marjorie Thurlow, aber welchen Sinn hatte es, über all die anderen nachzudenken? Mädchen standen auf harte Kerle, auf Burschen, die mit ihnen flirteten wie die Typen im Kino.

Außerdem machten Mädchen ihm Angst. Im HH mit Toe-Jams kostbarer Ausgabe von *Girl Digest* auf dem Klo zu verschwinden und sich einen von der Palme zu wedeln war für ihn okay. Tat ihm gut, wenn er sich mies fühlte. Nach allem, was er bisher so von den anderen Jungs mitbekommen hatte, war das Gefühl beim Wichsen und das Gefühl, das man hatte, wenn man ihn reinsteckte, so ziemlich das gleiche. Und ganz klar fürs Wichsen sprach doch auch: Man konnte es vier- oder fünfmal am Tag machen.

Mit fünfzehn war Blaze schließlich ausgewachsen. Er war knapp zwei Meter groß, und die Kordel, die John eines Tages bei ihm von der linken zur rechten Schulter spannte, war siebzig Zentimeter lang. Seine Haare waren braun, ungebändigt, dick und fettig. Seine Hände waren Pranken, und wenn er sie spreizte, dann waren das fast dreißig Zentimeter vom Daumen bis zum kleinen Finger. Seine Augen waren flaschengrün, strahlend und irgendwie fesselnd – überhaupt nicht die Augen eines Dummkopfs. Neben ihm wirkten die anderen Jungs wie Pygmäen, und doch machten sie sich mit unverschämter Offenheit über ihn lustig. Sie hatten John Cheltzman – inzwischen allgemein bekannt als JC oder

Jeepers Cripe – als Blazes persönliches Totem akzeptiert, und wegen ihres Bostoner Abenteuers waren die zwei Jungs in der geschlossenen Gesellschaft des Hetton House zu Volkshelden geworden. Blaze hatte sich sogar einen noch spezielleren Platz gesichert. Jeder, der schon einmal gesehen hat, wie sich Kleinkinder um einen Bernhardiner drängen, hat eine Vorstellung davon, was es war.

Als sie auf dem Gelände der Bluenotes eintrafen, wurden sie bereits von Dougie Bluenote erwartet, der sie zu ihren Hütten bringen sollte. Er erklärte ihnen, dass sie sich die Riffle Cabins in diesem Sommer mit einem halben Dutzend Jungs aus der South Portland Correctional teilen würden. Münder verwandelten sich bei dieser Neuigkeit in Striche. Jungs aus der South Portland galten als harte Brocken ersten Ranges.

Blaze kam zusammen mit John und Toe-Jam in Hütte 3. Seit dem Ausflug nach »Beantown« hatte John deutlich abgenommen. Sein rheumatisches Fieber war vom Hausarzt des Hetton House (einem kettenrauchenden alten Quacksalber namens Donald Hough) als lediglich ein übler Fall von Grippe diagnostiziert worden. Diese Fehldiagnose würde Johns Tod bedeuten, allerdings dauerte es bis dahin noch ein Jahr.

»Hier ist eure Hütte«, sagte Doug Bluenote. Er hatte das Bauerngesicht seines Vaters, nicht jedoch dessen merkwürdig blasse Augen. »Es haben schon eine Menge Jungs vor euch hier gewohnt. Wenn's euch gefällt, behandelt alles so, dass auch noch viele Jungs nach euch drin wohnen können. Falls es nachts frisch werden sollte, gibt es einen Holzherd, aber wahrscheinlich wird's nicht kalt. Es gibt vier Betten, also kann sich jeder von euch eins aussuchen. Wenn wir noch einen Jungen finden, kriegt er das, was übrig bleibt. Es gibt eine Kochplatte für kleine Snacks und Kaffee. Zieht morgens bitte den Stecker raus, bevor ihr geht, und zieht den Stecker auch abends raus, bevor ihr schlafen geht. Es gibt Aschenbecher. Da gehören eure Kippen rein. Nicht auf den Boden. Nicht auf den Hof. Alkohol und Poker sind verboten. Falls ich oder mein Dad euch beim Trinken oder Pokerspielen erwischen, seid ihr draußen. Es gibt keine zweite Chance. Frühstück gibt's um sechs im Haupthaus. Mittagessen gibt's um zwölf, und das werdet ihr da draußen einnehmen.« Er wedelte mit dem Arm in die grobe Richtung der Blaubeerfelder. »Abendessen ist um sechs, wieder im Haupthaus. Morgen früh um sieben geht die Ernte los. Gentlemen, ich wünsche euch einen schönen Tag.«

Als er weg war, schauten sie sich um. Es war gar nicht so übel. Der Herd war ein massives altes Ding mit einem einfachen Backofen. Die Betten standen alle auf dem Boden – zum ersten Mal seit Jahren würden sie nicht übereinandergestapelt wie Münzen in einem Schlitz schlafen müssen. Außer der Küche und den beiden Schlafzimmern gab es einen ziemlich großen Gemeinschaftsraum. Hier waren Apfelsinenkisten zu einem einfachen Bücherregal zusammengestellt worden. Darin die Bibel, ein Sexualkundebuch für junge Menschen, ein Roman über die Erlebnisse eines Alkoholikers und *Vom Winde verweht*. Auf dem Boden lag ein einfacher, verschossener Teppich. Der Boden selbst bestand aus losen Brettern, so ganz anders als die Fliesen und das gebohnerte Holz im HH. Diese Bretter hier knarrten und rumpelten, wenn man darüber lief.

Während die anderen ihre Betten machten, ging Blaze hinaus auf die Veranda, um nach dem Fluss Ausschau zu halten. Ja, da war der Fluss. An dieser Stelle seines Laufes schlängelte er sich durch eine sanfte Senke, aber nicht sehr weit flussaufwärts konnte er das einlullende Donnern eines Wasserfalles hören. Knorrige Bäume, Eichen und Weiden, beugten sich weit über das Wasser, als wollten sie ihre Spiegelbilder betrachten. Libellen und Moskitos sausten dicht über die Wasseroberfläche, berührten sie manchmal kurz. Von irgendwo weit weg in der Ferne kam das raue Summen einer Zikade.

Blaze spürte, wie sich etwas in ihm löste.

Er setzte sich auf die oberste Stufe der Veranda. Nach einer Weile kam John heraus und setzte sich neben ihn.

»Wo ist Toe?«, fragte Blaze.

»Liest in diesem Sexbuch. Er sucht nach Bildern.«

»Hat er welche gefunden?«

»Noch nicht.«

Eine Weile saßen sie schweigend da.

»Blaze?«

»Ja?«

»Gar nicht so übel, oder?«

»Nein.«

Aber er erinnerte sich trotzdem an die Bowies.

Um halb sechs gingen sie zum Haupthaus. Der Weg folgte dem Flussverlauf und brachte sie schon bald zu den Bend Cabins, wo ein halbes Dutzend Mädchen untergebracht waren.

Die Jungs aus dem HH und die harten Typen aus der South Portland gingen weiter, als wären sie jeden einzelnen gottverdammten Tag mit Mädchen zusammen – Mädchen mit *Brüsten*! Die Mädchen schlossen sich ihnen an, manche schminkten sich die Lippen, während sie miteinander schwatzten, als wäre mit Jungs zusammen zu sein – Jungs mit einem Anflug von *Bartstoppeln* – so normal wie Fliegen zu erschlagen. Ein oder zwei von ihnen trugen Nylons, die anderen Söckchen. Die Söckchen waren bei allen an exakt der gleichen Stelle auf dem Schienbein umgeschlagen. Kleine Makel in ihren Gesichtern waren mit Make-up überdeckt worden – in einigen Fällen so dick wie Zuckerguss. Ein von den anderen offensichtlich sehr beneidetes Mädchen hatte grünen Lidschatten aufgelegt. Alle hatten diesen Gang mit wiegenden Hüften perfektioniert, den John Cheltzman später mit *Nuttengang* umschrieb.

Einer der harten Typen aus der South Portland hustete und spuckte aus. Dann zupfte er einen Grashalm ab und klemmte ihn sich zwischen die Zähne. Die anderen Jungs beobachteten das aufmerksam und versuchten sich etwas – *irgendetwas* – einfallen zu lassen, das sie selbst tun konnten, um in Gegenwart des schöneren Geschlechts ihre absolute Lässigkeit unter Beweis zu stellen. Die meisten begnügten sich mit Husten und Spucken. Ein paar besonders originelle Typen schoben die Hände in ihre Gesäßtaschen. Manche machten beides.

Die South-Portland-Jungs waren den Hetton-Jungs möglicherweise überlegen; soweit es Mädchen betraf, war das Angebot in der Stadt einfach größer. Die Mütter der South-Portland-Jungs mochten vielleicht Alkis, Fixer und Zehn-Dollar-Nutten sein, ihre Schwestern Schätzchen, die dir für zwei Mäuse einen runterholten, aber die harten Typen hatten in den meisten Fällen zumindest eine Vorstellung davon, worum es bei Mädchen überhaupt ging.

Die HH-Jungs lebten in einer fast ausschließlich männlichen Gesellschaft. Ihre Aufklärung bestand aus Vorträgen ortsansässiger Geistlicher. Die meisten predigten den Jungs, dass Selbstbefriedigung blöd machte und es zu den Risiken des Geschlechtsverkehrs gehörte, wenn ein Penis durch Krankheiten schwarz wurde und anfing zu stinken. Dann gab es noch die Schundmagazine von Toe-Jam (*Girl Digest* war das neueste und beste). Ihre einzige Vorstellung davon, wie man mit Mädchen umging, hatten sie aus dem Kino. Von richtigem Geschlechtsverkehr hatten sie keine Ahnung, denn – wie Toe einmal bedauernd bemerkte – gefickt wurde nur in französischen Filmen. Der einzige französische Film, den sie je gesehen hatten, war *French Connection*.

Und so wurde der Weg von den Bend Cabins bis zum Haupthaus im Wesentlichen in angespanntem (aber durchaus nicht feindseligem) Schweigen zurückgelegt. Wären sie nicht so sehr damit beschäftigt gewesen, mit ihrer neuen Situation klarzukommen, dann hätten sie vielleicht einen Blick für Dougie Bluenote übrig gehabt, der sich die größte Mühe gab, nicht laut loszuprusten.

Harry Bluenote lehnte an der Esszimmertür, als sie hereinkamen. Jungs wie Mädchen glotzten die Bilder an den Wänden an (Currier & Ives, N.C. Wyeth), das alte und warme Mobiliar, den langen Esstisch mit BLEIB EIN WEILCHEN in die eine Bank und KOMM HUNGRIG, GEH SATT in die andere Bank geschnitzt. Aber vor allem anderen betrachteten sie das große Ölporträt an der Ostwand. Es zeigte Marian Bluenote, Harrys verstorbene Ehefrau.

Sie mochten sich ja vielleicht für hart gehalten haben –

und in mancher Hinsicht waren sie das sicher auch –, aber trotzdem waren sie noch Kinder am Beginn ihrer Pubertät. Instinktiv entwickelten sie sich genauso, wie die Linie ihres Lebens es ihnen von Anfang an vorgab. Bluenote ließ sie gewähren. Er schüttelte jedem und jeder einzeln die Hand, als die Jugendlichen den Raum betraten. Den Mädchen nickte er dabei höflich zu, ließ sich überhaupt nicht anmerken, dass sie alle zurechtgemacht waren wie niedliche Püppchen.

Blaze war der Letzte. Er überragte Bluenote um beinahe dreißig Zentimeter, aber trotzdem scharrte er mit den Füßen, blickte zu Boden und wünschte sich, wieder im HH zu sein. Das hier war einfach zu hart. Es war schrecklich. Seine Zunge klebte an seinem Gaumen. Blind stieß er seine Hand vor.

Bluenote schüttelte sie. »Meine Güte, du bist ja ein richtig großer, kräftiger Kerl. Nicht die richtige Statur fürs Blaubeerpflücken.«

Blaze sah ihn benommen an.

»Willst du den Laster fahren?«

Blaze schluckte. Urplötzlich schien etwas in seinem Hals zu stecken, das er einfach nicht runterbekam. »Ich weiß nicht, wie man Auto fährt, Sir.«

»Na, dann bring ich's dir eben bei«, meinte Bluenote. »Ist nicht schwer. Und jetzt geh rein und iss erst mal ordentlich zu Abend.«

Blaze betrat den Speiseraum. Der Tisch war aus Mahagoni. Er funkelte wie ein Teich. Auf beiden Seiten war gedeckt worden. Darüber glitzerte ein Kronleuchter, genau wie in einem Film. Blaze setzte sich, ihm war heiß und kalt zugleich. Links neben ihm saß ein Mädchen, das seine Verwirrung nur noch schlimmer machte. Wann immer er in ihre Richtung schaute, fiel sein Blick auf ihre vorspringenden Brüste. Er versuchte, etwas dagegen zu unternehmen, aber er schaffte es nicht. Sie waren einfach … *da.* Nahmen einen Platz in der Welt für sich in Anspruch.

Bluenote und die Camp-Mutter trugen das Essen auf. Es gab einen ganzen Truthahn und Rindereintopf. Es gab eine riesige Holzschüssel mit Salat, dazu drei verschiedene Soßen. Es gab eine Schüssel mit Wachsbohnen, eine mit Erbsen und eine mit geschnittenen Möhren. Eine Keramikschüssel voll mit Kartoffelpüree.

Als das Essen auf dem Tisch stand und jeder vor seinem glänzenden Teller saß, legte sich Stille über den Raum. Die Jungs und Mädchen starrten diesen Festschmaus an, als wäre er nur eine Halluzination. Irgendwo grummelte ein Bauch. Es hörte sich an wie ein Laster, der über eine Plankenbrücke rollte.

»Gut«, sagte Bluenote. Er saß am Kopfende des Tisches, die Camp-Mutter links neben ihm. Sein Sohn saß am anderen Ende. »Sprechen wir das Tischgebet.«

Sie beugten ihre Köpfe und erwarteten die Predigt.

»Herr«, sagte Bluenote, »segne diese Jungs und Mädchen. Und segne dieses Essen, dass es sie stärken möge. Amen.«

Sie blinzelten und warfen sich verstohlene Blicke zu, versuchten dahinterzukommen, ob das jetzt ein Scherz war. Oder ein Trick. Amen bedeutete, man konnte essen, aber falls das jetzt der Fall war, dann hatten sie gerade das gottverdammt kürzeste Tischgebet aller Zeiten gehört.

»Reicht mir bitte mal den Eintopf«, sagte Bluenote.

Und dann legte die Erntehelfermannschaft dieses Sommers mit einem Feuereifer los.

Am nächsten Morgen nach dem Frühstück tauchten Bluenote und sein Sohn mit zwei Ford-Zweitonnern vor dem Haupthaus auf. Die Jungs und Mädchen kletterten hinten drauf und wurden zum ersten Blaubeerfeld gefahren. Die Mädchen trugen an diesem Morgen Hosen. Ihre Gesichter waren noch ein wenig geschwollen vom Schlaf und größtenteils ungeschminkt. Sie sahen jünger aus, zarter.

Sie fingen an, sich zu unterhalten. Zuerst noch ein wenig zaghaft, aber schon bald wurden ihre Gespräche ungezwungener. Wenn die Laster durch Schlaglöcher ruckelten, lachten alle. Es gab keine förmliche Vorstellungsrunde. Sally Ann Robichaux hatte Winstons und ließ das Päckchen rumgehen; sogar Blaze, der ganz am Ende saß, bekam noch eine ab. Einer der harten Typen aus der South Portland fing mit Toe-Jam eine Diskussion über Bücher mit nackten Mädchen an. Wie sich herausstellte, war dieser Bursche, Brian Wick, zufällig mit der Taschenbuchausgabe einer Anthologie namens *Fizzy* auf die Bluenote-Farm gekommen. Toe räumte ein, dass er schon viel Gutes über *Fizzy* gehört hätte, und die zwei Jungs arbeiteten einen Handel aus. Die Mädchen brachten es fertig, das alles zu ignorieren und gleichzeitig eine nachsichtige Miene aufzusetzen.

Sie kamen bei dem Feld an. Die niedrigen Blaubeerbüsche standen in voller Blüte. Harry und Douglas Bluenote ließen die Heckklappen der Laster runter, und alle sprangen ab. Das Feld war mit weißen Stoffwimpeln, die an niedrigen

Pfählen flatterten, in Reihen aufgeteilt. Ein anderer Laster – älter und größer – hielt an. Die Seiten der Ladefläche dieses Lasters waren aus Segeltuch. Er wurde von einem kleinen schwarzen Mann namens Sonny gefahren. Blaze hörte Sonny niemals auch nur ein einziges Wort sagen.

Die Bluenotes gaben ihrer Mannschaft kurze Blaubeerharken, auch »Raffeln« genannt, deren Zinken eng beieinanderstanden. Nur Blaze bekam keine. »Die Raffeln sind so gemacht, dass nur reife Beeren mitgenommen werden«, sagte Bluenote. Hinter ihm holte Sonny eine Angelrute und einen Fischkorb aus dem großen Laster. Er setzte einen Strohhut auf und machte sich quer über das Feld zu einer Baumreihe auf. Er schaute nicht zurück.

»Aber«, sagte Bluenote und hob einen Finger, »da es eine Konstruktion von Menschenhand ist, ist es eben auch nicht perfekt. Blätter und unreife Früchte werden trotzdem leider manchmal mit abgerissen. Aber macht euch deswegen keine Gedanken, und lasst euch auch nicht dadurch bremsen. In der Scheune gehen wir alles noch mal gründlich durch. Und ihr werdet dabei sein, also macht euch auch keine Gedanken darüber, dass wir euren Lohn kappen würden. Alles klar?«

Brian und Toe-Jam, die am Ende des Tages praktisch unzertrennliche Freunde geworden sein würden, standen mit verschränkten Armen nebeneinander. Beide nickten.

»So, und nur, damit ihr Bescheid wisst«, fuhr Bluenote fort. Seine seltsam hellen Augen funkelten. »Ich bekomme sechsundzwanzig Cent das Kilo. Ihr bekommt sieben Cent. Das klingt jetzt so, als würde ich mit dem Schweiß auf eurer Stirn neunzehn Cent pro Kilo verdienen, aber so ist das nicht. Nach Abzug aller Kosten mache ich zehn Cent pro Kilo. Drei mehr als ihr. Diese drei Cent nennt man Kapitalismus. Mein Feld, mein Profit, ihr kriegt einen Anteil.« Er wiederholte: »Nur, damit ihr Bescheid wisst. Irgendwelche Einwände?«

Es gab keine Einwände. Sie schienen in der heißen Morgensonne wie hypnotisiert.

»Okay. Einen Fahrer hab ich schon, und das bist du, Hoss. Ich brauch jetzt noch einen Zähler. Du, mein Junge. Wie heißt du?«

»Äh, John. John Cheltzman.«

»Komm her, John.«

Er half Johnny auf die Ladefläche des Lasters mit den Segeltuchseiten hoch und erklärte ihm, was zu tun war. Es gab Stapel verzinkter Stahleimer. Er musste laufen und jedem einen bringen, der nach einem Eimer rief. Jeder leere Eimer trug auf der Seite einen unbeschrifteten weißen Klebestreifen. Johnny musste den Namen des Pflückers auf jeden Eimer schreiben. Volle Eimer kamen anschließend in ein Gestell, das dafür sorgte, dass sie nicht umfielen und der Inhalt auskippte, wenn der Laster fuhr. Außerdem gab es eine alte, staubige Tafel, auf der die Summen geführt wurden.

»Okay, mein Sohn«, sagte Bluenote. »Sorg dafür, dass sie sich jetzt in einer Reihe aufstellen, und dann gibst du ihnen ihre Eimer.«

John bekam einen roten Kopf, räusperte sich und forderte sie flüsternd auf, sie sollten sich aufstellen. Bitte. Er sah aus, als rechnete er damit, dass sie geschlossen auf ihn losgingen. Stattdessen aber stellten sie sich auf. Einige der Mädchen banden sich Kopftücher um oder schoben sich Kaugummis in den Mund. John gab die Eimer aus, schrieb in großen schwarzen Druckbuchstaben ihre Namen auf die Identifikationssticker. Die Jungs und Mädchen suchten sich ihre Reihen aus, und der Arbeitstag begann.

Blaze stand neben dem Truck und wartete. Wellen der Aufregung durchzogen ihn. Schon seit Jahren war es sein großer Wunsch, einmal zu fahren. Es war, als hätte Bluenote die geheime Sprache seines Herzens gelesen. *Falls* es sein Ernst war.

Bluenote kam herüber. »Wie nennt man dich, Junge? Mal abgesehen von Hoss und so was?«

»Blaze. Manchmal. Manchmal auch Clay.«

»Okay, Blaze, komm her.« Bluenote führte ihn zum Führerhaus des Lasters und schob sich hinter das Steuer. »Das hier ist ein Dreigang-International-Harvester. Das bedeutet, wir haben drei Vorwärtsgänge und einen für zurück. Das Ding hier, was hier so hochsteht, das ist der Schaltknüppel. Siehst du?«

Blaze nickte.

»Wo ich jetzt den linken Fuß drauf hab, das ist die Kupplung. Siehst du das auch?«

Blaze nickte.

»Da trittst du drauf, wenn du schalten willst. Wenn du den Schaltknüppel hast, wo du ihn haben willst, lässt du die Kupplung wieder kommen. Lässt du sie zu langsam kommen, würgst du die Maschine ab. Lässt du sie zu schnell kommen – ich sag mal, *pop!* –, kannst du drauf wetten, dass dir die Beeren hinten durch die Gegend kullern und du deinen Freund da obendrein auf seinem Hintern landen lässt. Denn dann macht die Kiste einen Satz. Verstehst du?«

Blaze nickte. Die Jungs und Mädchen hatten sich bereits ein gutes Stück in ihren ersten Reihen vorgearbeitet. Douglas Bluenote ging von einem zum anderen und zeigte ihnen, wie man am besten mit der Harke arbeitete und dabei Blasen an den Fingern vermied. Außerdem zeigte er ihnen den kleinen Dreh aus dem Handgelenk am Ende jeder Zugbewegung; damit wurde man die meisten Blätter und kleinen Zweige los.

Der ältere Bluenote hustete und spuckte. »Mach dir nicht zu viel Gedanken um die Gänge. Fürs Erste beschäftigst du dich nur mit rückwärts- und langsam vorwärtsfahren. Jetzt pass auf, ich zeig dir, wo die zwei sind.«

Blaze sah aufmerksam zu. Er hatte Jahre gebraucht, den Dreh mit Addition und Subtraktion rauszubekommen (und sich das Ganze bildlich vorzustellen, so in der Art von »zwei im Sinn«, war ein Ding der Unmöglichkeit für ihn gewesen, bis John ihm sagte, er solle es sich so vorstellen, als würde er Wassereimer von hier nach da tragen). Die Grundlagen des Fahrens jedoch lernte er an einem einzigen Morgen. Er würgte den Laster nur zweimal ab. Später erzählte Bluenote seinem Sohn, er habe noch nie jemanden gesehen, der so schnell die empfindliche Balance zwischen Kupplung und Gas gemeistert hätte. Zu Blaze sagte er: »Du machst dich sehr gut. Halt die Reifen aus dem Gebüsch.«

Blaze tat noch mehr als nur fahren: Er holte bei allen die Eimer ab, brachte sie zum Laster, gab sie John und brachte den Pflückern dann neue, leere Eimer. Den ganzen

Tag über hielt sich dieses unverändert breite Lächeln auf seinem Gesicht. Sein Glück war wie ein Bazillus, der alle ansteckte.

Gegen drei Uhr zog ein Gewitter auf. Die Jugendlichen drängten sich auf die Ladefläche des großen Trucks, beachteten Bluenotes Ermahnung, verdammt gut aufzupassen, wohin sie sich setzten.

»Ich fahre zurück«, sagte Bluenote und kletterte auf das Trittbrett. Er sah, wie Blaze enttäuscht die Kinnlade hinunterfiel, und lächelte breit. »Lass dir Zeit, Hoss – Blaze, meine ich.«

»Okay. Wo steckt dieser Sonny?«

»Kocht«, antwortete Bluenote knapp, trat die Kupplung und schaltete in den ersten Gang. »Wenn wir Glück haben, gibt's frischen Fisch. Wenn nicht, Eintopf. Hast du Lust, nach dem Abendessen mit mir in die Stadt zu fahren?«

Blaze nickte, zu überwältigt, um zu sprechen.

An diesem Abend schaute er gemeinsam mit Douglas schweigend zu, wie Harry Bluenote mit dem Einkäufer von Federal Foods, Inc., feilschte und schließlich seinen Preis durchsetzen konnte. Douglas saß am Steuer, als sie in einem der Ford Pick-ups der Farm nach Hause fuhren. Niemand sagte ein Wort. Während er zuschaute, wie sich die Straße im Scheinwerferlicht vor ihm entrollte, dachte Blaze: *Ich gehe irgendwohin.* Dann dachte er: *Ich* bin *irgendwo*. Der erste Gedanke machte ihn einfach glücklich. Der zweite war so groß, dass er am liebsten losgeheult hätte.

Tage vergingen, dann Wochen, und alles unterlag einem festen Rhythmus. Früh raus. Gewaltiges Frühstück. Arbeit bis mittags, gewaltiges Mittagessen auf dem Feld (Blaze wurde bekannt dafür, bis zu vier Sandwichs zu verdrücken, und niemand sagte, jetzt ist genug). Arbeit, bis die Nachmittagsgewitter ein Ende setzten oder bis Sonny die dicke Messingglocke zum Abendessen läutete. Schläge, die über den heißen, vergänglichen Tag kamen wie Laute, die man in einem lebendigen Traum hörte.

Bluenote ließ Blaze jetzt manchmal auf den Nebenstraßen zu den Feldern und wieder zurück fahren. Er fuhr mit zunehmendem Geschick, es war, als hätte er einfach eine Gabe dafür. Er verschüttete niemals auch nur einen einzigen Behälter aus den niedrigen Holzgestellen. Nach dem Abendessen fuhr er häufig mit Harry und Douglas nach Portland und schaute zu, wie Harry mit den verschiedenen Lebensmittelfirmen feilschte.

Der Juli verschwand dorthin, wohin auch immer verbrauchte Monate gehen mochten. Dann der halbe August. Schon bald würde der Sommer vorüber sein. Der Gedanke daran machte Blaze traurig. Schon bald wieder im Hetton House. Dann der Winter. Blaze konnte den Gedanken an einen weiteren Winter im Hetton kaum ertragen.

Er hatte keine Ahnung, wie stark Harry Bluenotes Zuneigung für ihn geworden war. Der große Junge war der geborene Friedensstifter, und die Ernte war nie glatter und runder gelaufen als in diesem Jahr. Es war nur zu einer einzigen Schlägerei gekommen. Normalerweise waren es mindestens ein halbes Dutzend. Ein Junge namens Henry Gillette beschuldigte einen der anderen Jungs aus der South Portland, beim Blackjack geschummelt zu haben (streng genommen war das nicht Poker). Blaze zog Gillette einfach am Genick hoch und brachte ihn weg. Dann sorgte er dafür, dass der andere Junge Gillette das Geld zurückgab.

Dann, in der dritten Augustwoche, das Sahnehäubchen. Blaze verlor seine Jungfräulichkeit.

Das Mädchen hieß Anne Bradstay. Sie war wegen Brandstiftung in Pittsfield. Zusammen mit ihrem Freund hatte sie zwischen Presque Isle und Mars Hill sechs Kartoffellagerhäuser niedergebrannt, bevor sie erwischt wurden. Sie sagten, sie hätten es getan, weil sie nicht gewusst hätten, was sie sonst tun sollten. Es machte Spaß, die Scheunen brennen zu sehen. Anne erzählte, dass Curtis anrief und sagte: »Komm, lass uns Fritten machen«, na ja, und dann zogen sie eben los. Der Richter – der in Korea einen Sohn in Curtis Prebbles Alter verloren hatte – hatte keinerlei Verständnis für Langeweile dieser Art. Er verurteilte den Jungen zu sechs Jahren im Shawshank State Prison.

Anne bekam ein Jahr in der, wie die Mädchen es nannten, *Pittsfield Kotex Factory*. Eigentlich war es ihr ziemlich gleichgültig. Ihr Stiefvater hatte ihr die Unschuld genommen, als sie dreizehn war, und ihr älterer Bruder schlug sie, wenn er betrunken war, was häufig vorkam. Nach all dieser Scheiße war Pittsfield der reinste Urlaub.

Sie war kein geschlagenes Mädchen mit einem Herzen aus Gold, sondern einfach nur ein geschlagenes Mädchen. Sie war nicht hinterhältig und gemein, aber habgierig, hatte ein scharfes Auge für alles, was glänzte. Toe, Brian Wick und zwei andere Jungs aus der South Portland legten zusammen und boten Anne vier Dollar an, wenn sie Blaze flachlegte. Ihr einziges Motiv war Neugier. Niemand sagte es John Cheltzman – sie hatten Angst, dass er es Blaze oder sogar Doug Bluenote erzählen könnte –, aber sonst wusste jeder im Camp Bescheid.

Einmal am Abend ging einer aus den Jungshütten mit zwei Eimern runter zum Brunnen an der Straße zum Haupthaus – der eine war Trinkwasser, der andere fürs Waschen. An diesem speziellen Abend war Toe-Jam dran, doch er sagte, er habe Bauchschmerzen, und bot daher Blaze einen Vierteldollar an, wenn er an seiner Stelle ging.

»Nee, ist schon okay, das mach ich auch umsonst«, sagte Blaze und schnappte sich die Eimer.

Toe grinste zufrieden wegen des gesparten Quarters und ging, um seinem Freund Brian Bescheid zu sagen.

Es war schon sehr dunkel und duftete lieblich. Der Mond leuchtete orange, war eben erst aufgegangen. Blaze stapfte stur durch die Nacht, dachte an nichts. Die Eimer klapperten gegeneinander. Als sich eine Hand leicht auf seine Schulter legte, erschrak er nicht.

»Kann ich mit dir gehen?«, fragte Anne. Sie hielt ihre beiden Eimer in die Höhe.

»Klar«, sagte Blaze. Dann klebte seine Zunge an seinem Gaumen fest, und er wurde rot.

Seite an Seite gingen sie zum Brunnen. Anne pfiff leise durch ihre faulen Zähne.

Als sie ankamen, schob Blaze die Bretter zur Seite. Der Brunnen war gerade mal sechs Meter tief, aber wenn man einen Stein in den mit Felsblöcken ausgekleideten Schacht warf, dann machte das einen geheimnisvollen, hohl klingenden Platscher. Wiesengras und Wildrosen wuchsen üppig um die

Betoneinfassung herum. Ein halbes Dutzend alter Eichen umringte den Brunnen, als würden sie ihn bewachen. Der Mond warf jetzt ein fahles Licht durch das Laub eines dieser Bäume.

»Soll ich dir das Wasser raufholen?«, fragte Blaze. Seine Ohren standen in Flammen.

»Ja? Das wäre nett.«

»Klar«, sagte er und grinste gedankenlos. »Klar ist das nett.« Plötzlich dachte er an Margie Thurlow, auch wenn das Mädchen ihr überhaupt nicht ähnlich sah.

Ein von der Sonne ausgebleichtes Seil war an einem Eisenring befestigt, der in einer Ecke in den Beton eingelassen war. Blaze band das freie Ende des Seils an einen der Eimer. Er ließ ihn in den Schacht fallen. Es platschte. Sie warteten, dass sich der Eimer füllte.

Anne Bradstay war keine Expertin in der Kunst der Verführung. Sie legte ihre Hand auf den Schritt von Blazes Jeans und packte seinen Penis.

»He!«, sagte er überrascht.

»Ich mag dich«, sagte sie. »Warum bumst du mich nicht? Willste?«

Blaze sah sie an, sprachlos vor Verwunderung … obwohl in ihrer Hand ein Teil von ihm seinen Part in der ältesten Sprache der Welt zu sprechen begann. Das Mädchen trug ein langes Kleid, das sie aber hochgezogen hatte, um ihre Schenkel zu zeigen. Sie war mager, aber der Mondschein war freundlich zu ihrem Gesicht. Die Schatten waren sogar noch freundlicher.

Er küsste sie unbeholfen, schloss sie in die Arme.

»Mannomann, du hast aber ein ziemliches Rohr, hä?«, fragte sie und schnappte nach Luft (und umklammerte seinen Schwanz noch fester). »Und jetzt immer schön sachte, okay?«

»Klar«, sagte Blaze und hob sie in seine Arme. Er setzte sie auf dem Gras ab. Er öffnete seinen Gürtel. »Ich versteh nichts davon.«

Anne lächelte, nicht ohne Bitterkeit. »Ist ganz einfach«, sagte sie. Sie zog ihr Kleid bis über ihre Hüften hoch. Sie trug keine Unterwäsche. Im Mondlicht sah er ein schmales Dreieck dunkler Haare und meinte, wenn er zu lange da hinschauen würde, dann würde ihn das umbringen.

Nüchtern deutete sie mit dem Finger nach unten. »Steck deinen Dödel hier rein.«

Blaze stieg aus seiner Hose. Gerade mal sechs Meter entfernt, in einem hohen Gebüsch hockend, starrte Brian Wick fassungslos und mit großen Augen Toe-Jam an. Er flüsterte: »Sieh dir mal *das* Teil an!«

Toe klopfte seitlich gegen seinen Kopf und flüsterte: »Ich schätze, was Gott hier weggenommen hat, hat er da unten wieder drangesetzt. Und jetzt halt's Maul.«

Sie drehten sich um und schauten zu.

Am nächsten Tag erwähnte Toe beiläufig, er habe gehört, Blaze hätte unten am Brunnen mehr als nur Wasser bekommen. Blaze bekam einen knallroten Kopf und fletschte die Zähne, bevor er ging. Toe wagte nicht, es noch einmal zu erwähnen.

Blaze wurde Annes Kavalier. Er folgt ihr überallhin und gab ihr seine zweite Decke, falls ihr während der Nacht kalt werden sollte. Anne genoss all das. Auf ihre Art verliebte sie sich in Blaze. Für den Rest der Beerenernte holten sie und er das Wasser für die Hütten der Mädchen und Jungen, und niemand verlor je ein Wort darüber. Es hätte sich auch keiner getraut.

Am Abend, bevor sie zum Hetton House zurückfuhren, fragte Harry Bluenote Blaze, ob er nach dem Abendessen vielleicht noch kurz bleiben könnte. Blaze sagte, klar, aber er begann sich bereits unwohl zu fühlen. Sein erster Gedanke war, dass Mr. Bluenote irgendwie dahintergekommen war, was er und Anne unten am Brunnen machten, und dass er nun sauer war. Er war traurig deswegen, denn er mochte Mr. Bluenote.

Als alle anderen fort waren, steckte Bluenote sich eine Zigarre an und ging zweimal um den abgeräumten Esstisch. Er hustete. Er zerzauste sein ohnehin schon zerzaustes Haar. Dann bellte er beinahe: »Hör zu, willst du bleiben?«

Blaze starrte ihn mit offenem Mund an, war zunächst nicht in der Lage, die Kluft zu überbrücken zwischen dem, was er geglaubt hatte, das Mr. Bluenote sagen würde, und dem, was er tatsächlich gesagt *hatte*.

»Und? Willst du?«

»Ja«, brachte Blaze heraus. »Ja, klar. Ich … klar.«

»Gut«, sagte Bluenote und wirkte erleichtert. »Das Hetton House ist nämlich nichts für einen Jungen wie dich. Du bist ein guter Junge, aber man muss dich an der Hand nehmen. Du gibst dir gottverdammt Mühe, aber …« Er deutete auf Blazes Kopf. »Wie ist das passiert?«

Blazes Hand zuckte sofort zu der tief eingedrückten Delle. Er wurde rot. »Ist schrecklich, stimmt's? Anzusehen, meine ich. Himmel.«

»Tja, hübsch ist es nicht, aber ich hab schon Schlimmeres gesehen.« Bluenote ließ sich auf einen Stuhl fallen. »Wie ist es passiert?«

»Mein Dad hat mich die Treppe runtergeschmissen. Er hatte einen Kater oder irgendwas. Ich kann mich nicht besonders gut erinnern. Jedenfalls …« Er zuckte die Achseln. »Das ist alles.«

»Das ist alles, ja? Tja, schätze, es hat wohl gereicht.« Er stand wieder auf, ging zum Wasserkühler in der Ecke, zog sich einen Pappbecher mit Wasser. »Ich war heute beim Arzt – ich hab es immer wieder aufgeschoben, aber ich kriege manchmal dieses Flattern –, und er hat gesagt, ich bin gesund. Da war ich ganz schön erleichtert.« Er trank sein Wasser, knüllte den Becher zusammen und warf ihn in den Mülleimer. »Man wird eben älter, so ist das. Davon weißt du noch nichts, aber das kommt schon noch. Man wird älter, und das ganze Leben beginnt einem allmählich wie ein Traum vorzukommen, den man während eines Nickerchens am Nachmittag hatte. Verstehst du?«

»Klar«, sagte Blaze. Er hatte nicht ein einziges Wort mitbekommen. Hier bei Mr. Bluenote leben! Es begann ihm erst allmählich zu dämmern, was das bedeuten könnte.

»Ich wollte mich nur vergewissern, dass ich mich dir gegenüber richtig verhalte, wenn ich dich aufnehme«, sagte Bluenote. Er deutete mit dem Daumen auf das Gemälde der Frau an der Wand. »*Sie* mochte Jungs. Sie hat mir drei geschenkt und ist bei der Geburt des dritten gestorben. Dougie ist der Mittlere. Der Älteste ist oben in Washington, baut Flugzeuge für Boeing. Der Jüngste ist vor vier Jahren bei einem Verkehrsunfall ums Leben gekommen. Das war sehr traurig, aber ich glaube, er ist jetzt bei seiner Ma. Schon möglich, dass das eine ziemlich blöde Vorstellung ist, aber wir suchen uns Trost, wo wir ihn finden können. Nicht wahr, Blaze?«

»Jawohl, Sir«, sagte Blaze. Er dachte an Anne am Brunnen. Anne im Mondschein. Dann sah er die Tränen in Mr. Bluenotes Augen. Sie erschreckten ihn und machten ihm auch ein klein wenig Angst.

»Geh schon«, sagte Mr. Bluenote. »Und treib dich nicht zu lange am Brunnen herum, hörst du?«

Er legte trotzdem am Brunnen eine Pause ein. Er erzähle Anne, was passiert war, und sie nickte. Dann fing auch sie an zu weinen.

»Was ist los, Annie?«, fragte er sie. »Was ist los, mein Liebling?«

»Nichts«, sagte sie. »Holst du mir Wasser rauf, ja? Ich hab die Eimer mitgebracht.«

Er holte das Wasser hoch. Sie schaute ihm aufmerksam zu.

Am letzten Tag war das Pflücken um ein Uhr vorbei, und selbst Blaze konnte sehen, dass diese letzte Ausbeute nicht besonders groß war. Die Beerenzeit war vorbei.

Er fuhr jetzt immer. Er saß im Führerhaus des Trucks, der Motor schnurrte im Leerlauf. Harry Bluenote rief: »Okay, Leute! Rauf auf den Laster! Blaze wird uns zurückfahren! Zieht euch um, und dann kommt runter zum Haupthaus! Kuchen und Eiscreme.«

Sie balgten sich, um über die Heckklappe auf den Laster zu kommen, brüllten dabei wie ein Haufen Kleinkinder, und

John musste ihnen sagen, sie sollten auf die Beeren achtgeben. Blaze grinste breit. Es fühlte sich an wie ein Grinsen von der Sorte, das den ganzen Tag über anhalten könnte.

Bluenote stieg auf der Beifahrerseite ein. Trotz der Sonnenbräune auf seinem Gesicht sah er blass aus, und auf seiner Stirn standen Schweißperlen.

»Mr. Bluenote? Alles in Ordnung mit Ihnen?«

»Klar«, antwortete Harry Bluenote. Er lächelte sein letztes Lächeln. »Hab heute Mittag nur zu viel gegessen, schätze ich. Dann mal los, Bla…«

Er griff heftig an seine Brust. Auf beiden Seiten seines Halses traten mit einem Mal dicke Adern hervor. Er starrte Blaze an, aber es schien, als würde er ihn gar nicht sehen.

»Was ist los?«, fragte Blaze.

»Die Pumpe«, bemerkte Bluenote noch, dann sackte er nach vorn. Seine Stirn knallte gegen das metallene Armaturenbrett. Einen Moment lang klammerte er sich mit beiden Händen an den alten, zerrissenen Sitzbezug, als hätte sich die Welt auf den Kopf gestellt. Dann neigte er sich zur Seite und fiel aus der offenen Tür auf den Boden.

Dougie Bluenote war um die Schnauze des Lasters geschlendert. Jetzt rannte er los. *»Poppa!«*, schrie er.

Bluenote starb in den Armen seines Sohnes während der wilden, holprigen Rückfahrt zum Haupthaus. Blaze bekam kaum etwas mit. Er kauerte über dem großen, rissigen Steuer des Lasters und starrte auf den vor ihm liegenden Feldweg wie ein Irrer.

Bluenote zitterte einmal, zweimal, wie ein Hund, der im Freien vom Regen überrascht wird, und das war's.

Mrs. Bricker, die Camp-Mutter, stieß einen Schrei aus und ließ einen Krug Limonade auf den Boden fallen, als sie ihn hereintrugen. Eiswürfel flogen in alle Richtungen über die Kiefernbretter. Sie brachten Bluenote in den Salon und legten ihn dort auf die Couch. Ein Arm baumelte auf den Boden herab. Blaze hob ihn auf und legte ihn auf Bluenotes Brust. Er rutschte wieder herunter. Anschließend hielt Blaze ihn einfach fest.

Dougie Bluenote war im Esszimmer, stand neben dem langen Tisch, der bereits für die Ende-der-Pflücksaison-Eiscreme-Party gedeckt war (ein kleines Abschiedsgeschenk war neben den Teller jedes Jugendlichen gestellt worden), und sprach völlig verzweifelt ins Telefon. Die anderen Erntehelfer versammelten sich draußen auf der Veranda und schauten herein. Alle sahen entsetzt aus, mit Ausnahme von Johnny Cheltzman, der erleichtert wirkte.

Blaze hatte ihm am Abend zuvor alles erzählt.

Der Arzt kam und führte eine kurze Untersuchung durch. Als er fertig war, zog er eine Decke über Bluenotes Gesicht.

Mrs. Bricker, die inzwischen aufgehört hatte zu weinen, fing erneut an. »Die Eiscreme«, sagte sie. »Was machen wir jetzt mit der vielen Eiscreme? O mein Gott!« Sie zog sich die Schürze übers Gesicht, dann ganz hoch über den Kopf, wie eine Kapuze.

»Lass sie reinkommen und essen«, sagte Doug Bluenote. »Du auch, Blaze. Hau rein.«

Blaze schüttelte den Kopf. Er hatte das Gefühl, vielleicht nie wieder hungrig zu sein.

»Na, ist auch gut«, sagte Doug. Er fuhr sich mit einer Hand durchs Haar. »Ich werde im Hetton anrufen müssen …

und South Portland ... Pittsfield ... Herr im Himmel, Herr im Himmel.« Er lehnte sein Gesicht an die Wand und begann ebenfalls zu weinen. Blaze saß einfach nur da und betrachtete die zugedeckte Gestalt auf der Couch.

Der Kombi vom HH kam als Erster. Blaze setzte sich nach hinten, starrte aus der staubigen Heckscheibe. Das Haupthaus wurde kleiner und kleiner, bis es schließlich völlig verschwand.

Die anderen wechselten hier und da ein paar Worte, aber Blaze schwieg. So langsam sickerte es ein. Er versuchte, darüber nachzudenken und daraus schlau zu werden, aber es funktionierte nicht. Es ergab überhaupt keinen Sinn, aber einsickern tat es trotzdem.

In seinem Gesicht begann es zu arbeiten. Zuerst zuckte sein Mund, dann seine Augen. Seine Wangen fingen an zu beben. All das konnte er nicht kontrollieren. Es lag außerhalb seiner Macht. Schließlich fing er an zu weinen. Er legte seine Stirn gegen die Heckscheibe des Kombis und stieß laute, monotone Schluchzer aus, die wie das Wiehern eines Pferdes klangen.

Der Mann am Steuer war Martin Coslaws Schwager und im HH das Mädchen für alles. Er sagte: »Kann vielleicht mal irgendwer dem Elch das Maul stopfen, wie wär's damit?«

Aber niemand wagte es, ihn zu berühren.

Anne Bradstays Baby kam achteinhalb Monate später zur Welt. Es war ein Mordsbursche – viertausendachthundert Gramm schwer. Er wurde zur Adoption freigegeben und praktisch sofort von einem kinderlosen Ehepaar namens

Wyatt aus Saco aufgenommen. Aus Klein Bradstay wurde Rufus Wyatt. Mit siebzehn wurde er von seiner Highschool-Mannschaft zum *All-State-Tackle* ernannt. Später ging er auf die Boston University, um dort Literaturwissenschaft zu studieren. Zu seinen Lieblingsautoren zählten Shelley, Keats und der amerikanische Dichter James Dickey.

19

Die Dunkelheit kam früh und war eingehüllt in Schnee. Um fünf Uhr war das flackernde Feuer im Kamin das einzige Licht im Büro des Rektors. Joe schlief fest, aber Blaze machte sich Sorgen um ihn. Er schien etwas zu schnell zu atmen, seine Nase lief, und aus seiner Brust kam ein leicht rasselndes Geräusch. Leuchtend rote Flecken glühten auf beiden Wangen.

In dem Babybuch stand, Fieber sei eine häufige Begleiterscheinung des Zahnens, und manchmal auch einer Erkältung. Es könne ein Erkältungssymptom sein. *Erkältung* genügte Blaze (er hatte keinen Schimmer, was *Symptome* waren). Das Buch riet einfach, das Baby warm zu halten. Der Schreiberling hatte gut reden; was solle Blaze denn tun, wenn Joe aufwachte und herumkrabbeln wollte?

Er musste jetzt die Gerards anrufen, noch heute Abend. Sie konnten das Geld bei diesem Schneesturm nicht aus einem Flugzeug abwerfen, aber morgen Abend war der Sturm sicher vorbei. Er würde das Geld bekommen und zusätzlich Joe behalten. Scheiß doch auf diese reichen Republikaner. Er und Joe waren jetzt füreinander da. Sie würden entkommen. Irgendwie.

Er starrte ins Feuer und versank in einem Tagtraum. Er sah, wie er die Signalfackeln auf einer Lichtung entzündet. Jetzt tauchen die Positionslichter eines kleinen Flugzeugs am Himmel auf. Der Motor summt wie eine Wespe. Jetzt korrigiert der Pilot leicht seinen Kurs und hält direkt auf die Leuchtsignale zu, die brennen wie auf einem Geburtstagskuchen. Irgendwas Weißes taucht am Himmel auf – ein Fallschirm mit einem daran befestigten kleinen Koffer!

Dann ist er wieder zurück in der Hütte. Er öffnet den Koffer. Voller Kohle. Jedes Bündel ordentlich mit einer Banderole zusammengehalten. Blaze zählt. Es ist alles da.

Als Nächstes ist er auf der kleinen Insel Acapulco (die seines Wissens zu den Bahamas gehört, auch wenn er vielleicht in diesem Punkt danebenliegen könnte). Er hat sich eine Hütte auf einem hoch gelegenen Landvorsprung gekauft, von wo aus man auf die endlosen ausrollenden Brecher schauen konnte. Es gibt zwei Schlafzimmer, ein großes und ein kleines. Hinter der Hütte gibt es zwei Hängematten, eine große und eine kleine.

Zeit vergeht. Vielleicht fünf Jahre. Ein Kind kommt den Strand heraufgestapft – ein Strand, der im Sonnenlicht schimmert wie ein feuchter Muskel. Der Junge ist sonnengebräunt. Er hat langes schwarzes Haar wie ein Indianerkrieger. Er winkt. Blaze winkt zurück.

Wieder meinte Blaze, den Klang flüchtigen Lachens zu hören. Er drehte sich unvermittelt um. Da war niemand.

Aber der Tagtraum war zerstört. Er stand auf und stieß seine Arme in die Jacke. Er setzte sich und zog seine Stiefel an. Er würde dafür sorgen, dass es Wahrheit wurde. Seine Füße und sein Kopf waren bereit, und wenn er diesen Punkt erreichte, dann machte er immer genau das, was er sich vorgenommen hatte. Darauf war er stolz. Es war das Einzige, worauf er stolz sein konnte.

Er sah noch einmal kurz nach dem Baby, ging dann hinaus. Er zog die Bürotür hinter sich zu und polterte die Treppe runter. Georges Waffe steckte unter seinem Hosenbund, und diesmal war sie geladen.

Der Wind fegte scharf über den alten Spielplatz und brachte ihn kurz ins Schwanken, bevor er sich ihm entgegenstellte. Schnee schlug ihm ins Gesicht, stach in Wangen und Stirn. Die Baumwipfel beugten sich in ständig wechselnde Richtungen. Auf den verkrusteten Schichten alten Schnees bildeten sich neue Verwehungen, manche waren bereits knapp einen Meter tief. Er musste sich jetzt wirklich keine Sorgen mehr machen wegen der Spuren, die er beim Reinfahren hinterlassen hatte.

Er marschierte zu dem Maschendrahtzaun, wünschte sich dabei, Schneeschuhe zu haben, und kletterte unbeholfen auf die andere Seite. Er landete bis zu den Oberschenkeln im Schnee und kämpfte sich in nördlicher Richtung vor, machte sich quer über das Land auf den Weg zum Cumberland Center.

Bis dorthin waren es drei Meilen, und er war schon nach der Hälfte der Strecke außer Atem. Sein Gesicht fühlte sich taub an. Genau wie seine Hände und Füße, trotz der dicken Socken und Handschuhe. Aber er stapfte weiter, versuchte erst gar nicht, die Schneeverwehungen zu umgehen, sondern pflügte schnurstracks geradeaus. Zweimal stolperte er über Zäune, die im Schnee vergraben lagen, der eine davon ein Stacheldrahtzaun, der seine Jeans aufriss und in sein Bein schnitt. Er rappelte sich einfach wieder hoch und lief weiter, verschwendete keinen Atem für einen Fluch.

Eine Stunde nach seinem Aufbruch erreichte er eine Baumschule. Perfekt gestutzte kleine Blaufichten zogen sich in langen Reihen dahin, jede in einem Abstand von rund zwei Metern zu ihren Nachbarn. Blaze konnte einen langen, geschützten Korridor entlanggehen, wo der Schnee vielleicht gerade mal zehn Zentimeter tief war ... und manche Stellen waren sogar völlig frei. Es war das Cumberland County Reserve, und das Gelände grenzte unmittelbar an die Hauptstraße.

Als er den westlichen Rand des Spielzeugwaldes erreichte, setzte er sich oben an den Rand der Böschung und rutschte dann auf seinem Hintern runter zur Route 289. Ein Stück die Straße hinauf, fast verloren im treibenden Schnee, erkannte er ein Blinklicht, an das er sich gut erinnerte – rot auf zwei Seiten, gelb auf den anderen beiden Seiten. Dahinter schimmerten ein paar vereinzelte Straßenlaternen wie Gespenster.

Blaze überquerte die schneebedeckte und völlig unbefahrene Straße und ging zu der Exxon-Tankstelle an der Ecke. Eine Telefonzelle an der Seite des aus Hohlblocksteinen errichteten Gebäudes lag in einer Pfütze Licht. An einen wandelnden Schneemann erinnernd, ging Blaze hinüber. Er beugte sich über das Telefon. Für einen kurzen Augenblick geriet er in Panik, als es aussah, als habe er kein Kleingeld dabei. Doch dann fand er zwei Vierteldollarmünzen in seiner Hosentasche und eine weitere in seiner Jacke. Und dann – *bingo!* – stellte er fest, dass er überhaupt kein Geld brauchte, um die Auskunft anzurufen.

»Ich will Joseph Gerard anrufen«, sagte er. »In Ocoma.«

Es folgte eine kurze Pause, dann wurde die Nummer durchgesagt. Blaze schrieb sie auf die beschlagene Scheibe, die das Telefon zumindest ein wenig vor dem Schnee schützte, wobei er natürlich nicht wusste, dass er soeben nach einer nicht im Telefonbuch verzeichneten Nummer gefragt und diese allein auf Anweisung des FBI erhalten hatte. Diese Aktion öffnete natürlich auch aufdringlichen Mitfühlenden und Spinnern Tür und Tor, aber wenn die Entführer nicht anriefen, dann konnte doch auch die ganze Elektronik zur Rückverfolgung von Anrufen nicht zum Einsatz kommen.

Blaze wählte die 0 und nannte der Dame die Telefonnummer der Gerards. Er fragte, ob der Anruf gebührenpflichtig sei. War er. Er fragte, ob er für fünfundsiebzig Cent drei Minuten reden könne. Die Auskunft verneinte; ein dreiminütiges Gespräch nach Ocoma würde ihn einen Dollar neunzig kosten. Ob er eine Telefonkreditkarte besaß?

Besaß Blaze nicht. Blaze besaß überhaupt keine Kreditkarten.

Die Dame von der Telefongesellschaft sagte ihm, er könne das Gespräch auch über seinen normalen Privatanschluss abrechnen lassen, und in der Hütte gab es ja in der Tat ein Telefon (obwohl es seit Georges Tod kein einziges Mal geklingelt hatte), doch dazu war Blaze natürlich zu clever.

Dann vielleicht als R-Gespräch?, kam der nächste Vorschlag.

»R-Gespräch, ja!«, sagte Blaze.

»Ihr Name, Sir?«

»Clayton Blaisdell junior«, sagte er. In seiner Erleichterung darüber, dass er diesen langen, mühsamen Weg nicht umsonst gemacht hatte, nur weil ihm das passende Geld fürs Telefonieren fehlte, wurde Blaze dieser taktische Fehler fast zwei Stunden lang nicht bewusst.

»Vielen Dank, Sir.«

»Ich danke *Ihnen*«, sagte Blaze und kam sich ziemlich clever vor. O-oh, cool wie ein Stuhl.

Das Telefon am anderen Ende der Leitung läutete nur einmal, bevor jemand abhob. »Ja?« Die Stimme klang misstrauisch und müde.

»Ich habe Ihren Sohn«, sagte Blaze.

»Mister, ich hatte heute schon zehn Anrufer, die genau das Gleiche behauptet haben. Beweisen Sie's mir.«

Blaze geriet aus dem Konzept. Das hatte er nicht erwartet. »Also, er ist jetzt nicht bei mir, wissen Sie. Mein Partner hat ihn.«

»Ach, ja?« Sonst nichts. Nur *ach, ja*?

»Ich hab Ihre Frau gesehen, als ich rein bin«, sagte Blaze. Was anderes fiel ihm nicht ein. »Sie ist ziemlich hübsch. Sie hatte ein weißes Nachthemd an. Auf dem Nachttisch stand ein Bild – also, alles in allem waren's drei Bilder.«

Die Stimme am anderen Ende der Leitung sagte: »Sagen Sie mir noch etwas anderes.« Aber sie klang nicht mehr müde.

Blaze zermarterte sein Hirn. Da war nichts mehr, nichts, das den sturen Mann am anderen Ende überzeugen könnte. Und dann hatte er doch noch was. »Die alte Dame, die hatte eine Katze. Deshalb ist sie ja überhaupt nur runtergekommen. Sie hat mich für die Katze gehalten … Dass ich …« Er strengte sich noch einmal an. »*Mikey!*«, brüllte er. »Es tut mir wirklich leid, dass ich sie so fest geschlagen habe. Das hab ich ganz bestimmt nicht gewollt, aber ich hatte solche Angst.«

Der Mann am anderen Ende der Leitung fing an zu weinen. Es kam unerwartet und brachte ihn ein wenig aus der Fassung. »Geht es ihm gut? Um Himmels willen, geht es Joey gut?«

Im Hintergrund hörte er ein Stimmengewirr. Eine Frau schien etwas zu sagen. Jemand anders brüllte und weinte. Die brüllende und weinende Person war vermutlich die Mutter, diese Latina. Latinos waren höchstwahrscheinlich ausgesprochen gefühlsbetonte Menschen. Franzmänner waren genauso.

»Nicht auflegen!«, sagte Joseph Gerard (es musste Gerard sein). Er klang wie in Panik. »Geht es ihm gut?«

»Ja, ihm geht's gut«, sagte Blaze. »Hat wieder einen neuen Zahn bekommen. Das macht dann schon drei. Der Ausschlag am Po verheilt auch gut. Ich – ich meine, *wir* – sorgen dafür, dass sein Hinterteil immer gut eingeschmiert bleibt. Was ist mit Ihrer Frau los? Ist sie sich zu schade dafür, ihm den Hintern einzuschmieren?«

Gerard keuchte wie ein Hund. »Wir tun alles, was Sie wollen, Mister. Sie allein bestimmen die Regeln.«

Bei dieser Bemerkung zuckte Blaze leicht zusammen. Fast hatte er vergessen, warum er überhaupt anrief.

»Okay«, sagte er. »Ich will, dass Sie Folgendes machen.«

In Portland sprach eine Angestellte aus der Telefonvermittlung mit Special Agent Albert Sterling. »Cumberland Center«, sagte sie. »Telefonzelle an einer Tankstelle.«

»Ja, hab ich«, sagte er und schüttelte die Faust in der Luft.

»Steigen Sie morgen Abend um acht in einen leichten Flieger«, sagte Blaze. Langsam begann er sich unwohl zu fühlen, meinte allmählich, schon viel zu lange am Telefon zu sein. »Nach dem Start fliegen Sie nach Süden in Richtung Grenze nach New Hampshire die Route 1 entlang. Fliegen Sie niedrig. Kapiert?«

»Moment … Ich bin nicht sicher …«

»Das sollten Sie aber sein«, sagte Blaze. Er versuchte so zu klingen, wie sich George anhören würde. »Versuchen Sie nicht, mich hinzuhalten, es sei denn, Sie möchten Ihr Kind in einer Tüte zurückhaben.«

»Okay«, sagte Gerard. »Okay, ich höre Sie. Ich schreibe ja nur mit.«

Sterling reichte Bruce Granger einen Zettel und hielt mit der anderen Hand ein imaginäres Telefon ans Ohr. Granger rief die State Police an.

»Der Pilot wird ein Signallicht sehen«, sagte Blaze. »Packen Sie das Geld in einen Koffer, und befestigen Sie ihn an einem Fallschirm. Werfen Sie den Koffer so ab, als sollte er direkt auf … auf dem Licht landen. Dem Signallicht. Am nächsten Tag können Sie den Jungen zurückhaben. Ich werde ihm sogar was von dem Zeugs mitgeben, das ich … äh, das wir … für sein Hinterteil benutzen.« Eine geistreiche Bemerkung kam ihm in den Sinn: »Im Preis inbegriffen!«

Dann warf er einen Blick auf seine freie Hand und sah, dass er die Finger gekreuzt hatte, als er sagte, sie könnten Joe morgen zurückbekommen. Wie ein kleines Kind, das seine erste Lüge erzählt.

»Legen Sie nicht auf!«, sagte Gerard. »Ich glaube, ich habe noch nicht ganz verstanden …«

»Sie sind ein cleverer Bursche«, sagte Blaze. »Ich denke, das haben Sie schon verstanden.«

Er legte auf und verließ die Exxon-Tankstelle, fing an zu laufen, war nicht ganz sicher, warum er rannte, wusste nur, dass es irgendwie das Richtige zu sein schien. Und das Einzige. Er rannte unter dem Blinklicht durch, überquerte die Straße und nahm die Böschung in riesigen Sätzen. Dann verschwand er zwischen den Fichtenreihen des County Reserve.

Hinter ihm kam ein riesiges Monster mit grellen weißen Augen knurrend über den Hügel gerast. Es stürzte sich durch den wirbelnden Schnee Richtung Stadt, wobei die drei Meter hohen Pflugschalen den Schnee hoch in die Luft schleuderten. Der Schneepflug beseitigte Blazes Spuren, wo er die Straße gequert hatte. Als wenige Minuten später zwei Wagen der State Police an der Exxon-Tankstelle eintrafen, waren Blazes Fußabdrücke die Böschung hoch zum Reserve nicht mehr als verwischte Vertiefungen. Und während die Trooper mit ihren Taschenlampen die Umgebung um die Telefonzelle absuchten, erledigte der Wind hinter ihnen seine Arbeit.

Fünf Minuten später klingelte Sterlings Telefon. »Er war hier«, sagte der Trooper am anderen Ende. Sterling hörte den Wind im Hintergrund wehen. Nein, kreischen. »Er war hier, aber er ist weg.«

»Wie, weg?«, fragte Sterling. »Per Auto oder zu Fuß?«

»Wer weiß? Der Pflug kam durch, unmittelbar bevor wir hier eintrafen. Aber wenn ich raten sollte, dann würde ich sagen, er ist gefahren.«

»Niemand verlangt von Ihnen, dass Sie raten. Tankstelle? Hat irgendwer ihn gesehen?«

»Wegen des Sturms ist hier geschlossen. Selbst wenn sie offen gewesen wäre ... Das Telefon befindet sich an einer Wand um die Ecke.«

»Verdammter Glückspilz«, sagte Sterling. »Gottverdammter Glückspilz. Wir umstellen diese beschissene kleine Hütte in Apex und verhaften vier Herrenmagazine und ein Glas abgegossene Erbsen. Spuren? Oder hat der Wind sie mitgenommen?«

»Da waren noch Spuren«, sagte der Trooper. »Der Wind hat die Abdrücke zwar verweht, aber er war's.«

»Raten wir wieder?«

»Nein. Es waren große Abdrücke.«

»Okay. Straßensperren, richtig?«

»Jede Straße, groß oder klein«, sagte der Trooper. »Das läuft bereits, während wir hier telefonieren.«

»Forstwege auch.«

»Ja, auch die Forstwege«, sagte der Trooper. Er klang beleidigt.

Sterling war's egal. »Dann sitzt er also in der Falle, ja? Können wir das so sagen, Trooper?«

»Ja.«

»Gut. Sobald sich das Wetter morgen ändert, werden wir mit dreihundert Mann dort reingehen. Das dauert jetzt alles schon viel zu lange.«

»Ja, Sir.«

»Schneepflug«, sagte Sterling. »Ich glaub's einfach nicht.« Er legte auf.

Als Blaze wieder am HH ankam, war er völlig erschöpft. Er kletterte über den Maschendrahtzaun und fiel mit dem Gesicht voran auf der anderen Seite in den Schnee. Seine Nase war blutig. Er hatte den Rückweg in gerade mal fünfunddreißig Minuten geschafft. Er rappelte sich auf, schwankte um das Gebäude und ging hinein.

Joes wütende, gequälte Schreie empfingen ihn.

»Mein Gott!«

Er nahm zwei Stufen auf einmal und stürmte die Treppe hoch, stieß die Tür zu Coslaws Büro auf. Das Feuer war aus. Die Wiege war umgekippt. Joe lag auf dem Boden. Sein Kopf war blutverschmiert. Sein Gesicht war hochrot, seine Augen waren zugekniffen, seine kleinen Hände waren mit weißem Staub überzogen.

»Joe!«, schrie Blaze. »Joe! Joe!«

Er hob das Baby in seine Arme und rannte in die Ecke, wo er die Windeln aufgestapelt hatte. Er schnappte sich eine und tupfte die Platzwunde auf Joes Stirn ab. Das Blut schien in Strömen zu fließen. Ein Splitter ragte aus der Wunde hervor. Blaze zog ihn heraus und warf ihn auf den Boden.

Das Baby strampelte in seinen Armen und schrie nur noch lauter. Blaze wischte wieder Blut fort, hielt Joe ganz fest und beugte sich vor, um sich die Stelle genauer anzusehen. Die Wunde war etwas schartig, aber nachdem der große Splitter jetzt raus war, sah es nicht mehr so schlimm aus. Gott sei

Dank hatte es nicht sein Auge erwischt. Es hätte ihn auch am Auge erwischen können.

Er fand ein Fläschchen und gab es Joe kalt. Joe umklammerte es mit beiden Händen und begann sofort, gierig zu saugen. Keuchend holte Blaze eine Decke und wickelte das Baby darin ein. Dann legte er sich auf seine Decken, das gut eingepackte Baby auf seiner Brust. Blaze schloss die Augen und wurde sofort von einem schrecklichen Strudel erfasst. Die ganze Welt schien wegzukippen: Joe, George, Johnny, Toe-Jam, Harry Bluenote, Anne Bradstay, Vögel auf Telefondrähten und Nächte unterwegs.

Dann fühlte er sich wieder besser.

»Von jetzt an, Joey, heißt es nur noch: wir«, sagte er. »Du hast mich, und ich hab dich. Alles wird gut. Okay?«

Schnee peitschte in heftigen, rüttelnden Wellen gegen die Fenster. Joe drehte sein Gesicht von dem Gumminippel fort und hustete schwer. Unter der Anstrengung seiner Brust, sich freizuhusten, tauchte seine kleine Zunge auf. Dann nahm er den Nippel wieder in den Mund.

Unter seiner Hand spürte Blaze das kleine Herz heftig schlagen.

»So läuft's bei uns«, sagte Blaze und drückte einen Kuss auf die blutige Stirn des Babys.

Zusammen schliefen sie ein.

20

ZUM HETTON HOUSE GEHÖRTE ein großes Stück Land hinter den Hauptgebäuden, und hier war angelegt, was Generationen von Jungs den *Victory Garden* nannten. Die Rektorin, die vor Coslaw im HH gewesen war, war nachlässig, was den Garten betraf, erzählte jedem, sie habe keinen grünen, sondern einen braunen Daumen, doch Martin »der Richter« Coslaw sah zumindest zwei glänzende Möglichkeiten in dem Victory Garden. Die erste bestand in dem beachtlichen Einsparpotenzial bei den Ausgaben für Lebensmittel, wenn die Jungs ihr eigenes Gemüse anbauten. Die zweite war, dass die Jungs dort mit guter, harter Arbeit bekannt gemacht werden konnten, auf welcher die gesamte Welt gründete. »Arbeit und Mathematik haben die Pyramiden ermöglicht«, sagte Coslaw gern. Und so pflanzten die Jungs im Frühjahr, jäteten Unkraut im Sommer (sofern sie nicht »auswärts« auf einer der benachbarten Farmen arbeiteten) und ernteten im Herbst.

Ungefähr vierzehn Monate nach dem Ende dessen, was Toe-Jam »den fabelhaften Blaubeer-Sommer« nannte, gehörte John Cheltzman der Crew an, die am Nordende des Victory Garden Kürbisse erntete. Er erkältete sich, wurde krank und starb. Es ging so schnell. An Halloween wurde er ins Portland City Hospital verfrachtet, während die übrigen Jungs im Unterricht oder in »auswärtigen Schulen« waren.

Er starb auf der Armenstation des City Hospital, und er starb allein.

Sein Bett im HH wurde abgezogen, dann frisch gemacht. Blaze verbrachte den größten Teil des Nachmittags damit, auf seinem eigenen Bett zu sitzen und Johns Bett anzustarren. Der lange Schlafsaal – den sie »die Rammelbude« nannten – war leer. Die anderen waren zu Johnnys Beerdigung gegangen. Für die meisten war es die erste Beerdigung, und sie waren ziemlich aufgeregt.

Der Anblick von Johnnys Bett ängstigte und faszinierte Blaze in gleichem Maße. Das Glas mit Shedd's Peanut Butter, das immer zwischen Kopfende des Bettes und Wand geklemmt gewesen war, war fort; er hatte nachgesehen. Ebenso die Ritz-Cracker. (Nach dem Licht-aus sagte Johnny oft: »Sogar Scheiße schmeckt lecker auf 'nem Ritz-Cracker«, und darüber hatte Blaze wirklich *jedes* Mal lachen müssen.) Das Bett selbst war wie beim Militär auf diese schlichte und triste Art gemacht worden, die oberste Decke stramm genug gezogen, dass man Münzen drauf hüpfen lassen konnte. Die Laken waren blütenweiß und ohne Flecken, auch wenn Johnny ein begeisterter Licht-aus-Onanierer gewesen war. Während vieler Nächte lag Blaze in seinem Bett, starrte ins Dunkel und lauschte auf das leise Quietschen der Sprungfedern, während JC sich einen abzupfte. Seine Laken hatten immer harte gelbe Flecken. Mein Gott, diese Flecken gab es auf den Laken aller größeren Jungs. Sie waren auf seinem eigenen, jetzt genau unter ihm, während er auf seinem Bett saß und Johnnys Bett ansah. Es war wie eine Offenbarung, als ihm plötzlich klar wurde, dass, wenn er starb, auch sein Bett abgezogen und seine mit Spermaflecken überzogenen

Laken ersetzt werden würden durch Laken wie die, die jetzt auf Johnnys Bett waren – Laken, die blütenweiß und rein waren. Laken ohne einen einzigen Hinweis darauf, dass jemand dort gelegen hatte, dort geträumt hatte, lebendig genug gewesen war, um dort abzuspritzen. Blaze fing lautlos an zu weinen.

Es war ein wolkenloser Nachmittag Anfang November, und die Rammelbude war lichtdurchflutet. Rechtecke von Sonnenlicht und die Schattenkreuze der Fenster lagen auf JCs Bett. Nach einer Weile stand Blaze auf und zog die Decke von dem Bett, in dem sein Freund geschlafen hatte. Das Kopfkissen schleuderte er einmal quer durch den Raum. Dann zog er die Laken ab und legte die Matratze auf den Boden. Es genügte immer noch nicht. Er dreht das Bett um, stellte es auf die Matratze, mit den albernen kurzen Beinen in der Luft. Und weil es immer noch nicht genug war, trat er gegen eines der abstehenden Bettbeine mit dem Ergebnis, dass ihm anschließend der Fuß wehtat. Schwer atmend legte er sich wieder auf sein Bett, die Hände über den Augen.

Nach der Beerdigung ließen die anderen Jungs Blaze in Ruhe. Niemand fragte ihn nach dem umgekippten Bett, aber Toe machte etwas Komisches: Er nahm eine von Blazes Händen und küsste sie. Das war wirklich sehr merkwürdig. Blaze dachte noch Jahre später darüber nach. Nicht ständig, aber immer wieder mal.

Es war kurz vor fünf. Das bedeutete, die Jungs hatten frei, und die meisten von ihnen gingen draußen im Hof umher und holten sich Appetit aufs Abendessen. Blaze ging zu Martin Coslaws Büro. Der Richter hockte hinter seinem Schreibtisch. Er hatte sich Hausschuhe angezogen, saß entspannt auf seinem Stuhl und las den *Evening Express*. Er schaute auf und sagte: »Was ist?«

»Hier, du Scheißkerl«, sagte Blaze und schlug ihn bewusstlos.

Er machte sich zu Fuß auf den Weg Richtung New-Hampshire-Grenze, denn er dachte, es würde durch den geklauten Wagen, mit dem er unterwegs war, keine vier Stunden dauern, bis sie ihn schnappten. Stattdessen wurde er keine zwei Stunden später geschnappt. Er vergaß immer, wie groß er war, aber Martin Coslaw vergaß es nicht, und die Maine State Police brauchte nicht lange, um einen zwei Meter großen männlichen weißen Jugendlichen mit eingedrückter Stirn ausfindig zu machen.

Es kam zu einer kurzen Verhandlung vor dem Bezirksgericht von Cumberland County. Martin Coslaw erschien mit einem Arm in einer Schlinge und einem riesigen weißen Verband um den Kopf, der auf einer Seite ein Auge bedeckte. Er ging auf Krücken in den Zeugenstand.

Der Staatsanwalt fragte, wie groß er sei. Coslaw erwiderte, er sei eins siebenundsechzig. Der Staatsanwalt fragte, wie schwer er sei. Coslaw sagte, er wiege dreiundsiebzig Kilo. Der Staatsanwalt fragte Coslaw, ob er den Angeklagten Clayton Blaisdell junior in irgendeiner Form provoziert oder ihn ungerecht bestraft habe. Coslaw verneinte. Der Staatsanwalt überließ den Zeugen dann Blazes Anwalt, einer frischen Brise Jura, direkt von der Uni. Die frische Brise stellte eine Reihe flammender, wirrer Fragen, die Coslaw ruhig und gelassen beantwortete, während sein Gips, die Krücken und der Kopfverband weiterhin für sich selbst sprachen. Als der schicke junge Mann sagte, er habe keine weiteren Fragen, schickte der Staatsanwalt Coslaw zurück auf die Zeugenbank.

Blazes Pflichtverteidiger rief ihn in den Zeugenstand und fragte, warum er den Rektor des Hetton House zusammengeschlagen habe. Blaze erzählte stockend seine Geschichte. Ein guter Freund von ihm sei gestorben. Er fand, Coslaw sei dafür verantwortlich. Johnny hätte nicht zur Kürbisernte geschickt werden dürfen, besonders nicht, wo es doch so kalt war. Johnny hatte ein schwaches Herz. Es war einfach nicht fair, und Mr. Coslaw wisse genau, dass es nicht fair war. Es musste so kommen.

Bei diesen Worten setzte sich der junge Anwalt mit einem Ausdruck der Verzweiflung in den Augen wieder hin.

Der Staatsanwalt erhob sich und trat vor. Er fragte, wie groß Blaze sei. So ungefähr zwei Meter, meinte Blaze. Der Staatsanwalt fragte, wie schwer er sei. Blaze sagte, das wisse er nicht so genau, aber bestimmt »keine hunnertvierzich«. Was für einiges Gelächter bei den Presseleuten sorgte. Blaze starrte verdutzt zu ihnen hinüber. Dann lächelte er leicht, wollte sie wissen lassen, dass er einen Witz wegstecken konnte wie jeder andere. Der Staatsanwalt hatte keine weiteren Fragen und setzte sich.

Blazes Pflichtverteidiger hielt ein flammendes, wirres Schlussplädoyer. Der Richter hatte sein Kinn auf eine Hand gestützt und schaute aus einem Fenster. Dann erhob sich der Staatsanwalt. Er nannte Blaze einen jungen Schläger. Er sagte, der Staat Maine sei dafür verantwortlich, »ihn schnell und hart in seine Schranken zu verweisen«. Blaze hatte keine

Ahnung, was das bedeutete, aber er wusste, dass es nichts Gutes war.

Der Richter fragte Blaze, ob er etwas zu sagen habe.

»Jawohl, Sir«, sagte Blaze, »aber ich weiß nicht, wie.«

Der Richter nickte und verurteilte ihn zu zwei Jahren in der South Portland Correctional.

Es war für ihn nicht so schlimm wie für manch andere, aber doch schlimm genug, dass er nie wieder dorthin zurückwollte. Er war groß und stark genug, um nicht zusammengeschlagen und vergewaltigt zu werden, und er hielt sich von all den Untergrund-Cliquen mit ihren Westentaschen-Anführern fern. Aber für lange Zeitabschnitte in einer winzigen, vergitterten Zelle eingesperrt zu sein war hart. Und traurig. Zweimal in den ersten sechs Monaten bekam er einen »Knastkoller«, verlangte brüllend, rausgelassen zu werden, und schlug gegen das Gitter seiner Zelle, bis die Wärter angerannt kamen. Beim ersten Mal kamen vier Wärter, dann mussten sie zunächst weitere vier dazurufen und schließlich noch ein halbes Dutzend, um ihn zu überwältigen. Beim zweiten Mal verpassten sie ihm eine Injektion, die ihn für sechzehn Stunden aus dem Verkehr zog.

Einzelhaft war noch schlimmer. Blaze ging endlos in der winzigen Zelle auf und ab (sechs Schritt in jede Richtung), während die Zeit ins Stocken geriet und dann ganz stehen blieb. Wenn die Tür schließlich geöffnet und er wieder zurück in die Gesellschaft der anderen Jungs gelassen wurde – und frei war, auf den Hof zu gehen oder große Bündel von den Lastern zu werfen, die zur Laderampe kamen –, war er fast verrückt vor Erleichterung und Dankbarkeit. Er umarmte den Wärter, der ihn beim zweiten Mal rausließ, was ihm diese Aktennotiz einbrachte: *Zeigt gelegentlich homosexuelle Tendenzen.*

Aber Einzelhaft war noch nicht das Schlimmste. Er war vergesslich, aber die Erinnerung an das absolut Furchtbarste verließ ihn nie. Das war, wie sie einen kriegten. Sie brachten dich in einen kleinen weißen Raum und versammelten sich im Kreis um dich, wie Schaulustige um das Opfer eines Verkehrsunfalls. Dann fingen sie an, Fragen zu stellen. Und bevor man Zeit hatte, herauszufinden, wie die erste Frage gemeint war – was sie *bedeutete* –, waren sie schon bei der nächsten und der nächsten und der nächsten. Sie gingen zurück, wechselten zu ähnlichen Themen, griffen voraus und wieder zurück. Es war, als wäre man in einem Spinnennetz gefangen und hätte ein langsam wirkendes Gift verabreicht bekommen. Am Ende gab man alles zu, wofür sie von einem ein Geständnis hören wollten, nur damit sie endlich aufhörten. Dann brachten sie ein Papier und sagten, man solle seinen Namen daruntersetzen, und, Junge, genau das tat man.

Der Diensthabende bei Blazes Vernehmung war ein stellvertretender Bezirksstaatsanwalt namens Holloway. Holloway betrat den kleinen Raum erst, nachdem die anderen ihn mindestens anderthalb Stunden lang in die Mangel genommen hatten. Blaze hatte die Ärmel hochgekrempelt, und das Hemd war ihm aus der Hose gerutscht. Er war schweißgebadet und musste mal aufs Klo, *dringend*. Es war, als wäre er wieder im Zwinger der Bowies, und die Collies um ihn herum schnappten nach ihm. Holloway war cool und schick in seinem blauen Nadelstreifenanzug. Er trug schwarze

Schuhe mit Galaxien winziger Löcher in den Spitzen. Diese Löcher in den Spitzen von Mr. Holloways Schuhen vergaß Blaze nie mehr.

Mr. Holloway saß auf dem Tisch in der Mitte des Raums, eine Arschbacke drauf, die andere daneben, ein Bein schwang vor und zurück, einer dieser eleganten schwarzen Schuhe bewegte sich wie das Pendel einer Uhr. Er lächelte Blaze breit an und sagte: »Willst du reden, Sohn?«

Blaze begann zu stammeln. Ja, er wollte reden. Wenn jemand wirklich zuhören wollte und ein kleines bisschen freundlich war, ja, dann wollte er.

Holloway sagte den anderen, sie sollten hinausgehen.

Blaze fragte, ob er zur Toilette gehen dürfe.

Holloway deutete auf die andere Seite des Raumes auf eine Tür, die Blaze bislang nicht bemerkt hatte, und sagte: »Worauf wartest du?« Bei diesen Worten hatte er noch immer das gleiche freundliche Lächeln im Gesicht.

Als Blaze herauskam, standen ein Krug Eiswasser und ein leeres Glas auf dem Tisch. Blaze sah Holloway an, und Holloway nickte. Blaze trank drei Gläser hintereinander und setzte sich dann zurück mit dem Gefühl, einen Eispickel genau mitten in seiner Stirn zu haben.

»Gut?«, fragte Holloway.

Blaze nickte.

»Jau. Fragen beantworten macht Durst. Zigarette?«

»Rauch nich'.«

»Guter Junge, das bringt dich nie in Schwierigkeiten«, sagte Holloway und steckte sich selbst eine an. »Wer bist du für deine Freunde, Sohn? Wie nennen sie dich?«

»Blaze.«

»Okay, Blaze, ich bin Frank Holloway.« Er gab Blaze die Hand, zuckte zusammen und biss auf das Ende der Zigarette, als Blaze sie ihm schüttelte. »Jetzt erzähl mir doch bitte mal genau, was du getan hast, um hier zu landen.«

Blaze begann, sich die Geschichte von der Seele zu reden, angefangen mit Coslaws Ankunft im Hetton House und Blazes Problemen beim Rechnen.

Holloway hob eine Hand. »Was dagegen, wenn ich eine Stenografin dazuhole, Blaze? Das ist so was wie eine Sekretärin. Dann musst du das alles später nicht noch mal wiederholen.«

Nein, er hatte nichts dagegen.

Später, als sie fertig waren, kamen die anderen zurück. Als sie reinkamen, bemerkte Blaze, dass Holloways Augen ihr freundliches Funkeln verloren hatten. Er glitt vom Tisch, klopfte sich den Hintern mit zwei raschen Schlägen ab und sagte: »Tippen Sie's ab, und lassen Sie's den Trottel unterschreiben.« Er ging, ohne sich noch einmal umzudrehen.

Nicht ganz zwei Jahre nachdem er das Gefängnis betreten hatte, verließ er es wieder – wegen guter Führung wurden ihm vier Monate erlassen. Sie gaben ihm zwei Gefängnis-Jeans, eine Gefängnis-Jeansjacke und eine Reisetasche, um alles darin zu transportieren. Außerdem hatte er seine Gefängnis-Ersparnisse: einen Scheck über 43,84 Dollar.

Es war Oktober. Die Luft war herrlich frisch und sauber vom stürmischen Wind. Der Wärter am Tor winkte ihm zu, wedelte dabei mit der Hand hin und her wie ein Scheibenwischer und sagte ihm, er solle sauber bleiben. Ohne ihn anzusehen oder etwas zu antworten, ging Blaze an ihm vorbei.

Und als er das schwere grüne Tor hinter sich mit einem dumpfen Schlag ins Schloss fallen hörte, schüttelte es ihn.

Er ging, bis die Bürgersteige aufhörten und er die Stadt hinter sich gelassen hatte. Er guckte alles an. Autos rasten vorbei, wirkten seltsam modernisiert. Eines bremste ab, und er dachte, jemand würde ihm vielleicht eine Mitfahrgelegenheit anbieten. Dann hörte er eine Stimme brüllen: *»He, KNASTVOGEL«*, und der Wagen zischte ab.

Schließlich setzte er sich auf die Steinmauer, die einen kleinen Landfriedhof einfasste, und schaute einfach die Straße hinunter. Ihm dämmerte, dass er frei war. Er hatte niemanden, der ihn herumkommandierte, aber er selbst war ja auch nicht gut darin, andere herumzukommandieren, und er hatte keine Freunde. Er saß nicht mehr in Einzelhaft, hatte aber keinen Job. Er wusste nicht einmal, wie man aus dem steifen Blatt Papier, das sie ihm gegeben hatten, wieder Geld machte.

Trotzdem beschlich ihn das Gefühl einer wunderbar beruhigenden Dankbarkeit. Er schloss die Augen und drehte sein Gesicht zur Sonne, füllte seinen Kopf mit rotem Licht. Er roch das Gras und den frischen Teer eines kürzlich ausgebesserten Schlaglochs. Er roch die Abgase von Autos, die fuhren, wohin ihre Lenker fahren wollten. Vor Glück umarmte er sich selbst.

In dieser Nacht schlief er in einer Scheune, und am nächsten Tag fand er einen Job, las Kartoffeln für zehn Cent den Korb. Den Winter über arbeitete er in einer Wollspinnerei in New Hampshire, nur für Nicht-Gewerkschaftsmitglieder. Im Frühjahr nahm er einen Bus nach Boston und fand einen Job in der Wäscherei des Brigham and Women's Hospital. Er hatte dort sechs Monate gearbeitet, als ein vertrautes Gesicht aus der South Portland auftauchte – Billy St. Pierre. Sie gingen zusammen aus und luden sich gegenseitig zu vielen Bieren ein. Billy vertraute Blaze an, dass er und ein Freund einen Spirituosenladen in Southie überfallen würden. Der Laden war ein Klacks. Einer, sagte er, könne noch mitmachen.

Blaze war dabei. Sein Anteil betrug siebzehn Dollar. Er arbeitete weiter in der Wäscherei. Vier Monate später nahmen er, Billy und Billys Schwager Dom in Danvers eine Tankstelle aus. Einen Monat danach überfielen Blaze und Billy und ein weiterer South-Portland-Ex namens Calvin Surks einen Geldverleih mit angeschlossenem Wettbüro im Hinterzimmer. Sie erbeuteten über tausend Dollar.

»Jetzt steigen wir ins große Geschäft ein«, sagte Billy, als die drei ihre Beute in einem Motelzimmer in Duxbury teilten. »Das ist erst der Anfang.«

Blaze nickte, ging aber weiter in der Krankenhauswäscherei arbeiten.

Eine Zeit lang lief das Leben so dahin. Blaze hatte in Boston keine richtigen Freunde. Seine einzigen Bekannten waren Billy St. Pierre und die Gruppe locker miteinander verbundener Schmalspurganoven, zu denen auch Billy gehörte. Wenn Blaze freihatte, hing er mit ihnen im Moochie's ab, einem Candystore in Lynn. Sie spielten Flipper und alberten herum. Blaze hatte kein Mädchen, weder eine feste Freundin noch sonst eine. Er war schrecklich schüchtern und gehemmt wegen dem, was Billy seinen kaputten Kopf nannte. Wenn sie erfolgreich ein Ding gedreht hatten, leistete er sich manchmal eine Hure.

Ungefähr ein Jahr nachdem er sich Billy angeschlossen hatte, machte ihn ein geschwätziger Teilzeitmusiker mit Heroin bekannt – ein Schuss unter die Haut. Blaze wurde kotzübel, entweder lag es an irgendeiner Beimischung oder es war eine natürlich Allergie. Er probierte es nie wieder. Gelegentlich nahm er ein paar Züge von einem Joint oder einer Crack-Zigarette, nur um sich gesellig zu geben, aber härtere Drogen waren nichts für ihn.

Kurz nach dem Heroin-Experiment wurden Billy und Calvin (der auf nichts stolzer war als auf die Tätowierung, die da lautete: LEBEN IS SCHEISSE, DANN STIRBSTE) bei dem Versuch, einen Supermarkt auszurauben, verhaftet. Aber es gab andere, die Blaze nur zu gern mit ins Boot nahmen. Sie waren sogar scharf darauf. Irgendwer verpasste ihm den Spitznamen »der große Butzemann«, und der blieb hängen. Trotz einer Maske, um seine entstellte Stirn zu verbergen, bewirkte seine immense Größe, dass sich jeder Verkäufer oder Ladenbesitzer zweimal überlegte, ob er zu der Kanone griff, die er möglicherweise unter der Ladentheke hatte.

In den zwei Jahren nach Billys Festnahme entging Blaze ein halbes Dutzend Mal nur so gerade eben seiner eigenen Verhaftung, manchmal nur um Haaresbreite. Einmal wurden zwei Brüder, mit denen er einen Klamottenladen in Saugus ausgeraubt hatte, unmittelbar hinter der Straßenecke geschnappt, wo Blaze sich von ihnen verabschiedet hatte und aus ihrem Wagen gestiegen war. Die Brüder hätten Blaze liebend gern verpfiffen, wenn sie dafür ungeschoren davongekommen wären, aber sie kannten ihn nur als »der große Butzemann«, was die Polizei zu der Annahme verleitete, dass das dritte Mitglied der Bande ein Afroamerikaner gewesen war.

Im Juni wurde Blaze von der Wäscherei entlassen. Er machte sich nicht mal die Mühe, sich nach einem anderen ehrlichen Job umzusehen. Er ließ sich einfach durch die Tage treiben, bis er schließlich George Rackley begegnete, und als er George kennenlernte, stand seine Zukunft fest.

21

Albert Sterling döste in einem der Polstersessel im Arbeitszimmer der Gerards, als sich die ersten Anzeichen der Morgendämmerung in den Himmel schlichen. Es war der erste Februar.

Jemand klopfte an die Tür. Sterlings Augen öffneten sich. Granger stand vor ihm. »Möglicherweise haben wir was«, sagte Granger.

»Schießen Sie los.«

»Blaisdell wuchs in einem Waisenhaus auf – na ja, in einem staatlichen Kinderheim, aber eigentlich ist das kein Unterschied –, im Hetton House. Das liegt in derselben Gegend, aus der gestern Abend der Anruf kam.«

Sterling stand auf. »Ist es noch in Betrieb?«

»Nee. Ist vor fünfzehn Jahren geschlossen worden.«

»Wer lebt heute dort?«

»Niemand. Die Stadt hat es damals an Leute verkauft, die dort eine Tagesschule einrichten wollten. Sie haben Pleite gemacht, und die Stadt hat's zurückgenommen. Seitdem steht es leer.«

»Ich wette, er ist da«, sagte Sterling. Es war nur Intuition, aber es fühlte sich richtig an. Heute Morgen würden sie den Bastard festnageln und jeden, der mit ihm gemeinsame Sache machte. »Verständigen Sie die State Police. Ich will zwanzig Trooper, mindestens zwanzig, plus uns beide.«

Er dachte nach. »Und Franklin. Holt Franklin aus dem Büro.«

»Der wird wohl eher im Bett liegen …«

»Dann holt ihn eben da raus. Und sagen Sie Norman, er soll seinen Arsch hierher bewegen. Er kann aufs Telefon aufpassen.«

»Sind Sie sicher, dass Sie so …«

»Ja. Blaisdell ist ein Krimineller, er ist ein Idiot, und er ist faul.« Dass Kriminelle faul waren, war einer der festen Glaubensgrundsätze in Albert Sterlings persönlichem Evangelium. »Wo sonst sollte er hin?« Er sah auf seine Uhr. Es war Viertel vor sechs. »Ich will nur hoffen, dass der Kleine noch am Leben ist. Aber darauf wetten würde ich nicht.«

Um Viertel nach sechs wachte Blaze auf. Er drehte sich zur Seite, um nach Joe zu sehen, der die Nacht neben ihm geschlafen hatte. Die zusätzliche Körperwärme schien dem kleinen Burschen gutgetan zu haben. Seine Haut war kühl, und seine Atmung rasselte nicht mehr ganz so stark. Die hektischen roten Flecken waren allerdings noch immer auf seinen Wangen. Blaze steckte dem Baby einen Finger in den Mund (Joe begann sofort daran zu nuckeln) und ertastete eine neue Schwellung des Zahnfleisches auf der linken Seite. Als er dort leicht drückte, jammerte Joe sofort im Schlaf und drehte sein Gesicht weg.

»Verfluchte Zähne«, flüsterte Blaze. Er besah sich Joes Stirn. Das Blut war verkrustet, und er nahm nicht an, dass eine Narbe bleiben würde. Das war gut. Die Stirn führte einen durchs Leben. Es war eine beschissene Stelle für eine Narbe.

Seine Untersuchung war beendet, aber noch immer betrachtete er fasziniert das Gesicht des schlafenden Babys. Bis auf die schartige, aber bereits verheilende Schramme war Joes Haut perfekt. Weiß, aber mit einem schimmernden olivfarbenen Unterton. Er würde sicher nie einen Sonnenbrand bekommen, sondern stattdessen braun werden wie schönes altes Holz. *Er wird sogar so dunkel werden,* dachte Blaze, *dass manche ihn vielleicht für einen Schwarzen halten werden. Er wird nicht so krebsrot werden wie ich.* Joes Augenlider hatten eine schwache, aber erkennbare Blaufärbung. Dieses gleiche Blau setzte sich in winzigen Bögen unterhalb seiner geschlossenen Augen fort. Seine Lippen waren rosig und leicht geschürzt.

Blaze nahm eine Hand des Babys und hielt sie. Die Finger rollten sich sofort um seinen kleinen Finger. Das werden mal große Hände, dachte Blaze. Irgendwann halten sie vielleicht einen Zimmermannshammer oder einen Schraubenschlüssel. Vielleicht sogar einen Künstlerpinsel.

Der Gedanke an all die Möglichkeiten, die diesem Kind noch offenstanden, ließ ihn zittern. Er spürte den Drang, das Baby an sich zu reißen. Und warum? Nur um zu sehen, wie sich Joes Augen öffneten und er ihn ansah. Wer konnte schon sagen, was diese Augen in den vor ihnen liegenden Jahren noch alles sehen würden? Jetzt waren sie noch geschlossen. *Joe* war geschlossen. Er war wie ein wunderbares, schreckliches Buch, in das eine Geschichte mit unsichtbarer Tinte geschrieben war. Blaze begriff, dass ihn das Geld nicht mehr interessierte, nicht wirklich. Was ihm wirklich etwas bedeutete, war, zu sehen, welche Worte auf all diesen Seiten noch erscheinen würden. Welche Bilder.

Er küsste die glatte Haut direkt über der Schramme. Dann schlug er seine Decken zurück und ging zum Fenster. Es schneite noch immer; Luft und Erde waren weiß auf weiß. Er vermutete, dass während der Nacht gut zwanzig Zentimeter runtergekommen waren. Und es war noch nicht vorbei.

Sie haben dich schon fast, Blaze.

Er wirbelte herum. »George?«, rief er leise. »Bist du das, George?«

Er war's nicht. Das war nur seinem eigenen Kopf entsprungen. Und warum, um Himmels willen, sollte ihm ein solcher Gedanke kommen?

Er schaute wieder aus dem Fenster. In tiefen Gedanken runzelte er seine verstümmelte Augenbraue. Sie wussten, wer er war. Er war so dumm gewesen, dieser Telefonistin seinen richtigen Namen zu geben, einschließlich des Juniors am Ende. Er hatte gedacht, er wäre clever gewesen, aber er war einfach nur blöd. Wieder einmal. Blödheit war ein Gefängnis, aus dem sie einen nie rausließen, darin sitzt man lebenslänglich.

George hätte ihn sicher wieder wiehernd ausgelacht. George hätte gesagt: *Ich wette, die haben direkt losgelegt und deine Akten ausgegraben. Clayton Blaisdells Greatest Hits.* Schon richtig. Sie würden über den Schwindel mit dem Jesus-Wunder lesen, über seinen Aufenthalt in der South Portland Correctional, seine Zeit im HH …

Und dann war es, als schlüge ein Meteor in seine bekümmerte Seele ein: *Er war hier im HH!*

Blaze sah sich verzweifelt um, als ob er sich noch einmal vergewissern wollte.

Sie haben dich schon fast, Blaze.

Er fühlte sich wieder gejagt, gefangen in einem schnell enger werdenden Kreis. Er dachte an das weiße Verhörzimmer, daran, auf die Toilette zu müssen, und daran, wie sie einen mit Fragen bombardiert hatten, ohne einem auch die Zeit zum Antworten zu geben. Und diesmal würde es keine kleine Verhandlung in einem halb leeren Gerichtssaal sein. Dieses Mal würde es einen richtigen Zirkus geben, voll besetzt bis auf den letzten Platz. Dann lebenslänglich. Und Einzelhaft, wenn er wieder durchdrehte.

All diese Gedanken erfüllten ihn mit panischer Angst, waren aber noch bei Weitem nicht das Schlimmste. Das Allerschlimmste war der Gedanke, wie sie mit gezückten Waffen hereinstürmen und ihm das Baby wieder wegnehmen würden. Ihn wieder kidnappen würden. Seinen Joe.

Obwohl es in dem Raum eiskalt war, traten ihm dicke Schweißperlen auf die Stirn.

Du armer Trottel. Er wird aufwachsen und dich abgrundtief hassen. Dafür werden sie schon sorgen.

Das war wieder nicht George. Das waren seine Gedanken – und es stimmte.

Er begann sein Gehirn wild zu martern, um einen Plan zu schmieden. Es musste einen Ort geben, an den er gehen konnte. Es *musste* ihn geben.

Joe begann sich zu regen, wurde langsam wach, aber Blaze hörte ihn noch nicht einmal. Einen Ort, an den er gehen konnte. Einen sicheren Ort. Einen Ort, den selbst George nicht kannte, einen Ort …

Plötzlich stand er ihm klar vor Augen.

Er drehte sich zum Bett. Joe hatte die Augen geöffnet. Als er Blaze sah, grinste er ihn an und steckte seinen Daumen in den Mund – eine Geste, die fast unbekümmert schien.

»Musst was essen, Joe. Flott. Wir sind auf der Flucht, aber ich habe 'ne Idee.«

Er fütterte Joe mit Rindfleisch-Käse-Püree. Sonst verschlang Joe ein ganzes Glas von diesem Zeug auf einmal, aber diesmal wandte er den Kopf nach dem fünften Löffel ab. Als Blaze versuchte, ihn zum Essen zu zwingen, begann er zu weinen. Blaze ging zu einem Fläschchen über, und Joe fing gierig an, daran zu saugen. Das Problem war, es gab nur noch drei.

Während Joe auf der Decke lag und das Fläschchen mit seinen kleinen Händen umklammerte, hetzte Blaze durch den Raum und sammelte alle Sachen zusammen. Er öffnete eine Packung Pampers und stopfte sein Hemd damit aus, bis er aussah wie das dicke Michelin-Männchen.

Dann kniete er sich hin und begann, Joe so warm wie möglich anzuziehen: zwei Hemden, zwei Hosen, ein Pullover, seine winzige Strickmütze. Joe weinte entrüstet während der ganzen Aktion, aber Blaze beachtete es nicht weiter. Als das Baby angezogen war, faltete Blaze seine zwei Decken zu einer kleinen, dicken Tasche und steckte Joe hinein.

Das Gesicht des Babys war rot vor Wut. Sein Geschrei hallte durch den verfallenden Hausflur, als Blaze ihn aus dem Büro des Rektors zum Treppenhaus trug. Am Fuß der Treppe setzte er Joe seine eigene Kappe auf den Kopf, wobei er darauf achtete, dass sie nach links zeigte. Sie bedeckte ihn bis zu den Schultern. Dann trat er hinaus in den wirbelnden Schnee.

Blaze überquerte den Hof und kletterte unbeholfen über die Betonmauer am hinteren Ende. Die Fläche auf der anderen Seite war früher mal der Victory Garden gewesen. Heute wuchs dort nichts weiter als buschiges Gestrüpp (nur noch runde Buckel unter dem Schnee) und krüppelige junge Kiefern, die vereinzelt und ohne erkennbare Ordnung in der Gegend standen. Er rannte, das Baby fest an seine Brust gepresst. Joe hatte aufgehört zu heulen, aber Blaze spürte, wie er in kurzen Stößen atmete, während er mit der minus zwölf Grad kalten Luft rang.

Am hinteren Ende des Victoria Garden stand eine weitere Mauer, diesmal aus aufgeschichteten Steinen errichtet. Viele davon waren im Laufe der Zeit herausgefallen und hatten große Lücken hinterlassen. Blaze überquerte die Mauer an einer solchen Stelle und schlitterte die Böschung auf der anderen Seite mit großen Sprüngen hinab. Seine Fersen wirbelten Wolken pulverigen Schnees auf. Am Ende der Böschung begann wieder der Wald, allerdings hatte vor fünfunddreißig, vierzig Jahren genau hier ein heftiges Feuer eine Schneise frei gebrannt. Bäume und Büsche waren in wildem Durcheinander nachgewachsen, lagen miteinander im Wettstreit um Raum und Licht. Überall entwurzelte Bäume. Viele waren verborgen im Schnee und zwangen Blaze dazu, trotz seiner Eile langsam zu laufen. Der Wind heulte in den Baumwipfeln; er konnte die Stämme ächzen und stöhnen hören.

Joe begann leise zu wimmern. Es war ein kehliges, atemloses Geräusch.

»Alles in Ordnung, Kleiner,« sagte Blaze. »Wir sind gleich da.«

Er war sich nicht sicher gewesen, ob der alte Stacheldrahtzaun noch da sein würde, aber er war. Allerdings war er nahezu komplett unter einer Schneewehe verborgen, und um ein Haar wäre Blaze darüber gestolpert und zusammen mit dem Baby in den Schnee gestürzt. Jetzt stieg er vorsichtig hinüber und ging durch eine tiefer werdende Spalte im Erdreich weiter. Der Waldboden teilte sich an dieser Stelle und gab den Blick frei auf das Steinskelett dieses Landstrichs. Der Schnee lag nicht mehr so hoch. Über ihren Köpfen heulte der Wind.

»Hier«, sagte Blaze. »Irgendwo hier.«

Suchend streifte er hin und her bis dahin, wo der Boden wieder eben wurde, sah konzentriert und aufmerksam Steinhaufen, halb freiliegende Wurzeln, Schneevertiefungen und Haufen alter Tannennadeln an. Er fand es nicht. Panik stieg in ihm auf, schnürte seinen Hals zu. Die Kälte würde schon bald durch die Decken sickern und dann auch durch Joes Kleiderschichten.

Vielleicht war es weiter unten.

Er setzte den Abstieg fort, rutschte aus und fiel auf seinen Hintern, das Baby noch immer fest an seine Brust gepresst. Ein scharfer Schmerz durchzog sein rechtes Fußgelenk, als hätte jemand glühende Stäbe in sein Fleisch gebohrt. Und plötzlich starrte er auf ein dreieckiges Stück Schatten zwischen zwei runden Felsbrocken, die sich wie Brüste einander zuwölbten. Joe fest im Arm, bewegte er sich vorsichtig auf die Stelle zu. Ja, das war's. Ja, ja und noch mal ja. Er zog den Kopf ein und kroch hinein.

Die Höhle war dunkel und feucht und erstaunlich warm. Der Boden war mit weichen alten Tannenzweigen bedeckt.

Blaze wurde von den intensiven Bildern seiner Erinnerung überwältigt. Er und John Cheltzman hatten die Zweige hier hineingezerrt, nachdem sie an einem Nachmittag, an dem sie sich verbotenerweise vom HH entfernt hatten, zufällig auf die Höhle gestoßen waren.

Blaze legte das Baby auf ein Bett aus weichen Zweigen, tastete in seiner Jackentasche nach den Streichhölzern, die er dort immer aufbewahrte, und zündete eines an. In seinem flackernden Schein konnte er Johnnys ordentliche Schrift an der Wand erkennen.

Johnny C. und Clay Blaisdell. 15. August. Drittes Jahr in der Hölle.

Geschrieben mit dem Ruß einer Kerzenflamme.

Blaze zitterte – nicht mehr vor Kälte – und schüttelte das Streichholz aus.

Joe starrte in der Dunkelheit zu ihm hoch. Er rang hörbar nach Luft. Seine Augen schreckerfüllt. Dann hörte er auf zu atmen.

»Mein Gott, was ist los mit dir?«, schrie Blaze. Die Steinmauern schleuderten ihm seine Stimme zurück in die Ohren. »Was ist los? Was …«

Dann wusste er es. Die Decken waren zu eng. Er hatte sie fest um Joe gewickelt, als er ihn hingelegt hatte, zu fest. Der Junge bekam keine Luft mehr.

Er lockerte sie mit zitternden Fingern. Joe saugte einen tiefen Atemzug der feuchten Höhlenluft ein und fing an zu weinen. Es war ein schwaches, zitteriges Geräusch.

Blaze schüttelte die Pampers aus seinem Hemd, nahm dann eines der Fläschchen. Er hielt Joe den Sauger hin, aber Joe drehte den Kopf weg.

»Dann warte«, sagte Blaze. »Warte einfach.«

Er nahm seine Mütze, setzte sie auf, gab ihr einen Dreh nach links und ging raus.

Zwischen dem Gewirr aus totem Holz am Ende der Schlucht fand er brauchbares Feuerholz und darunter einige Handvoll Humus, den er sich in die Tasche stopfte. Zurück in der Höhle, entzündete er ein kleines Feuer. Über dem Eingang klaffte ein schmaler Riss, der an eine Gaumenspalte erinnerte. Er reichte aus, um einen guten Luftzug zu entwickeln, der den meisten Rauch nach draußen zog. Er brauchte sich keine Sorgen darüber zu machen, dass jemand das kleine bisschen Rauch entdecken könnte, zumindest nicht bis der Wind aufgehört hatte und es nicht mehr schneite.

Er fütterte das Feuer Stöckchen für Stöckchen, bis es munter knisterte. Dann setzte er sich mit Joe auf dem Schoß davor und wärmte ihn. Der kleine Kerl atmete jetzt wieder normal, aber das Rasseln in den Bronchien war immer noch da.

»Ich werde dich zu 'nem Doktor bringen«, versprach Blaze ihm. »Sobald wir hier raus sind. Er macht dich wieder heil. Danach bist du so gut wie neu.« Joe grinste ihn unerwartet an, gab an mit seinen neuen Zähnen. Erleichtert grinste Blaze zurück. Der kleine Bursche konnte nicht so ganz schlecht dran sein, wenn er immer noch grinste, richtig? Er hielt Joe einen Finger hin. Joe wickelte seine kleine Hand darum.

»Schlag ein, Kumpel«, sagte Blaze und lachte. Dann nahm er das kalte Fläschchen aus seiner Jackentasche, rubbelte die Humuskrümel ab, die daran klebten, und stellte es zum Anwärmen neben das Feuer. Draußen heulte und kreischte der

Wind, aber hier drinnen wurde es schön warm. Er wünschte, er hätte sich schon früher an die Höhle erinnert. Das wäre besser gewesen als das HH. Es war falsch gewesen, Joe in ein Kinderheim zu bringen. Es war das, was George ein böses Omen genannt hätte.

»Nun«, sagte Blaze, »du wirst dich später nicht mehr dran erinnern. Stimmt's?«

Als das Fläschchen sich warm anfühlte, gab er es Joe. Dieses Mal griff das Baby ungeduldig danach und leerte es gierig. Während er die letzten beiden Schlucke trank, bekamen seine Augen wieder diesen glasigen Blick in die Ferne, den Blaze schon kannte. Er legte sich Joe an die Schulter und schaukelte ihn sanft hin und her. Das Baby brabbelte ein paar Minuten lang seine kleinen Nonsens-Wörter vor sich hin und verstummte dann. Seine Augen hatten sich wieder geschlossen. Allmählich gewöhnte sich Blaze an diesen Rhythmus. Joe würde nun eine Dreiviertelstunde oder vielleicht sogar eine Stunde lang schlafen und dann den Rest des Morgens aktiv sein.

Blaze scheute sich davor, ihn allein zu lassen, besonders nach dem Zwischenfall in der Nacht zuvor, aber es musste einfach sein. Sein Instinkt sagte es ihm. Er legte Joe auf eine Decke und deckte ihn mit der anderen zu, die er mit Steinen fest verankerte. Er dachte – hoffte –, dass, sollte Joe wach werden, während er weg war, er zwar in der Lage wäre, sich umzudrehen, aber nicht wegkrabbeln konnte. So musste es genügen.

Blaze verließ die Höhle und kehrte seinen eigenen Spuren folgend den gleichen Weg zurück, den er gekommen war. Sie fingen bereits an zu verwehen. Er beeilte sich, und als er wieder freies Gelände erreichte, fing er an zu laufen. Es war Viertel nach sieben am Morgen.

Während Blaze die Babymahlzeit vorbereitete, saß Sterling im Kommandofahrzeug der Festnahme-und-Befreiungs-Operation, einem allradgetriebenen SUV. Er saß auf dem Beifahrersitz, ein State Trooper am Steuer. Ohne seinen großen, flachen Hut sah der Statie aus wie ein Rekrut der Marines unmittelbar nach seinem ersten Haarschnitt. Für Sterling sahen überhaupt die meisten State Trooper aus wie Marinekorps-Rekruten. Und die meisten FBI-Agenten sahen aus wie Anwälte oder Buchhalter, was absolut passte, weil …

Er fing seine frei umherfliegenden Gedanken wieder ein und brachte sie zurück auf den nüchternen Boden der Realität. »Können Sie vielleicht noch etwas mehr Gas geben?«

»Klar«, antwortete der Statie. »Dann können wir den Rest des Vormittags in einer Schneewehe hocken und unsere Zähne zusammensuchen.«

»Nicht nötig, in diesem Ton mit mir zu reden.«

»Dieses Wetter macht mich nervös«, erwiderte der Statie. »Dieser beschissene Sturm. Unter uns ist die Straße glatt wie Sau.«

»Okay, okay.« Sterling warf einen Blick auf seine Uhr. »Wie weit ist es noch bis Cumberland?«

»Fünfzehn Meilen.«

»Wie lange?«

Der Trooper zuckte die Achseln. »Fünfundzwanzig Minuten?«

Sterling grunzte. Bei dieser Aktion handelte es sich um einen »gemeinsamen Einsatz« von FBI und Maine State Police, und das Einzige, was er noch mehr hasste als gemeinsame Einsätze, waren Wurzelbehandlungen. Das Risiko, dass alles in einem riesigen Tohuwabohu endete und die Scheiße so richtig durch die Gegend flog, wurde größer, wenn man bundesstaatliche Exekutivorgane einschaltete. Und natürlich wurde die Wahrscheinlichkeit noch größer, wenn das Bureau zu den gefürchteten »gemeinsamen Einsätzen« mit örtlichen Polizeikräften gezwungen wurde, aber das jetzt war schon schlimm genug: An vorderster Front eines Einsatzes zu stehen mit einem Möchtegern-Marine, der Angst hatte, die Tachonadel über die achtzig zu bringen.

Er rutschte nervös auf seinem Sitz herum, und der Griff seiner Pistole grub sich in sein Kreuz. Aber sie befand sich, wo er sie immer trug. Sterling vertraute seiner Waffe, seinem Bureau und seinen Instinkten. Er hatte eine Nase wie ein guter Spürhund. Ein guter Spürhund hatte mehr drauf, als nur ein Rebhuhn oder einen Truthahn im Gebüsch wittern zu können; ein guter Spürhund konnte seine Angst riechen und in welche Richtung es aufgrund dieser Angst ausbrechen würde und zu welchem Zeitpunkt. Er wusste, wann das Bedürfnis des Vogels zu fliegen über die Notwendigkeit, sich nicht zu rühren und im Versteck zu bleiben, siegen würde.

Blaisdell versteckte sich, wahrscheinlich in diesem ehemaligen Kinderheim. Das war alles gut und schön, aber Blaisdell würde die Nerven verlieren. Das verriet ihm seine Nase. Und auch wenn das Arschloch keine Flügel hatte, er hatte Beine und konnte rennen.

Langsam war Sterling auch immer mehr davon überzeugt, dass Blaisdell die Sache allein durchzog. Falls es tatsächlich noch jemanden gab – das Gehirn der Operation, von dem

Sterling und Granger anfangs fest ausgegangen waren –, hätten sie inzwischen doch längst von ihm gehört, und wenn schon aus keinem anderen Grund, als dass Blaisdell dumm wie Bohnenstroh war. Nein, wahrscheinlich war das allein seine Show, und wahrscheinlich kauerte er jetzt gerade in diesem alten Kinderheim (wie eine blöde Brieftaube, dachte Sterling) und war überzeugt, dass ihn kein Mensch dort suchen würde. Es gab überhaupt keinen Grund zu der Annahme, dass sie ihn nicht wie eine verängstigte Wachtel hinter einem Busch hockend vorfinden würden.

Nur dass Blaisdell Schiss hatte. Sterling wusste das.

Er warf einen Blick auf seine Uhr. Es war kurz nach halb sieben.

Sie würden das Netz über ein dreieckiges Gebiet auslegen: entlang der Route 9 im Westen, einer Nebenstraße mit dem Namen Loon Cut im Norden und einem alten Forstweg im Südwesten. Wenn alle in Position waren, würde sich das Netz langsam zuziehen und schließlich am Hetton House enden. Der Schnee störte schon gewaltig, andererseits bot er ihnen aber auch Deckung, während sie vorrückten.

Es klang gut, aber …

»Können Sie mit dieser Gurke nicht doch etwas schneller machen?«, fragte Sterling. Er wusste, dass es die falsche Frage war, dass es falsch war, den Burschen zu bedrängen, aber er konnte einfach nicht anders.

Der Trooper warf einen Blick auf den Mann neben sich. Betrachtete Sterlings schmales, verhärmtes Gesicht und seine glühenden Augen. Und er dachte: Dieses lupenreine Oberarschloch will den Kerl bestimmt umlegen.

»Anschnallen, Agent Sterling«, sagte er.

»Längst geschehen«, erwiderte Sterling ungeduldig. Er schnalzte mit dem Gurt wie mit einem Hosenträger.

Der Statie seufzte tief und trat das Gaspedal ein Stückchen weiter durch.

Um sieben Uhr morgens erteilte Sterling den versammelten Einsatzkräften den Befehl vorzurücken. Der Schnee war sehr tief – an manchen Stellen mehr als einen Meter –, aber die Männer kämpften sich durch und kamen voran, hielten ständigen Funkkontakt miteinander. Niemand beklagte sich. Es ging um das Leben eines Kindes. Der fallende Schnee verlieh allem eine zusätzliche, surreale Dringlichkeit. Sie sahen aus wie Figuren in einem alten Stummfilm, ein sepiafarbenes Melodram, bei dem es aber auch nicht den geringsten Zweifel gab, wer der Schurke war.

Sterling machte seine Sache wie ein guter Quarterback, hielt sich per Walkie-Talkie auf dem Laufenden. Die aus Osten vorrückenden Männer kamen am besten voran, also ließ er sie etwas langsamer machen, damit sie mit denen von der SR 9 und den anderen, die von der Loon Cut den Loon Hill herunterkamen, in gleichem Abstand blieben. Sterling wollte das Hetton House umstellen, aber er wollte noch mehr. Er wollte, dass die Treiber auf ihrem Weg dorthin jeden Busch und jedes Wäldchen nach seinem Vogel abklopften.

»Sterling, Tanner hier. Hören Sie mich?«

»Verstanden, Tanner. Kommen.«

»Wir sind jetzt am Kopfende der Straße, die zum Waisenhaus führt. Die Kette ist noch über die Straße gespannt, aber das Schloss ist geknackt worden. Er ist irgendwo da oben. Over.«

»Zehn-vier«, sagte Sterling. Das war der Polizeicode für »empfangen und verstanden«. Die Erregung explodierte in ihm, raste in allen Richtungen seine Nervenbahnen entlang. Trotz der Kälte spürte er heißen Schweiß zwischen seinen Beinen und unter seinen Armen ausbrechen. »Seht ihr frische Reifenspuren? Kommen.«

»Nein, Sir. Over.«

»Weitermachen. Over and out.«

Sie hatten ihn. Sterlings größte Angst war gewesen, dass Blaisdell ihnen schon wieder zuvorgekommen war – fort mit dem Baby und ihnen wieder entkommen –, aber nein.

Er sprach leise in das Walkie, und die Männer rückten schneller vor, arbeiteten sich wie Hunde hechelnd durch den Schnee.

Blaze kletterte über die Mauer zwischen dem Victory Garden und dem Garten hinter dem HH. Er lief zur Tür. Sein Verstand war in hellem Aufruhr. Seine Nerven fühlten sich an wie nackte Füße auf zerbrochenem Glas. Georges Worte hallten in seinem Gehirn nach, gingen wieder und wieder auf ihn los: *Sie haben dich schon fast, Blaze.*

In verrückten Sätzen sprang er die Treppe hinauf, schlitterte ins Büro und fing sofort an, alles – Kleidung, Essen, Fläschchen – in die Wiege zu packen. Dann raste er zurück die Treppe hinunter und sprintete nach draußen.

Es war sieben Uhr dreißig.

Sieben Uhr dreißig.

»Wartet«, sagte Sterling leise in sein Walkie-Talkie. »Alle warten jetzt mal eine Minute. Granger? Bruce? Verstanden?«

Die Stimme, die sich daraufhin meldete, klang entschuldigend. »Corliss hier.«

»Corliss? Ich will dich nicht sprechen, Corliss. Ich will Bruce. Over.«

»Agent Granger ist ausgefallen, Sir. Ich glaube, er hat sich das Bein gebrochen. Over.«

»*Was?*«

»Hier im Wald liegen überall Äste und Zeugs rum, Sir. Er, äh, ist über einen gestolpert und hingeknallt. Was sollen wir tun? Over.«

Zeit verstrich. Vor seinem geistigen Auge das Bild einer großen Sanduhr, gefüllt mit Schnee, und Blaisdell rutschte gerade durch die schmale Stelle in der Mitte. Auf einem beschissenen Schlitten.

»Schient es, wickelt ihn warm ein, und lasst ihm euer Walkie da. Over.«

»Jawohl, Sir. Möchten Sie mit ihm reden? Over.«

»Nein. Ich will weiter. Over.«

»Jawohl, Sir, verstanden.«

»Schön«, sagte Sterling. »An alle Gruppenführer: Schwingt die Keulen. Over and out.«

Blaze rannte keuchend durch den Victory Garden. Er erreichte die kaputte Steinmauer am hinteren Ende, kletterte darüber und rutschte Hals über Kopf den Abhang in den Wald hinunter, wobei er die Wiege an seine Brust presste.

Er stand wieder auf, machte einen Schritt vorwärts, verharrte dann. Er stellte die Wiege ab und zog Georges Kanone aus seinem Gürtel. Er hatte nichts gesehen und nichts gehört, aber er *wusste es* einfach.

Er schob sich hinter den Stamm einer großen alten Kiefer. Schnee peitschte gegen seine linke Wange, machte sie taub. Er wartete, ohne sich zu rühren. In seinem Kopf tobte ein Orkan. Das Bedürfnis, zu Joe zurückzukehren, bereitete ihm körperlichen Schmerz, aber die Notwendigkeit, hier zu stehen und reglos zu warten, war genauso stark.

Was, wenn Joe sich aus den Decken frei wühlte und ins Feuer kroch?

Wird er nicht, sagte Blaze sich. Selbst Babys haben Angst vorm Feuer.

Was, wenn er aus der Höhle und in den Schnee kroch? Was, wenn er jetzt, genau in diesem Moment, in der Kälte erfror, während Blaze hier herumstand wie ein Trottel?

Wird er nicht. Er schläft.

Ja, und es gibt keine Garantie, wie lange das so bleibt an einem ihm fremden Ort. Und was passiert, wenn der Wind dreht und die Höhle sich mit Rauch füllt, hmh? Während du hier stehst, der einzige lebende Mensch in einem Umkreis von zwei Meilen, vielleicht sogar fünf …

Aber er *war* nicht der Einzige. Es war noch jemand hier.

Und doch war es bis auf den Wind, die knarrenden Bäume und das leise Raunen des fallenden Schnees völlig still.

Zeit zu gehen.

Nur, das war es nicht. Es war Zeit zu warten.

Du hättest den Jungen töten sollen, als ich es dir gesagt hab, Blaze.

George. Jetzt in seinem *Kopf*. Mein Gott!

Ich war nie woanders. Und jetzt geh!

Er beschloss, genau das zu tun. Dann beschloss er, vorher bis zehn zu zählen. Er war bis sechs gekommen, als sich etwas aus dem grau-grünen Baumgürtel den Abhang weiter hinunter löste. Es war ein Trooper, aber Blaze empfand keinerlei Angst. Irgendetwas hatte alle Angst verbrannt, und er war jetzt tödlich ruhig. Im Moment zählte nur Joe, um den er sich kümmern musste. Er glaubte, der Trooper würde ihn gar nicht bemerken, aber er würde die Spuren sehen, und das war ungefähr genauso schlimm.

Blaze erkannte, dass der Trooper rechts an seiner Stellung vorbeikommen würde, also entfernte er sich von dem dicken Baumstamm ein Stück nach links. Er musste daran denken, wie oft er und John und Toe und die anderen in diesen Wäldern gespielt hatten; Cowboys und Indianer, Räuber und Gendarm. Einmal falsch aufgetreten, krachend einen Ast gebrochen, und du bist tot.

Ein Schuss würde es beenden. Er brauchte keinen von ihnen zu töten oder auch nur zu verletzen. Das Geräusch allein würde genügen. Blaze spürte seinen Pulsschlag in einer Ader am Hals.

Der Trooper blieb stehen. Er hatte die Spuren gesehen. Musste sie einfach gesehen haben. Oder ein Stück von Blazes Jacke, das hinter dem Baum hervorlugte. Blaze entsicherte Georges Pistole. Wenn schon ein Schuss fallen musste, dann wollte er, dass er aus seiner Waffe kam.

Der Trooper setzte sich wieder in Bewegung. Von Zeit zu Zeit schaute er hinab auf den Schnee, doch seine Aufmerksamkeit war stärker auf das Dickicht gerichtet. Fünfzig Meter entfernt. Nein – weniger.

Ein Stück weiter links hörte Blaze jemand anders durch eine Senke oder über abgestorbene Äste krachen und dann einen Fluch ausstoßen. Sein Herz schlug hart gegen seine Brust.

Dann war der Wald also voll von ihnen. Aber vielleicht … vielleicht, wenn sie alle in dieselbe Richtung gingen …

Hetton! Sie umstellten das Hetton House! Klar! Und wenn es ihm gelang, wieder in die Höhle zu kommen, dann befand er sich auf der anderen Seite, hinter ihnen. Und dann, noch ein Stück tiefer in den Wäldern, vielleicht drei Meilen, dort gab es einen alten Forstweg …

Der Trooper war bis auf fünfundzwanzig Meter herangekommen. Blaze schob sich noch ein Stück weiter um den Baum. Falls jetzt jemand auf seiner ungeschützten Seite aus dem Gebüsch sprang, war er in den Arsch gekniffen.

Der Trooper ging an dem Baum vorbei. Blaze konnte das Knirschen seiner Stiefel im Schnee hören. Er konnte sogar irgendetwas in den Taschen des Mannes klappern hören – Kleingeld, Schlüssel vielleicht. Und das Knarren seines Gürtels. Auch das.

Blaze bewegte sich weiter um den Baum herum, machte kleine, vorsichtige Schritte. Dann wartete er. Als er wieder hervorschaute, hatte der Trooper Blaze den Rücken zugewandt. Er hatte die Spuren noch nicht gesehen, würde er aber. Er latschte praktisch auf ihnen herum.

Blaze trat hervor und näherte sich dem Trooper in großen, lautlosen Schritten. Er drehte Georges Pistole um, sodass er jetzt den Lauf umklammerte.

Der Trooper blickte nach unten und sah die Spuren. Er erstarrte, griff dann nach dem Walkie-Talkie an seinem Gürtel. Blaze hob die Kanone und ließ sie hart auf den Schädel des Mannes herunterkrachen. Der Trooper ächzte und schwankte, doch sein großer Hut absorbierte einen erheblichen Teil des Schlages. Blaze holte noch einmal aus, seitlich diesmal, und erwischte den Trooper an der linken Schläfe. Ein leises, dumpfes Geräusch. Der Hut des Troopers wurde auf eine Seite geschlagen und hing nun quasi auf seiner rechten Wange. Blaze sah, dass er jung war, fast noch ein Kind. Dann gaben die Knie des Troopers nach, und er ging zu Boden, wirbelte um sich herum eine Menge Schnee auf.

»Arschlöcher«, sagte Blaze. Er weinte. »Warum könnt ihr einen Kerl nicht einfach in Ruhe lassen?«

Er packte den Trooper unter den Achseln und schleifte ihn zu der großen Kiefer. Er lehnte ihn mit dem Rücken gegen den Baum und setzte ihm seinen Hut wieder auf. Viel Blut war da nicht, aber davon ließ Blaze sich nicht täuschen. Er wusste, wie hart er zuschlagen konnte. Niemand wusste es besser als er. Am Hals des Troopers war noch ein Puls zu fühlen, aber viel war es nicht. Falls seine Kumpel ihn nicht bald fanden, würde er sterben. Tja, wer hatte ihn gebeten herzukommen? Wer hatte ihn verdammt noch mal gebeten, hier mitzumischen?

Er hob die Wiege auf und setzte sich wieder in Bewegung. Es war Viertel vor acht, als er bei der Höhle ankam. Joe schlief noch, und deswegen musste Blaze nun wieder weinen, dieses Mal jedoch vor Erleichterung. Aber es war kalt in der Höhle. Schnee war hereingeweht und hatte das kleine Feuer gelöscht.

Blaze machte sich daran, es wieder in Gang zu bringen.

Special Agent Bruce Granger beobachtete, wie Blaze die Schlucht herunterkam und in die schmale Höhlenöffnung kroch. Granger hatte teilnahmslos dort gelegen und nur darauf gewartet, dass die Jagd auf die eine oder andere Art zum

Ende kam, damit ihn jemand von hier fortschaffte. Sein Bein tat höllisch weh, und er war sich vorgekommen wie ein Vollidiot.

Jetzt fühlte er sich wie jemand, der im Lotto gewonnen hatte. Er griff nach dem Walkie, das Corliss ihm dagelassen hatte. »Granger an Sterling«, sagte er leise. »Kommen.«

Rauschen. Merkwürdiges leeres Rauschen.

»Albert, Bruce hier. Es ist dringend. Bitte kommen.«

Nichts.

Granger schloss für einen Moment die Augen. »Dreckskerl«, sagte er. Dann öffnete er die Augen wieder und begann zu kriechen.

Acht Uhr zehn.

Albert Sterling und zwei State Trooper standen mit gezogenen Waffen in Martin Coslaws altem Büro. In einer Ecke lag eine Decke. Sterling sah zwei leere Plastik-Trinkfläschchen und drei leere Dosen Babymilch, die aussahen, als wären sie mit der Klinge eines Taschenmessers geöffnet worden. Und zwei leere Kartons Pampers.

»Scheiße«, sagte er. »Scheiße, Scheiße, *Scheiße!*«

»Weit kann er noch nicht sein«, sagte Franklin. »Er ist zu Fuß. Mit dem Jungen.«

»Draußen sind es zwölf Grad unter null«, bemerkte jemand vom Flur her.

Sterling dachte: Erzähl mir einer von euch Typen doch verdammt noch mal was Neues!

Franklin schaute sich um. »Wo ist Corliss? Brad, hast du Corliss gesehen?«

»Der wird wohl noch unten sein«, sagte Bradley.

»Wir gehen zurück in den Wald«, sagte Sterling. »Er muss irgendwo im Wald sein.«

Dann ein Schuss. Leise, gedämpft durch den Schnee, aber unverwechselbar.

Sie starrten sich an. Es folgten fünf Sekunden vollkommener, entsetzter Stille. Vielleicht auch sieben. Dann rannten sie auf die Tür zu.

Joe schlief noch, als die Kugel in die Höhle kam. Sie schlug zweimal auf, klang wie eine wütende Biene, riss Granitsplitter aus dem Fels und jagte sie durch die Luft. Blaze war damit beschäftigt gewesen, die Windel vorzubereiten; er wollte Joe umziehen, sichergehen, dass er trocken war, bevor sie aufbrachen.

Jetzt schreckte Joe aus dem Schlaf hoch und fing sofort an zu schreien. Seine kleinen Hände ruderten in der Luft. Einer der Granitsplitter hatte ihn im Gesicht erwischt.

Blaze dachte nicht nach. Er sah das Blut, und sein Denken setzte aus. Was an seine Stelle trat, war schwarz und mörderisch. Er platzte aus der Höhle und stürmte brüllend in die Richtung, aus der der Schuss gekommen war.

22

BLAZE SASS GERADE IM MOOCHIE'S an der Theke, mampfte einen Doughnut und las einen Spider-Man-Comic, als George in sein Leben trat. Es war September. Blaze hatte seit zwei Monaten nicht gearbeitet, und das Geld war knapp. Eine Reihe seiner Candystore-Kumpel war geschnappt worden. Blaze selbst war wegen eines Überfalls auf einen Geldverleih in Saugus zum Verhör aufs Revier geholt worden, aber er hatte bei diesem Job nicht mitgemacht und war so überzeugend ehrlich und verwirrt rübergekommen, dass die Bullen ihn wieder laufen ließen. Blaze überlegte, ob er versuchen sollte, seinen alten Job in der Krankenhauswäscherei zurückzubekommen.

»Das ist er«, sagte jemand. »Das ist der Butzemann.«

Blaze drehte sich um und sah Hankie Melcher. Neben ihm stand ein kleiner Typ in einem schicken Anzug. Der kleine Typ hatte eine teigige Haut und Augen, die wie Kohlen zu glühen schienen.

»Hi, Hank«, sagte Blaze. »Lange nicht gesehn.«

»Ach, kleiner Urlaub auf Staatskosten«, meinte Hank. »Die haben mich rausgelassen, weil sie da oben nicht richtig zählen können. Stimmt's nicht, George?«

Der kleine Typ sagte nichts, lächelte nur dünn und starrte Blaze weiter an. Unter dem brennenden Blick dieser heißen Augen fühlte Blaze sich unbehaglich.

Moochie kam herbei, wischte sich die Hände an seiner Schürze ab. »Yo, Hankie.«

»Schokoladeneiercreme für mich«, sagte Hank. »Willst du auch eine, George?«

»Für mich nur Kaffee. Schwarz.«

Moochie ging. Hank sagte: »Blaze, ich möchte dir meinen Schwager vorstellen. George Rackley, Clay Blaisdell.«

»Hi«, sagte Blaze. Das roch nach Arbeit.

»Yo.« George schüttelte den Kopf. »Du bist 'n ziemlicher Brecher, weißt du das?«

Blaze lachte, als hätte vorher noch nie jemand bemerkt, dass er 'n ziemlicher Brecher war.

»George ist ein Komiker«, meinte Hank grinsend. »Er ist ein richtiger Bill Cosby. Nur eben in Weiß.«

»Klar«, antwortete Blaze, immer noch lächelnd.

Moochie kam mit Hankies Eiercreme und Georges Kaffee zurück. George trank einen Schluck, verzog das Gesicht. Er sah Moochie an. »Kackst du immer in deine Kaffeetassen, oder gehst du manchmal auch aufs Klo, Sonnenscheinchen?«

Hank sagte zu Moochie: »George meint's nicht böse oder so.«

George nickte. »Genau. Ich bin nur ein Komiker, das ist alles. Verzieh dich 'ne Weile, Hankie. Geh nach hinten und spiel 'ne Runde Flipper.«

Hankie grinste immer noch. »Jep, okay. Klaro-karo.«

Als er fort war und auch Moochie sich wieder ans andere Ende der Theke verzogen hatte, drehte George sich erneut zu Blaze um. »Dieser Schwachmat sagt, du suchst vielleicht Arbeit.«

»Könnte man so sagen, ja«, sagte Blaze.

Hankie stopfte Münzen in den Flipperautomaten, dann hob er die Hände und gab Töne von sich, die durchaus die Titelmusik zu *Rocky* gewesen sein könnten.

George deutete mit einer scharfen Kopfbewegung in seine Richtung. »Wo er jetzt wieder draußen ist, hat Hankie große Pläne. Eine Tankstelle in Malden.«

»Ach ja?«, sagte Blaze.

»Jep. Das Verbrechen des Jahrhunderts. Hast du Lust, dir heute Nachmittag hundert Mäuse zu verdienen?«

»Klar«, antwortete Blaze ohne Zögern.

»Wirst du exakt tun, was ich dir sage?«

»Klar. Um was geht's denn, Mr. Rackley?«

»George. Nenn mich George.«

»Um was geht's, George?« Dann dachte er noch einmal über diese heißen, eindringlichen Augen nach und sagte: »Ich verletze aber niemanden.«

»Ich auch nicht. Draufkloppen ist was für Dumpfbacken. Jetzt pass auf.«

An diesem Nachmittag gingen George und Blaze gemeinsam ins Hardy's, ein florierendes Kaufhaus in Lynn. Die Verkäufer bei Hardy's trugen ausnahmslos Hemden in kräftigem Pink mit weißen Ärmeln. Außerdem trugen sie Buttons mit Aufschriften wie: HI! ICH HEISSE DAVE! Oder: JOHN! Oder wer immer. George hatte eines dieser Hemden unter seinem normalen Hemd an. Auf seinem Button stand: HI! ICH HEISSE FRANK! Als Blaze das sah, nickte er und meinte: »So was wie ein Tarnname, richtig?«

George lächelte – nicht das Lächeln, das er in Hankie Melchers Gegenwart aufgesetzt hatte – und sagte: »Jep, Blaze. So was wie ein Tarnname.«

Irgendetwas an diesem Lächeln beruhigte Blaze. Es war weder verletzend noch boshaft. Und da es bei dieser Sache nur sie beide gab, gab es auch niemanden, der George in die Rippen stieß, wenn Blaze etwas Dummes sagte, und ihn zum Außenseiter machte. Blaze war nicht sicher, ob George gegrinst hätte, selbst wenn noch jemand dabei gewesen wäre. Vielleicht hätte er etwas gesagt wie: *Behalt deine beschissenen Ellbogen bei dir, Arschgesicht.* Blaze merkte, dass er zum ersten Mal seit John Cheltzmans Tod wieder jemanden mochte.

Auch George hatte es verdammt hart gehabt. Er war auf der Armenstation eines katholischen Krankenhauses namens St. Joseph's in Providence geboren: Mutter unverheiratet, Vater unbekannt. Sie lehnte die Vorschläge der Nonnen ab, den Jungen zur Adoption freizugeben, und benutzte ihn stattdessen als Knüppel, um ihre Familie zu schlagen. George wuchs auf der armen Seite der Stadt auf, wo die Jungs mit geflickten Hosen herumliefen, und zog seine erste krumme Nummer im Alter von vier Jahren ab. Seine Mutter holte gerade aus, um ihm eine Tracht Prügel zu verpassen, weil er eine Schüssel mit Maypo-Frühstücksflocken umgeschmissen hatte. George erzählte ihr schnell, ein Mann habe einen Brief für sie gebracht und ihn im Hausflur hingelegt. Während sie den Brief suchte, schloss er sie aus ihrer Wohnung aus und flitzte dann die Feuerleiter hinunter. Die Tracht Prügel, die er später bekam, fiel doppelt heftig aus, aber er vergaß nie mehr das Triumphgefühl, gewonnen zu haben – wenn auch nur für einen kurzen Augenblick. Die Jagd nach diesem *Hab dich reingelegt*-Gefühl sollte sein gesamtes späteres Leben bestimmen. Es war flüchtig, aber stets wunderbar.

Er war ein intelligenter, verbitterter Junge. Die Erfahrung lehrte ihn Dinge, die Verlierer wie Hankie Melcher niemals lernen würden. Als George elf war, stahlen er und drei ältere Bekannte (Freunde hatte er nicht) ein Auto, machten eine Spritztour von Providence nach Central Falls und wurden geschnappt. Der Fünfzehnjährige, der hinter dem Steuer gesessen hatte, wanderte in eine Besserungsanstalt. George und die anderen Jungs bekamen Bewährung. George erhielt außerdem eine Monstertracht Prügel von dem grauhaarigen Luden, mit dem seine Mutter zu diesem Zeitpunkt zusammenlebte. Es war Aidan O'Kellaher, der chronisch kranke Nieren hatte – daher auch sein Straßenname, Pisser-Kelly. Pisser drosch auf ihn ein, bis Georges Halbschwester schrie, er solle endlich aufhören.

»Willst du auch was?«, fragte Pisser, und als Tansy schnell den Kopf schüttelte, sagte er: »Dann halt gefälligst dein dreckiges Maul.«

George hatte kapiert, dass Vergnügungsfahrten nichts einbrachten. Es war eine freudlose Welt.

Mit dreizehn wurden er und ein Freund bei Woolworth beim Ladendiebstahl erwischt. Wieder Bewährung. Wieder eine Tracht Prügel. George hörte nicht auf mit Ladendiebstahl, verbesserte aber seine Technik und wurde zukünftig nicht mehr erwischt.

Als George siebzehn war, besorgte Pisser ihm einen Job im illegalen Glücksspiel. Zu diesem Zeitpunkt erlebte Providence jenes halbgare Wiederaufblühen, das in den wirtschaftlich erschöpften Neuenglandstaaten bereits als Fortschritt galt. Das illegale Zahlenlotto lief bestens. Und so lief es auch bei George. Er kaufte sich nette Klamotten. Außerdem fing er an, seine Bücher zu frisieren. Pisser hielt George für einen anständigen, gewinnorientierten Jungen; jeden Mittwoch lieferte er sechshundertfünfzig ab. Was sein Stiefvater nicht wusste, war, dass er weitere zweihundert in die eigene Tasche abzweigte.

Dann expandierte die Mafia von Atlantic City nach Norden. Sie übernahmen das Geschäft mit der illegalen Lotterie. Eine Reihe ortsansässiger Kleinganoven wurde arbeitslos und landete auf der Straße. Pisser-Kelly schoben sie auf einen Autofriedhof ab, wo er später mit durchgeschnittener Kehle gefunden wurde; seine Eier lagen im Handschuhfach eines Chevrolet Biscayne.

Nachdem ihm sein Lebensunterhalt entzogen worden war, ging George nach Boston. Seine zwölfjährige Schwester nahm er mit. Tansys Vater war ebenfalls unbekannt, aber George hatte so seine Vermutungen; Pisser hatte das gleiche fliehende Kinn gehabt.

Während der nächsten sieben Jahre verfeinerte George eine ganze Reihe kleiner Betrügereien. Er erfand sogar ein paar. Seine Mutter unterschrieb desinteressiert ein Papier, das ihn zu Tansy Rackleys gesetzlichem Vormund machte, und George sorgte dafür, dass die kleine Nutte weiter die Schule besuchte. Dann kam der Tag, an dem er herausfand, dass sie sich Heroin spritzte. Außerdem hatte sie, halleluja, einen Braten in der Röhre. Hankie Melcher war nur zu bereit, sie zu heiraten. Zunächst war George überrascht, dann aber nicht mehr. Die Welt war voller Narren, die sich ein Bein ausrissen, um dir zu beweisen, wie clever sie waren.

George fand Blaze sympathisch, weil Blaze einfach ein Narr ohne jegliche Ambitionen war. Er war weder ein Junkie noch ein Lude oder ein Hinterzimmer-Clyde. Er spielte nicht Pool und fixte kein H. Blaze war ein gutmütiger Tölpel. Und er war ein zuverlässiges Werkzeug – und während ihrer gemeinsamen Jahre benutzte George ihn genau so. Aber nie auf eine schlechte Art. Wie ein guter Zimmermann liebte auch George gute Werkzeuge – Werkzeuge, die stets genau so funktionierten, wie es sein sollte. Und er konnte Blaze den Rücken zuwenden. Er konnte in einem Raum schlafen, in dem Blaze hellwach war, und er wusste, wenn er aufwachte, dann lag die Beute immer noch unter dem Bett.

Blaze besänftigte Georges ausgehungertes und zorniges Inneres. Und das war keine Kleinigkeit. Es kam der Tag, an dem George begriff, dass, wenn er sagte, »Blazer, du musst vom Dach dieses Hauses springen, denn so läuft's nun mal bei uns« … nun, dann würde Blaze genau das tun. Auf eine Art war Blaze der Cadillac, den George nie haben würde – er hatte eine tolle Federung, wenn die Straße mal schlechter wurde.

Als sie das Hardy's betraten, marschierte Blaze wie angewiesen schnurstracks in die Herrenoberbekleidung. Er hatte statt seiner eigenen Brieftasche eine billige Plastikbörse dabei, in der fünfzehn Dollar in bar steckten und ein Ausweis, laut dem er David Billings aus Reading war.

Als er die Abteilung betrat, schob er eine Hand in seine Gesäßtasche – wie um zu überprüfen, ob seine Brieftasche auch noch da war – und zog sie zu zwei Dritteln heraus. Als er sich nach vorn beugte, um sich einige Hemden auf einem der unteren Regalböden genauer anzusehen, rutschte die Brieftasche heraus und fiel auf den Boden.

Dies war der heikelste Teil der Operation. Blaze wandte sich halb um, behielt die Brieftasche im Auge, ohne dass es so aussah, als würde er sie im Auge behalten. Dem beiläufigen Beobachter musste es vorkommen, als wäre er völlig darin vertieft, sich die Kurzarmhemden von Van Heusen anzusehen. George hatte ihm alles haarklein erklärt. Wenn ein ehrlicher Mann die Brieftasche fand, würden sie alles abblasen und in den Kmart gehen. Manchmal brauchte es ein halbes Dutzend Anläufe, bis die Nummer sich auszahlte.

»Mensch«, meinte Blaze. »Wusste gar nicht, dass es so viele ehrliche Leute gibt.«

»Gibt es auch gar nicht«, erwiderte George mit eisigem Lächeln. »Aber es gibt viele, die Angst haben. Und behalt die Scheißbrieftasche immer im Auge. Wenn jemand sie dir vor der Nase wegklaut, hast du fünfzehn Mäuse weniger, und ich habe einen Ausweis weniger, der viel mehr wert ist.«

An diesem Tag im Hardy's hatten sie Anfängerglück. Ein Mann mit einem Polohemd, auf dessen Brust sich ein Krokodil lümmelte, kam den Gang heraufgeschlendert, erspähte die Brieftasche, schaute dann den Gang hinauf und hinunter, um sich zu vergewissern, dass niemand kam. Es kam keiner. Blaze tauschte ein Hemd gegen ein anderes aus und hielt es sich dann im Spiegel vor die Brust. Sein Herz hämmerte wie verrückt.

Warte, bis er sie einsteckt, sagte George. *Und dann veranstaltest du einen Höllenlärm.*

Mit dem Fuß schob der Mann in dem Krokodilhemd die Brieftasche gegen das Regal mit Pullovern, die er sich gerade anschaute. Dann griff er in seine Tasche, nahm seine Wagenschlüssel heraus und ließ sie wie zufällig auf den Boden fallen. Hoppla. Er bückte sich, um sie aufzuheben und sich gleichzeitig die Brieftasche zu krallen. Beides stopfte er in seine vordere Hosentasche, dann schlenderte er weiter.

Blaze stieß einen Mordsschrei aus. »Dieb! *Dieb! Ja, SIE DA!*«

Andere Kunden reckten die Hälse. Verkäufer schauten sich um. Der Aufsicht führende Abteilungsleiter lokalisierte den Ursprung des Problems und setzte sich sofort zu ihnen in Bewegung, blieb kurz an einer Kasse stehen, um einen Knopf mit der Aufschrift *Spezial* zu betätigen.

Der Mann mit dem Krokodil auf dem Hemd wurde blass … schaute sich um … flitzte los. Er kam vier Schritte weit, bevor Blaze ihn schnappte.

Misch ihn ein bisschen auf, aber tu ihm nicht weh, hatte George gesagt. *Und immer weiterbrüllen. Und egal, was du tust, lass nicht zu, dass er sich diese Brieftasche vom Hals schafft. Wenn er Anstalten dazu macht, wenn's aussieht, als wollte er sie loswerden, dann rammst du ihm ein Knie zwischen die Beine.*

Blaze packte den Mann an den Schultern und fing an, ihn durchzuschütteln, so wie man ein Arzneifläschchen schüttelt. Der Mann mit dem Krokodilhemd, vielleicht ein Fan von Walt Whitman, stieß einen barbarischen Hilferuf aus. Kleingeld flog aus seinen Taschen. Er steckte eine Hand in die Tasche mit der Brieftasche, genau wie George es vorhergesehen hatte, und Blaze verpasste ihm ein Pfund in die Eier – nicht zu fest. Der Mann im Krokodilhemd schrie auf.

»Das hast du davon, mir die Brieftasche zu klauen!«, brüllte Blaze dem Kerl ins Gesicht. Er kam langsam auf Touren. »Ich *bring dich um!*«

»Schafft mir den Kerl vom Hals!«, schrie der Bursche. »Schafft ihn mir *vom Hals!*«

Einer der Verkäufer aus der Herrenabteilung mischte sich ein. »He, das reicht!«

George, der sich unterdessen bei der Freizeitkleidung herumgedrückt hatte, knöpfte sein äußeres Hemd auf, streifte es schnell und unbemerkt ab und ließ es unter einem Stapel T-Shirts verschwinden. Allerdings schaute ohnehin niemand in seine Richtung. Alle Augen waren auf Blaze gerichtet, der gerade mit aller Kraft an dem Polohemd mit dem Krokodil auf der Brust zerrte und es genau in der Mitte zerriss.

»Schluss jetzt!«, brüllte der Verkäufer. »Beruhigen Sie sich!«

»Der Saukerl hat meine Brieftasche!«, posaunte Blaze.

Die Menge der Schaulustigen wurde immer größer. Sie wollten sehen, ob Blaze den Kerl wohl umbrachte, den er in den Fingern hatte, bevor der Abteilungsleiter oder der Kaufhausdetektiv oder ein anderer Verantwortlicher eintraf.

George drückte die Taste KEIN VERKAUF auf einer der zwei Kassen in der Herrenabteilung und fing an, das Geld auszuräumen. Seine Hose hatte Übergröße, und vorne war ein Beutel eingenäht – eine Art verborgene Gürteltasche. Dort stopfte er die Geldscheine hinein, ließ sich Zeit dabei. Zuerst die Zehner und Zwanziger – es gab sogar ein paar Fünfziger, das war allerdings wirklich Anfängerglück –, dann die Fünfer und Einer.

»Aufhören!«, brüllte der Abteilungsleiter, während er sich einen Weg durch die Menge bahnte. Hardy's Kaufhaus beschäftigte einen Detektiv, und dieser folgte dem Abteilungsleiter nun auf dem Fuße. »Es reicht jetzt! Schluss damit!«

Der Kaufhausdetektiv schob sich zwischen Blaze und den Mann mit dem zerrissenen Krokodilhemd.

Hör auf, ihn zu schlagen, wenn der Ladenbulle anrollt, hatte George gesagt, *aber tu weiter so, als wolltest du den Kerl umbringen.*

»Sehen Sie in seiner Tasche nach!«, brüllte Blaze. »Der Dreckskerl hat mich beklaut!«

»Ich habe eine Brieftasche vom Boden aufgehoben«, gestand der Krokodil-Mann, »und wollte mich gerade nach dem möglichen Besitzer umsehen, als dieser, dieser, dieser *Schläger* …«

Blaze stürzte sich wieder auf ihn. Der Krokodil-Mann machte einen Satz nach hinten. Der Ladendetektiv drängte Blaze zurück. Blaze war's egal. Er amüsierte sich köstlich.

»Ruhig, mein Junge. Ganz brav jetzt.«

Unterdessen fragte der Abteilungsleiter den Krokodil-Mann nach seinem Namen.

»Peter Hogan.«

»Leeren Sie bitte Ihre Taschen, Mr. Hogan.«

»Das werde ich ganz sicher nicht tun!«

Der Kaufhausdetektiv fauchte: »Leer sie aus, oder ich ruf die Bullen!«

Unterdessen schlenderte George zur Rolltreppe und wirkte dabei so wachsam und interessiert wie der beste Mitarbeiter, der jemals bei Hardy's gearbeitet hatte.

Peter Hogan überlegte, ob er auf seinen Rechten bestehen sollte oder nicht, dann leerte er seine Taschen. Als die Schaulustigen die billige kleine braune Brieftasche erspähten, ging ein Raunen durch die Menge.

»Da ist sie ja«, sagte Blaze. »Das ist meine. Er muss sie mir aus der Gesäßtasche gezogen haben, als ich mir die Hemden angesehen hab.«

»Ist da ein Ausweis drin?«, fragte der Kaufhausdetektiv und klappte die Brieftasche auf.

Einen schrecklichen Augenblick lang hatte Blaze einen totalen Aussetzer. Dann schien George neben ihm zu stehen. *David Billings, Blaze.*

»Klar, Dave Billings«, sagte Blaze. »Ich.«

»Wie viel Geld ist drin?«

»Nicht viel. Fünfzehn Mäuse oder so.«

Der Kaufhausdetektiv warf dem Abteilungsleiter einen Blick zu und nickte. Die Menge machte wieder *Aaaah* und *Ooooh*. Der Kaufhausdetektiv reichte Blaze die Brieftasche, der sie sofort einsteckte.

»Sie kommen jetzt bitte mit«, sagte der Kaufhausdetektiv und ergriff Hogans Arm.

Der Abteilungsleiter sagte: »So, Leute, hier ist jetzt Feierabend, es ist vorbei. Hardy's bietet Ihnen diese Woche zahlreiche Sonderangebote, und ich kann Ihnen nur empfehlen, diese bei Ihren weiteren Einkäufen zu berücksichtigen.« Blaze fand, er klang so gut wie ein Ansager im Radio; kein Wunder, dass er einen so verantwortungsvollen Posten hatte.

Zu Blaze sagte der Abteilungsleiter: »Würden Sie mich bitte begleiten, Sir?«

»Jep.« Blaze funkelte Hogan an. »Ich hole nur noch schnell das Hemd, das ich eigentlich haben wollte.«

»Selbstverständlich werden Sie dieses Hemd heute als kleine Aufmerksamkeit des Hauses geschenkt bekommen. Aber wir würden wirklich sehr gern noch kurz mit Ihnen sprechen. Fragen Sie bitte im zweiten Stock nach Mr. Flaherty, Raum 7.«

Blaze nickte und kehrte zu den Hemden zurück. Der Abteilungsleiter ging. Nicht weit entfernt schickte sich einer der Verkäufer an, die Kasse zu öffnen, die George zuvor geplündert hatte.

»He, Sie!«, rief Blaze ihm winkend zu.

Der Verkäufer kam herüber ... allerdings nicht zu nah. »Kann ich Ihnen helfen, Sir?«

»Gibt's hier irgendwo was zu essen?«

Der Verkäufer wirkte erleichtert. »Im Erdgeschoss.«

»Sie sind spitze«, sagte Blaze. Er formte eine Kanone aus rechtem Daumen und Zeigefinger, zwinkerte dem Verkäufer zu und schlenderte zur Rolltreppe. Der Verkäufer schaute ihm nach. Als er zu seiner Kasse zurückkam, in der sämtliche Geldscheinfächer der Schublade leer waren, war Blaze bereits draußen auf der Straße. George wartete in einem rostigen alten Ford. Und weg waren sie.

Sie hatten zweihundertundvierzig Dollar. George teilte genau durch zwei. Blaze war außer sich vor Begeisterung. Es sei mit Abstand der einfachste Job, den er je gehabt hätte. George sei ein Superhirn. Die Nummer würden sie in der ganzen Stadt abziehen.

George ließ all das mit der Bescheidenheit eines drittklassigen Zauberers über sich ergehen, der gerade auf einem Kindergeburtstag ein paar Kunststückchen abgezogen hatte. Er sagte Blaze nicht, dass die zugrunde liegende Idee des Tricks bis in seine Grundschulzeit zurückreichte: zwei Jungs fingen im Imbiss einen Streit an, und ein dritter räumte die Kasse aus, während der Besitzer den Streit der anderen beiden zu schlichten versuchte. Ebenfalls verschwieg er Blaze, dass sie geschnappt werden würden, sobald sie es das dritte Mal versuchten, wenn nicht schon beim zweiten Mal. Er nickte einfach, zuckte die Achseln und genoss das begeisterte Erstaunen des großen Kerls. Erstaunen? Blaze staunte nicht nur, er war gottverdammt von Ehrfurcht ergriffen.

Sie fuhren nach Boston, hielten an einem Spirituosengeschäft und nahmen zwei Null-Sieben-Flaschen Old Granddad mit. Dann gingen sie in eine Doppelvorstellung ins Constitution an der Washington Street und zogen sich Autoverfolgungsjagden und Männer mit automatischen Waffen rein. Als sie an diesem Abend um zehn das Kino verließen, waren beide sternhagelvoll. Von ihrem Ford waren alle vier Radkappen gestohlen worden. George war stinksauer, auch wenn die Radkappen genauso beschissen gewesen waren wie der Rest des Autos. Dann sah er, dass irgendwer auch noch den Sticker WÄHLT DEMOKRATISCH abgeknibbelt hatte, und begann zu lachen. Er setzte sich auf den Bordstein und lachte, bis ihm die Tränen über seine teigigen Wangen liefen.

»Abgefummelt von ’nem Reagan-Lover«, gluckste er. »Scheiße, jede Wette.«

»Vielleicht war’s nich derselbe, wo die Kack-Lappen geklaut und den Schticker abmontiert hat«, lallte Blaze und setzte sich neben George. In seinem Kopf drehte sich alles, aber es war ein gutes Drehen. Ein schönes Drehen.

»*Kack-Lappen!*«, kreischte George. Er krümmte sich, als hätte er Bauchkrämpfe, aber er brüllte vor Lachen. Er trampelte mit den Füßen auf der Straße. »*Hab schon immer gewusst, dass es einen Spitznamen für den Scheiß-Barry-Goldwater gibt! Gottverdammter Kack-Lappen!*« Dann hörte er auf zu lachen. Er sah Blaze mit feuchten, aber ernsten Augen an und sagte: »Blazer, ich hab mich gerade bepisst.«

Blaze fing an zu lachen. Er lachte, bis er nach hinten auf den Bürgersteig umkippte. Er hatte in seinem ganzen Leben noch nie so gelacht, nicht mal mit John Cheltzman.

Zwei Jahre später wurde George verhaftet, weil er faule Schecks weitergab. Blaze hatte mal wieder Glück. Er kurierte gerade eine Grippe aus, und George war allein, als die Cops ihn vor einer Danvers Bar schnappten. Er bekam drei Jahre – eine ziemlich harte Strafe für erstmalige Urkundenfälschung –, aber George war als notorischer Betrüger bekannt und der Richter als ausgesprochen scharfer Hund. Vielleicht war er ja sogar ein Kack-Lappen. Unterm Strich waren es dann zwanzig Monate tatsächlich abgesessene Zeit, der Rest erlassen wegen guter Führung.

Vor der Urteilsverkündung nahm George Blaze kurz zur Seite. »Ich gehe nach Walpole, Großer. Mindestens ein Jahr. Wahrscheinlich länger.«

»Aber dein Anwalt …«

»Der Penner könnte nicht mal den Papst verteidigen, wenn der wegen Vergewaltigung vorm Richter stehen würde. Pass auf: Du hältst dich vom Moochie's fern, okay?«

»Aber Hank hat gesagt, wenn ich vorbeikäme, dann könnte er …«

»Und halt dich auch von Hankie fern. Besorg dir einen normalen, anständigen Job, bis ich wieder draußen bin, so läuft das bei dir. Versuch bloß nicht, irgendwelche krummen Dinger allein und auf eigene Faust durchzuziehen. Dafür bist du einfach zu blöd. Das weißt du doch, oder?«

»Jep«, sagte Blaze und grinste breit. Aber ihm war nach Heulen zumute.

George sah es und knuffte Blaze auf den Arm. »He, du kommst schon klar«, sagte er.

Als Blaze dann ging, rief George ihm nach. Blaze drehte sich um. George deutete ungeduldig auf seine Stirn. Blaze nickte und drehte den Schirm seiner Mütze auf die Glücksseite. Er grinste. Aber innen drin war ihm immer noch nach Heulen.

Er versuchte es mit seinem alten Job, aber nach dem Leben mit George war's irgendwie zu langweilig. Er kündigte und suchte sich etwas Besseres. Eine Zeit lang arbeitete er als Rausschmeißer in einem Laden in der Combat Zone, dem Bostoner Rotlichtviertel, aber er war nicht wirklich gut. Hatte ein zu weiches Herz.

Er kehrte nach Maine zurück, fand einen Job in der Holzindustrie und wartete auf Georges Entlassung. Er arbeitete gern im Sägewerk, und er fuhr gern Weihnachtsbäume in den Süden. Er mochte die frische Luft und den offenen weiten Horizont, der nicht von hohen Gebäuden unterbrochen wurde. Die Stadt war manchmal schon okay, aber die Wälder waren ruhig. Es gab Vögel, und manchmal sah er Rotwild in Teichen waten, und dann flog sein Herz ihnen zu. Er vermisste weder die U-Bahnen noch die ewig drängelnden

Menschenmassen. Aber als George ihm eine kurze Mitteilung schickte – *Komme Freitag raus, hoffe, ich seh Dich dann …* –, nahm Blaze sich die Zeit und fuhr wieder runter nach Boston.

George hatte in Walpole eine ganze Reihe neuer Tricks gelernt. Sie probierten einen nach dem anderen aus wie alte Damen, die Probefahrten mit neuen Autos machten. Die erfolgreichste Nummer war die Schwuchtel-Nummer. Diese Masche lief drei Jahre lang wie geschmiert, bis Blaze wegen einer anderen Sache geschnappt wurde, die George »die Jesus-Nummer« nannte.

George brachte noch etwas anderes aus dem Gefängnis mit: die Idee des einen großen Dings – und dann Schluss. Weil, so sagte er Blaze, er sich nicht vorstellen könnte, die besten Jahre seines Lebens damit zu verbringen, Homos in Bars abzuschleppen, wo jeder klamottenmäßig rumlief wie in der *Rocky Horror Picture Show*. Oder mit dem Verticken getürkter Enzyklopädien. Oder jemanden sonst wie mit Kleinscheiß abzukochen. Nein, ein einziges großes Ding, und dann Schluss. Das wurde zu seinem Mantra.

Ein Highschool-Lehrer namens John Burgess, der wegen Totschlags saß, schlug Kidnapping vor.

»Du hast sie wohl nicht mehr alle!«, sagte George entsetzt. Sie waren zum Zehn-Uhr-Freigang auf dem Hof, aßen Bananen und sahen ein paar Muskeltypen zu, die sich einen Football zuwarfen.

»Ja, es hat einen schlechten Ruf, weil es das bevorzugte Verbrechen von Idioten ist«, sagte Burgess. Er war ein zierlicher, kahlköpfiger Mann. »Entführ ein Baby, das ist die richtige Nummer.«

»Ja klar, wie Hauptmann das Lindbergh-Baby«, sagte George und schüttelte sich dann, als würde er auf dem Stuhl gegrillt.

»Hauptmann war ein Idiot. Mein Gott, Rasp, eine gut vorbereitete Babyentführung kann doch eigentlich kaum schiefgehen. Was soll das Kind denn später sagen, wenn sie es fragen, wer's gewesen ist? *Guu-guu-ga-ga?*« Er lachte.

»Ja, aber der Druck«, sagte George.

»Sicher, sicher, der öffentlich Druck.« Burgess lächelte und zupfte sich am Ohrläppchen. Er war ein großer Ohrläppchenzupfer, der alte Burgess. »Natürlich wird es großen öffentlichen Druck geben. Babyentführungen und Polizistenmorde sind immer eine heiße Sache. Weißt du, was Harry Truman dazu gesagt hat?«

»Nein.«

»Er sagte, wenn du die Hitze nicht aushalten kannst, verschwinde aus der Küche.«

»Aber das Lösegeld kannst du nicht kassieren«, sagte George. »Und selbst wenn's dir gelingt, das Geld würde gekennzeichnet sein. Ist doch selbstverständlich.«

Burgess hob einen Finger wie ein Professor. Dann machte er wieder diese bescheuerte Ohrläppchenzupf-Nummer, was die andere Geste irgendwie versaute. »Du gehst davon aus, dass die Bullen eingeschaltet werden. Wenn du der Familie genug Angst eingejagt hast, wird die Sache ganz privat durchgezogen.« Er legte eine Pause ein. »Und selbst wenn das Geld heiß wäre ... Du willst mir doch nicht erzählen, dass du nicht ein paar Typen kennst, die sich damit beschäftigen?«

»Vielleicht. Vielleicht nicht.«

»Es gibt Typen, die kaufen heißes Geld auf. Für die ist es nur eine andere Anlageform, so wie Gold oder Staatsanleihen.«

»Aber die Beute einkassieren, die Geldübergabe – was ist damit?«

Burgess zuckte die Achseln. Er zupfte an seinem Ohrläppchen. »Leicht. Lass es sie doch aus einem Flugzeug abwerfen.« Dann stand er auf und ging.

Blaze erhielt wegen der Jesus-Nummer eine Strafe von vier Jahren. George sagte, das wäre ein Klacks, wenn er die Nase sauber behielt. Zwei höchstens, sagte er, und zwei waren es am Ende dann auch. Diese Jahre im Knast waren nicht viel anders als die Zeit im Jugendgefängnis, nachdem er den Rektor zusammengeschlagen hatte; nur die Mithäftlinge waren inzwischen älter geworden. Er hatte keine Zeit in Einzelhaft verbracht. Wenn er an langen Abenden den Rappel kriegte oder während ewig langer Umschlusszeiten, wenn es mal keinen Freigang gab, dann schrieb er George. Seine Rechtschreibung war furchtbar, und die Briefe waren viel zu lang. George antwortete ihm nicht sehr häufig, aber mit der Zeit wirkte bereits das Abfassen der Briefe, so mühsam es war, ausgesprochen beruhigend auf ihn. Er stellte sich vor, dass George beim Schreiben hinter ihm stand, über seine Schulter mitlas.

»Fängnis wäschrei«, sagte George zum Beispiel. »Meine Fresse.«

»Ist das falsch, George?«

»G-e-f-ä-n-g-n-i-s, Gefängnis. W-ä-s-c-h-e-r-e-i, Wäscherei. Gefängniswäscherei.«

»O ja. Richtig.«

Seine Orthografie und sogar seine Zeichensetzung besserten sich, auch wenn er nie ein Wörterbuch benutzte. Ein anderes Mal:

»Blaze, du benutzt deine Zigarettenration nicht.« Das war während der herrlichen Zeit, als manche Tabakhersteller kleine Probepacks verschenkten.

»Ich rauche wenig, George. Das weißt du doch. Die würden sich hier nur stapeln.«

»Hör mir jetzt mal zu, Blazer. Du holst sie dir am Freitag, dann verkaufst du sie am nächsten Donnerstag, wenn alle nach einer Fluppe lechzen. So läuft das bei dir.«

Blaze machte es so. Er war überrascht, wie viel die Leute bereit waren, für eine Kippe zu bezahlen, die einen noch nicht mal stoned machte.

Ein andermal: »Du hörst dich nicht gut an, George«, sagte Blaze.

»'türlich nicht. Hab gerade vier verschissene Zähne gezogen bekommen. Tut sauweh!«

Blaze rief ihn an, als er das nächste Mal wieder telefonieren durfte, machte es nicht als R-Gespräch, sondern fütterte das Telefon mit der Kohle, die er sich mit dem Verkauf von Ziggis auf dem Schwarzmarkt verdient hatte. Er fragte George, wie es seinen Zähnen ging.

»Welchen Zähnen?«, erwiderte George grantig. »Der Scheißzahnarzt trägt sie jetzt wahrscheinlich an einem Band um seinen Hals wie ein Zulu.« Er unterbrach sich. »Woher weißt du, dass ich sie mir habe ziehen lassen? Hat's dir irgendwer erzählt?«

Blaze hatte mit einem Mal das Gefühl, als würde er jeden Moment bei etwas erwischt, das man einfach nicht machte, wie zum Beispiel sich in einer Kapelle einen runterzuholen. »Ja«, sagte er. »Ja, hat mir irgendwer erzählt.«

Als Blaze rauskam, zog es sie zunächst in den Süden nach New York City, aber keinem von beiden gefiel es dort. George wurde von einem Taschendieb ausgenommen, was er als persönliche Beleidigung auffasste. Sie machten einen Trip nach Florida und verbrachten einen fürchterlichen Monat in Tampa, pleite und nicht in der Lage, auch nur das kleinste bisschen Kohle zu machen. Sie kehrten in den Norden zurück. Nicht nach Boston, sondern nach Portland. George sagte, er wolle den Sommer in Maine verbringen und so tun, als wäre er ein reiches republikanisches Arschloch.

Nicht lange nach ihrer Ankunft las George in einer Zeitung einen langen Artikel über die Gerards: Wie reich sie waren, dass der jüngste Gerard gerade eine gut aussehende Latina-Maus geheiratet hatte. Burgess' Idee mit dem Kidnapping kam ihm wieder in den Sinn – dieses eine große Ding. Aber es gab kein Baby, nicht zum damaligen Zeitpunkt, also kehrten sie nach Boston zurück.

Die Boston-im-Winter-und-Portland-im-Sommer-Nummer wurde in den nächsten drei Jahren feste Routine. Anfang Juni fuhren sie in irgendeiner alten Karre nach Norden. Was an Einnahmen aus dem Winter übrig geblieben war, hatten sie im Reservereifen gebunkert: siebenhundert im einen Jahr, zweitausend im anderen. In Portland zogen sie irgendein Ding ab, wenn sich irgendein Ding ergab. Ansonsten ging Blaze angeln und stellte ein- oder zweimal Fallen im Wald. Für ihn waren es glückliche Sommer. George lag in der Sonne und versuchte, sich eine schöne Bräune zu holen (hoffnungslos; außer einem Sonnenbrand holte er sich gar nichts), las die Zeitungen, erschlug Bremsen und Mücken und drückte die Daumen, dass Ronald Reagan (den er »alter weißer Elvis-Daddy« nannte) tot umfiel.

Dann, am 4. Juli ihres dritten Sommers in Maine, bemerkte er, dass Joe Gerard III. und seine junge Frau Eltern geworden waren.

Blaze spielte Solitär auf der Veranda des Schuppens und hörte Radio. George schaltete es aus. »Hör zu, Blazer«, sagte er, »ich hab eine Idee.«

Drei Monate später war er tot.

Sie waren regelmäßig zum Würfeln gegangen, und es hatte nie irgendwelchen Ärger gegeben. Es war ein sauberes Spiel. Blaze selbst spielte nicht, aber er setzte oft auf George. George war ein ausgesprochener Glückspilz.

An diesem Abend im Oktober hatte George eine echte Glückssträhne. Er gewann sechsmal hintereinander. Der Mann, der auf der anderen Seite der Decke ihm gegenüber kniete, setzte jedes Mal gegen ihn. Er hatte bislang vierzig Dollar verloren. Das Spiel fand in einem Lagerhaus am Hafen statt, und es roch nach allem Möglichen: altem Fisch, vergorenem Getreide, Salz, Benzin. Wenn es still war, konnte man das *Tack-tack-tack* der Möwen hören, die auf dem Dach herumliefen. Der Mann, der vierzig Dollar verloren hatte, hieß Ryder. Er behauptete, zur Hälfte Penobscot-Indianer zu sein, vom Aussehen her hätte es jedenfalls stimmen können.

Als George die Würfel zum siebten Mal in die Hand nahm, statt sie weiterzugeben, warf Ryder zwanzig Dollar auf die Decke.

»Kommt schon, meine Würfelchen«, gurrte George. Sein schmales Gesicht leuchtete, die Mütze hatte er sich nach links gezogen. »Komm, mein dickes Würfelchen, komm komm komm *jetzt*!« Die Würfel explodierten quer über die Decke und zeigten zum Schluss elf Augen.

»Siebenmal hintereinander!«, krähte George. »Sack die Kohle ein, Blaze-a-rino, Daddy peilt jetzt Nummer acht an. *Für mich die große Acht der Macht!*«

»Hey, du hast gemogelt«, sagte Ryder. Seine Stimme war leise und analytisch.

George erstarrte mitten in der Bewegung, die Würfel aufzunehmen. »Sag das noch mal!«

»Du hast die Würfel da vertauscht.«

»Komm schon, Ride«, sagte jemand. »Er hat nicht ...«

»Ich will mein Geld zurück«, sagte Ryder. Er streckte eine Hand über die Decke aus.

»Du hast gleich einen gebrochenen Arm, wenn du nicht mit der Scheiße aufhörst«, sagte George. »Das bekommst du, Sonnenscheinchen.«

»Ich will mein Geld zurück«, sagte Ryder.

Dann wurde es plötzlich ganz still, und Blaze konnte die Möwen auf dem Dach hören: *Tack-tack-tack*.

»Fick dich«, sagte George und spuckte auf die ausgestreckte Hand.

Und dann passierte es ganz schnell, wie solche Dinge eben passieren. Die Schnelligkeit der Ereignisse lässt den Verstand taumeln und stocken. Ryder schob seine von Georges Spucke glänzende Hand in die Tasche seiner Jeans, und als sie wieder herauskam, hielt sie ein Springmesser. Ryder drückte mit dem Daumen auf den Chromknopf, und die Männer um die Decke machten einen Satz zurück.

George brüllte: »*Blaze!*«

Blaze sprang über die Decke auf Ryder, der auf seinen Knien nach vorn wippte und die Klinge in Georges Bauch vergrub. George schrie auf. Blaze packte Ryder und schlug seinen Kopf auf den Boden. Es gab ein unangenehm knackendes Geräusch wie von einem brechenden Ast.

George stand auf. Er starrte auf das Messer, das aus seinem Hemd ragte. Er packte es, fing an, daran zu ziehen, verzog das Gesicht. »Scheiße«, sagte er. »O Scheiße.« Er plumpste hin.

Blaze hörte eine Tür zuschlagen. Er hörte Schritte, die sich schnell auf den Brettern entfernten.

»Schaff mich hier raus«, sagte George. Sein gelbes Hemd verfärbte sich um das Messer herum rot. »Schnapp dir die Beute – *o Scheiße, Jesus, das tut weh!*«

Blaze sammelte die verstreuten Scheine ein. Er stopfe sie mit tauben Fingern in seine Taschen. George keuchte. Er klang wie ein Hund, der an einem heißen Tag weit gelaufen war.

»George, lass mich das rausziehen ...«

»Nein, bist du verrückt? Das Ding hält meine Innereien zusammen. Trag mich, Blaze. *O verdammte Scheiße!*«

Blaze hob George in seine Arme, und George schrie wieder. Blut tropfte auf die Decke und auf Ryders glänzendes schwarzes Haar. Georges Bauch fühlte sich unter seinem Hemd hart wie ein Brett an. Blaze trug ihn quer durch das Lagerhaus und weiter nach draußen.

»Nein«, sagte George. »Du hast das Brot vergessen. Du hast nie Scheißbrot da.« Blaze dachte, vielleicht redete George über die Beute, und er wollte schon sagen, doch, ich habe es eingesteckt, als George sagte: »Und die Salami.« Sein Atem ging immer schneller. »Ich hab dieses Buch, weißt du.«

»*George!*«

»Dieses Buch mit dem Bild von …« Doch dann begann George an seinem eigenen Blut zu ersticken. Blaze drehte ihn um und schlug ihm auf den Rücken. Was anderes fiel ihm nicht ein. Aber als er ihn dann wieder zu sich drehte, war George tot.

Blaze legte ihn auf die Bretter vor dem Lagerhaus. Er wich zurück. Dann kroch er wieder ein Stück vor und schloss George die Augen. Er wich ein zweites Mal zurück, kroch dann wieder vor und kniete sich hin. »George?«

Keine Antwort.

»Bist du tot, George?«

Keine Antwort.

Blaze rannte den ganzen Weg zum Auto und stieg ein und warf sich hinter das Steuer. Mit kreischenden Reifen raste er los, legte eine sechs Meter lange schwarze Gummispur auf den Asphalt.

»Fahr langsam«, sagte George vom Rücksitz.

»George?«

»Fahr *langsam*, gottverdammt!«

Blaze bremste ab. »George! Komm nach vorne! Steig rüber! Warte, ich zieh dich!«

»Nein«, sagte George. »Mir gefällt's hier hinten.«

»George?«

»Was?«

»Was machen wir jetzt?«

»Schnappen uns den Jungen«, sagte George. »Wie wir's geplant haben.«

23

Als Blaze unbeholfen aus der kleinen Höhle stolperte und schließlich wieder einigermaßen fest auf seinen Füßen stand, da hatte er nicht die geringste Vorstellung, wie viele Männer dort draußen waren. Dutzende, vermutete er. Es spielte keine Rolle. Georges Pistole rutschte aus seinem Hosenbund, und auch das spielte keine Rolle. Er trat sie tief in den Schnee, als er den ersten Mann angriff, den er sah. Der Typ lag im Schnee ein kleines Stück entfernt, hatte sich auf den Ellbogen abgestützt und hielt in beiden Händen eine Kanone.

»Hände hoch, Blaisdell! Stehen bleiben!«, brüllte Granger.

Blaze sprang ihn an.

Granger hatte Zeit, zweimal abzudrücken. Der erste Schuss streifte Blazes Unterarm. Der zweite verpuffte im Schneesturm. Dann krachte Blaze mit seinen ganzen zweihundertsiebzig Pfund in den Kerl, der Joe verletzt hatte, und Grangers Waffe flog durch die Luft. Granger schrie auf, als die Knochen seines gebrochenen Beines übereinanderschrammten.

»Du hast den Jungen getroffen!«, brüllte Blaze in Grangers panisches Gesicht. Seine Finger legten sich um Grangers Kehle. »Du hast den Jungen erwischt, du blöder Saukerl, du hast den Jungen getroffen, du hast den Jungen getroffen, du hast den Jungen getroffen!«

Grangers Kopf wackelte und nickte, als wollte er sagen, klar, das verstünde er, die Botschaft wäre angekommen. Sein Gesicht war hochrot angelaufen. Seine Augen traten ihm deutlich aus den Höhlen.

Sie kommen.

Blaze hörte auf, den Burschen zu würgen, und schaute sich um. Niemand in Sicht. Der Wald war still bis auf den Wind und das leise zischende Geräusch des fallenden Schnees.

Nein, da *war* noch ein anderes Geräusch. Da war Joe.

Blaze rannte die Böschung zur Höhle hinauf. Joe rollte sich auf dem Boden, jammerte, griff verzweifelt rudernd in die Luft. Der Felssplitter hatte mehr Schaden angerichtet als der Sturz aus der Wiege; seine ganze Wange war blutüberströmt.

»Gott*verdammt* noch mal!«, schrie Blaze.

Er hob Joe hoch, wischte seine Wange ab, schob ihn zurück in eine Tasche aus Decken und setzte dem Baby auch wieder seine Mütze auf den Kopf. Joe heulte und schrie.

»Wir müssen uns jetzt verdammt beeilen, George«, sagte Blaze. »Volle Kanne rennen. Stimmt's?«

Keine Antwort.

Das Baby an seine Brust gedrückt, zog sich Blaze aus der Höhle zurück, drehte sich in den Wind und flüchtete Richtung Forstweg.

»Wo hat Corliss ihn zurückgelassen?«, fragte Sterling keuchend an Franklin gewandt. Schwer atmend waren die Männer am Waldrand stehen geblieben.

Franklin streckte zeigend einen Arm aus. »Da unten. Ich finde die Stelle.«

Sterling wandte sich an Bradley. »Rufen Sie Ihre Leute. Und den Sheriff von Cumberland County. Ich wollte, dass dieser Waldweg an beiden Enden abgesperrt wird. Was liegt dahinter, falls er doch durchkommt?«

Bradley stieß ein bellendes Lachen aus. »Nichts als der Royal River. Wie er da durchkommen will, das würde ich gern sehen.«

»Ist er zugefroren?«

»Klar, aber nicht dick genug, um drauf zu gehen.«

»Okay. Weiter geht's. Franklin, Sie machen die Vorhut. Aber seien Sie vorsichtig. Dieser Kerl ist gefährlich.«

Sie bewegten sich den ersten Abhang hinunter. Nach fünfzig Metern im Wald machte Sterling eine blau-graue, an einen Baum lehnende Gestalt aus.

Franklin war als Erster dort. »Corliss«, sagte er.

»Tot?«, fragte Sterling, der jetzt neben ihm stand.

»Ja.« Franklin deutete auf Spuren, die jetzt kaum noch mehr waren als vage Vertiefungen.

»Weiter geht's«, sagte Sterling. Diesmal ging er voran.

Granger fanden sie fünf Minuten später. Die Male auf seinem Hals waren mindestens drei Zentimeter tief.

»Der Kerl muss ein Tier sein«, sagte jemand.

Sterling deutete in den Schnee. »Das da oben ist eine Höhle. Ich bin mir ganz sicher. Vielleicht hat er den Jungen dort zurückgelassen.«

Zwei State Trooper kletterten zu dem dreieckigen Schatten hinauf. Einer von ihnen verharrte, bückte sich, hob etwas aus dem Schnee auf. Er hielt es hoch. »Eine Kanone!«, brüllte er.

Als ob wir anderen blind wären, oder was?, dachte Sterling. »Vergiss die Scheiß*kanone*, seht gottverdammt nach, ob der Junge in der *Höhle* ist! Und seid vorsichtig!«

Einer von ihnen kniete sich hin, leuchtete mit seiner Taschenlampe in die Höhle, kroch dann hinter dem Strahl hinein. Der andere beugte sich vor, stützte die Hände auf die Knie, lauschte, drehte sich dann wieder zu Sterling und Franklin um. »Ist nicht hier!«

Sie entdeckten Spuren, die von der Höhle zu dem Forstweg führten, noch bevor der Trooper, der in die Höhle geklettert war, wieder draußen war. Es waren kaum mehr als vage Unebenheiten im schnell fallenden Schnee.

»Sein Vorsprung kann nicht größer als zehn Minuten sein«, sagte Sterling zu Franklin. Dann hob er seine Stimme. »Verteilt euch! Wir werden vor ihm diese Straße erreichen!«

Sie brachen schnell auf, Sterling stapfte in Blazes Spuren.

Blaze rannte.

Er lief in stolpernden Sprüngen, brach durch Zweige und Gebüsch, statt zu versuchen, einen Weg drumherum zu finden, beugte sich tief über Joe und bemühte sich, ihn so vor stechenden Zweigen zu schützen. Die eisige Luft schnitt bei jedem Atemzug in seine Lungen. Irgendwo hinter sich hörte er Gebrüll. Das Geräusch der Stimmen erfüllte Blaze mit Panik.

Joe schrie und strampelte und hustete, aber Blaze hielt ihn fest. Nur noch ein kleines Stück, ein bisschen weiter, dann hatten sie die Straße erreicht. Dort würden Autos sein. Polizeiautos, aber das war ihm egal. Solange Schlüssel hinter den Sonnenblenden klemmten (oder noch im Zündschloss steckten). Er würde so weit und so schnell fahren wie möglich, sich den Streifenwagen dann vom Hals schaffen und sich was anderes besorgen. Ein Truck wäre gut. Diese Gedanken kamen und gingen in seinem Kopf wie große, leuchtend bunte Cartoons.

Er stürmte durch einen sumpfigen Abschnitt, wo das dünne Eis um die kleinen schneebedeckten Hügel nachgab und ihn bis zu den Knöcheln in eiskaltes Wasser einbrechen ließ. Er lief weiter und erreichte eine mannshohe Wand aus Brombeersträuchern. Er stürmte einfach weiter, schob dabei die Schulter nach vorn, um Joe zu schützen. Einer der dornigen Äste geriet unter Joes Mütze und schleuderte sie zurück Richtung Sumpf. Keine Zeit, sie zu holen.

Joe starrte nach vorn, die Augen vor Schrecken weit aufgerissen. Ohne die wärmende und sein Gesicht umhüllende Mütze schnappte er heftiger nach Luft. Jetzt klangen seine Schreie dünner. Hinter ihm brüllten die schwachen blauen Stimmen des Gesetzes etwas anderes. Es spielte keine Rolle. Es zählte nur noch, die Straße zu erreichen.

Das Gelände stieg ein wenig an. Das Vorwärtskommen wurde etwas leichter. Blazes Schritte wurden länger, er rannte um sein Leben. Und um das von Joe.

Sterling lief ebenfalls so schnell er konnte, und er hatte die anderen inzwischen bald dreißig Meter hinter sich gelassen. Der Abstand wurde größer. Warum auch nicht? Der große Bastard bahnte ihm ja quasi den Weg. Das Walkie an seinem Gürtel knackte. Sterling zog daran, vergeudete aber nicht seinen Atem, klickte nur zweimal.

»Bradley hier. Kommen?«

»Ja.« Mehr nicht. Den Rest seiner Atemluft brauchte Sterling zum Laufen. Der einzige zusammenhängende Gedanke in seinem Kopf, der alle anderen überlagerte wie ein leuchtend roter Film, war das Wissen, dass der mörderische Wichser Granger getötet hatte. Seinen Kollegen getötet hatte.

»Der County Sheriff hat Einheiten entlang dem Forstweg stationiert, Boss. Die Staatspolizei wird sobald wie möglich Verstärkung rausschicken. Over.«

»Gut. Over and out.«

Er lief weiter. Fünf Minuten später stieß er auf eine rote Mütze, die im Schnee lag. Sterling steckte sie in seine Jackentasche und setzte seinen Weg fort.

Blaze kämpfte sich die letzten fünfzig Meter bergauf zum Forstweg hoch. Joe weinte nicht mehr; er hatte keine Luft mehr fürs Weinen zu vergeuden. Schnee hatte sich auf seinen Lidern und seinen Wimpern gesammelt, drückte sie nach unten.

Zweimal ging Blaze in die Knie, er stützte sich nicht ab, sondern hielt weiter die Arme an den Seiten, um das Baby zu schützen. Schließlich erreichte er den Scheitel. Und bingo. Die Straße entlang parkten wenigstens fünf leere Streifenwagen der State Police.

Unter ihm brach Albert Sterling aus dem Wald und schaute die steile Böschung hinauf, die Blaze bereits erklommen hatte. Und verdammt, da war er. Da war dieser große Bastard endlich.

»Stehen bleiben, Blaisdell, FBI! Stehen bleiben und Hände hoch!«

Blaze warf einen Blick über die Schulter. Von hier oben sah der Bulle so winzig aus. Blaze drehte sich um und lief auf die Straße hinaus. Beim ersten Streifenwagen blieb er stehen und schaute hinein. Wieder bingo. Schlüssel baumelten am

Zündschloss. Er wollte Joe gerade auf dem Beifahrersitz neben dem Strafzettelblock absetzen, als er hörte, wie ein Motor auf Touren gebracht wurde. Er drehte sich um und sah einen weißen Streifenwagen die Straße hinunter auf sich zugeschlittert kommen. Er drehte sich in die andere Richtung und sah einen weiteren Wagen.

»George!«, schrie er. »Ach, George!«

Er drückte Joe fest an sich. Die Atmung des Babys ging jetzt sehr schnell und flach, genau wie bei George, nachdem er von Ryder niedergestochen worden war. Blaze knallte die Tür des State-Police-Wagens zu und rannte um die Kühlerhaube.

Ein Deputy des Cumberland County Sheriffs lehnte aus dem Wagen, der aus Norden kam. In einer Hand hielt er ein batteriebetriebenes Megafon. *»Stehen bleiben, Blaisdell! Es ist aus! Bleiben Sie, wo Sie sind!«*

Blaze rannte über die Straße, und jemand schoss auf ihn. Schnee fegte links von ihm in die Luft. Joe stieß eine Abfolge keuchender Klagelaute aus.

Blaze stürmte in riesigen Sätzen die andere Seite der Straße hinunter. Eine weitere Kugel schwirrte an seinem Kopf vorbei, riss Splitter und Rinde aus einer Birke. Unten stolperte er über einen unter dem frischen Schnee verborgenen Baumstamm. Er flog in eine Schneeverwehung, begrub das Baby unter sich. Er rappelte sich auf und wischte Joes Gesicht ab. Es war mit Schnee überzogen. »Joe! Bist du okay?«

Joe atmete in rauen, krampfhaften Zügen. Zwischen den einzelnen Atemzügen schien eine kleine Ewigkeit zu liegen.

Blaze rannte.

Sterling erreichte die Straße und überquerte sie. Einer der Wagen des County Sheriffs war am anderen Ende schlitternd und zur Seite ausbrechend zum Stehen gekommen. Die Deputies waren ausgestiegen und standen dort, schauten nach unten, zielten mit ihren Waffen.

Sterlings Wangen waren angespannt, und sein Zahnfleisch war eiskalt, also nahm er an, dass er grinste. »Wir *haben* den Bastard.«

Sie liefen die Böschung hinunter.

Blaze sprang durch eine skelettartige Gruppe Pappeln und Eschen. Auf der anderen Seite offenes Land. Bäume und Unterholz waren verschwunden. Vor ihm breitete sich eine flache weiße Stille aus, und das war der Fluss. Auf dem anderen Ufer marschierten grau-grüne Fichten- und Kiefernscharen einem schneeerstickten Horizont entgegen.

Blaze ging aufs Eis hinaus. Er kam neun Schritte weit, ehe das Eis brach, ihn bis zu den Oberschenkeln in eiskaltes Wasser stürzen ließ. Nach Luft ringend, kehrte er schnell ans Ufer zurück und kletterte hoch.

Sterling und die beiden Deputies brachen durch die letzte Baumgruppe. »FBI«, rief Sterling. »Legen Sie das Baby auf den Schnee, und treten Sie zurück.«

Blaze drehte sich nach rechts und begann zu laufen. Sein Atem war jetzt heiß und brannte in seinem Hals. Er suchte nach einem Vogel, irgendeinem Vogel über dem Fluss, und sah keinen. Was er sah, war George. George stand etwa achtzig Meter vor ihm. Das Schneetreiben verdeckte ihn beinahe völlig, aber Blaze konnte seine Mütze sehen, ein Stück nach links gedreht – auf die Glücksseite.

»Komm schon, Blaze! Komm schon, du Scheißtransuse! Zeig denen deine Fersen! Zeig denen, wie's bei uns läuft, gottverdammt!«

Blaze lief schneller. Die erste Kugel erwischte ihn in der rechten Wade. Sie schossen niedrig, um das Baby zu schützen. Es bremste ihn aber nicht; er spürte es nicht einmal. Die zweite erwischte ihn von hinten in seinem Knie und jagte ihm die Kniescheibe in einem Sprühregen aus Blut und Knochenfragmenten weg. Blaze spürte nichts. Er lief weiter. Später würde Sterling sagen, er hätte es nicht für möglich gehalten, aber der Bastard wäre einfach weitergelaufen. Wie ein Elch mit Bauchschuss.

»Hilf mir, George! Ich stecke in Schwierigkeiten!«

George war fort, aber Blaze konnte seine raue, krächzende Stimme hören – der Wind trug sie ihm zu. »Jep, aber du hast es fast hinter dir. Gib Gas, Baby.«

Blaze gab Gas. Der Abstand wurde größer. Er hatte den toten Punkt überwunden, legte noch mal richtig zu. Er und Joe würden also doch noch entkommen. Es war verdammt knapp gewesen, aber am Ende würde doch noch alles gut. Er schaute zum Fluss hinaus, strengte seine Augen an, versuchte, George zu erspähen. Oder einen Vogel. Nur einen Vogel.

Die dritte Kugel erwischte ihn in die rechte Arschbacke, wurde nach oben abgelenkt, zerschmetterte ihm die Hüfte. Die Kugel selbst löste sich in Einzelteile auf. Das größte Stück bog nach links ab und zerfetze seinen Dickdarm. Blaze schwankte, stürzte beinahe, lief dann jedoch weiter.

Sterling hatte sich inzwischen auf ein Knie heruntergelassen, hielt die Kanone mit beiden Händen. Er zielte schnell, beinahe schon lässig. Der Trick bestand darin, nicht zu viel zu denken. Man musste nur auf seine Hand-Augen-Koordination vertrauen und es einfach geschehen lassen. »Herr, tu Dein Werk«, sagte er.

Die vierte Kugel – Sterlings erste – erwischte Blaze im Kreuz, durchtrennte sein Rückenmark. Es fühlte sich an, wie von einer großen Hand in einem Boxhandschuh unmittelbar oberhalb der Nieren getroffen zu werden. Er ging zu Boden, und Joe flog aus seinen Armen.

»Joe!«, schrie er und versuchte sofort, sich auf den Ellbogen vorzurobben. Joes Augen waren offen; er sah ihn an.

»Er geht auf das Kind los!«, brüllte einer der Deputies.

Blaze griff mit einer großen Hand nach Joe. Joes eigene Hand, die auf der Suche nach irgendwas in der Luft ruderte, kam seiner entgegen, berührte sie. Die winzigen Finger wickelten sich um Blazes Daumen.

Sterling stand schwer atmend hinter Blaze. Er sprach leise, sodass die Deputies ihn nicht hören konnten. »Das ist für Bruce, Sweetheart!«

»George?«, sagte Blaze, und dann drückte Sterling ab.

24

Auszug aus einer Pressekonferenz vom 10. Februar:

FRAGE: Wie geht's Joe, Mr. Gerard?

GERARD: Die Ärzte sagen, er wird wieder völlig gesund werden, Gott sei Dank. Eine Zeit lang stand es wirklich auf der Kippe, aber die Lungenentzündung ist jetzt auskuriert. Er ist eine echte Kämpfernatur, daran besteht gar kein Zweifel.

F: Irgendeinen Kommentar zur Art und Weise, wie das FBI den Fall angepackt hat?

GERARD: Allerdings. Sie haben hervorragende Arbeit geleistet.

F: Was werden Sie und Ihre Frau jetzt tun?

GERARD: Wir fahren ins Disneyland!

[Lachen]

F: Im Ernst.

GERARD: Es war beinahe mein Ernst! Wenn die Ärzte für Joey grünes Licht geben, fahren wir alle zusammen in Urlaub. Irgendwohin, wo es warm ist, wo es Strände gibt. Und dann, wenn wir wieder zu Hause sind, werden wir uns daran machen, diesen Albtraum zu vergessen.

Blaze wurde in South Cumberland beerdigt, keine zehn Meilen vom Hetton House entfernt und ungefähr gleich weit von dort, wo sein Vater ihn eine Treppe in einem Mietshaus hinuntergeworfen hatte. Wie die meisten Armen in Maine erhielt er ein Begräbnis auf Kosten der Stadt. An diesem Tag war die Sonne nicht da, und auch keine Trauergäste. Außer den Vögeln. Hauptsächlich Krähen. Auf dem Land gibt es in der Nähe von Friedhöfen immer Krähen. Sie kamen, sie ließen sich auf den Ästen nieder, und dann flogen sie fort, wohin auch immer Vögel fliegen.

Joe Gerard IV. lag hinter einer Glasscheibe in einem Krankenhausbettchen. Ihm ging es wieder gut. Seine Mutter und sein Vater würden noch an diesem Tag kommen, um ihn wieder nach Hause zu holen, doch das wusste er nicht.

Er hatte einen neuen Zahn, das wusste er; es tat weh. Er lag auf dem Rücken und schaute zu den Vögeln über seinem Bettchen auf. Sie waren an Drähten befestigt und flogen, wann immer ein Luftzug sie in Bewegung versetzte. Sie bewegten sich jetzt nicht, und Joe begann zu weinen.

Ein Gesicht beugte sich über ihn, und eine Stimme begann zu gurren. Es war das falsche Gesicht, und er schrie noch lauter.

Das Gesicht schürzte die Lippen und blies gegen die Vögel. Die Vögel begannen zu fliegen. Joe hörte auf zu weinen. Er beobachtete die Vögel. Sie entlockten ihm ein Lachen. Er vergaß die falschen Gesichter, und er vergaß den Schmerz seines neuen Zahns. Er schaute den Vögeln beim Fliegen zu.

(1973)

Lieber treuer Leser,

dies ist ein Schubladenroman, okay? Ich will, dass Sie das wissen, solange Sie noch Ihren Kassenbon haben und bevor Sie irgendwas wie Soße oder Eiscreme draufkleckern und ihn dann nur noch unter Schwierigkeiten oder gar nicht mehr umtauschen können.* Es ist ein überarbeiteter und modernisierter Schubladenroman, aber das ändert nichts an der eigentlichen Tatsache. Der Name Bachman steht drauf, weil es der letzte Roman aus der Zeit von 1966 bis 1973 ist, der Periode der größten Produktivität dieses Herrn.

Während dieser Jahre war ich eigentlich zwei Menschen. Es war Stephen King, der für schlüpfrige Herrenmagazine wie *Cavalier* und *Adam* Horrorgeschichten schrieb (und an sie verkaufte)**, aber es war Bachman, der eine Reihe von Romanen schrieb, die sich an niemanden verkaufen ließen. Dazu gehörten *Rage**** (Amok), *The Long Walk* (Todesmarsch), *Road-*

* Wenn ich dies sage, nehme ich an, Sie sind wie ich und sitzen selten bei Tisch – oder auch nur bei einem kleinen Snack –, ohne Ihr aktuelles Buch in greifbarer Nähe zu haben.

** Mit dieser Ausnahme: Bachman verkaufte unter dem Pseudonym John Swithen einen einzigen harten Krimi, »Das fünfte Viertel«.

*** Inzwischen nicht mehr lieferbar, und das ist gut so.

work (Sprengstoff) und *The Running Man* (Menschenjagd)*. Alle vier erschienen als Originalausgaben im Taschenbuch.

Blaze (Qual) war der letzte dieser frühen Romane … das fünfte Viertel, wenn man so will. Oder, wenn man darauf besteht, nur ein weiterer Schubladenroman eines bekannten Autors. Er wurde Ende 1972 und Anfang 1973 geschrieben. Ich fand ihn toll, als ich ihn schrieb, und Schrott, als ich ihn anschließend las. Soweit ich mich erinnere, habe ich ihn keinem einzigen Verleger gezeigt – nicht einmal Doubleday, wo ich einen Freund namens William G. Thompson hatte. Bill war der Bursche, der später John Grisham entdeckte, und es war Bill, der mit mir einen Vertrag für das Buch nach *Blaze* machte, einer verwickelten, aber relativ unterhaltsamen Geschichte über einen Abschlussball im tiefsten Maine.**

Einige Jahre lang vergaß ich *Blaze* völlig. Nachdem dann die anderen, früheren Bachmans veröffentlicht worden waren, kramte ich diesen Roman wieder hervor und sah ihn durch. Nach den ersten zwanzig Seiten oder so entschied ich, dass mein anfängliches Urteil richtig gewesen war, und schickte das Ding wieder in die Versenkung. Ich fand den Roman rein handwerklich schon okay, aber die Geschichte erinnerte mich an etwas, das Oscar Wilde einmal gesagt

* Der auf diese Titel folgende Bachman-Roman war *Thinner* – Der Fluch, und es war wirklich kein Wunder, dass ich enttarnt wurde, war dieser doch eigentlich von Stephen King geschrieben – das gefälschte Autorenfoto auf der hinteren Umschlagseite täuschte niemanden.

** Ich glaube, ich bin der einzige Schriftsteller in der Geschichte der englischen Belletristik, dessen Karriere auf Damenbinden basierte; dieser Teil meines schriftstellerischen Vermächtnisses scheint sicher zu sein.

hatte. Er behauptete, es sei unmöglich, Dickens' *Der Raritätenladen* zu lesen, ohne dabei massenhaft Lachtränen zu vergießen.* So geriet *Blaze* also in Vergessenheit, ohne aber je wirklich verloren zu gehen. Das Buch wurde in eine Ecke der Fogler Library an der Universität von Maine zu dem restlichen Zeug gestopft, das sie dort von Stephen King/Richard Bachman haben.

Die folgenden dreißig Jahre verbrachte *Blaze* im Dunkeln.** Und dann veröffentlichte ich ein schmales Original-Paperback mit dem Titel *The Colorado Kid* (Colorado Kid) in einer Buchreihe namens Hard Case Crime. In dieser Reihe, das geistige Produkt eines sehr smarten und ausgesprochen coolen Burschen namens Charles Ardai, sollten alte »noir« und »hardboiled« Taschenbuch-Kriminalromane wiederbelebt und neue veröffentlicht werden. *The Colorado Kid* war entschieden »softboiled«, doch Charles beschloss, es trotzdem und noch dazu mit einem dieser tollen alten Paperback-Cover zu veröffentlichen.*** Das ganze Projekt war ein Hammer … mal abgesehen von der schleppenden Zahlung der Tantiemen.****

* Die gleiche Reaktion hatte ich übrigens bei *Jedermann* von Philip Roth, Thomas Hardys *Herzen in Aufruhr* und *Die Tochter des Fotografen* von Kim Edwards – während ich diese Bücher lese, kommt der Punkt, an dem ich einfach anfange zu lachen, mit den Händen rudere und brülle: »Her mit dem Krebs! Her mit der Blindheit! Das hatten wir noch nicht!«

** Allerdings nicht wirklich in einer Schublade, sondern vielmehr in einem Pappkarton.

*** Eine Dame mit Ärger in den Augen. Und, vermutlich, Ekstase im Höschen.

**** Zugleich eine Rückkehr zu den schlechten alten Taschenbuch-Zeiten, wie mir jetzt gerade so klar wird.

Etwa ein Jahr später kam mir in den Sinn, dass ich vielleicht doch noch mal gern ein Buch bei Hard Case unterbringen würde, nach Möglichkeit diesmal etwas Härteres. Und zum ersten Mal seit Jahren kam mir *Blaze* wieder in den Sinn, allerdings unmittelbar gefolgt von diesem verfluchten Oscar-Wilde-Zitat über *Der Raritätenladen*. Der *Blaze*, an den ich mich erinnerte, war kein hartgesottener Noir-Krimi, sondern ein Taschentuch-Schmachtfetzen. Trotzdem, ich beschloss, ein Blick könnte auf keinen Fall schaden. Das heißt, sofern es mir überhaupt gelang, das Buch zu finden. Ich erinnerte mich zwar an den Karton, und ich erinnerte mich auch an die irgendwie kantige Schrift (die alte Schreibmaschine meiner Frau Tabitha aus College-Tagen, eine unmöglich kleinzukriegende Olivetti-Reiseschreibmaschine), aber ich hatte absolut keine Ahnung, was aus dem Manuskript geworden war, das angeblich in dem Karton liegen sollte. Was wusste ich denn, es konnte durchaus auch weg sein, Baby, für immer verschwunden.*

War es aber nicht. Marsha, eine meiner zwei unbezahlbaren Assistentinnen, fand es in der Fogler Library. Das Originalmanuskript wollte sie mir nicht anvertrauen (ich, äh, verliere Dinge), aber sie hat's dann fotokopiert. Ich muss damals

* Während meiner Laufbahn habe ich es geschafft, nicht nur ein, sondern gleich zwei ziemlich gute, noch in Arbeit befindliche Romane zu verlieren. *Under the Dome* war gerade mal 50 Seiten lang, als es verschwand, aber *The Cannibals* hatte bereits über 200 Seiten, als es plötzlich verdunstete. Von beiden keine Kopien. Das war noch vor Computern, und bei frühen Fassungen habe ich nie Kohlepapier benutzt – es kam mir irgendwie *hochmütig* vor.

wohl ein praktisch unbrauchbares Farbband benutzt haben, als ich *Blaze* abfasste, denn die Kopie war kaum zu lesen, und die Anmerkungen auf den Rändern waren kaum mehr als verschwommene Flecken. Trotzdem setzte ich mich mit dem Manuskript hin und begann zu lesen, war bereit, die Peinlichkeiten über mich ergehen zu lassen, die nur ein jüngeres, klugscheißerischeres Selbst abliefern kann.

Aber ich fand, es war ziemlich gut – mit Sicherheit besser als *Roadwork* (Sprengstoff), das ich zu dem Zeitpunkt für amerikanische Mainstream-Prosa hielt. Es war eben nur kein Noir-Roman. Vielmehr war es der Versuch eines naturalistischen Kriminalromans im Stil der Romane von James M. Cain und Horace McCoy in den dreißiger Jahren.* Ich fand, die Rückblenden waren oft besser als die eigentliche Geschichte. Sie erinnerten mich an James T. Farrells *Young Lonigan*-Trilogie und an das vergessene (aber stilvolle) *Gas-House McGinty*. Klar, stellenweise war es ziemlich deftig, aber es war ja auch von einem jungen Mann geschrieben (ich war fünfundzwanzig), der überzeugt war, FÜR DIE EWIGKEIT zu schreiben.

Ich glaubte, *Blaze* könnte ohne große Verlegenheit umgeschrieben und veröffentlicht werden, aber wahrscheinlich war es nicht das Richtige für Hard Case Crime. Es war ja gewissermaßen überhaupt kein Kriminalroman. Ich fand, es könnte eine kleine Tragödie der Unterklasse sein, sofern man beim Umschreiben hart genug ans Werk ging. Zu diesem Zweck wählte ich diesen kategorischen, trockenen Ton, den

* Und natürlich ist es eine Hommage an »*Of Mice and Men*« (Von Mäusen und Menschen, John Steinbeck) – kaum zu übersehen.

die besten Noir-Romane zu haben scheinen, benutzte sogar einen Zeichensatz namens *American Typewriter*, um mich daran zu erinnern, was ich vorhatte. Ich arbeitete schnell, ohne nach vorn oder zurückzublicken, denn ich wollte ebenfalls den überstürzten Schwung dieser Bücher einfangen (ich denke hier mehr an Jim Thompson und Richard Stark als an Cain, McCoy oder Farrell). Ich dachte, ich mache meine Überarbeitungen am Ende auf dem Ausdruck mit Bleistift, statt sie direkt in den Computer einzugeben, wie es heute meist gemacht wird. Falls das Buch eine Neubelebung sein wollte, dann wollte ich entsprechend vorarbeiten, statt davor zurückzuschrecken. Weiterhin beschloss ich, aus dem Text weitgehend alle Emotionen zu entfernen, da ich wollte, dass das fertige Buch so nackt war wie ein leeres Haus, ohne auch nur einen Läufer auf dem Boden. Meine Mutter hätte gesagt: »Ich wollte sein nacktes Gesicht sehen.« Nur der Leser wird beurteilen können, ob mir dies gelungen ist.

Falls es Sie interessiert (sollte es aber nicht – hoffentlich sind Sie wegen einer guten Geschichte hier, und hoffentlich bekommen Sie die auch), alle Tantiemen oder Nebeneinkünfte aus *Blaze* werden an *The Haven Foundation* gehen, eine Stiftung, die ins Leben gerufen wurde, um freiberufliche Künstler zu unterstützen, die gerade eine Pechsträhne haben.*

Eine letzte Sache noch, denke ich, wo ich Sie gerade so schon am Schlafittchen habe. Ich habe versucht, den zeitlichen Hintergrund von *Blaze* so vage wie möglich zu halten,

* Um mehr über *The Haven Foundation* zu erfahren, gehen Sie bitte zu meiner Website: www.stephenking.com

damit es nicht zu altmodisch wirkt.* Es war jedoch nicht möglich, alles inzwischen längst überholte Material herauszunehmen, denn manches davon war wichtig für den Plot.** Wenn Sie beim zeitlichen Rahmen dieser Geschichte an ein »Amerika vor gar nicht so langer Zeit« denken, dann liegen Sie absolut richtig, würde ich sagen.

Darf ich nun damit schließen, womit ich begonnen habe? Dies ist also ein alter Roman, aber ich glaube, ich habe mich geirrt, was mein anfängliches Urteil betrifft, dass es ein schlechter Roman sei. Sie mögen anderer Meinung sein ... aber es ist nicht *»Das Mädchen mit den Schwefelhölzern«*. Wie immer, lieber treuer Leser, wünsche ich Ihnen alles Gute, bedanke mich dafür, dass Sie diese Geschichte lesen, und hoffe, dass es Ihnen Spaß macht. Ich werde nicht sagen, ich hoffe, dass Ihnen auch ein paar Tränen kommen, aber ...

Doch. Doch, ich *werde* das sagen. Solange es nur keine Lachtränen sind.

Stephen King (für Richard Bachman)
Sarasota, Florida
30. Januar 2007

* Mir gefiel die Vorstellung nicht, dass Clay Blaisdell im Amerika nach dem Zweiten Weltkrieg aufwuchs; das alles erscheint heute so unmöglich antik, auch wenn es ganz okay zu sein schien (und es wahrscheinlich auch war) im Jahre 1973, als ich es mit zwei Fingern in dem Wohnwagen in die Maschine hackte, in dem ich mit meiner Frau und unseren beiden Kindern lebte.

** Wenn ich es heute geschrieben hätte, dann hätte ich mit Sicherheit Mobiltelefone und Rufnummernweitergabe in Erwägung ziehen müssen.